NINA RESINEK

Wir am Meer

Weitere Titel der Autorin:

Dich hab ich nicht kommen sehen

Titel auch als Hörbuch erhältlich

Über die Autorin:

Nina Resinek, 1977 in Toronto geboren, hat sieben Jahre als Rechtsanwältin in einer großen Wirtschaftskanzlei in Frankfurt am Main gearbeitet. Nun lebt sie mit ihrem Mann, ihrer Tochter und ein paar erfundenen Haustieren in Siegen.

Nina Resinek

WIR AM MEER

Roman

lübbe

Dieser Titel ist auch als Hörbuch und E-Book erschienen

Originalausgabe

Textredaktion: Laura von Altrock, Köln
Einband-/Umschlagmotive: © shutterstock: TairA | Bonitas | Regina Bilan | Eisfrei
Umschlaggestaltung: Christin Wilhelm, www.grafic4u.de
Satz: Dörlemann Satz, Lemförde
Gesetzt aus der Bembo MT
Druck und Verarbeitung: GGP Media GmbH, Pößneck
Printed in Germany
ISBN 978-3-404-18805-5

2 4 5 3 1

Sie finden uns im Internet unter luebbe.de
Bitte beachten Sie auch: lesejury.de

Für meine Eltern

1

Das ist kein Traum. Meine Träume sind anders. Ich träume von Pythons und brennenden Deckenbalken, die auf mich herabstürzen, aber nicht von Schatten. So etwas Subtiles käme meinem Unterbewusstsein nicht in den Sinn. Diese Schattenbäume, die mich gerade umgeben und mir eine Höllenangst einjagen, müssen echt sein. Außerdem hat man im Traum keinen Splitter im Fuß, oder? Wer weiß …

Ich bin nicht wirklich gut darin, zwischen Traum und Realität zu unterscheiden. Schlafwandler wie ich tun sich damit traditionell schwer. Aber ehrlich gesagt weiß ich nicht, ob ich mich überhaupt Schlafwandlerin nennen darf. Eigentlich wandle ich nicht. Ich sprinte. Es läuft immer mehr oder weniger gleich ab. Zuerst träume ich einen der beiden Albträume, die sich im beschränkten Repertoire meines Gehirns befinden, also entweder von den brennenden Deckenbalken oder von den Pythons. Dann werfe ich die Bettdecke beiseite und sprinte los. Bis ich aufwache.

Ich glaube, so war es auch heute, aber ich könnte es nicht beschwören. Es ist schwierig, sich an Träume zu erinnern, während man mitten in der Nacht halbnackt im Central Park steht. Es muss der Central Park sein – zumindest, wenn das hier kein Traum ist. Denn in der Realität besuche ich gerade meine große Schwester Johanna in New York, und die wohnt in der Upper West Side, nur einen Häuserblock vom Central Park entfernt.

Zum Glück ist kein Mensch in Sicht. Niemand, der mich

für drogenabhängig oder irre halten könnte. Wahrscheinlich würde man mich auf die Wache bringen. (Die Wache … Solche Wörter fallen mir nur in Amerika ein.) Der Gedanke an die Wache ängstigt mich noch mehr als die Schattenbäume. Als polizeilich registrierte Schlafwandlerin dürfte ich künftig bestimmt nicht mehr einreisen. Nie wieder Manhattan, nie wieder Leni und ich und Manhattan … Ich fange an zu rennen und hoffe, dass es der richtige Weg ist. Raus aus dem Park, zu Johanna.

Der Asphalt, der mir tagsüber beim Inlineskaten vollkommen glatt vorkam, sticht schmerzhaft in meine nackten Fußsohlen, und ich stolpere ein paarmal in der Dunkelheit, bevor hinter einer Kurve die ersehnte Straßenlaterne auftaucht. Es ist, als hätte jemand die Nachttischlampe angeschaltet. Plötzlich gibt es keinen Zweifel mehr, dass dieser Albtraum Wirklichkeit ist, und ich weiß auch haargenau, wo ich mich befinde. Es sind nur ein paar Meter bis zum Bürgersteig und zur Central Park West, der Straße, die ich überqueren muss, um zu Johannas Haus zu gelangen.

Ich renne kopflos über die Straße und werde beinahe von einem Taxi überfahren. Panisch laufe ich weiter, schnell weg hier. Ich sehe mich schon mit dem Taxifahrer auf der Wache, in eine stinkende Wolldecke gehüllt, die schon wer weiß wen gewärmt hat. Kalt ist es übrigens nicht. Der *Officer*, der mir gerade vorschwebt, hat mir die Stinkedecke nur aufgedrängt, weil ich nichts trage als eine Unterhose und ein sehr dünnes weißes Unterhemd.

Es ist unfair, dass ich ausgerechnet heute in den Central Park sprinten musste. Normalerweise schlafe ich nämlich in Boxershorts und blickdichtem T-Shirt. Doch gestern ist Johannas Klimaanlage kaputtgegangen, und dieser Juli ist selbst für New Yorker Verhältnisse besonders schwül. Wäre ich nicht

Schlafwandlerin, hätte ich nackt geschlafen. Das Unterhemd war ein Kompromiss, Oliver zuliebe. Oliver ist Johannas Mann und muss mich wirklich nicht nackt sehen.

Oliver war tatsächlich der einzige Risikofaktor, der mir in puncto Nacktheit eingefallen war. Ich wäre nie auf die Idee gekommen, dass mich mein Sprint über Johannas Türschwelle ins nächtliche Manhattan befördern könnte. Das liegt daran, dass Johanna mich wie ein Schießhund bewacht. Wenn ich bei ihr zu Besuch bin, achtet sie peinlich genau darauf, die Haustür abends zweimal von innen abzuschließen, den Schlüssel abzuziehen und ihn in ihrer Nachttischschublade zu vergraben.

Johanna ist neun Jahre älter als ich. Sie war das Einzelkind, das sich meine Eltern gewünscht haben. Und dann, als sie schon mit einem Bein im Gymnasium und aus dem Gröbsten heraus war, kam ich. Meine Eltern haben sich einigermaßen Mühe gegeben, sich nichts anmerken zu lassen, aber ich spüre einfach, wenn mir jemand meine bloße Existenz krummnimmt. Sie hatten nicht einmal richtig Lust dazu, einen Namen für mich auszusuchen. Also haben sie die letzten vier Buchstaben aus Johannas Namen genommen. Ich war schon immer nur ein Bruchteil von ihr. Johanna würde mich korrigieren: »Du warst schon immer ein *Teil* von mir.« Ohne meine Schwester wäre ich wahrscheinlich drogenabhängig oder irre geworden. Inzwischen bin ich vierundzwanzig, aber sie versucht nach wie vor, mich vor allem zu beschützen.

Die Sache mit Kilian Brand muss sie sehr aufgewühlt haben, anderenfalls hätte Johanna niemals vergessen, die Haustür abzuschließen. Es war schon ziemlich untypisch für sie, als sie gestern Abend von der Arbeit nach Hause kam und mit zerzaustem Haar in Straßenschuhen – dafür hätte sie Leni und mich gekreuzigt – ins Wohnzimmer rauschte und atemlos »Wir sind eingeladen!« rief.

Oliver, Leni und ich saßen am Esstisch und bastelten Raupen aus bunten Pomponbällen. Bevor wir Hallo sagen konnten, wiederholte Johanna völlig aus der Puste: »Wir sind eingeladen!«, und ließ sich aufs Sofa plumpsen.

Leni lief sofort zu ihr und rief auf Verdacht: »Super!« Sie umarmte ihre Mutter und kletterte auf ihren Schoß.

»Ich muss das absagen«, keuchte Johanna, woraufhin Leni auf Verdacht das große Jammern anstimmte.

Oliver setzte seine Brille ab und massierte sich den Nasenrücken. »Kannst du uns vorher vielleicht noch verraten, bei wem wir überhaupt eingeladen sind?«

»Bei Kilian Brand.«

Ich wäre gern so cool wie die fünfjährige Leni gewesen, die beim Klang des Namens offenbar nur *Kein Kindergeburtstag* dachte und ihr Jammern sofort einstellte. Ich dagegen spürte meinen Herzschlag plötzlich im Hals und konnte meine Schwester nur sprachlos anstarren.

Kilian Brand war der Grund, weshalb ich gestern nur einen Tag nach meiner Ankunft den ganzen Nachmittag an diesem Esstisch gesessen und auf Johanna gewartet hatte, anstatt all meine geheimen Lieblingsorte in Manhattan aufzusuchen. Am Morgen beim Frühstück hatte sie ganz beiläufig erwähnt, sie würde mit Kilian Brand zu Mittag essen. Mit ihrer Beiläufigkeit lag Johanna ziemlich weit oben auf der Angeberskala. Sie wusste genau, dass ich alle seine Bücher mehrfach gelesen hatte und bei jedem Schritt durch diese Stadt davon träumte, ihm über den Weg zu laufen. Und nun traf sie ihn einfach so, um ihn zu einer Lesung im Goethe-Institut zu überreden. *Den* deutschen Bestsellerautor, der seit letztem Herbst in New York lebte. Den ich schon mit sechzehn gelesen hatte, als sich noch kein Mensch für ihn interessierte, auch meine Schwester nicht. Die nun seine *Einladung* absagen wollte.

Zum Glück war Oliver fast so ein Bücherjunkie wie ich und sagte genau das, was ich sagen wollte: »Erzähl.«

Johanna schob Leni von ihrem Schoß. »Du zerknitterst meine Hose.«

Das kleine rothaarige Mädchen rollte mit den Augen und setzte sich wieder zu uns an den Tisch. »Die weiche Puppe und die nackte Puppe wollen mit Rosalie Finn-Rosalie eine Raupenfarm aufmachen und ...«

»Schhhhh, Leni«, kam es aus meinem Mund. So etwas Unfreundliches hatte ich noch nie zu ihr gesagt. Leni und ich ziehen immer an einem Strang. Sie wurde mucksmäuschenstill und fixierte mich mit fragenden Augen, während ihre Mutter von Kilian Brand erzählte.

Das gemeinsame Mittagessen war ins Wasser gefallen. Er hatte kurzfristig abgesagt, und Johanna hatte ihn schon abgeschrieben, als er vor zwei Stunden anrief und einen Kaffee am Union Square vorschlug. Es war toll gewesen. Sie hatten mit ihren Kaffeebechern auf einer Parkbank gesessen und geplaudert wie alte Freunde.

Oliver runzelte die Stirn. »Wie alte Freunde? Worüber denn?«

»Dass wir uns schon zweimal begegnet sind und ich es trotzdem noch nicht geschafft habe, eine Lesung im Goethe-Institut mit ihm zu organisieren.«

Ich war beeindruckt. Wäre ich an Johannas Stelle gewesen, hätte ich den Zweck des Treffens in der Sekunde vergessen, in der Kilian Brand um die Ecke gebogen war. Hatte es überhaupt eine Ecke gegeben, oder hatte er bereits auf der Parkbank gesessen, oder war er von einem Baum gefallen? Hatte er dabei schon zwei Kaffeebecher in den Händen gehabt? Wie hatte er ausgesehen? War er wie einer dieser betont lässigen Millionäre in kaputten Jeans erschienen oder vielleicht sogar im Jogginganzug? Hatte er gelächelt? Einmal, zweimal, nie? Alles Fragen, die ich nicht stellen konnte. Zu aufgeregt.

»Aha, richtig persönliche Themen also«, bemerkte Oliver trocken, aber Johanna beachtete ihn nicht und fuhr fort: »Es war unglaublich, er hat sofort zugesagt. Das Gespräch hat maximal eine Stunde gedauert.«

»Alte Freunde kommen halt schnell auf den Punkt«, warf Oliver ein und klebte zwei Plastikaugen in das Gesicht seiner ausgesprochen gelungenen Raupe.

Johanna ignorierte ihn wieder. »Ich war völlig überrumpelt, als er mich aus heiterem Himmel gefragt hat, ob wir im August schon was vorhaben.«

Oliver sah auf und lächelte schief. »Na ja, einen Abend werden wir schon für ihn freischaufeln können.«

»Einen Abend … ha!« Sie atmete lautstark aus. »Er hat uns eingeladen, die kommenden drei Wochen in seinem Ferienhaus auf Long Island – in den *Hamptons!* – zu verbringen. Seine Freunde haben abgesagt, und jetzt hat er neun freie Betten. Ich kann *acht Leute* mitnehmen.« Sie machte wieder dieses ungläubige Geräusch: »Ha!«

Ich hätte auch gern ein Geräusch gemacht, aber ich war wie betäubt. Jemand hätte mich schonend auf dieses Gespräch vorbereiten müssen. Ein bisschen Alkohol vorab wäre schön gewesen.

»Habe ich was verpasst?«, wollte Oliver wissen. »Kennt ihr euch näher?«

»Das ist es ja! Nein! Also …« Johanna hielt inne und legte den Kopf schief. »Ich bleibe beim Nein.«

Oliver legte ebenfalls den Kopf schief. »Du kannst es mir ruhig sagen.« Er unterdrückte ein Lächeln. Oliver ist nie eifersüchtig. Allenfalls, damit Johanna sich prima fühlt.

»Also, als wir uns im Dezember zum ersten Mal getroffen

haben – davon habe ich doch erzählt, das war bei der Fotoausstellung im Goethe-Institut, die ich organisiert habe und wo er völlig unerwartet aufgetaucht ist …«

»Weil *du* ihn eingeladen hast.«

»Aber ich habe doch nicht damit gerechnet, dass seine Agentur das an ihn weitergibt …«

»Was war denn nun, als ihr euch zum ersten Mal getroffen habt?«

»Er kam erst kurz vor Schluss, als kaum noch Gäste da waren. Da haben wir uns festgequatscht.«

»*Festgequatscht?*«, brach es aus mir heraus. Meine Schwester hatte sich mit meinem Lieblingsautor festgequatscht und mir kein Wort davon erzählt. Das sah ihr ähnlich.

»Ja, ich hatte den Eindruck, dass er ein wenig einsam war. Er war ja gerade erst aus Hamburg hergezogen.« *Wichtigtuerin.* Bevor ich es laut aussprechen konnte, fuhr sie fort: »Jedenfalls hat er sich dann an mich erinnert, als wir uns im Frühjahr beim Generalkonsul über den Weg gelaufen sind.«

»Beim *Generalkonsul*?« Ich biss mir auf die Zunge. Ich musste schleunigst meinen entrüsteten Tonfall loswerden. Sonst würde Johanna gleich dichtmachen.

Es ging nur einfach nicht in meinen Kopf, dass jemand wie Kilian Brand, der ein komplettes Buch gegen Networking geschrieben hatte, sich freiwillig auf einen Cocktailempfang voller Diplomaten begab. Selbst meine Schwester, die wirklich gern sah und gesehen wurde, machte sich immer über diese ziemlich steifen Veranstaltungen lustig. Was sie nicht daran hinderte, daran teilzunehmen – am liebsten in Vertretung ihres Chefs, der anscheinend genauso scharf darauf war wie Oliver.

Nach nur zwei Jahren in New York war Johanna fester Bestandteil der deutschen Community. Hin und wieder jammerte sie darüber, dass sie abgesehen von einer Nachbarin und einem Staatsanwalt keine New Yorker kannte, aber in Wahrheit fand sie diesen Mikrokosmos in der Millionenstadt herrlich. Ich wunderte mich manchmal darüber, wie deutsch meine Schwester plötzlich war. Im letzten Jahr war sie – bekennender Karnevalsmuffel – sogar im Dirndl bei der Steuben-Parade mitgelaufen, einem riesigen deutsch-amerikanischen Karnevalsumzug auf der Fifth Avenue. Ausgerechnet hier, in der großen weiten Welt, besann Johanna sich auf ihre Wurzeln. Oliver wartete nur darauf, dass sie auch noch dem Skatclub beitreten würde. Vielleicht war Kilian Brand ja auch Mitglied …

»Alle wollen ihn – also Kilian Brand, nicht den Generalkonsul. Eigentlich ist das tragisch«, sagte sie nachdenklich. »Da will er sich eine Auszeit in Amerika nehmen und gerät prompt in die Fänge der deutschen Community.«

»Genauer gesagt, in *deine* Fänge«, bemerkte Oliver. »Weiß er, dass du verheiratet bist?«

»Natürlich!«, rief Johanna empört. »Ich habe ihm sogar ein Foto von Leni gezeigt. Er meinte, das Ferienhaus sei ideal für Urlaub mit Kindern. Mit Pool und direktem Zugang zur Badebucht.«

Ich räusperte mich. »Habe ich dir irgendwas getan, oder warum willst du das absagen?«

Doch eigentlich konnte ich ihr keinen Vorwurf machen. Johanna wusste zwar, dass Kilian Brand einer meiner Lieblingsautoren war, aber in Wahrheit wusste sie nichts. Ich liebe meine Schwester, aber sie begreift nicht, was Bücher für mich bedeuten. Johanna liest gern. Genauso wie sie gern kocht oder shoppen oder joggen geht. Für mich hingegen sind Bücher der Dreh- und Angelpunkt meines Lebens, der Soundtrack meines Alltags – das, wohin ich abends nach Hause komme.

Viele Leute erinnern noch genau, wo sie sich befanden, als sie zum ersten Mal von dem Anschlag auf das World Trade

Center, dem Tsunami im Indischen Ozean oder der Nuklearkatastrophe von Fukushima hörten. Ich dagegen weiß, welches Buch ich zu jedem dieser Zeitpunkte gelesen habe. (Beim Tsunami *Die Brüder Löwenherz* und bei Fukushima *Das Hotel New Hampshire*. Als die Twin Towers zusammenstürzten, konnte ich noch nicht lesen.) Ich weiß auch Jahre später, in welchem Urlaub ich welches Buch gelesen habe und wie es sich angefühlt hat. Wahrscheinlich würde ich mich nicht an den Urlaub erinnern, wenn ich währenddessen kein Buch gelesen hätte. Was aber nie vorkommt.

In den letzten zwei Jahren, seit Johanna und Oliver in den Staaten wohnen, war ich im Sommer oft zum Schwimmen auf Long Island. Dennoch sind meine ersten Assoziationen mit Long Island nicht die schönen Stranderinnerungen. Ich denke an den großen Gatsby, der in der Dunkelheit steht und sehnsüchtig das grüne Licht an Daisys Steg beobachtet, oder an Max Frisch, der in *Montauk* durchs Gestrüpp läuft und das Meer sucht. Und natürlich denke ich an einen weiteren meiner Lieblingsautoren, Truman Capote, der mit den Millionären auf Long Island gefeiert und sich dann um Kopf und Kragen geschrieben hat. Okay, jetzt übertreibe ich. Vielleicht denke ich doch zuerst an Leni, die in ihrem Badeanzug mit Kirschmuster Muscheln sucht.

Fakt ist aber, dass ich noch genau weiß, wo und wann ich mein erstes Buch von Kilian Brand, das zugleich Kilian Brands erstes Buch war, gelesen habe. Ich war sechzehn Jahre alt und saß vor einem Geschenkeberg, der meiner Cousine Eva gehörte, die gerade ihren achtzehnten Geburtstag feierte. Eva war nicht so mein Fall und ihre Geburtstagsfeier auch nicht. Während ich also dumm auf dem Sofa herumsaß, fiel mein Blick auf ein gebundenes, knallweißes Buch. (Gibt es Knallweiß? In meiner Erinnerung war es sogar neon-weiß.) Es lag dort ziemlich eingeschüchtert zwischen allerlei Zeug von *Chanel* und *Louis Vuitton*, und auf seinem Cover leuchtete in Pink nur die Zahl *27*.

Die Zahl traf sofort einen Nerv bei mir, weil Amy Winehouse kurz zuvor mit siebenundzwanzig Jahren gestorben war, was mich damals sehr beschäftigte. Also griff ich zu. Das Buch handelte tatsächlich vom *Club 27*, jenen Musikern, die alle im Alter von siebenundzwanzig Jahren gestorben sind. Unter anderem. Es enthielt siebenundzwanzig Essays zu verschiedenen Themen. Kilian Brand räumte gleich zu Beginn ein, er hätte lieber einen Song geschrieben. Aber das überstieg seine Fähigkeiten. Ich stellte mir vor, wie er mit den Achseln zuckte. Ich mochte den Klang seiner Gedanken. Er hörte sich wie jemand an, der brennt und es nicht zugibt. Ich inspizierte sein Foto auf dem Einband. Sein schiefes Grinsen kam unerwartet, ich hatte auf ein bisschen mehr Melancholie gehofft. Er sah trotzdem gut aus. Und er war jung, genauer gesagt exakt siebenundzwanzig Jahre alt. Ich weiß noch, wie mir ein Schauer über den Rücken lief.

Ich verließ Evas Geburtstagsfeier als Letzte. Es war das einzige Mal in meinem Leben, dass ich etwas geklaut habe. Inzwischen ist das Buch schmuddelig-weiß vom vielen Lesen.

Und nun, acht Jahre und vier unglaublich gute Bücher von Kilian Brand später, saß ich an Johannas Esstisch und musste mir anhören, dass ich nicht in sein Sommerhaus auf Long Island durfte. Sein Sommerhaus, das nicht etwa *irgendwo* auf dieser riesigen Insel vor den Toren New Yorks lag, sondern in den Hamptons, die man sonst nur aus Filmen oder Berichten über die Superreichen kannte.

Abgesehen davon, dass es für mich kein glamouröseres Urlaubsziel geben konnte, hatten wir diesen Sommer rein gar nichts geplant. Leni und Oliver, der an der Deutschen Schule

Geschichte und Deutsch unterrichtete, hatten bereits seit zwei Wochen Sommerferien, und mein Schwager freute sich wie verrückt darauf, Leni die nächsten vier Wochen bei mir abzugeben und mit Johanna Erwachsenenzeug zu machen. So war das immer. Ich verbrachte meine Semesterferien mit einem Kleinkind, aber das war in Ordnung. Lenis und meine Streifzüge durch Manhattan waren jedes Mal ein Abenteuer. Meinetwegen würde ich mit ihr allein in die Hamptons fahren und im verlassenen Haus des berühmten Schriftstellers versteckte Türen und Geheimgänge entdecken. Oder unveröffentlichte Manuskripte … Ich *musste* einfach dorthin.

»Anna«, seufzte Johanna, und es klang genauso, wie wenn sie »Leni« sagte. »Weißt du eigentlich, wie viele Leute ich vor den Kopf stoße, wenn *ich* Kilian Brands Feriengäste auswähle?«

Ich zuckte mit den Achseln. »Dann lass uns doch nur zu viert fahren, oder hat er etwa gesagt, du *musst* alle Betten füllen?«

»Anna.« Wieder dieser Ton, als wäre ich fünf Jahre alt. »Wenn *das* herauskommt, dass ich fünf Betten habe brachliegen lassen … Und dann lädt Kilian Brand womöglich fünf andere Fremde ein, die er auf irgendwelchen Parkbänken aufgegabelt hat. Willst du mit denen in einem Haus wohnen?«

»Das fände ich durchaus spannend«, begann ich, aber Oliver unterbrach mich: »Johanna, das ist jetzt nicht dein Ernst. Du lässt dir die Hamptons entgehen, weil du jemanden vor den Kopf stoßen könntest? Außerdem ist doch klar, wer mitkommt.«

Johanna verdrehte die Augen. »Bitte nicht die.«

»*Die?*« Oliver ließ seine Raupe auf den Tisch fallen. »Das sind unsere besten Freunde.«

»Ich weiß, aber die besetzen gleich *vier* Plätze mit den beiden Kleinen.«

»Umso besser«, entgegnete Oliver, »dann musst du dir nur noch über einen Gast den Kopf zerbrechen.«

»Herrje, ich kenne so viele alleinstehende Frauen, die Kilian Brand kennenlernen wollen …«

Meinte sie mich? Nein. Ich hatte noch ein paar Jahre Zeit, bevor man mich als »alleinstehend« abstempeln würde. Zum Glück. Der Mann fürs Leben musste nämlich warten, bis die Sache mit den nächtlichen Sprints ausgestanden war. Derzeit war mein Bett für andere Leute eine Zumutung. Aber hoffentlich nicht mehr lange. Meine Oma und meine Tante Jutta hatten mir versichert, diese blöde Schlafstörung würde sich mit ungefähr Mitte zwanzig auswachsen. So war es bei ihnen gewesen, und bis jetzt hatten sie mit allen Vorhersagen recht gehabt. Pünktlich zur Pubertät war es losgegangen. Jutta hatte schon viel früher prophezeit, dass ich das Sprint-Gen haben würde. Weil mich alles so schrecklich aufwühlte. Irgendwie gehörte das anscheinend zusammen. Das Gen und die Neigung, sich unverhältnismäßig wegen Klausuren oder Flugreisen oder neuen Bekanntschaften verrückt zu machen … *Halt!* Warum sprach Johanna davon, Kilian Brand kennenzulernen?

»*Kennenlernen?* Wir werden ihn *kennenlernen?*«, platzte es aus mir heraus.

»Das lässt sich wohl kaum vermeiden, wenn man zusammen in einem Ferienhaus wohnt.«

»Er wird *dort* sein?«

»Ja, er verbringt den ganzen August in den Hamptons.«

Jetzt ließ auch ich meine Raupe auf den Tisch fallen. Der Gedanke, dass Kilian Brand einen Haufen fremder Leute in sein Ferienhaus einlud, war schon abwegig genug. Es wäre mir nie in den Sinn gekommen, dass er nun auch noch seinen Sommer mit diesen Leuten verbringen wollte. Und noch viel weniger, dass *ich* meinen Sommer mit ihm verbringen würde. Das war wie … eine eierlegende Wollmilchraupe.

Das fand Oliver offenbar auch. »Denk doch mal an Anna und ihr Literaturstudium. Was für einen Motivationsschub ihr das geben würde.«

Johanna verdrehte wieder die Augen. »Wenn Anna irgendwas nicht braucht, dann ist es noch mehr Motivation. Die macht ihren Master im Schlaf.«

Doch Oliver ließ nicht locker. »Kilian Brand wird in der Oberstufe gelesen. *Mein* Deutsch-LK liest nächstes Jahr eins seiner Bücher.«

»Also daher weht der Wind«, erwiderte Johanna. »Ein Grund mehr, die Einladung auszuschlagen. Wenn du ihm auf die Pelle rückst, sagt er bestimmt meine Lesung im Herbst ab.«

Endlich schaltete sich mein Verstand wieder ein. »Bestimmt lässt er die Lesung platzen, wenn du ihn abblitzen lässt. Womöglich ist der Sommer auf Long Island sogar die Voraussetzung dafür, dass er das überhaupt mitmacht. Er will dich kennenlernen, um herauszufinden, worauf er sich einlässt. So ticken Schriftsteller. Bestimmt hat er eine soziale Störung oder so. Kilian Brand gibt doch sonst keine Interviews. Wenn du ihm absagst, wird er misstrauisch und zieht sich in seine Komfortzone zurück.«

»Du meinst, er *testet* mich?«

»Klar«, antworteten Oliver und ich gleichzeitig. Wir wechselten einen schuldbewussten Blick aus den Augenwinkeln, aber Johanna war zu bestürzt, um es zu bemerken. Sie stand vom Sofa auf und tigerte im Wohnzimmer umher. Leni, die in der Zwischenzeit eine Raupenfarm auf dem Esstisch gegründet hatte, sah mich verunsichert an. Ich schnitt eine Grimasse, und sie kicherte.

»Na gut«, verkündete Johanna schließlich. »Er soll mir einen

Grundriss schicken. Die Zimmer müssen vorab zugeteilt werden, sonst gibt das ein Hauen und Stechen. Wir nehmen Alex, Simone und die Kinder mit. Und ich frage Maike.«

Manchmal kann ich mich selbst nicht leiden. Anstatt vor Freude in die Luft zu springen und meiner Schwester die Füße zu küssen, war mein erster Gedanke: *Ein Grundriss? Oh Scheiße, das wird so peinlich …* Direkt gefolgt von: *Oh nein, bitte nicht Maike …*

Ich habe es also ein bisschen verdient, hier durch die Nacht zu rennen und ein paar echte Sorgen zu haben. Inzwischen habe ich Johannas Straße erreicht. Ihr Haus steht in einer langen Kette schnörkeliger brauner Sandsteinhäuser, die nachts alle gleich aussehen. Tagsüber finde ich ihr Haus blind, und zwar so blind, dass ich nie über die Hausnummer nachgedacht habe. Ich laufe die Straße mit pochendem Herzen zweimal auf und ab, bevor ich Lenis lila Matschschuhe oben auf der Treppe zum Hochparterre entdecke. Erleichtert haste ich die steilen Stufen hinauf.

Doch oben angekommen halte ich abrupt inne. Ich kann unmöglich klingeln. Johanna hat mich bewusst im Bücherzimmer (Bibliothek wäre übertrieben) im Erdgeschoss untergebracht, damit ich mir nicht auf der Treppe den Hals breche oder jemanden mit meinem Getrampel aufwecke. Sie legt Wert darauf, dass Leni durchschläft. Wenn ich jetzt klingele … Da bemerke ich, dass die Haustür einen Spaltbreit offen steht. *Oh nein.* Ich habe sie offen gelassen. Wir sind hier nicht in Kanada oder in meiner harmlosen Sackgasse in der Bonner Südstadt. Bestimmt hat jemand meine Familie geklaut. Oder noch schlimmer: nur Leni. Bei dem Gedanken bricht mir der Schweiß aus. Ich muss sofort in ihr Zimmer schleichen und nachsehen.

Als ich ins Haus huschen will, geht das Licht im Flur an. Johanna sitzt auf der Treppe, die zu den Schlafzimmern führt. Ihre Finger liegen noch auf dem Lichtschalter. Sie hat dort im Dunkeln gesessen und auf mich gewartet.

Ich bleibe im Türrahmen stehen und stammle: »Tut … tut mir leid. Ich habe die Haustür aufgelassen.«

»Nein, du hast sie hinter dir zugeknallt«, sagt Johanna leise. »Davon bin ich aufgewacht, aber als ich unten ankam, warst du schon weg. Ich wusste nicht, in welche Richtung du gelaufen bist. Wenn du noch zwei Minuten länger weggeblieben wärst, hätte ich die Polizei gerufen. Ich habe die Tür aufgemacht, damit du niemanden weckst.«

Typisch Johanna. Die Besonnene, die alles im Blick hat und den Schlaf ihrer Lieben bewacht. Und die mir jetzt eine Riesenstandpauke halten und mich bis in alle Ewigkeit mit dieser Geschichte nerven wird.

Sie steht von den Stufen auf und kommt auf mich zu. Ich will mich schon wappnen, als sie mich ins Haus und in eine feste Umarmung zieht. Da beginne ich unvermittelt zu heulen. Erst jetzt spüre ich das Ausmaß meiner Panik. *Ich bin im Central Park aufgewacht. Mitten in der Nacht. Halbnackt.* Johanna drückt mich noch fester an sich und flüstert, dass es ihr leidtut. Sie hätte abschließen müssen. Ich schluchze wie verrückt und kann nur vehement den Kopf schütteln. Ich will ihr sagen, es sei allein meine Schuld gewesen. Dass ich ein wandelndes Ärgernis bin und mich endlich in den Griff kriegen muss. Ach, ich will noch viel mehr sagen. Wie gern ich mit ihr tauschen würde. Wie gern ich zur Abwechslung mal die Beschützerin wäre. Die mit dem Überblick, die alles zusammenhält.

Stattdessen bringe ich nur ein mickriges Wort heraus: »Scheißträume.«

2

Ich wünschte, er wäre nicht dort. Dann könnte ich jetzt in Ruhe den Stau genießen. Wir kriechen im Schneckentempo über den Long Island Expressway unserem Ziel, Sag Harbor, entgegen. Sag Harbor liegt fast am östlichen Zipfel der Insel, etwa eine halbe Stunde vor Montauk.

Ich versuche, mich auf Montauk zu konzentrieren, um mich abzulenken. Wir waren letzten Sommer dort, an diesem Ort, der auch »The End« genannt wird, weil es hinter dem Leuchtturm nur noch das offene Meer gibt. Das melancholische Gefühl, das mich bei dem Gedanken an Montauk überkommt, gehört wahrscheinlich nicht mir, sondern Max Frisch. Wie so viele lesende Lemminge bin ich seiner Erzählung bis zum *Land's End* gefolgt. Auch jetzt steckt sein Buch in meinem Rucksack. Auf Johannas Bücherregal ist Verlass. Ich lese *Montauk* schon zum dritten Mal, obwohl die Geschichte eigentlich nichts mit mir zu tun hat. Alter Mann, der erfolgreicher Schriftsteller ist, verbringt ein Wochenende auf Long Island mit junger Frau, die kein einziges seiner Werke gelesen hat. Natürlich geht es um viel mehr, aber mich interessiert gerade nur diese junge Frau und was für ein Glück sie hatte, dass sie seine Bücher nicht kannte.

Ich wünschte wirklich, Kilian Brand wäre nicht dort. Als ich ihn unbedingt kennenlernen wollte, habe ich nicht bedacht, dass ich dabei auch anwesend sein muss. Vielleicht muss ich sogar mit ihm *reden*. Ich habe Johanna vorgeschlagen, sie könnte mich als blinden Passagier mitnehmen. Ich würde in irgendeiner Abstellkammer schlafen und tagsüber vorgeben, die Putzfrau zu sein. Kilian Brand hat mit Sicherheit keinen Überblick über das Personal. Das Haus gehört ihm nämlich nicht. Als Johanna ihn um den Grundriss bat, hat sich herausgestellt, dass er es bloß für den Sommer gemietet hat. Johanna meinte, er habe am Telefon laut gelacht. Für wie reich sie ihn eigentlich halte. Und nein, er werde auf keinen Fall den Grundriss herausrücken. Bei Häusern in dieser Preisklasse bliebe alles schön diskret. Schließlich brauchten die Paparazzi nicht zu wissen, wo genau sich der *master bedroom* befand.

»Paparazzi«, schnaube ich verächtlich. »Für wie wichtig hält der sich eigentlich? Bloß weil seine Bücher auch auf Englisch zu haben sind, interessieren sich die Amis noch lange nicht für ihn.«

Johanna dreht sich im Beifahrersitz zu mir um. »Ich glaube, er meinte die anderen Promis, die dort absteigen. Irgend so ein Countrysänger verbringt mit seiner Familie jeden Sommer in dem Haus.«

Oh. Da fallen mir einige ein … Nein, ich will's gar nicht wissen. Seit wir uns in diese Blechlawine eingereiht haben, versuche ich vergeblich, mich und die anderen davon zu überzeugen, dass Kilian Brand nicht so richtig toll ist. Damit befinden wir uns schon in Phase zwei meiner Verleugnungstaktik. In Phase eins habe ich mir eingeredet, dass er nicht kommen wird. Promis kommen nie, und wenn doch, dann erst kurz vor Schluss. Phase eins endete leider schon lange vor dem Stau, ungefähr auf Höhe der Throgs Neck Bridge, als Johanna eine Textnachricht von Maike erhielt.

Maike ist schon im Haus, zusammen mit Kilian Brand, und zwar mittlerweile seit zwei Stunden. Es läuft also alles genau nach Johannas Plan. Ohne diesen blöden Plan wären wir wie vernünftige Menschen um spätestens acht Uhr auf der Straße gewesen, um an diesem sonnigen Tag nicht in den Freitagsstau in Richtung Strand zu geraten. Aber Johanna hat sich in den Kopf gesetzt, Maike einen großzügigen Vorsprung zu lassen, damit sie und Kilian Brand sich in Ruhe beschnuppern können. Und wenn Johanna etwas Gutes tun will, kann sie keiner aufhalten.

Es war von Anfang an klar, dass Johanna Maike mitnehmen würde. Ich glaube, ihr Zaudern hatten wir eher Alex und Simone zu verdanken. Maike ist Johannas engste Kollegin im Goethe-Institut. Sie ist genauso alt wie Johanna, aber irgendwie haben die beiden ein komisches Henne-Küken-Verhältnis. Johanna nennt Maike »Kleini«, und Maike tut alles, um meine Schwester zu erfreuen. Sie trinkt sogar mit ihr den ekligen selbstgemachten Eierlikör unserer Tante Jutta, den eigentlich niemand mag außer Johanna und Jutta. Einmal hat Maike es tatsächlich auf sich genommen, den Schnaps ins Land zu schmuggeln. Vielleicht mag sie ihn ja wirklich.

Ob sie Kilian Brands Bücher gelesen hat?

Leni, die neben mir in ihrem roten Autositz geschlafen hat, ist endlich aufgewacht und befreit mich aus meinen Grübeleien. Zuerst krümeln wir gemeinsam das Auto voll mit ihren zuckerfreien Vollkornkeksen, und dann spielen wir *Gegenteil.* Nach Sonne, Mond, groß, klein, süß, sauer und so weiter frage ich sie, was das Gegenteil von Mama ist. Leni antwortet: »Papa«, aber Oliver lacht und meint: »Anna.«

Leni schüttelt heftig den Kopf und erwidert: »Anna ist *mein* Gegenteil.«

Johanna dreht sich zu uns um und erklärt Leni zum hundertsten Mal die Bedeutung des Begriffs. Mitunter bemerkt sie nicht, wenn Leni schon einen Schritt weiter ist.

Ich drücke Lenis krümelige Hand und sage: »Du und ich.«

Sie drückt zurück, und plötzlich geht es mir besser. Ich fahre in den Strandurlaub mit Leni.

Sag Harbor ist verschlafener, als ich es mir vorgestellt habe. Doch vielleicht liegt das an der Mittagshitze. Die Luft da draußen flirrt, und die hübschen Holzhäuser rühren sich nicht vom Fleck. Sie wirken weniger protzig als die Villen in Southampton, aber Oliver sagt, wir sollten nicht darauf hereinfallen. Die Streichholzschachteln am Wegesrand kosteten Millionen, und die einzigen Normalos seien vermutlich die Nachkommen der Walfänger, die hier einst gewohnt hätten.

Gerade als Johanna sich über die Abwesenheit der meterhohen Ligusterhecken freut, hinter denen sich die Milliardäre in den Hamptons gern verschanzen, rückt exakt so eine Hecke mit einem hohen Tor in mein Blickfeld, und das Navi behauptet, wir seien am Ziel. Trotz Kameras und Gegensprechanlage fragt niemand nach unseren Namen, das Tor öffnet sich bereits nach dem ersten Klingeln.

Am Ende des Kieswegs erwartet uns ein zweigeschossiges, grau geschindeltes Holzhaus im viktorianischen Stil. Die Veranda ist dicht bewuchert, und auf den zweiten Blick ist die Hecke, die das Grundstück umgibt, vielleicht nur so hoch, weil sie lange nicht geschnitten worden ist. Oliver warnt uns wieder, wir sollten uns nichts vormachen. Der Schein trüge, dies sei kein harmloses Hexenhaus.

Er stellt seinen Kombi in der Parkbucht neben Maikes orangefarbenem Cabrio ab. Kilian Brand ist offenbar zu Fuß gekommen. Oder mit dem Helikopter.

Leni schnallt sich ab und zappelt ungeduldig herum. Sie will raus, aber ich nicht. Ich will zurück nach Manhattan.

Dann sehe ich ihn. Er kommt die Verandatreppe herunter, zwei Schritte hinter Maike. Maike stürmt auf Johanna zu und umarmt sie, als hätten sie sich nicht gestern noch im Büro gesehen. Johanna, Oliver und Kilian Brand schütteln sich die Hände. Er sieht aus wie auf den Bildern im Internet. Schmales Gesicht, ausgeprägte Wangenknochen, Dreitagebart. Seine braunen Haare sind etwas länger als auf den Fotos, er kann sie hinter die Ohren stecken. Er trägt trotz der Hitze eine lange schwarze Jeans, die ihn jung aussehen lässt. Dazu ein graues T-Shirt. Er würde viel besser in eine dunkle Bar im East Village passen als in diese sonnige Einfahrt. Oder vielmehr *hinter* eine Bar. Der coole Barkeeper, der seine Songtexte in der Gesäßtasche mit sich herumträgt und auf seine Chance wartet …

Jemand klopft an die Fensterscheibe. Es ist Oliver.

»Kommt ihr jetzt?«

Leni will nicht ohne mich aussteigen. Sie krabbelt auf meinen Schoß. Oliver öffnet von außen die Autotür und schaut mich an. Ich weiß, was er denkt. *Pokerface, Anna.*

Ich kann kein Pokerface, aber ich kann mich hinter Leni verstecken. Ich hieve uns aus dem Auto und winke vage in Richtung Maike und Schriftsteller – schließlich habe ich die Hände voll mit Leni, die ihr Gesicht an meiner Schulter vergräbt, und ihrer Puppe, deren juckender Haarschopf unter meinem Kinn klebt.

Wir folgen den anderen über die Veranda, auf der ein wunderbares Chaos aus Topfblumen, bunt gestrichenen Holzstühlen und Strandspielzeug herrscht, ins Haus. Die Temperatur fällt sofort um gefühlt zwanzig Grad, und ich schaue mich um. Oliver hatte unrecht. Das *ist* ein Hexenhaus. Das einzig Moderne in diesem Raum ist die klimatisierte Luft. Wir stehen in einer geräumigen Küche und sind von Tellern umzingelt. An allen Wänden hängen Unmengen von Porzellantellern mit blau-weißen Blumenmotiven. Sie drängeln sich auch auf dem Geschirrständer über der antik aussehenden weißen Spüle. Auf dem großen Küchentisch stehen zahlreiche blau-weiß gestreifte Vasen, die mit bunten Wildblumen gefüllt sind.

Wir lungern alle ein wenig befangen um den Küchentisch herum, und Kilian Brand lehnt sich an den gusseisernen Herd, der definitiv aus dem 19. Jahrhundert stammt. Er erkundigt sich, ob wir etwas trinken möchten. Die Frage klingt merkwürdig. Ich glaube, es liegt an den geblümten Porzellantellern. Als unser Gastgeber ist er nun zwangsläufig der Herr der Teller, und das beißt sich mit seiner schwarzen Jeans und allem, was er je geschrieben hat.

Johanna winkt ab, sie wünscht sich jetzt dringend eine Schlossführung. Er sieht belustigt aus, und ich muss unwillkürlich an den Grundriss denken, den er nicht herausgerückt hat. Bestimmt hat sie ihm wegen der Zimmeraufteilung die Ohren vollgejammert. Ich verdrehe die Augen, und da treffen sich unsere Blicke.

»Ich bin Kilian«, sagt er, bevor ich wegsehen kann.

Ich lasse vor Schreck beinahe Leni fallen. Die anderen brauchen einen Moment, ehe sie begreifen, dass der Satz mir galt.

»Das Kind kann seit Jahren laufen, du machst dir noch den Rücken kaputt, Anna«, meint Johanna kopfschüttelnd.

Leni steigt widerwillig von mir ab. Als ich aufschaue, bemerke ich, dass er mich immer noch ansieht. Ich fühle mich, als wäre mein Schutzschild weg. Lieber mache ich mir den Rücken kaputt … Andererseits trage ich Tarnfarben. In meinem kurzen, blau-weiß gestreiften Kleid sehe ich aus wie eine der Vasen. Bestimmt denkt er das auch gerade. Jedenfalls hört er nicht auf, mich mit seinen durchdringenden grünen Augen zu mustern.

»Anna«, sage ich, um dem ein Ende zu setzen.

»Leni«, ergänzt Leni und kopiert meinen schroffen Ton.

Dann reißt sie ihre Puppe hoch und fügt fast trotzig hinzu: »Rosalie Finn-Rosalie.«

Ich sehe, dass er sich ein Lächeln verkneift. »Na, dann kommt mal mit, Anna, Leni und Rosalie Finn-Rosalie.«

Oliver hat doch recht gehabt. Das Haus ist überhaupt nicht bescheiden. Die Veranda war so etwas wie der Dienstboteneingang. Normale Gäste legen anscheinend mit ihrer Yacht am Steg an und betreten das Grundstück über die weitläufige Wiese, die an den schmalen Sandstrand unten in der Bucht angrenzt und sich bis oben zum Pool erstreckt. Die Veranda auf der Rückseite des Hauses ist fünfmal größer und zehnmal aufgeräumter als die Rumpelkammer an der Frontseite. Leni und ich würden gern einfach in der riesigen Hängematte liegen bleiben, aber Johanna scheucht uns zurück ins Haus.

Das Wohnzimmer mit seinen hohen Decken erscheint endlos. Sessel unter blau geblümten weißen Hussen und blau-weiß gestreifte Sofas, so weit das Auge reicht. Dazwischen stehen auf Beistelltischen und auf dem Boden allerlei verrostete Deko-Artikel: ein alter Vogelkäfig, eine Gießkanne, Krüge, verschnörkelte Spiegel. Anstelle von Tellern hängen nun Servierplatten an den blassgrauen Wänden, die feucht und rissig aussehen, aber es in Wirklichkeit nicht sind.

»*Shabby Chic*«, raunt Maike uns anerkennend zu. Sie weicht nicht von Johannas Seite. Mit ihren fast identischen Frisuren – lange, gestufte Haare mit Pony – wirken sie wie ein blonder und ein roter Zwilling. Das ist kein Zufall, sie waren vorgestern noch gemeinsam beim Friseur. Ich bin nicht mitgegangen. Mein kastanienbrauner Bob sieht immer gleich aus, daran kann auch Eddie Scissorhands aus SoHo nichts ändern.

Oliver raunt ehrfürchtig zurück: »*Vintage*«, und zwinkert mir dabei zu.

Ich muss kichern und raune: »*Garage Sale.*«

Kilian dreht sich zu mir um und sieht aus, als wolle er lachen. Ich weiß nicht, weshalb er es nicht tut. Vielleicht kennt er die Eigentümer. Ich frage mich, wer die Muscheln gesammelt hat, die in den großen Schalen auf den abgeblätterten weißen Sofatischen liegen. Oder sind sie bloß gekaufte Deko-Artikel, die ein Innenausstatter hier deponiert hat? Der Sand, der auf den Bohlen unter meinen Flip-Flops knirscht, ist jedenfalls echt. Und verheißungsvoll. Ich kann es kaum erwarten, mit Leni die herrliche, sanft abfallende Wiese zum Strand hinunterzulaufen …

Stattdessen folge ich den anderen die Treppe hinauf zu den Schlafzimmern. Kilian geht wortlos voran. Als Immobilienmakler wäre er ein ziemlicher Reinfall. Keine Erläuterungen, nichts. Er öffnet uns nur die Türen und bleibt schweigend im Hintergrund stehen, während wir uns umsehen. Bei unserem Rundgang hat er nur einmal etwas aus freien Stücken gesagt. Als er uns allen das Fliegengitter zur hinteren Veranda aufhielt, meinte er mit einem schiefen Lächeln zu mir: »Hier draußen sieht man dich wenigstens.« Ich habe nur ein genervtes »Haha« herausgebracht und mein Kleid verflucht. Das mit den Einwortsätzen muss aufhören. Ich werde nie wieder ein Buch von ihm lesen können, wenn ich in den nächsten drei Wochen einen Haufen saudoofer Erinnerungen produziere.

Abgesehen vom Garten- und Meerblick unterscheiden sich die vier riesigen Schlafzimmer im Obergeschoss kaum voneinander. Weiß getünchte Dielen, Doppelbetten mit blau-weiß gemusterten Tagesdecken, in der Ecke ein vermeintlich verwitterter Holzschrank. Vor allen Betten liegen dünne Teppiche, die übergroßen Geschirrtüchern in den bewährten Farben ähneln, und vor jedem Fenster steht ein wunderschöner Schaukelstuhl. An den Wänden hängen Bilder von Seesternen und Muscheln.

Das Einzige, was aus dem maritimen Rahmen fällt, sind die Hüte auf den Hutständern, die neben den Betten stehen. Der Hutständer im Zimmer hinter der Treppe trägt einen altrosa Filzhut mit einer blauen Feder, im nächsten Zimmer wohnt eine karierte Cap mit Ohrenklappen, im dritten ein Zylinder, und das Eckzimmer mit Rundum-Meerblick ziert ein graugrüner Tropenhelm.

»Wir nehmen auf jeden Fall den Tropenhelm«, sagt Johanna an Oliver gewandt, als wir wieder hinuntergehen.

Oliver dreht sich zu Kilian um, der als Letzter noch oben steht. »Ich würde eher sagen, der Panoramablick ist für den Schriftsteller.«

Wir bleiben alle auf der Treppe stehen und drehen uns ebenfalls zu ihm um.

Kilian schüttelt den Kopf. »Ich wohne im Poolhaus.«

Johanna und Maike rufen »Oh nein!« und »Das geht doch nicht!«, aber Kilian würgt sie ab: »Wenn es kein Poolhaus gäbe, wäre ich nicht hier.«

Ich muss schlucken. Er braucht Abstand. Wir stören ihn. Warum hat er uns dann eingeladen?

»Aber du störst uns nicht«, versichert Johanna mit einem warmen Lächeln, und ich krümme mich innerlich.

Er lächelt verhalten zurück. »Glaub mir, ich würde euch stören. Belassen wir es einfach dabei.«

Johanna seufzt resigniert, doch während wir die Treppe hinuntertrotten, legt sie fröhlich die Hände auf Maikes Schultern. »Kleini, wir drei nehmen den Tropenhelm und du den Zylinder. Dann bist du nebenan und hast auch Meerblick.«

Zu Johannas und meinem Erstaunen erwidert Maike: »Nein, ich habe mir schon ein Zimmer ausgesucht. Komm mit, ich zeige es dir.«

Meine Schwester sieht nicht begeistert aus, aber wir folgen Maike zurück ins Wohnzimmer. Wir durchqueren den riesigen Raum, und Maike steuert auf eine weiße Holztür zu, die sich in einer Ecke neben einer wuchtigen Vitrine voller Schallplatten versteckt hat.

Ich drücke Lenis Hand und flüstere: »Eine Geheimtür.«

Leni strahlt mich an, und ich strahle zurück. Aus den Augenwinkeln sehe ich Kilian hinter uns. Er hört sofort auf zu grinsen.

Die Geheimtür führt in eine Bibliothek. Kein Bücherzimmer, eine richtige Bibliothek. Die zahlreichen Regale reichen bis unter die hohe Decke, und an einem Regal lehnt eine Holzleiter, die betont morsch aussieht. Das einzige weitere Möbelstück, eine erstaunlich moderne Schlafcouch, steht unter dem großen Fenster mit Blick auf den Pool und die Bucht. Die Couch ist bereits ausgezogen. Ich vermute, der große Koffer am Fußende gehört Maike.

»Ich dachte, wenn ich hier unten schlafe, können Anna und Leni den Zylinder nehmen, und ich bin aus dem Weg«, erklärt Maike, und ich kotze stumm. Ihre Unterwürfigkeit geht mir auf den Zeiger.

Doch Johanna hat nicht zugehört und ruft fast euphorisch: »Anna, dieses Zimmer ist ideal für dich, hier kannst du rennen.«

Es fühlt sich an, als hätte mir jemand einen Fußball mit voller Wucht in die Magengrube geschossen. Für eine Sekunde glaube ich tatsächlich, dass ich umkippe. Ich lasse Lenis Hand los und starre meine Schwester entgeistert an.

»Johanna!«, sagt Oliver vorwurfsvoll, aber Kilian, der hinter Leni und mir in den Raum getreten ist, fragt: »Rennen oder pennen?«

Johanna wirft mir einen schuldbewussten Blick zu und zögert einen Moment. *Bitte sag pennen,* flehe ich sie wortlos an. Meine Schwester holt hörbar Luft.

»Sei mir nicht böse«, beginnt sie, und ich weiß, was jetzt kommt. Ich will sie unterbrechen, schreien, weglaufen, aber ich kann mich nicht rühren. Ich halte still, während sie mir die Schlinge um den Hals legt. »Ich muss das sagen, zu unser aller Sicherheit.«

»Anna rennt nachts«, teilt sie Kilian mit.

»Nicht immer, manchmal wochenlang überhaupt nicht«, wirft Oliver ein, doch Johanna fährt fort: »Sie hat Albträume und rast wie der Blitz aus ihrem Zimmer. Manchmal mit knallenden Türen. Schlafende Urlauber im Nebenraum und steile Treppen sind also das Letzte, was wir gebrauchen können. Und wir müssen abends daran denken, alle Türen abzuschließen. Ich habe das am Montag vergessen und …«

Oliver unterbricht sie erneut: »Johanna, muss das sein?«

»Ja, das muss sein«, erwidert sie entschlossen. »Der Pool ist direkt hinter der Veranda. Willst du, dass sie ertrinkt?« Sie wendet sich wieder Kilian zu. »Letzten Montag ist Anna um drei Uhr nachts halbnackt im Central Park aufgewacht.«

Halbnackt. Für dieses Detail gibt es keine Entschuldigung. Ich könnte Johanna erwürgen.

Kilian räuspert sich, und ich spüre seinen Blick in meinem Nacken. »Deshalb wolltest du den Grundriss haben.«

Johanna sieht wieder schuldbewusst aus. »Ich wusste nicht, wie ich das am Telefon erklären sollte. Aber wenn dir das Ganze zu heikel ist, fahren wir wieder …«

Das ist mein Einsatz. Es gelingt mir tatsächlich, mich umzudrehen. Ich zucke ein wenig zurück, weil er so dicht vor mir steht, aber ich sehe ihm in die Augen und sage leise: »Es tut mir leid. Ich wollte so gern herkommen, dass ich mir eingeredet habe, es würde schon nicht passieren. Aber meine Schwester hat recht, ich bin … zu heikel. Ich fahre noch heute Abend mit dem Zug nach Manhattan zurück.«

Ich meine jedes Wort ernst. Ich könnte mich ohrfeigen, weil ich die Sache verdrängt habe. Wie konnte ich nur – vor allem nach meinem Sprint in den Central Park. Über den Kilian Brand jetzt vollständig im Bilde ist. Ich könnte Johanna ohrfeigen. Ich will nicht mehr hier sein. Noch nie im Leben habe ich mich so unwohl gefühlt.

Lenis Geschrei reißt mich aus meinen Gedanken. »Nein! Anna muss hierbleiben! Anna ist mein Gegenteil! Mein *Gegenteil!*«

Oliver packt die schäumende Leni und wird mit ihren roten Zöpfen und der ziemlich harten Rosalie Finn-Rosalie ausgepeitscht, während er sie an Kilian und mir vorbei ins Wohnzimmer bugsiert und die Tür hinter sich schließt.

Kilian hat die Hände in die Hosentaschen gesteckt und sieht mich stirnrunzelnd an. Er scheint abzuwägen, ob er mich nach Hause schicken soll. Das kann er sich sparen, ich fahre sowieso.

»Was ist passiert, nachdem du aufgewacht bist?«

Ich schaue ihn perplex an. »Im Central Park?«

Er nickt.

»Nichts ...« Ich spüre, wie ich erröte. »Also, ich hatte Angst, und dann bin ich fast vor ein Taxi und nach Hause gerannt.«

»Wovor hattest du Angst?«

»Ist das nicht klar?«

»Da kommt einiges in Betracht«, sagt er achselzuckend.

»Vor der Polizei.«

Er zieht erstaunt die Augenbrauen hoch. »Wirklich? Warum?«

Ich verschränke die Arme vor der Brust und trete von einem Bein aufs andere.

»Entschuldigung, das geht mich nichts an«, murmelt Kilian und schiebt sich eine lose Haarsträhne hinters Ohr.

Ich stelle mir unwillkürlich vor, wie sie sich anfühlt, meine

Fingerspitzen kribbeln, und zu meinem Entsetzen plappere ich kopflos drauflos: »Ich weiß nicht, ob es ein Einreiseverbot für Schlafwandler gibt. Für auffällig gewordene Geisteskranke gibt es das bestimmt, und das ist ja quasi dasselbe, und …«

Seine grünen Augen blitzen auf. »Und was?«

»Und ich bin noch nicht fertig mit dieser Stadt.«

Was ich eigentlich sagen wollte, passt auf ein T-Shirt: I ♥ NYC. Stattdessen klinge ich wie der Joker in *Batman*.

Jetzt grinst er doch, obwohl ich das vage Gefühl habe, dass es gegen seinen Willen geschieht. Es stellt irgendetwas mit meinem Puls an, ich kann nicht mehr sprechen. Zum Glück schaltet sich Johanna ein, die den Pool im Garten für viel gefährlicher hält als die Polizei. Maike stimmt ihr zu und findet den Pool sogar gefährlicher als die Heerscharen von Vergewaltigern im Central Park.

»Da gehört ein Zaun drum, auch für die Kinder«, meint Johanna. Sie erzählt etwas von einem sinnvollen kalifornischen Gesetz, das Zäune für Pools vorschreibt, aber ich kann nicht zuhören. Habe ich mich gerade als *geisteskrank* bezeichnet? Habe ich durch die Blume zugegeben, dass ich mehr Angst vor der Polizei habe als davor, vergewaltigt zu werden? Ich schüttle den Kopf. Das war also mein erstes und wahrscheinlich einziges Gespräch mit Kilian Brand. So viel zu saudoofen Erinnerungen …

3

Alex, Simone und die Jungs sind eben erst zum Abendessen angekommen. Alex ist Staatsanwalt und musste schnell noch irgendjemanden anklagen. Wahrscheinlich ist er immer noch in Fahrt und wird mich gleich zusammen mit Simone ins Kreuzverhör nehmen – schlimmstenfalls abwechselnd auf Deutsch und Englisch. Alex spricht zwar gut Deutsch, aber meistens wird es ihm nach ein paar Sätzen zu bunt.

Ich zögere es noch hinaus und esse den Schokoladenkuchen, den Maike zum Nachtisch mitgebracht hat, in Zeitlupe. Hätte ich mich bloß nicht auf die Befragung durch den Staatsanwalt eingelassen. Dann säße ich jetzt schon gemütlich mit Johannas zerfledderter Ausgabe von *Montauk* im Zug. Endstation Sehnsucht: drei Wochen Manhattan, ohne dass ständig jemand reinquatscht. Ohne dass *Leni* reinquatscht, die ich zweifellos nach wenigen Tagen schrecklich vermissen würde. Ihr verdanke ich das drohende Kreuzverhör.

Als Kilian vorhin nach dem peinlichen Gespräch über meine nächtlichen Eskapaden die Tür zum Wohnzimmer öffnete, stand sie dort mit verheulten Augen und wartete auf mich. Bevor ich den Mund aufmachen konnte, sagte Kilian im Vorbeigehen zu ihr: »Keine Sorge, sie bleibt.«

Ich blieb wie angewurzelt neben Leni stehen. Wie konnte er nur! Nun würde ich sie ein zweites Mal enttäuschen müssen. Auf keinen Fall würde ich als personifizierter Nachtschreck durch diesen Urlaub sprinten. Bestimmt würden die anderen Wetten auf mich abschließen: Wann rennt sie das nächste Mal?

Und alles unter den belustigten Augen meines einstigen Lieblingsautors.

»Das … das entscheidest nicht du«, stammelte ich.

»Wer denn dann?«, erkundigte er sich mit genau den belustigten Augen, an die ich gerade gedacht hatte.

»Ich natürlich«, entgegnete ich.

»Das ist dasselbe.«

»Du und ich sind wohl kaum dasselbe.«

»Nein, aber wir wollen dasselbe«, meinte er schlicht.

Ich stutzte. *Wir wollen dasselbe.* Das klang seltsam. Als wollten wir *dasselbe.* Meine Wangen wurden heiß, und ich hoffte inständig, dass niemand es bemerkte.

Doch, er hatte es bemerkt – und die anderen vermutlich auch. Jedenfalls gab niemand auch nur einen Piep von sich.

Kilian kratzte sich befangen am Hinterkopf. »Weißt du was«, sagte er und sah plötzlich verärgert aus. »Vielleicht ist es tatsächlich besser, du fährst.«

Da begann Leni wieder zu heulen und klammerte sich an mein Bein. Ich sah Oliver hilflos an. (Johanna konnte ich noch nicht anschauen, erst recht nicht hilflos. Ich war immer noch ziemlich sauer auf sie.)

»Leni, wir fragen Jupiter und Titus«, schlug Oliver vor.

Aus den Augenwinkeln sah ich, dass Kilian den Kopf schief legte, doch vermutlich lag es nur an *Jupiter.* Oliver ist der Einzige, der den Namen deutsch ausspricht. Dann klingt er besonders bescheuert.

Leni ließ mein Bein nicht los, aber sie hörte auf zu weinen. »Jupiter und Titus wollen Anna«, schniefte sie hoffnungsvoll.

Ich seufzte. Jupiter war vier Jahre alt und Titus zwei. Klar wollten die mich.

»Wenn ihre Eltern nichts dagegen haben, wird Anna bleiben,

ja?« Oliver sah nicht Leni an, sondern mich. Ich seufzte erneut. Gegen Oliver konnte ich nichts ausrichten.

Ich warf Kilian einen verstohlenen Blick zu. Er war bestimmt immun gegen Oliver, und er wollte mich nicht mehr hier haben. Was ich verstehen konnte. Er wollte seine Ferien nicht mit einer schlafwandelnden, blau-weiß gestreiften Blumenvase verbringen, die ihm das Wort im Mund herumdrehte. *Wir wollen dasselbe.* Kein Grund, rot zu werden.

Sag was …

Aber Kilian sagte nichts. Er runzelte nur die Stirn und sah an mir vorbei aus dem Fenster. Dann wandte er sich ab und verschwand durch die Verandatür in Richtung Poolhaus.

Kaum war er weg, blühte Maike auf. Während sie uns half, das Auto auszuräumen, berichtete sie ausführlich über ihre drei exklusiven Stunden mit Kilian Brand. Ich bekam dennoch nur die Hälfte mit, weil Leni um mich herumsprang und gleichzeitig auf mich einredete. Aber was kümmerte es mich, wie Maike und Kilian sich miteinander die Zeit vertrieben hatten …

Zugegeben, irgendwie kümmerte es mich doch. Als Maike eine schwere Klappkiste voller Lebensmittel auf dem Küchentresen abstellte und Johanna ein wenig atemlos davon erzählte, wie sie ihm mitgeteilt hatte, dass sie einfach *alles* von ihm gelesen hatte, blieb ich – mit meinem schweren Bücherrucksack auf der rechten Schulter, Johannas vollbeladener Strandtasche auf der linken und Lenis Kuschelkissen im Arm – mitten im Raum stehen und hörte zu.

»Wohl kaum«, hatte er entgegnet.

»Doch, wirklich *alles*«, hatte Maike versichert.

»Kein Mensch liest Essays.«

»Welche Essays?«

»Siehst du.«

So war jedes Gespräch verlaufen. Alles, was Maike gesagt hatte, war in einer Sackgasse geendet.

»Fabelhaft«, hatte sie bei ihrem ersten Rundgang durchs Haus festgestellt. »Ich habe noch nie in einer Bibliothek geschlafen.«

»Wirklich nicht?«, hatte er geistesabwesend gefragt, während er ein paar Bücher aus den Regalen herausgezogen und wieder zurückgestellt hatte.

»Du etwa schon?«

»Oft.«

Er hatte so gelangweilt geklungen, dass Maike sich eine ganze Weile nicht mehr getraut hatte, ihn anzusprechen.

»Schreibst du gerade an einem Buch?«, hatte sie sich schließlich erkundigt, als sie gemeinsam am Küchentisch gesessen und die unerwartet leckeren Sandwiches gegessen hatten, die er schweigend für sie zubereitet hatte.

»Nein, ich esse.«

Maike tat mir aufrichtig leid. Sie hatte drei Stunden allein mit einem Blödmann verbringen müssen. Das überraschte mich in mehrfacher Hinsicht. Zum einen wäre ich jede Wette eingegangen, dass sogar Blödmänner Maike beim ersten Treffen nett behandelten. Sie sieht nämlich umwerfend aus. Gertenschlank, blond, Modelgesicht, und sie vermasselt das Ganze nicht einmal mit spießigen Blusen und Perlenohrringen oder so. Zumeist trägt sie enge T-Shirts und dazu extrem kurze Röcke mit Leopardenmuster oder aus schwarzem Leder. Heute trug sie einen pinken Leo-Rock, und man musste einfach ihre endlosen, sonnengebräunten Beine anstarren. Am Jagdinstinkt führte hier also eigentlich kein Weg vorbei. Was war los mit Kilian Brand? Laut Internet fand er Frauen prima.

Selbst wenn man Maikes Reize außer Betracht ließ, hatte ich nicht mit einem Blödmann gerechnet. Schließlich kannte ich seine Stimme aus vier Büchern und siebenundzwanzig Essays, und die war voller Zweifel, Selbstironie und Humor. Ja, was war eigentlich mit seinem Humor passiert? Es war, als hielte er ihn in Schach. *Bloß nicht lachen*. Vielleicht war er im wahren Leben eine Art Jungfrau und sparte sich das Gute für seine Bücher auf. Vielleicht war es einfach unmöglich, auf dem Papier *und* im wahren Leben derart geistreich und witzig zu sein. Doch das verlangte ja niemand. Ein paar freundliche Worte hätten schon gereicht.

Aber nun sagte Maike leise zu Johanna: »Ich mag ihn.«

Johanna, die gerade haufenweise Gemüse in den Kühlschrank räumte, hielt inne. Wir wechselten einen ungläubigen Blick, bevor mir einfiel, dass ich noch sauer auf sie war.

»Das brauchst du nicht zu sagen«, meinte Johanna. »Es tut mir leid, dass wir dich so lange mit ihm allein gelassen haben.«

Maike schüttelte den Kopf. »Er ist genau so, wie ich ihn mir vorgestellt habe.«

»*Wirklich?*«

Johanna und ich hatten gleichzeitig gesprochen, aber Maike schaute mich an. Sie sah ein bisschen bestürzt aus. Ich war auch bestürzt. Maike und ich reden nämlich nicht miteinander. Nie. Das haben wir von Anfang an nicht getan. Ich kenne ihre Gründe nicht, aber meine sind vielfältig. Erstens bestand dank Johannas Anwesenheit nie die Notwendigkeit, mit ihr zu sprechen. Ein Hallo reichte völlig aus, dann nahmen die Dinge ihren Lauf. Zweitens interessiert es mich einfach kein bisschen, was sie zu sagen hat. Wozu soll ich mich mit dem Echo meiner Schwester unterhalten? Und drittens kann Leni sie nicht leiden. Sobald Maike auftaucht, verschwinden wir im Kinderzimmer.

Das hat wirklich nichts mit Maikes Aussehen zu tun. Ich hätte ihr auch nichts zu sagen, wenn sie grottenhässlich wäre.

Hätte ich ein Problem mit hinreißenden Frauen, würde ich meine Schwester meiden. Ich kann zwar nicht ansatzweise mit ihr oder Maike mithalten, aber ich habe Grübchen, für die andere morden würden. Meine Grübchen lassen wirklich keine Wünsche offen, da ist kein Platz für Neid.

Kurz: Maike und ich wechseln kein Wort, warum auch immer. Mein *»Wirklich?«* war also ein kleines Erdbeben.

»Wie hast du ihn dir denn vorgestellt?«

Es war verrückt. Nun hatten Maike und ich gleichzeitig gesprochen und haargenau dasselbe gesagt. Nur mit unterschiedlicher Betonung. Ihr »du« fühlte sich an wie ein Nadelstich. Als hätte ich kein Recht dazu gehabt, ihn mir überhaupt in irgendeiner Weise vorzustellen. Ich umarmte Lenis Kuschelkissen fester und kaute auf meiner Unterlippe herum. Ich hatte keine Antwort auf ihre und meine Frage.

Maike hingegen schon: »Wie jemanden, der permanent denkt *›I don't give a f…‹*.«

Es sah Maike ähnlich, dass sie den Satz nicht zu Ende brachte. Bloß nicht Johanna verärgern. Was nicht einmal der Fall gewesen wäre, denn Leni war längst außer Hörweite. Sie war mit Oliver und ihrem Köfferchen vorausgestapft.

»Wirklich?«, platzte ich wieder heraus. »Bei jemandem, der verzweifelt versucht, sich und die anderen zu verstehen, stellst du dir ein Arschloch vor? Ich glaube, wir haben nicht die gleichen Bücher gelesen. Ich bin jedenfalls schwer enttäuscht von ihm.«

Kaum hatte ich die Worte ausgesprochen, sah ich ihn. Er war noch draußen auf der Rumpelveranda, aber er musste mich gehört haben. Die Tür stand sperrangelweit offen. Für einen winzigen Augenblick trafen sich unsere Blicke, und dann tat ich etwas, das ich mir nie verzeihen werde. Ich zog Lenis Kuschelkissen vor mein Gesicht. Dort stand ich also, mitten in der Küche, und vor meinem Gesicht prangte der freundliche Schneemann Olaf aus der *Eiskönigin*.

Durch das Kissen hindurch hörte ich gedämpft, wie Kilian seine Hilfe beim Einräumen anbot und sich befangen erkundigte, ob er das Haus lieber nur über die andere Veranda betreten solle. Johanna lehnte beides entschieden ab. Von Maike hörte ich keinen Ton, und ich fragte mich, ob sie sich auch irgendetwas vors Gesicht hielt – vielleicht eine von Johannas Bio-Möhren.

Es half nichts, ich musste den Schneemann schmelzen lassen. Langsam ließ ich das Kissen sinken. Wenn ich keine ruckartigen Bewegungen machte, würde mich vielleicht niemand beachten ... Doch als ich meinen rechten Arm sinken ließ, rutschte der Rucksack von meiner Schulter und rumste zu Boden. Erschrocken sah ich zu Kilian hinüber, der mit verschränkten Armen im Türrahmen stand.

»Hast du einen Betonklotz in deinem Rucksack?« Er legte seinen Kopf schief und musterte mein knallgelbes Ungetüm.

»Bücher«, sagte ich leise und hievte es wieder auf meine Schulter.

»Du brauchst dringend einen E-Reader.«

»Der ist auch da drin.« Ich errötete. Am liebsten hätte ich mein Gesicht wieder hinter dem Schneemann versteckt.

»Wie viele Monate wolltest du denn bleiben?« Seine grünen Augen blitzten, und ich konnte nicht mehr denken. Ich war mir meiner Haare bewusst, die dank Lenis Kissen wie ein Vollbart an meinen Wangen klebten.

»Der Akku könnte kaputtgehen«, murmelte ich. »Ich konnte ja nicht wissen, dass es hier eine Bibliothek gibt.«

Mein Blick wanderte hilfesuchend zu Johanna, aber die schüttelte nur den Kopf. Sie fand meinen Bücherrucksack nicht lustig. Der Kofferraum war bereits voll genug gewesen.

»Hast du eine elektrische Zahnbürste dabei?«, wollte Kilian merkwürdigerweise wissen.

»Äh … ja?«

»Und eine Handzahnbürste, falls der Akku leer ist?« Er lachte nicht, aber er konnte mir nichts vormachen. Er lachte. Mich. Aus.

»Wenn du andeuten willst, Bücher seien mir wichtiger als meine Zahnhygiene, dann meinetwegen.«

Ich wartete seine Antwort nicht ab, sondern drehte mich auf dem Absatz um und verließ die Küche. Es gab wirklich keinen Grund, hier zu bleiben. *Hier* im weiteren Sinne.

Die Sache ist die: Im Kerzenschein ist diese Küche ziemlich gemütlich. Vor allem, wenn es nach Johannas Gemüseauflauf duftet und alle – Kilian ausgenommen – durcheinanderreden und lachen. Der Rotwein, den Alex kistenweise angeschleppt hat, schmeckt wirklich gut, und die Vorfreude auf drei unbeschwerte Wochen in dem Haus der tausend Teller ist allen Anwesenden – Kilian und mich ausgenommen – ins Gesicht geschrieben.

Die Kinder spüren auch die Magie des ersten Abends. Sie sind unglaublich lieb. Leni und Jupiter sitzen auf dem Boden und räumen Lenis Hasenköfferchen aus, während Titus kreuz und quer durch die Küche rennt und hin und wieder auf Lenis Buntstiften und Puppenschnullern ausrutscht. Niemand weint, keiner zetert. Nur Johanna springt alle paar Minuten auf, um den Zweijährigen vom Backofen wegzuziehen, der nach Simones Auffassung nicht mehr heiß ist, aber laut Johanna von Anfang an tabu sein sollte, heiß oder nicht.

Simone lacht nur und sagt achselzuckend: »Solange *ich* nicht aufstehen muss …«

Schließlich übernimmt Maike klaglos den Backofendienst, und meine Schwester wirft ihr einen dankbaren Blick zu.

Ich verdrehe die Augen und spüre, wie Kilian mich vom anderen Ende des Tisches aus beobachtet. Er sitzt außen neben Oliver und hat beim Essen kaum ein Wort gesprochen. Trotzdem hat er heute Abend bei Johanna und Maike fleißig Pluspunkte gesammelt. Johanna meinte, er habe vorhin unauffällig den Tisch gedeckt und angefangen Gemüse zu schneiden, bevor sie ihn stoppen konnte. Sie sei ein kleines bisschen beeindruckt von seinen Schnippelkünsten gewesen, und dann hätten sie beim Kochen Wein getrunken und hochkonzentriert Hand in Hand gearbeitet. Maike war schwer begeistert, und ich frage mich, warum Frauen über dreißig immer Männer wollen, die kochen können. Was hilft das, wenn er beim Essen ein wortkarger Griesgram ist?

Ich schiebe mir das letzte Kuchenstück in den Mund und nehme mir vor, das Augenrollen künftig zu unterlassen. *Künftig.* Meine unmittelbare Zukunft hängt vom Staatsanwalt und seiner Frau ab. Ich kenne beide kaum, obwohl ich schon ein paarmal bei ihnen zum Barbecue eingeladen war. Sie wohnen draußen in Westchester County und haben einen großen Garten, in dem ich mit den Kindern Verstecken gespielt habe. Jupiter kenne ich ziemlich gut, doch ich fürchte, er hat nichts zu sagen. Es ist zwar schwer vorstellbar, dass seine Eltern mich nach Hause schicken werden, aber sollte ich das Gefühl haben, meine Anwesenheit sei ihnen nicht geheuer, bin ich weg.

Oliver stellt sein Weinglas ab und räuspert sich. »Wir wollten ja nach dem Essen etwas besprechen …«

»Oh nein, jetzt kommt die Hausordnung«, wirft Simone lachend ein. Sie sitzt entspannt im Schneidersitz in dem gestreiften Sessel, den sie sich aus dem Wohnzimmer geholt hat, und nippt an ihrem Wein.

»Nein, der Haus*geist*«, sage ich.

Alex und Simone schauen mich fragend an.

»Ooooh, spannend«, ruft Alex. Er ist schon leicht angetrunken, wie wir alle. »Klappern die Teller nachts an den Wänden?«

»Es könnte passieren, dass sie herunterfallen.« Alle schauen Kilian erstaunt an. Es ist das erste Mal, dass er das Wort ergreift. »Wenn Anna mit ihnen kollidiert«, fügt er augenzwinkernd hinzu.

Ich ärgere mich, weil er sich schon wieder über mich lustig macht, aber gleichzeitig denke ich: *Er hat meinen Namen gesagt.* Und dann ärgere ich mich über das warme Gefühl, das sich in mir ausbreitet und nichts mit dem Wein zu tun hat.

»*Hey Anna, are you the ghost?*«, fragt Alex und grinst mich an.

»Ja.« Ich beschließe, es hinter mich zu bringen. »Ich bin so eine Art Schlafwandlerin. Also … Ich sprinte. Im Schlaf. Manchmal knalle ich dabei mit Türen oder stolpere über Sachen, und ja«, sage ich und werfe Kilian einen genervten Blick zu, »es könnten Teller von den Wänden fallen, wenn ich aus Versehen dagegenrenne.« Ich habe so hastig gesprochen, dass ich nach Luft schnappen muss.

Alex und Simone, die mir gegenübersitzen, starren mich an, und dann prusten sie los. Alex schlägt auf Simones Oberschenkel, und Simone schwenkt ihr Weinglas so schwungvoll, dass eine kleine rote Welle überschwappt und auf dem Sessel landet. Johanna springt auf, um Gallseife aus ihrem Notfall-Kit zu holen, aber Simone kriegt sich nicht wieder ein. Sie lacht weiter, während Johanna neben ihrem Sessel kniet und die Armlehne mit einem Tuch bearbeitet, und ihr Lachen steckt die Kinder an, die ebenfalls wild zu kichern beginnen.

Oliver räuspert sich wieder. »Das ist kein Scherz.«

Da hört Alex abrupt auf zu lachen. »Okay. *Kids! Quiet!*«

Die Kinder verstummen erstaunlich schnell, nur Simone gluckst noch leise vor sich hin.

»Okay, Anna«, beginnt Alex, und ich ahne, dass jetzt das Verhör kommt. »Wie weit sprintest du denn?«

Ich zucke mit den Achseln. »Das variiert. Manchmal wache ich schon nach ein paar Metern auf, aber meistens laufe ich, bis eine abgeschlossene Tür mich aufhält.«

»And what happens if …« Alex sieht mich nachdenklich an, und Simone hört auf zu glucksen. »Was passiert, wenn dir jemand in die Quere kommt?«

»Das ist noch nie vorgekommen«, antworte ich.

»Und was *glaubst* du, was dann passiert?«

»Wahrscheinlich renne ich ihn über den Haufen.«

Der Staatsanwalt mustert mich. »Und was passiert, wenn jemand versucht, dich aufzuhalten?«

»Das ist auch noch nie vorgekommen«, erwidere ich leise. »Dafür geht alles zu schnell.«

»Aber nehmen wir mal an, ich hole mir nachts ein Glas Milch und sehe dich, wie du auf die *fucking* – *sorry* – tausend Teller zuläufst, und greife dich am Arm …«

»Wahrscheinlich reiße ich mich los.«

»Aber was ist, wenn ich dich festhalte …«

»Wahrscheinlich klebe ich dir eine.«

Der Staatsanwalt lehnt sich zufrieden zurück und trinkt einen Schluck Wein. *»Exactly.«*

»Das ist reine Spekulation.« Kilians Stimme klingt ungewohnt scharf.

Alex stellt sein Glas weg. *»Wow, Anna«,* sagt er, aber er schaut nicht mich an, sondern Kilian. »Hast du einen Anwalt?«

»Es sieht jedenfalls so aus, als bräuchte sie einen«, entgegnet Kilian mit einem schiefen Lächeln. »Worauf willst du eigentlich hinaus?«

Alex sieht hocherfreut aus. »Kilian, schreibst du *crime?*«

Jetzt gibt Simone dem Staatsanwalt einen Klaps auf den Hinterkopf. »Er schreibt ernste Literatur.«

»*Honey, crime ist* ernst.« Er wendet sich wieder Kilian zu. »Ich könnte dir Stoff für die nächsten zehn Bücher liefern. Worauf ich hinauswill? Ich hatte mal einen Fall, da hat ein Mann im Schlaf seine Frau umgebracht.«

»Alex!«, ruft Johanna, die gerade das Rotweintuch an der Spüle auswäscht, und zeigt entrüstet auf die Kinder. Jupiter und Titus spielen selbstvergessen mit Lenis Einhörnern, aber Leni schaut uns mit großen Augen an. Sie hat zugehört.

»Milch gebracht, nicht umgebracht«, höre ich mich sagen. »Ein Mann hat seiner Frau im Schlaf ein Glas Milch gebracht.«

Leni steht auf und klettert auf meinen Schoß.

»Hat er die Milch verschüttet?«, will sie wissen.

Alex antwortet: »Und wie, Leni. Überall war Milch, im Bett, auf dem Boden, sogar an den Wänden. *Überall.*« Er schaut vielsagend in die Runde.

»So was mag Mama überhaupt nicht.«

Leni sieht mich so vorwurfsvoll an, als wäre ich der Übeltäter. Und mein Entschluss steht fest. Ich nehme morgen den ersten Zug zurück. Aber ich sage nur leise: »Verstehe«, um uns allen Lenis Theater zu ersparen.

»Ich glaub's nicht«, kommt es wieder vom anderen Ende des Tisches. Kilian fixiert mich mit seinen grünen Augen. »Wollt ihr das Mädchen wirklich nach Hause schicken?«

Das Mädchen. Ich schlucke und bemerke, dass Maike neben mir lächelt.

»Das Mädchen ist vierundzwanzig und freut sich auf Manhattan«, erwidere ich.

Da dämmert es Leni. Sie schlingt ihre Arme um meinen Hals und schreit: »Nein! Ich mach die Milch weg! Versprochen!«

»For Christ's sake, I didn't mean to … Ich wollte doch nicht …«

»Was wolltest du dann?«, giftet Simone ihren Mann an.

»Just entertain«, ruft er und wirft die Hände in die Luft.

»Mach dir keinen Kopf«, sage ich. »Ihr seid eh alle zu alt für einen richtig lustigen Strandurlaub.« Kilians Bemerkung mit dem Mädchen hat mich härter getroffen als Alex' Mordanklage.

»Ich nicht!«, schreit Leni. »Ich nicht!«

»Nein, du nicht«, gebe ich zu.

»Wir machen es uns schön.«

Ich mag diesen Satz. Sie hat ihn von Johanna. Ich lege meine Stirn gegen ihre. Was mache ich nur? In drei Wochen fliege ich zurück nach Deutschland, und dann sehe ich Leni erst zu Weihnachten wieder.

»Oder ich komme mit«, schlägt Leni vor.

»Nach Manhattan?« Ich schaue sie entsetzt an.

Sie nickt.

Oliver nimmt seine Brille ab und fährt sich mit der Hand übers Gesicht. »Jetzt reicht's. Entweder wir fahren alle nach Hause oder keiner.«

»Jesus, I really didn't mean to …«

»Alessandro, just shut up«, zischt Simone.

»Keiner fährt nach Hause«, sagt Kilian entschieden und steht auf.

Als er hinter uns vorbeigeht, streicht er kurz über Lenis Kopf. Ich muss wieder schlucken. Seine Kochkünste kann ich verkraften. Aber dass er Leni mag, könnte in den kommenden drei Wochen zum Problem werden.

4

Ich komme mir vor wie Baby in *Dirty Dancing*, als ich das Fliegengitter zur hinteren Veranda öffne. Am Anfang des Films gibt es eine Szene, die ich immer zurückspulen muss. Baby ist gerade erst mit ihren Eltern im *Kellerman's*, der Mutter aller Resorts, angekommen. Man sieht die Hütte, in der sie mit ihrer Familie wohnt, in der Dämmerung. Die Fenster leuchten warm im Halbdunkel, das Fliegengitter wird geöffnet und Baby tritt ins Freie. Sie will sich vor dem Abendessen ein bisschen umsehen, geht langsam die Verandatreppe hinunter und hopst dann über die Steine, die über die große Wiese zum hell erleuchteten Haupthaus führen. Man hört nur das Tappen ihrer Ballerinas, das Zirpen der Zikaden, und im Hintergrund wird leise die Melodie von *The Time of My Life* eingespielt. Mehr nicht. Aber ich liebe diese Szene. Ich weiß, wie die Luft sich anfühlt und der heiße Sommertag noch auf ihrer Haut liegt. Ihre flauschige Strickjacke ist einen Tick zu warm, aber es riecht schon nach der kühlen Nacht. Alles fühlt sich nach Ankunft an. Ich habe keine Ahnung, wer hier Regie geführt hat, aber er oder sie gehört geküsst. Quentin Tarantino hin oder her, solche Szenen sind der Grund, warum ich Filme schaue.

Wahrscheinlich liegt es am Schlafmangel, dass ich jetzt daran denke. Die Dämmerung da draußen ist eine ganz andere als die im Film. Es ist 5:40 Uhr am Morgen, die Sonne ist gerade erst aufgegangen. Ich habe mich nicht getraut zu schlafen. Anfangs war das Aufbleiben sogar schön. Es war, als hätte man mich über Nacht im Süßwarenladen eingesperrt. Ich habe gierig Bücher aus den Regalen gezogen, bis sich ein riesiger Haufen auf meiner Schlafcouch türmte. Zwei von Kilians waren auch dabei. Auf der langen Fensterbank über dem Kopfende des Schlafsofas steht eine dieser Schreibtischlampen mit grünem Glasschirm, die man häufig in amerikanischen Filmen sieht. Ich habe mich die ganze Nacht von Büchern umzingelt unter ihren Lichtkegel gekauert und war völlig reizüberflutet.

Ich habe mir vorgestellt, dass die Bücher von all den Promis zurückgelassen wurden, die hier ihren Urlaub verbracht haben. Wie aufregend! Ein Blick in die Traumwelt der Traumleute. Genauer gesagt der Traum*frauen*. Welche von ihnen hatte wohl mit *The Bridges of Madison County* am Pool gesessen und Rotz und Wasser geheult? Und wer hatte diese lustigen grünen Krokodil-Klebezettel an genau den richtigen Stellen in Michelle Obamas *Becoming* angebracht? Hm. Vermutlich die Herrin dieses Hauses. Es war weniger unwahrscheinlich, dass eine einzige Person all diese Bücher angeschleppt hatte, als dass eine ganze Bande Rampensäue in ihrem Urlaub plötzlich anfing zu lesen.

Ich las jedoch auch nicht. Ich konnte mich einfach nicht für ein Buch entscheiden und habe Klappentexte verschlungen, bis mir die Augen brannten. Und dann habe ich nur noch auf den Sonnenaufgang gewartet.

Leni und ich haben gestern Nachmittag schon den Pool eingeweiht, und wir sind auch bereits vom Steg ins Wasser gehüpft, aber das hier ist meine Chance, mich mal auf dem Grundstück umzusehen. Ganz allein im Morgengrauen. Arglos und gar nicht mal so leise *The Time of My Life* summend betrete ich die Veranda.

Ich höre ein Stöhnen. Es kommt aus der Hängematte.

»Nicht noch einer«, brummt Kilian.

Doch als er mich sieht, weiten sich seine Augen, und er setzt sich in der Hängematte auf. Er trägt eine graue Jogginghose und ein schwarzes T-Shirt, seine Haare sind ein attraktives Chaos. Er wirkt gerädert.

»Bist du wach?«, fragt er zögernd.

»Äh, ja?« *Ach so.* Anna, die Schlafwandlerin. »Ich bin vielleicht unsportlich, aber wenn ich sprinte, sieht das anders aus.«

Da fällt mir etwas auf, das ich vor lauter *Dirty Dancing* übersehen habe. »Ich dachte, ich hätte die Verandatür gestern Abend abgeschlossen.«

Kilian gähnt. Er ist klar überfordert von meiner Wachheit. »Du bist nicht die Erste«, sagt er und zeigt in Richtung Pool. Dort sehe ich zwei große und zwei kleine Figuren, die um den Pool herumhampeln.

Ich blinzle. »Was machen die da?«

Kilian gähnt nochmals. »Sport treiben.«

Ich trete an das weiße Holzgeländer und sehe Simone, die in einer engen lila Leggins und einem schwarzen Sport-BH wie eine Olympionikin im Affentempo Seil springt. Ihre platinblonden »Beach Waves«, wie sie ihre Locken nennt, sind zu einem Pferdeschwanz zusammengebunden und peitschen die arme Morgenluft. Ein paar Meter weiter steht Alex in kurzer Sporthose mit nacktem Oberkörper auf der Wiese und vollführt etwas, das wie Tai-Chi aussieht. Die beiden kleinen Jungen flitzen in ihren Schlafanzügen um ihre Eltern herum und bringen Simone ein paarmal fast zum Stolpern.

»Wow.« Mehr fällt mir nicht ein. Ich weiß zwar, dass Simone Sportlehrerin ist, aber mit so viel Motivation hätte ich nicht gerechnet. Gestern Abend hat sie uns frustriert erklärt, dass man als Teilzeitkraft so gut wie nichts verdiene und morgens eigentlich gleich im Bett bleiben könne. Aber mit »Bett« meinte sie vermutlich ihre Yogamatte.

Apropos Bett. »Und was machst *du* hier?«, will ich von Kilian wissen.

Kilian lässt sich wieder zurück in die Hängematte sinken. »Die Klimaanlage im Poolhaus funktioniert nicht. Ich wusste ja nicht, dass es hier zugeht wie auf dem Bahnhof.« Er verschränkt die Arme hinter seinem Kopf. »Und was machst *du* hier?«

»Ich? Spazieren gehen.«

Er mustert mich. »Du hast kein Auge zugetan, oder?«

Ich zucke wortlos mit den Achseln.

Da hat Simone mich entdeckt. »Anna! Guten Morgen!«

Sie winkt, und Alex ruft: »Hey, Anna, mach mit! *Yoga is next!*«

Ich winke ein bisschen lustlos zurück.

»Mich hat er auch gefragt«, sagt Kilian. »Ruf einfach Nein.«

Ich zögere. Wenn ich Nein sage, muss ich hier bei ihm bleiben und fieberhaft dagegen ankämpfen, ihn anzustarren. *Der gutaussehende Typ in der Hängematte hat vier meiner Lieblingsbücher geschrieben.* Oder ich muss zurück in die Bibliothek gehen und ausharren, bis meine Familie aufwacht. Oder ich gehe spazieren, setze mich unten auf den Steg und schaue aufs Wasser, das gerade von der Morgensonne verzaubert wird. Aber dann habe ich nach drei Sekunden Jupiter und Titus im Nacken, die vom Steg springen wollen.

»Ich komme!«, rufe ich.

Jetzt sagt Kilian: »Wow.«

»Was?« Ich klinge leicht genervt.

»Du meintest gerade, du wärst unsportlich, und jetzt begibst du dich freiwillig nach *Nike Town*, und das quasi mitten in der Nacht.«

Ich zucke wieder mit den Achseln. Ich hätte nicht sagen sollen, ich sei unsportlich. Es stimmt zwar, dass mein Bewegungsdrang gegenüber meinem Lesedrang zumeist den Kürzeren zieht, aber eigentlich eignet sich mein Körper ganz gut für Sport. Das Adjektiv, das Wortmenschen wie Kilian für mich verwenden würden, wäre wahrscheinlich »knabenhaft«. An mir baumelt nichts herum, was mich beim Hopsen stören könnte. Ich bin klein und windschnittig, weshalb mich auch beim Inlineskaten nichts aus der Bahn werfen kann. Leni ist immer richtig stolz auf mich, wenn die coolen Jungs im Central Park mich beim Slalom um die Hütchen mitmachen lassen. Ich kann es sogar rückwärts. Ja, wenn ich meinen inneren Schweinehund einmal überwunden habe, bin ich ein regelrechter Flummi.

Als ich barfuß die Verandatreppe hinunterhopse, höre ich plötzlich, wie Kilian vor sich hin summt. Ich bleibe unwillkürlich auf der vorletzten Stufe stehen. Wir schauen uns durch das Geländer hindurch an. Er hört kurz auf zu summen, aber dann grinst er breit und singt leise: »*I've had the time of my life …*«

Zuerst habe ich einen romantischen Kurzschluss und bilde mir ein, er denkt bei meinem Anblick auf der Treppe tatsächlich an dieselbe Filmszene wie ich. Dann fällt mir ein, dass er mich vorhin beim Summen erwischt hat. Und dass er den Song singt wie einen *Nike*-Werbeslogan.

Ich rolle nur mit den Augen und hüpfe weiter in Richtung Sportfamilie.

Alex hebt seine Hand für ein *high five*. Ich schlage ein. Er ist kaum größer als ich – ein kompaktes, tiefbraunes Muskelpaket mit kurzen schwarzen Locken.

»*Ew, people*«, liest Alex lachend den weißen Aufdruck auf meinem T-Shirt vor. »Du solltest dein Shirt Kilian schenken.«

Ich schaue an mir hinunter und denke zum ersten Mal über meine Erscheinung nach. Dass ich Leute manchmal igitt finde, kann ruhig jeder wissen, aber müssen wirklich alle meine rotweiß-blau karierten Boxershorts sehen? Dann kann ich auch gleich schlafwandeln. Das wäre immerhin besser, als mit den durchtrainierten Maldinis in Boxershorts die Sonne zu begrüßen.

Doch Simone hat schon ihr Springseil weggelegt und drei Yogamatten auf den Steinplatten neben dem Pool ausgerollt.

»Du kannst Jupiters Matte haben, er macht sowieso nicht mit«, sagt sie und wirft ihrem Vierjährigen einen tadelnden Blick zu. Jupiter zieht eine Grimasse und flitzt um den Pool herum, gefolgt von Titus mit seinem wackelnden Windelhintern.

Simone möchte, dass wir uns in den Yogasitz begeben und die Augen schließen.

»Atmet in den Bauch«, instruiert sie Alex und mich.

Ich halte ein paar Sekunden durch, dann muss ich nachsehen, was die Knirpse treiben. Alles in Ordnung. Keiner liegt tot im Pool. Johanna meinte gestern, so was passiere häufig völlig lautlos, direkt vor der Nase der Eltern, die gerade eine Textnachricht schrieben. Dreißig Sekunden, alles vorbei. Ich bekomme feuchte Hände. Aber alle leben, also Augen zu.

Augen auf. Was treibt Kilian eigentlich? Oh nein. Er ist von seiner Hängematte aufgestanden und sitzt auf der Verandatreppe. Er schaut uns zu. Ich seufze. Wenigstens hat er dann die Jungs im Blick.

Gerade als ich beschlossen habe, mich zu entspannen und die Augen nun wirklich geschlossen zu lassen, raunt Alex mir zu: »Anna, was hältst du von ihm?«

Ich öffne die Augen wieder und schaue ihn fragend an. Bevor ich antworten kann, macht Simone: »Pssst.« Sie sitzt uns gegenüber, mit dem Rücken zur Veranda. Würde sie die Augen nicht so fest zukneifen, hätte sie einen wunderbaren Blick auf die Bucht in der Morgendämmerung.

»*Honey, this is an investigation*«, erklärt Alex.

»Gegen wen ermittelst du denn?«, kann ich mich gerade noch erkundigen, bevor Simone uns einen strengen Lehrerinnenblick zuwirft. Ich schließe schnell die Augen und atme eifrig in den Bauch.

»Kilian«, flüstert Alex mir zu.

»Warum?«, flüstere ich mit geschlossenen Augen zurück.

»Er wollte unser *Thank-you*-Geschenk nicht annehmen.«

Nun ja. Das hätte ich auch nicht gewollt. Einen silbernen Füller in Form der Freiheitsstatue, der vermutlich furchtbar teuer war, jedoch aussieht wie aus einem Klimbim-Laden am Times Square.

»*But even worse:* Er spricht nicht und macht keinen Blickkontakt.«

Oh. Tatsächlich? Ich denke an seine blitzenden grünen Augen. Mein Problem ist eher zu *viel* Blickkontakt. Er hat sogar gesungen. Was mir jetzt auch ziemlich unwirklich vorkommt. Ist das alles vielleicht nur ein Traum?

Ich öffne die Augen.

»Er hat etwas zu verbergen«, wispert Alex verschwörerisch, als wäre ich seine Co-Ermittlerin. »*Keep your eyes open.*«

»*Alessandro!*« Simone starrt ihren Mann wütend an. »Am Montag darfst du wieder zu deinen Verbrechern. Aber jetzt sei gefälligst mal für zwei Tage Familienvater.«

»Das bin ich! Ich lasse meine Familie hier zurück, da muss ich doch sicherstellen …«

»Wenn dir das nicht passt, dann nimm halt Urlaub«, zischt Simone. Ihre Hände, die gerade noch entspannt auf ihren Knien lagen, sind zu Fäusten geballt.

»Nicht alle von uns sind Lehrer«, schnappt Alex zurück und fügt hinzu: »Oder deutsch.«

Da springt Simone unvermittelt auf und beginnt, hektisch

ihre Yogamatte aufzurollen. »Fängst du schon wieder damit an. Ich bin nicht faul!«

»*Excuse me*, zwölf Wochen Urlaub im Jahr! Wo gibt's denn so was?«

Simone funkelt ihn an, aber sie entgegnet nichts. Stattdessen klemmt sie sich die Matte unter den Arm und rauscht davon, am Pool, an Kilian vorbei ins Haus.

Jupiter, der gerade auf der Wiese Purzelbäume geübt hat, ruft: »*Mummy!*«

Alex sagt: »*Boys, stay with Anna*«, und weicht meinem Blick aus. Ha. Kein Blickkontakt. Er weiß offensichtlich, wovon er spricht. Bevor ich etwas einwenden kann, hastet er seiner Frau hinterher.

Die beiden kleinen Jungen stehen ein bisschen verloren auf der Wiese und schauen ihren Eltern nach. Sie haben sich an den Händen gefasst und brechen mir das Herz in ihren identischen weißen Schlafanzügen, auf denen bunte Dinosaurier miteinander kämpfen.

Ich stehe auf Jupiters hellblauer Yogamatte mit Wölkchen und räuspere mich. »Hey, Jungs, kennt ihr den herabschauenden Hund?«

Jupiter verzieht das Gesicht. »Ja …«

»Oh, gut.« Ich hebe ein Bein und mache ein plätscherndes Geräusch. »Geht der so?«

Die Jungen kichern und schütteln ihre Köpfe.

Ich schlage mir auf die Stirn. »Ach nein, das war ja der *pinkelnde* Hund.«

Das Kichern wird lauter. Jupiter schiebt mich von der Yogamatte, um mir den herabschauenden Hund zu zeigen. Titus stellt sich auf Alex' Matte und versucht ihn nachzuahmen. Ich bin beeindruckt. Zwei herabschauende Welpen. Ich applaudiere und frage: »Und wie geht der herabschauende Löwe?«

Jupiter sieht mich unsicher an. Ich schiebe ihn von der Matte, beuge mich vor, und als meine Handflächen auf dem Boden liegen, brülle ich los. Die Kinder kichern wieder, und dann machen wir den verknoteten Elefanten, den verschnupften Nasenbären, die hustende Schlange und das beleidigte Gürteltier. Wir krabbeln gerade alle auf der Erde herum und werfen uns gegenseitig beleidigte Blicke zu, als ich Kilians Stimme höre.

»Was soll das sein?« Er steht direkt neben uns am Pool.

»Beleidigtes Gürteltier«, antwortet Jupiter wie aus der Pistole geschossen. »Anna, *what's next?*«

Ich setze mich auf. »Ähm, schimpfender Hamster?«

Die Jungen beginnen sofort, um mich herumzuwuseln, und Jupiter schreit: »*Merda! Stronzo! Vaffanculo!*«

Ich knie mich zwischen die Hamster und greife mir den kleineren von beiden. »Bist du auch ein italienischer Hamster, Titus?«

Er kichert nur und lässt sich von mir durchkitzeln. Da spüre ich etwas über meine Fußsohlen streichen. Es ist Jupiters kleine Hand.

»Die sind schwarz«, stellt Jupiter fest. Er krabbelt um mich herum und sagt vorwurfsvoll: »Deine Füße sind schwarz. Du musst baden.«

Mein Blick wandert automatisch zu Kilian, der neben dem Pool auf dem Boden sitzt und uns belustigt zugeschaut hat.

»Er hat recht.« Kilian zieht ein gespielt entsetztes Gesicht. »Das sind die schwärzesten Fußsohlen, die ich je gesehen habe.«

Ich würde ihm gern den Mittelfinger zeigen und irgendetwas Bissiges erwidern, aber die beiden kleinen Italiener haben heute schon genug Gestreite gehört. Und dabei hat der Tag gerade erst angefangen.

»Das ist der Schmutz vom Central Park«, erkläre ich nüchtern. »Ich schrubbe seit Tagen, aber ich bekomme ihn nicht ab.«

Kilian sieht mich erstaunt an. Ich weiß nicht, ob sein Erstaunen dem hartnäckigen Straßendreck gilt oder mir.

»Da helfen nur Strandspaziergänge«, sagt er schließlich. »Wir müssen ans Meer.«

Er meint die »anderen Hamptons« auf der Südseite der Insel. Long Island sieht in etwa so aus wie eine Hummerschere. Zwischen den Hummerzangen tummeln sich eine Menge kleiner Inseln und Buchten. Anders als Southampton und East Hampton mit ihren breiten Stränden direkt am offenen Ozean liegt Sag Harbor an der Innenseite der Zange, mitten im Getümmel. Für Leni und die Jungs ist das perfekt. In unserer kleinen Badebucht können sie planschen, der Atlantik wäre viel zu wild für sie. Aber für lange Strandspaziergänge müssen wir ins Auto steigen.

Ich stelle mir unwillkürlich vor, wie Kilian und ich den windigen Strand entlangwandern. Wir halten uns nicht an den Händen, aber er sieht mich immer wieder von der Seite an. Als wollte er es. *Wir wollen dasselbe.* Schon wieder erröte ich, und zwar nicht nur in meiner Vorstellung. Zu viel *Dirty Dancing* am frühen Morgen …

Ich weiß nicht, ob er es bemerkt hat. Jedenfalls wartet er meine Antwort nicht ab, sondern fragt die beiden kleinen Maldinis: »Lust auf Fußball?«

Sie nicken wie verrückt und wollen, dass ich auch mitmache. Kilian lächelt mich an. »Solange sie ihre schimpfenden Hamster zuhause lässt …«

Er steht auf und verschwindet im Poolhaus, einer weißen Holzhütte, die nur wenige Meter hangabwärts steht. Als er zurückkehrt, trägt er einen Fußball in der Armbeuge.

Auch das noch. Kilian ist sportlich. Nicht auf die Muckibudenart wie Alex. Er ist schlank und beweglich, und der Ball klebt an seinem Fuß. Er macht Kunststücke für die Jungs, die einfach nur auf Teufel komm raus dem Ball hinterherjagen. Wir alle sind barfuß und springen über die Wiese, die noch ein wenig feucht ist von der Nacht oder vom Rasensprenger. Jupiter und Titus hängen an Kilians Beinen und versuchen kreischend, ihm den Ball abzuluchsen. Ich bleibe etwas abseits stehen und atme die frische Morgenluft ein. Ich schaue aufs Wasser. Gibt es eine schönere Art, den Tag zu beginnen?

Der Ball trifft mich an der Schulter.

»Nicht träumen, Anna!« Kilian grinst mich an und stemmt die Hände in die Hüften. Ich grinse zurück. Viel zu breit. Viel zu ... verknallt. Wir schauen uns an und hören auf zu grinsen. Mein Herz klopft bis zum Hals. Meine Wangen werden heiß, aber dann verändert sich sein Gesicht. Oh nein. Er sieht wieder sauer aus. Ich muss aufhören, ihn ständig so anzustarren ...

Zum Glück kommen in diesem Augenblick Oliver und Alex die Wiese hinuntergaloppiert, gefolgt von Leni. »Fußball!«, brüllen alle durcheinander. Ich muss lächeln. Oliver liebt Fußball. Er und Alex haben sich beim Lehrerfußball an der Deutschen Schule kennengelernt. Alex darf dort mitmachen, weil er Simones Mann und Italiener (oder zumindest der Enkel von Italienern) ist.

Johanna hat mir erzählt, sie hätten bis zu jenem Zeitpunkt vor zwei Jahren, als Alex und Oliver Freunde wurden, keine Pärchenfreunde gehabt. Johanna hatte Freundinnen und Oliver hatte Johanna. Sie glaubt bis heute nicht an dieses Gruppending. Die Wahrscheinlichkeit, dass sich vier Erwachsene samt Kindern kreuz und quer gut verstünden, sei verschwindend gering. Zumeist sei der andere Mann doof. Es gebe einfach zu viele doofe Männer. Oder die anderen Kinder seien eine Zumutung, und man müsste nach jedem Besuch die Wohnung renovieren. Oder die Kinder vertrügen sich einfach nicht. Schließlich seien das auch Menschen mit Neigungen und Abneigungen. Daher: Finger weg von anderen Familien.

So war zunächst nur Oliver mit den Maldinis befreundet. Alex und Simone wohnen auf halbem Weg zwischen New York City und der Deutschen Schule in White Plains, wo das Lehrerkicken stattfindet, und schließlich wurde es zur Routine, dass Oliver auf dem Heimweg einen Zwischenstopp einlegte und noch mit Alex ein Bier trank.

Johanna meinte, es sei irgendwie sexy gewesen, dass Oliver plötzlich ein eigenes Sozialleben hatte. Donnerstags kam er nun immer spät nach Hause und hatte wahnsinnig viel zu erzählen. Ihretwegen hätte das immer so weitergehen können, aber die Maldinis wollten mehr. Und wider Erwarten hatte es gepasst. Alex war unterhaltsam, Simone konnte gut zuhören, und Jupiter und Leni wurden Freunde. Dennoch würde sie Simone nie so nahekommen wie einem Solitär wie Maike. Familien waren einfach zu viel des Guten.

»Du bist aber früh wach«, sage ich verdutzt zu Oliver, als er neben mir auf der Wiese ankommt.

»Bei eurem Geschrei kann ja kein Mensch schlafen«, entgegnet er lachend.

Alex hat bereits den Ball an sich gerissen und dribbelt um die hopsenden und quiekenden Kinder herum. Ich schaue mich nach Kilian um. Er hat unbemerkt das Spielfeld verlassen und ist schon oben am Pool angelangt. Oliver folgt meinem Blick.

»Kilian!«, ruft er. »Spiel mit!«

Aber Kilian winkt ab und ruft zurück: »Die Hängematte wartet.«

Alex bleibt stehen und wirft mir über die Köpfe der Kinder hinweg einen vielsagenden Blick zu. Anscheinend bin ich tatsächlich seine Co-Ermittlerin – ob ich will oder nicht. Doch vielleicht tut mir ein bisschen Skepsis in Sachen Kilian Brand ja ganz gut … Ich imitiere Alex' konspirativen Blick und nicke ihm unauffällig zu.

Oliver schnappt sich den Ball. Das Spiel kann beginnen.

5

Eigentlich müsste Johanna zufrieden sein. Der gedeckte Frühstückstisch auf der Veranda sieht aus wie in einer Joghurtwerbung. Maike und Kilian haben hier draußen ganze Arbeit geleistet, während Johanna in der Küche stand und Rührei, Pfannkuchen und Obstsalat aus dem Hut gezaubert hat. Und als sie zum Essen rief, haben wir den Fußball sofort links liegen gelassen und sind mit unseren roten Gesichtern herbeigestürmt, um ihr Werk zu bewundern und dankbar über das Essen herzufallen.

Doch meine Schwester, die am Kopfende des langen Tisches thront, zieht ein säuerliches Gesicht. Oliver und ich wechseln betretene Blicke. Es ist offensichtlich, auf wessen Konto Johannas schlechte Laune geht. Maikes und Kilians Bemühungen, die Veranda in ein wunderbares Esszimmer mit Ausblick zu verwandeln, wurden von Simones Abwesenheit überschattet. Sie hat gleich mehrere Sünden auf einmal begangen: nicht beim Frühstückmachen geholfen, zu spät am Tisch erschienen, keine Reue gezeigt, Lobpreisungen der Fußballer verpasst und keine eigenen von sich gegeben.

Und es wird immer schlimmer. Noch bevor sie sich zu uns an den Tisch setzt, schiebt Simone Titus' Hochstuhl, den Kilian heldenhaft aus einer Abstellkammer hervorgekramt hat, näher an Jupiter heran. Dann greift sie sich ein Wasserglas, stellt es direkt vor die Nasen ihrer Söhne, lehnt ihr Smartphone dagegen und schaltet kurzerhand eine Kindersendung ein.

Ich kenne das bereits von den Barbecues bei den Maldinis.

Jupiter und Titus schauen beim Essen immer fern. Ohne *Fireman Sam* rühren sie keinen Bissen an. Was natürlich jedes Mal dazu führt, dass Leni am Unterhaltungsprogramm teilhaben will. Ich entschärfe dann die Situation, indem ich Leni in ein Gespräch verwickle, und ernte Johannas Missbilligung. Sie findet, ich sei genauso unterhaltsam wie *Fireman Sam* und würde nur ein Medium durch ein anderes ersetzen. Ich halte ihr dann entgegen, dass ich – anders als Sam – Leni sehe und höre und ihre Fragen beantworte. Johanna besteht jedoch darauf, Kinder müssten auch mal ohne Clown auskommen. So geht das eine Weile zwischen meiner Schwester und mir hin und her, und Simone ist fein raus.

Heute ist die Situation anders. Bevor Simone am Tisch erschien, wurden wir alle Zeugen eines kleinen Wunders: Die Jungen aßen ohne digitale Hilfe. Sie stopften sich – zu Johannas großer Genugtuung – das Rührei rein und redeten und lachten mit uns. Es war wirklich schön. Normalerweise sitzen sie wie kleine Zombies am Tisch und starren gebannt auf den Bildschirm, und nun waren sie endlich anwesend. Bis Simone ihr Telefon auf den Tisch knallte.

Es ist unwahrscheinlich, dass meine Schwester das Essensritual der Maldinis jemals offen kritisiert hat. Alles, was sie Simone sagen will, sagt sie mir. Ich weiß nicht, wie das Ganze in meiner Abwesenheit abläuft. Jedenfalls wirkt Simone überrumpelt, als Johanna ihr direkt in die Augen sieht und feststellt: »Auf diese Weise würden sie auch Styropor essen.«

Simone fängt sich schnell wieder und entgegnet kühl: »Oder Brokkoli. Unsere Kinder ernähren sich besser als die meisten Erwachsenen.«

»Aber sie schmecken und sehen nichts«, bemerkt Johanna trocken, und Maike nickt betroffen.

Zu allem Übel stimmt Alex ein: »*Honey, the boys were fine.*«

»Wie meinst du das?«

»Sie haben gegessen, ganz ohne …«

»Ohne mich.« Simone wirft ihm einen eisigen Blick zu.

»Ohne dein *cell phone.*«

Man kann Simone ansehen, wie hin- und hergerissen sie ist. Sie würde gern wieder davonrauschen. Andererseits will sie sich keine Blöße geben, und außerdem sieht Johannas Obstsalat verdammt lecker aus.

»Könnte sich bitte jeder um seine eigenen Kinder kümmern?«, sagt sie mit bebender Stimme und schaut uns alle an – mit Ausnahme von Johanna.

»Das *sind* meine Kinder«, murmelt Alex, aber Simone beachtet ihn nicht und schaufelt sich Obstsalat auf ihren Joghurt.

Ich mag Alex, aber ich bin insgeheim froh, dass er morgen zurück in die Stadt fährt. Ein Krisenherd weniger. Es wird Simone bestimmt leichter fallen, sich an Johannas Regeln zu halten, wenn sie nicht gleichzeitig in einen Ehekrach verstrickt ist. Vielleicht hat sie dann den Kopf frei, um sich von Maike eine Scheibe abzuschneiden. Oder von Kilian. Seine Hilfsbereitschaft erstaunt mich. Wenn er so weitermacht, ist Johanna die Nächste, die sich in ihn verknallt. Was ihn nicht freuen wird. Es ist nicht zu übersehen, dass Kilian keine Lust auf so was hat. Maike, die neben ihm sitzt, hat bereits ein paarmal vergeblich versucht, ihn in ein Gespräch zu verwickeln. Und mich hat er seit dem Fußball keines Blickes mehr gewürdigt.

Eine Weile essen wir schweigend zu den Geräuschen von *Fireman Sam*. Dann fragt Oliver in die Runde: »Was sind eigentlich unsere Pläne für heute?«

Johanna wirft ihm einen dankbaren Blick zu. Er hat ihre Lieblingsfrage gestellt. Und ich bin plötzlich sehr froh über die beiden. Johanna treibt Oliver in den Wahnsinn, aber er liebt sie einfach. Alles, was sie tut, findet er hochgradig übertrieben. Und bewundernswert. So hat er es zumindest mal ausgedrückt.

»In Sag Harbor gibt es ein Walfangmuseum«, sagt sie prompt. »Wir könnten vorher beim *Farmer's Market* vorbeifahren und ein paar frische Sachen einkaufen, oder wir erkunden mal Shelter Island, oder …«

»Oder wir bleiben hier«, wirft Simone ein, ohne Johanna anzusehen.

»Das ist nicht dein Ernst.«

Simone sieht von ihrem Joghurt auf. »Doch. Die Jungen waren noch nicht mal im Pool, und wir haben noch drei Wochen Zeit für Ausflüge.«

»Na gut«, erwidert Johanna kurz angebunden, »dann bleibt ihr am Pool, und wir sehen mal nach, wo wir hier überhaupt sind.«

Ich seufze innerlich. Eigentlich bin ich gern im Team Johanna, aber heute nicht. Meine Augen brennen. Ich fühle mich wie nach einer Silvesternacht und wünsche mir nichts sehnlicher, als mich in Kilians Hängematte zu legen und zu schlafen. Ich könnte so lange schlafen, dass ich heute Nacht wieder wach bleiben kann. Wenn ich mir einen Nachtwächterschlafrhythmus zulege, überstehe ich die drei Wochen vielleicht, ohne Teller von den Wänden zu reißen.

»Kann ich hierbleiben?«, frage ich kleinlaut.

Johanna funkelt mich an. *Verräterin.*

»Ich … ich würde wirklich gern mitkommen, aber ich bin schrecklich müde.«

Bevor ich auf den Grund meiner Müdigkeit eingehen kann, verkündet Maike loyal: »Also, ich komme mit.«

»Ich würde den Tag auch lieber am Haus verbringen«, sagt Oliver.

Alle schauen ihn verwundert an.

»Alex ist doch nur noch bis morgen hier«, erklärt er.

Ich bin irgendwie gerührt. Oliver hat einen Freund.

Johanna hingegen ist alles andere als gerührt. »Er kommt doch schon am Freitag zurück.«

»Buddy, fahr ruhig«, wirft Alex gutmütig ein.

Da sagt Leni: »Ich bleibe bei Anna.«

Oh nein, jetzt gibt's Ärger. Ausflüge sind einer der Grundpfeiler von Lenis Erziehung. Am Wochenende nichts zu unternehmen ist in Johannas Augen genauso schlecht für Leni wie Fernsehen. Als machten die eigenen vier Wände dumm. Daher ist die ganze Familie ständig auf dem Sprung. Wenn ich mit Leni allein bin, wünscht sie sich oft, dass wir den Zoo & Co. ausfallen lassen und den ganzen Tag im Schlafanzug in ihrem Zimmer spielen oder mit unseren Büchern auf dem Sofa herumlümmeln. Am liebsten, wenn die Sonne scheint. Für Leni ist es der Inbegriff von Freiheit, bei schönem Wetter im Haus zu bleiben. Abends tischen wir Johanna dann irgendeine Geschichte auf. Als hätten wir etwas ausgefressen.

Ich finde, heute haben Leni und ich ausnahmsweise mal die besseren Argumente. Ja, die Sonne scheint und »wir müssen raus«, wie Johanna immer sagt. Aber dieses Haus ist von einem parkähnlichen Garten umgeben, hat einen Pool und einen eigenen kleinen Sandstrand. Wären wir nicht schon hier, würde meine Schwester uns ins Auto scheuchen, um herzukommen.

»Komm, wir fahren zu zweit«, sagt Maike aufmunternd zu Johanna, doch die schüttelt verärgert den Kopf.

»Das ist nicht Sinn und Zweck der Sache.«

»Was ist denn der Sinn und Zweck?«, will Maike wissen.

»Dass wir als Familie etwas zusammen unternehmen«, antwortet Johanna und schaut Oliver vorwurfsvoll an.

Maike tut mir leid. Sie sieht verletzt aus.

Ich bin kurz davor, mich trotz meiner bleiernen Müdigkeit auf diesen Ausflug einzulassen, als Alex ruft: »*Come on, folks!* Wir sind im Paradies! Lasst uns diese coole Hütte genießen. Was soll Kilian denn von uns denken? Er hat uns das hier ermöglicht, und jetzt sitzen wir hier und sind total *grumpy*. Kilian hält uns schon für undankbar.«

Kilian, der zwischen Maike und Alex sitzt und die ganze Zeit schweigend seinen schwarzen Kaffee getrunken hat, winkt ab. »Keine Sorge, eitel Sonnenschein finde ich verlogen.«

Alex lehnt sich mit dem Ellenbogen auf die Tischkante und wendet sich seinem Sitznachbarn zu. »Was meinst du damit?«

»Seid ruhig *grumpy*.«

Der Chefermittler mustert Kilian, der seelenruhig seinen Kaffee weitertrinkt. »Willst du deinen Urlaub nicht mit netten Leuten verbringen?«

»Nicht notwendigerweise«, antwortet Kilian achselzuckend.

Da stutzt selbst der Staatsanwalt. Er hat mit einem höflichen »Tu ich doch« gerechnet, wie wir alle.

Alex räuspert sich. »Warum sind wir überhaupt hier?«

»Weil ihr es wolltet.« Kilian runzelt die Stirn. »Dachte ich zumindest.«

»Und wo sind deine Freunde?«, fragt Alex unverblümt.

»Woanders.«

»Warum bist du nicht mit ihnen zusammen woanders?«

»Weil ich hier sein will.«

»Und warum hast du ausgerechnet Johanna gefragt, ob sie mitkommt?«

Kilian zögert. Dann sagt er: »Sie hat Charakter.« Er wirft Johanna ein verhaltenes Lächeln zu, und sie lächelt unwillkürlich zurück. Vielleicht hat er ihren Tag gerettet.

»*I don't get it.*« Alex schüttelt den Kopf. »*Anyway.* Es ist toll hier. *Thank you.*«

»Nichts zu danken«, antwortet Kilian und weicht Alex' Blick aus.

Alex sieht mich verstohlen an. *Siehst du, was ich meine?* Ich nicke mal wieder unmerklich. Kilian wirkt tatsächlich irgendwie ... schuldbewusst. Und wir wissen immer noch nicht, warum er uns eingeladen hat. Warum er mit uns hier sein will.

Das Küchenteam hat Personalmangel. Ich glaube, Maike ist wirklich verletzt. Nach dem Frühstück ist sie sofort im Haus verschwunden. Als sie zurückkam, trug sie die Sonnenbrille, die sonst permanent in ihrer blonden Mähne steckt, auf der Nase und marschierte schnurstracks mit einer Strandtasche zum Steg. Und dort liegt sie nun reglos auf den Holzplanken und brutzelt in der Sonne.

Simone und Alex haben sich mit den beiden Kleinen auf direktem Weg zum Pool begeben. Oliver wollte zwar in der Küche helfen, aber Johanna fand, Leni bräuchte dringend Sonnencreme Faktor fünfzig, und hat die beiden ins Haus geschickt.

Schweigend räumen Kilian und ich das Geschirr in die Küche, während Johanna mit einem Handfeger draußen unter dem Tisch herumkriecht und irgendetwas von »Titus« und »Ameisen« vor sich hin murmelt.

Als sich die Teller auf der Spüle türmen, schaue ich mich um. »Wo ist denn die Spülmaschine?«, frage ich Kilian, der gerade mit einem Tablett voller schmutziger Tassen und Gläser durch die Küchentür kommt.

»Hier«, antwortet Kilian und stellt das Tablett auf dem Küchentresen ab.

»Wo?«

Er hebt die Hand.

»Oh«, sage ich.

»Ich hatte auch gehofft, Maike würde den Job dauerhaft übernehmen.« Er lächelt schief.

»Nein, lass mal, ich mach das schon.«

Bevor er widersprechen kann, drehe ich mich um und lasse Wasser in die altmodische Spüle. Die Eigentümer dieses Hauses scheinen die Sache mit dem 19. Jahrhundert wirklich ernst zu nehmen. Plötzlich sehe ich die Kaffeemühle auf einem der Wandbretter mit anderen Augen. Wer weiß, was die Promis in ihrem sogenannten Urlaub noch alles ohne elektrische Geräte anstellen. Ich beschließe, mich nach dem Spülen sofort auf die Suche nach einer Waschmaschine zu begeben. Meine Unterwäsche reicht nur für zwei Wochen, und ich bin jetzt schon sauer auf den hölzernen Waschzuber, der wahrscheinlich in irgendeiner Abstellkammer auf uns wartet. Wenigstens befinden wir uns im Mutterland der Waschsalons.

Kilian reißt mich aus meinen Gedanken. »Hast du schon mal mit der Hand gespült?«

Er steht mit einem weißen Trockentuch neben mir und schaut stirnrunzelnd auf meine Hände, die ich ins Spülwasser getaucht habe.

»Ja?« Verunsichert halte ich inne.

»Du nimmst das ziemlich wörtlich, oder?«

»Was?« Ich verstehe kein Wort. Wie auch. Er steht zu dicht neben mir. So dicht, dass unsere Arme sich beinahe berühren. Bis jetzt konnte ich jegliche Berührung erfolgreich verhindern. Wir haben gestern nicht einmal Hände geschüttelt. Zum Glück. Eine Berührung würde definitiv nach hinten losgehen. Für mich. Er würde mir wieder alles ansehen und mich danach stundenlang ignorieren. *Bloß nicht berühren.*

»Mit der *Hand* zu spülen«, ergänzt er, und ich folge seinem Blick auf meine Finger, die im Wasser über einen blau-weißen Teller streichen.

Ich habe immer noch keine Ahnung, wovon er spricht. Vielleicht liegt es an meiner Müdigkeit. Oder an seinem Arm. Ich kann ihn spüren, obwohl er mich nicht berührt. Wie Phantomschmerzen. Außerdem ist mir plötzlich sehr bewusst, was ich alles nicht anhabe. Ich, Anna Morgenstern, spüle mit Kilian Brand, dem weltberühmten Schriftsteller. In Boxershorts. (Ich, nicht er.) Vor dem Duschen. Ohne Deo. Ohne Unterwäsche.

Als ich nicht antworte, erklärt er mit einem belustigten Gesichtsausdruck: »Die meisten Leute nehmen dafür einen Spülschwamm.«

Ich reiche ihm den gespülten Teller zum Abtrocknen und sage geistesabwesend: »Der ist im 19. Jahrhundert doch noch gar nicht erfunden.«

Er zieht die Augenbrauen hoch. »Ach so.«

Wortlos und mit gesenktem Blick lasse ich meine Hände weiterspülen. Ich weiß, dass er mich beobachtet. Er weicht nicht von meiner Seite und nimmt die Teller von mir mit dem Trockentuch entgegen. Das Tuch ist meine Rettung. Kein Körperkontakt. Kein Blickkontakt. Alex hätte seine Freude.

Zwischendurch steckt Johanna den Kopf durch die Tür und will wissen, ob wir Hilfe brauchen. Wir rufen: »Nein!«, und ich frage mich, ob sein Nein wirklich so hastig klang, wie es mir vorkam.

Als ich das Besteck klirrend ins Spülwasser gleiten lasse und es mit meinem Daumen sauber reibe, schaue ich kurz auf. Da bemerke ich seinen Blick. Er sieht meine Hände an, als wären sie … *nackt.* Nun ja, sie sind nackt. Hände sind immer nackt, vor allem im 19. Jahrhundert, wo es keine Spülhandschuhe gibt. Deshalb ist es umso komischer, wenn jemand sie auf diese Weise ansieht. Meine Hände sind darauf nicht vorbereitet. Schließlich sind sie keine Brüste oder dergleichen. (In meinem Fall sind die Brüste darauf allerdings auch nicht vorbereitet.) Sie wissen nicht, was sie tun sollen, und halten still.

Kilian war so vertieft in den Anblick meiner Spülhände, dass er erst jetzt bemerkt, wie ich ihn anschaue. Für den Bruchteil einer Sekunde sieht er verlegen aus. Dann sagt er leichthin: »Ich mache jetzt weiter, deine Hände sind ja schon ganz schrumpelig.«

Schrumpelig. Ich inspiziere meine Hände. Es stimmt. Sie sehen aus wie die Hände einer Neunzigjährigen. Die will keiner nackt sehen. *Komm auf den Teppich, Anna.* Er hat ihnen einfach nur fasziniert beim Schrumpeln zugesehen.

Kilian öffnet den Unterschrank und zieht eine rote Spülbürste aus Plastik hervor.

»Wieso hast du mir die nicht gegeben?«, rufe ich entrüstet.

Er grinst. »Ich wollte deine Illusion von der Ursprünglichkeit dieses Hauses nicht zerstören.«

Ich reiße ihm kopfschüttelnd das Trockentuch aus der Hand und überlasse ihm den Platz an der Spüle. Ich überlege kurz, ob ich ihn mit dem restlichen Abwasch allein lassen soll, aber ich kann es nicht. Er ist wie ein Buch, das ich nicht weglegen kann. Ein Mystery-Buch. Da fällt mir ein, dass ich Co-Ermittlerin bin. Der Chefermittler hat sich vorhin erstaunlich dumm angestellt, finde ich. Es war, als hätte er Kilian direkt gefragt: *Bist du eigentlich der Mörder?* Ich glaube, das kann ich besser.

»Darf ich dich was fragen?«

»Schieß los.« Kilian schrubbt energisch die Pfanne, die noch nie was von Teflon gehört hat und das Rührei nicht hergeben will.

»Warum bist du in New York?«

Er hält kurz inne. Dann schrubbt er eine ganze Weile wortlos weiter, aber irgendwann sagt er fast beiläufig: »Ich habe eine Schreibblockade.«

Er ignoriert, dass ich ihn anstarre, und reicht mir die saubere Pfanne zum Abtrocknen. Ich nehme sie entgegen und lasse sie im selben Augenblick sinken. Sie tropft den Boden nass, aber ich kann es nicht ändern. Ich kann keine Pfanne abtrocknen, während er eine Schreibblockade hat. Während er mir vertraut.

»Anna, pass auf mit der Pfanne.«

Meine Wangen werden wieder heiß. Nicht weil er mir vertraut, sondern weil er meinen Namen gesagt hat. Ich weiß auch nicht, was es damit auf sich hat. Aus seinem Mund klingt mein Name plötzlich irgendwie … intim.

Vorsichtshalber lege ich die Pfanne auf der Spüle ab. »Fällt dir einfach nichts mehr ein?«, frage ich leise.

Er greift nach der Pfanne. Oje. Jetzt brät er mir eins über, damit ich es vergesse. Damit ich nicht auf Twitter oder sonst wo verkünde, dass Kilian Brand nicht mehr schreiben kann …

Stattdessen zieht er mir das weiße Tuch aus der Hand und beginnt, die Pfanne abzutrocknen. Ich stehe nutzlos daneben und ärgere mich, dass meine Boxershorts keine Hosentaschen haben.

»Doch«, sagt er. »Mir fällt zu viel ein. Und das meiste davon …« Er zögert, dann fährt er fort: »Das meiste davon ist ungeeignet. Ich muss bei null anfangen. Deshalb bin ich hier.«

»Aber stören wir dabei nicht?«

Er wirft mir einen seltsamen Blick zu. »Nein, im Gegenteil.«

»Wir sind also Zerstreuung, damit du den Kopf frei kriegst?«

»Könnte man so sagen.«

Da ist er wieder, dieser schuldbewusste Gesichtsausdruck. Irgendetwas stimmt hier nicht.

In diesem Moment erscheint der Chefermittler auf der Bildfläche, als hätte er meine Gedanken gelesen. Alex kommt in Simones pinken Flip-Flops in die Küche geschlurft. Er trägt eine unfassbar enge Badehose und darüber eine monströse

Bauchtasche, die er sich auf die Hüfte geschoben hat. Seine Körperhaltung verrät ihn: Er stellt sich vor, die Bauchtasche wäre sein Colt.

»*Did you see the cherries?*«

»Welche Kirschen?«, frage ich.

»Johanna sagt, sie hätte eine *big bowl of* … Ah! Da sind sie ja!« Alex schnappt sich eine Schüssel mit Kirschen vom Küchentisch und verschwindet wieder.

Ich schaue ihm kopfschüttelnd hinterher, meinem hellsichtigen Chefermittler.

»Anna?«

Das intime Wort, und schon ist meine Konzentration wieder futsch. Ich bin kein Stück besser als Alex.

»Darf ich dich jetzt was fragen?«

»Klar.«

»Wovon träumst du?«

Für einen Moment glaube ich, mich verhört zu haben. So etwas fragt man doch nur, wenn man betrunken ist. Und verknallt. Sehr betrunken und sehr verknallt. Wie kann er nur ruhig dort stehen und so etwas fragen?

»Uff.« Ich ringe nach Worten. »Wo soll ich da anfangen? Also, ich wäre gern … ein stilles Zentrum. Jemand, der für seine Familie unverzichtbar ist, wie Johanna, aber irgendwie stiller. Alle sollen froh sein, dass ich da bin, aber irgendwie auch nicht darüber nachdenken. Vielleicht wäre ich einfach gern … kein Anhängsel.«

Oh Mann. Schlafentzug ist gefährlich. Die Sache mit dem Nachtwächterschlafrhythmus muss ich nochmal überdenken.

Kilians grüne Augen sehen mich so durchdringend an, dass ich nicht wegschauen kann.

Er räuspert sich. »Ich meinte eigentlich …« Doch er spricht den Satz nicht zu Ende.

Oh nein. Ein *Missverständnis?* Mein Hals ist trocken.

»*Was* meintest du?«

»Ich …« Er zögert, aber dann sagt er es: »Ich meinte deine Albträume, vor denen du wegläufst.«

Das war's. Ich kann tatsächlich nie wieder ein Buch von ihm lesen. Beim bloßen Anblick seines Namens werde ich immer an diesen Augenblick denken. Den peinlichsten meines Lebens.

»Ach so. Ich träume von Pythons und brennenden Deckenbalken«, antworte ich tonlos und lasse ihn – schon zum zweiten Mal – in der Küche stehen.

6

Ich hätte nicht gedacht, dass ich diese feudale Strandvilla als eng empfinden könnte. Doch es ist so. Es gibt keinen Winkel zum Verkriechen. Nicht einmal die Dusche ist sicher. Nach wenigen Minuten steht Oliver vor der Tür und ruft, er sei als Nächster dran. Ich rufe zurück, er solle gefälligst eins der anderen drei Luxusbäder nehmen. Er ruft, er habe sich aber in diesem Bad »schon verteilt«. Ich steige aus der Dusche, stecke den Kopf durch die Tür und biete ihm an, ihm seine Sachen herauszureichen. Oliver schüttelt energisch den Kopf. Zu viele Sachen. Er wartet. Vor der Tür.

Also dusche ich in Windeseile zu Ende, husche mit nassen Haaren zurück in mein Zimmer und schlüpfe unter die Bettdecke. Aber die Tür zur Bibliothek hat keinen Schlüssel, weshalb Johanna mir ungehindert ihren Vortrag über Sonne und frische Luft halten kann. Gefolgt von dem Vortrag über die böse Klimaanlage, die mich mit meinen nassen Haaren umbringen wird.

Ich bin zu müde, um mit meiner Schwester zu diskutieren. Also ziehe ich blind eines der Bücher aus dem Haufen, unter dem das halbe Schlafsofa begraben liegt, und begebe mich schleunigst nach draußen. Die Hängematte ist leer, aber sie ist kein Zufluchtsort. Zu viel Kilian, der bestimmt gleich durch die Verandatür kommen und mich ansehen wird wie … ein Anhängsel. Das Missverständnis als solches ist schon peinlich genug. Als würde Kilian Brand mir verknallte Fragen stellen. Aber meine Antwort … Wovon ich träume? Ich hätte ihm alles nennen können. Meinen Traumberuf. (Keine Ahnung. Leserin.) Meinen Sehnsuchtsort. (New York natürlich.) Gesundheit und Glück im Allgemeinen. Aber nein. *Ich wäre gern ein stilles Zentrum.* Mir wird schlecht.

Am liebsten würde ich mich auf den Steg flüchten, aber dort verbrennt Maike gerade in der Sonne. Und der Pool wird von den Maldinis und Leni belagert.

Johanna folgt mir auf die Veranda und tritt neben mich an das Holzgeländer, auf dem ich das Buch abgelegt und mit Schrecken festgestellt habe, dass es eines von Kilians ist: *In Love with Mr. Hyde.* Ich wollte es letzte Nacht mal durchblättern, weil ich es nur auf Deutsch gelesen habe und neugierig auf die Übersetzung war. Doch dann konnte ich es nicht aufklappen. Gesunder Selbstschutz. Je blasser meine Erinnerung an seine Bücher ist, desto weniger werde ich mich hier zum Deppen machen.

Johanna fragt: »Vertragen wir uns jetzt wieder?«

Ich schaue sie erstaunt an. »Haben wir denn gestritten?«

»Es tut mir leid, dass ich dich bei den anderen mit deiner Schlafstörung geoutet habe«, sagt sie leise. »Oliver hat gestern Abend noch mit mir geschimpft.«

Ich hake mich bei ihr unter und lehne den Kopf an ihre Schulter. »Ach was. Du hattest ja recht …«

»Deshalb wolltest du den Ausflug nicht mitmachen, oder?«

Ich seufze. »Johanna, ich habe die ganze Nacht nicht geschlafen aus Angst, dass ich renne. Ich bin einfach nur müde.«

Sie antwortet nicht und streichelt meine Wange, wie nur Johanna es kann. Ihre Hand ist rau von der ewigen Putzerei, aber ich schmiege mich enger an sie. Da wendet sie sich mir zu und schlingt ihre Arme um mich.

»Die Rennerei ist nur eine Phase«, murmelt sie aufmunternd in mein Ohr. »Das geht bald vorbei.«

»Manchmal bin ich mir da nicht so sicher«, flüstere ich.

»Hast du schon mal erlebt, dass Tante Jutta Unsinn erzählt?«, entgegnet meine große Schwester streng, und ich komme mir vor wie eine Ketzerin. Johanna und Jutta sind nicht nur in Sachen Eierlikör absolut auf derselben Wellenlänge.

Ich seufze wieder und sage leise: »Aber was ist, wenn ich einfach anders bin als Jutta und Oma? Wenn ich nicht lerne, mich nicht mehr so ins Leben hineinzusteigern …«

Aus dem Augenwinkel sehe ich Kilian, der auf die Veranda tritt. Er bleibt wie angewurzelt stehen, und ich löse mich aus Johannas Umarmung.

Sie hat ihn noch nicht bemerkt und sagt: »Doch, das wirst du. Und ich vermisse sie schon jetzt, die Anna, die sich wie verrückt ins Leben hineinsteigert. So oder so … Ich hab dich lieb.«

Ich sehe, wie Kilian die Stirn runzelt, und erröte. Es ist merkwürdig, so etwas in seiner Gegenwart gesagt zu bekommen.

Bevor die Situation unangenehm werden kann, ruft Johanna empört: »Das darf nicht wahr sein!« Sie zeigt auf den in den großen Pool integrierten Whirlpool. Dort spielen Leni und Jupiter. Fröhlich. Allein.

Simone liegt bäuchlings auf einer Liege unter einem Sonnenschirm und schläft, und Alex läuft mit Titus an der Hand über die Wiese und ist schon fast unten am Strand angekommen. Ich schätze mal, der Weg vom Strand bis zum Pool würde selbst für eine Sportskanone wie Alex länger dauern als die lebensnotwendigen dreißig Sekunden. Viel länger, zumal es bergauf geht. Plus die Zeit, die er benötigen würde, um überhaupt etwas zu bemerken. Er dreht den Kindern den Rücken zu.

Johanna stürmt die Treppe hinunter, und ich folge ihr hastig – nicht aus Sorge um die Kinder, sondern aus Sorge um Simone. Wenn Johanna sie jetzt mit einer Gardinenpredigt aus dem Schlaf reißt, ist der Urlaub gelaufen. Doch Johanna läuft an Simones Sonnenliege vorbei in Richtung Strand und ruft mir über die Schulter zu, ich solle auf die Kinder aufpassen.

Ich setze mich an den Rand des Whirlpools und stelle die Füße auf die Unterwasserbank. Unter meinem kurzen Strandkleid trage ich einen Bikini, aber ich habe jetzt keine Lust, mich auszuziehen und in den Pool zu springen. Nicht unter Kilians Augen. Ich sehe mich nicht um, aber ich bin mir sicher, dass er oben auf der Veranda am Geländer lehnt und uns ziemlich unterhaltsam findet.

Johanna und Alex stehen unten am Strand, und Johanna gestikuliert wild und zeigt zum Pool. Zum ersten Mal heute kommt Leben in Maike. Sie setzt sich auf dem Steg auf und verfolgt das Spektakel. Irgendwie verstehe ich, dass Johanna sich lieber auf den Staatsanwalt stürzt als auf Simone. Streitereien unter Frauen haben immer gleich so was Ernstes an sich.

Simone rührt sich nicht. Auch nicht, als die Kinder mich nass spritzen und kreischen, ich solle endlich ins Wasser kommen. Ich wehre mich eine Weile, aber schließlich gebe ich nach. Befangen streife ich mir das Kleid über den Kopf und gleite ins Wasser. Während ich im Whirlpool untertauche, frage ich mich kurz, warum ich überhaupt meine Haare gewaschen habe, und dann tauche ich mitten in Lenis und Jupiters Wasserschlacht auf. Die Kinder sitzen auf den Bänken und strampeln gnadenlos mit den Beinen. Als ich ins tiefere Wasser flüchte, folgen sie mir. Jupiter schlägt mit seinen orangefarbenen Schwimmflügeln um sich, und Leni, die schon schwimmen kann, hält sich an einer gelben Schwimmnudel fest und erzeugt mit ihren dünnen Beinchen ein erstaunliches Wasserchaos.

Inmitten des Tohuwabohus sehe ich Kilians Füße am Beckenrand. Er geht in die Hocke, und ich schaue auf. Er hält mein, nein, sein Buch in der Hand.

»Das lag auf dem Geländer.« Er zeigt auf das Buch. »Ist das deins?«

Ich schiebe Leni mit ihrer Nudel zur Seite und erwidere ungewohnt schlagfertig: »Nein, deins.«

Kilian lächelt schief. »Stimmt.« Er schiebt sich eine Haarsträhne hinters Ohr und sieht dabei irgendwie schüchtern aus. »Leider.«

Leider? Das ist sein letztes und bestes Buch. Es handelt von einer alleinerziehenden Mutter mit drei Kindern, die sich in einen bipolaren Mann verliebt. Eigentlich sind ihre Kinder ihre ganze Welt. Sie ist geduldig und liebevoll und macht alles richtig. Bis sie sich das vierte Kind – den kranken Mann – ins Haus holt. Die Geschichte wimmelt nur so von Fettnäpfchen, aber Kilian tritt in keines davon. Seine Figuren sind zu real. Ich habe mich auch in Mr. Hyde verliebt und mir gewünscht, dass sie ihn so lieben kann, wie er ist. Selbst als er die Familie zerstört, gibt man ihm keine Schuld und wünscht sich seine Rettung. Ich habe es auch nicht geschafft, die Frau zu verurteilen, die ihre Kinder seinem Strudel aus manischen und depressiven Phasen aussetzt. Dennoch brechen einem die Kinder das Herz. Man liebt sie alle und steckt im Dilemma. (Ich zumindest. Johanna sieht das ganz anders. Wenn Kinder im Spiel sind, gibt es kein Dilemma. Kinder gehen immer vor. Deshalb hat sie auch was gegen *Anna Karenina*. Ja, der russische Adel war nicht gerade nett zu der armen Anna, aber eine Liebesaffäre auf Kosten des Kindes geht einfach gar nicht, auch wenn die anderen an dem ganzen Elend schuld sind. Ich bewundere Johanna für ihre Unbeirrbarkeit.)

Bevor ich Kilians »Leider« auf den Grund gehen kann, hat er das Buch an den Beckenrand gelegt und ist aufgestanden.

Ohne ein weiteres Wort geht er zum Poolhaus. Mir fällt wieder ein, dass im Poolhaus die Klimaanlage kaputt ist. Ob es dort eine Dusche gibt? Ich würde zu gern einen Blick hineinwerfen. Von meinem Fenster in der Bibliothek aus kann ich es sehen. Kilians Licht brannte gestern Abend noch sehr lange. Ob er – so wie ich – gelesen hat? Oder hat er vor seinem Laptop gesessen und die leere Seite angestarrt? Ich würde zu gern mehr über seine ungeeigneten Ideen wissen …

Ich habe keine Zeit zum Grübeln. Leni möchte auf meine Schultern klettern, und Johanna kehrt mit Maike vom Strand zurück. Offenbar war Alex uneinsichtig, aber wenigstens ist Maike wieder an Bord. Sie schnattert mit meiner Schwester, als wäre nichts gewesen.

Maike muss aus der Sonne raus und verschwindet im Haus. Johanna bittet mich, die Kinder nicht aus den Augen zu lassen, bis Oliver sein Beautyprogramm beendet hat und mich ablöst.

»Und was machst du jetzt?«, erkundige ich mich ein bisschen verzweifelt. Selbst hier im kühlen Wasser fallen mir fast die Augen zu. Jemand sollte auf *mich* aufpassen.

»Für zehn Leute Kartoffeln schälen«, antwortet Johanna übertrieben laut und wirft der schlafenden Simone einen genervten Blick zu.

Da murrt die schlafende Simone: »Mach halt Nudeln.« Sie richtet sich auf ihrer Liege auf. »Außerdem ist es noch nicht mal zehn Uhr.«

»Kartoffeln haben Vitamine und Nudeln nicht«, entgegnet Johanna. »Und ich lege mich erst an den Pool, wenn die Arbeit getan ist.«

»Das tut mir leid für dich«, sagt Simone achselzuckend und legt sich wieder hin. »Dann wirst du wohl nie am Pool liegen können.«

»Du könntest wenigstens auf die Kinder aufpassen.«

»Mein Kind trägt Schwimmflügel«, erwidert Simone, ohne aufzusehen.

Johanna informiert Simones Hinterkopf darüber, dass ein Vierjähriger mit Schwimmflügeln keineswegs vor dem Ertrinken sicher ist. Genauso wenig wie Leni mit ihrem Seepferdchen. Kleine Kinder lässt man nicht unbeaufsichtigt im Wasser. Und Punkt.

Dann sieht sie mich an. »Anna, bitte pass auf Leni auf.« Im letzten Moment scheint ihr einzufallen, dass die Guten sich von den Bösen unterscheiden müssen, und sie ergänzt: »Und auf Jupiter.«

Eine knappe Stunde später sind dann doch alle draußen, selbst Johanna. Kilian ist mit feuchten Haaren aus dem Poolhaus gekommen. Anscheinend gibt es dort tatsächlich fließendes Wasser. Nun sitzt er in dunkelblauen Badeshorts und weißem T-Shirt unter einem Baum, sieht nervtötend gut aus und unterhält sich mit Leni und Rosalie Finn-Rosalie. Eigentlich ist Leni schüchtern mit Fremden, aber irgendwie sucht sie seine Nähe. Sie und Rosalie haben auf der Wiese immer engere Kreise um ihn gezogen, bis sie direkt neben ihm ins Gras geplumpst sind. Nun labern sie ihn voll, und er scheint sich bestens zu amüsieren. Ich wünschte, ich könnte hören, worüber sie reden. Ich liege endlich in der Hängematte und kann trotzdem nicht einschlafen. Mit halboffenen Augen linse ich durchs Geländer.

Die drei Grazien liegen in Reih und Glied in ihren Bikinis am Pool und sehen aus wie auf einem Hochglanzposter. *Drei Engel für Charlie im Urlaub.* Simone döst, und Johanna und Maike sind in eine Unterhaltung vertieft. Oliver watet mit Strohhut durch den Pool und schiebt eine Luftmatratze vor sich her, auf der zwei kleine Piraten sitzen und ziemlich zufrieden aussehen. (Nach dem Kartoffelschälen hat Johanna den Kindern Augenklappen gebastelt. Leni hat ihre sofort an Rosalie abgetreten, die damit noch unheimlicher aussieht als sonst.)

Alex geht mit seiner Kirschenschüssel im Garten spazieren und inspiziert die Beete. Hin und wieder ruft er begeistert Sachen wie: »*They've got cucumbers!*« Oder nur: »*Tomatoes! Zucchini!*« Ich muss lächeln und denke, dass es hier bald auch jede Menge Kirschen geben wird.

Gerade als ich mir die blühenden Kirschbäume vorstelle, höre ich Johanna rufen: »Alex, jetzt hör mal bitte auf, überall Kirschkerne hinzuspucken! Ich hatte vorhin schon einen unter dem Fuß kleben, das ist eklig.«

Alex kommt näher. »Soll ich sie etwa runterschlucken?«

»Hol dir eine Schale!«

Da lacht Alex und spuckt einen Kirschkern in Richtung Johanna. Und trifft. Er landet auf ihrem Rücken.

Johanna fährt in die Höhe. »*Spinnst* du?«

Sie schlägt um sich, als säße eine Spinne auf ihrem Rücken. Schließlich pflückt Maike, die sich ebenfalls aufgesetzt hat, den Kirschkern von der Liege und wirft ihn mit spitzen Fingern auf die Wiese, wo Alex wie ein kleiner Junge herumhopst und sich totlacht. Wenn seine Verbrecher ihn so sehen könnten …

»*Alessandro!*«, brüllt die Sportlehrerin, und Alex verstummt.

»Danke«, sagt Johanna.

Unwillkürlich wandert mein Blick zu Kilian. Er und Leni haben zugeschaut. Kilian runzelt – wie so oft – die Stirn. Ich weiß nicht weshalb, aber es wurmt mich, dass er meine Schwester so sieht. Sie ist nicht so. Nicht immer … Außerdem wird niemand gern mit Kirschkernen bespuckt. Alex ist unmöglich.

»Johanna!« Alex steht vor einem Beet. Er hat die Kirschenschüssel auf der Wiese abgestellt und hält in der einen Hand ein Taschenmesser, das er offenbar aus seinem Bauchbeutel hervorgezaubert hat. Die andere Hand winkt enthusiastisch mit zwei kleinen Zucchini. »Wie viele brauchst du für deinen *famous zucchini salad? I'll get you anything you need!*«

Aha. Der Staatsanwalt entschuldigt sich mit Zucchini.

Aber Johanna schüttelt den Kopf und ruft: »Lass die Beete in Ruhe! Die gehören uns nicht!«

»*Alessandro, stop it!*«

Alex lässt enttäuscht das Gemüse sinken und scheint zu überlegen, was er nun damit anstellen soll.

Da schaltet sich Oliver ein, der inzwischen neben dem Pool kniet und die Jungs abtrocknet. »Jetzt hat er die Zucchini doch sowieso schon geerntet, da können wir sie auch essen«, sagt er an Johanna gewandt.

»Die kommen auf keinen Fall in meinen Salat«, entgegnet sie. »Wilde Zucchini sind schlimmer als Pilze. Wenn die Bitterstoffe nicht rausgezüchtet werden, sind die hochgiftig. Daran sterben regelmäßig irgendwelche Hobbygärtner. Hört ihr alle kein Radio?«

Oh Mann. Meine Schwester nervt. Das Schlimme ist, dass sie meistens recht hat. Da bemerke ich, dass Kilian neben Alex an das Beet getreten ist. Ich kann nicht hören, was sie sagen, aber Alex nickt heftig, klopft Kilian auf die Schulter und fängt an, Tomaten zu pflücken, die er in seine halbleere Kirschenschüssel fallen lässt. Kilian kehrt zu Leni und Rosalie Finn-Rosalie unter den Baum zurück und legt sich ins Gras.

Als Alex seine Ernte am Pool präsentiert, verkündet er zufrieden: »Das Gemüse ist im Preis *included*. Und wenn die Zucchini nicht bitter schmecken, können wir sie in den Salat tun. Kilian probiert sie vorher. *He's a chef, you know.*«

Mit »Chef« meint Alex zwar Koch, aber Johanna ist dennoch nicht erfreut. Der Begriff gehört ihr – in sämtlichen Bedeutungen. Sie schüttelt wieder den Kopf und meint: »Wenn er unbedingt sein Leben riskieren will …«

Da zieht Alex eine weiße Wildblume hinter seinem Rücken hervor und streckt sie meiner Schwester hin. Der Stängel hat hinten in seiner Badehose gesteckt, und ich hoffe, dass Johanna es nicht bemerkt hat. Wenn ja, wird sie sich sein behaartes Hinterteil vorstellen und die Blume nicht anfassen. Doch sie nimmt sie mit einem widerwilligen Lächeln entgegen und bedankt sich. Ich atme auf.

Als Alex wenige Minuten später mit seinem Gemüse pfeifend die Verandatreppe heraufkommt, schließe ich endlich die Augen.

Kilian bittet mich, die Zucchini zu probieren. Niemand hat sie angerührt, aber nun hält er mir die Gabel hin und schaut mich mit seinen durchdringenden grünen Augen an. *Vertrau mir.* Ich öffne den Mund und bin seltsam erregt. Ich lege mein Leben in seine Hände … Mir wird schlecht. Ich fühle mich seekrank. Im ersten Moment glaube ich, dass ich sterben muss. Aber meine Zunge schmeckt nichts Bitteres. Es liegt nicht an den Zucchini. Es liegt am Wanken. Ich werde geschaukelt.

Kilian und die Zucchini waren nur ein Traum, aber das Schaukeln ist echt. Ich schmunzle und lasse die Augen geschlossen. Das Schaukeln wird heftiger. Leni ist Pippi Langstrumpf. Wenn sie einmal in Fahrt ist, kann sie keiner stoppen. Ich halte mich unauffällig an den Seiten der Hängematte fest. Sie soll glauben, dass ich noch schlafe. Aber ich kann mir das Grinsen nicht verkneifen. Jetzt holt sie so viel Schwung, dass ich Angst habe, gegen das Geländer zu donnern.

»Leni!«, rufe ich lachend und öffne die Augen.

Es ist nicht Leni, sondern Kilian. Er grinst mich an und bringt die Hängematte abrupt zum Stillstand.

Verwirrt streiche ich mir die Haare aus dem Gesicht. Ich richte mich unbeholfen auf und bemerke dabei, dass mein Strandkleid bis zum Bauchnabel hochgerutscht ist. Eigentlich ist das kein Drama. Meine Bikinihose sitzt an Ort und Stelle. Aber sobald man ein Kleid trägt, wird der Bikini irgendwie zur Unterwäsche. Ich fühle mich … entblößt. Während ich mein Kleid herunterziehe, frage ich verschlafen: »Wo sind die anderen?«

»In der Küche. Sie wollten drinnen essen, um dich nicht zu wecken.«

»Mittag- oder Abendessen?«, erkundige ich mich immer noch ziemlich verwirrt, bevor mir die gleißende Mittagssonne auffällt.

Kilian lacht. »Ich lasse dich nicht bis heute Abend schlafen – da kann deine Schwester sagen, was sie will.«

»Wie spät ist es denn?«

»Halb eins.«

»Kilian!«, rufe ich entrüstet. Oh. Sein Name klingt genauso intim wie meiner. Für mich zumindest …

Er legt seine Hand wieder an das Fußende der Hängematte und schaukelt mich leicht. »Du hast eine volle Stunde geschlafen.«

»Eine Stunde! Das ist nichts! Wie soll ich denn so …« Ich spreche den Satz nicht zu Ende.

Kilian hält die Hängematte wieder an. »Wieder die Nacht durchmachen? Gar nicht.« Er sieht mich genauso durchdringend an wie in meinem Traum.

»Was kümmert dich das?«, sage ich leiser als beabsichtigt. Ich habe plötzlich einen Kloß im Hals. Wenn er mir jetzt Zucchini anbietet, esse ich sie.

Er antwortet ebenso leise: »Tut es nun mal.«

Ich spüre ein Flattern in der Magengegend. *Es kümmert*

ihn. Doch da meldet sich die Co-Ermittlerin in mir zu Wort und macht das schöne Gefühl zunichte. Ohne mich zu fragen, kombiniert sie: »Du willst hier draußen in der Hängematte liegen und mir durchs Fenster beim Rennen zuschauen, oder? Dann kannst du darüber schreiben, wie ich da drinnen die Teller zertrümmere.«

Kilian zieht erstaunt die Augenbrauen hoch. Nein, nicht erstaunt. Bestürzt.

»Das brauche ich nicht zu sehen, um es zu beschreiben. Was ich aber nicht tun werde«, sagt er schließlich, und nun sieht er wirklich erstaunt aus.

»Mach ruhig.« Ich gähne und lasse mich wieder rücklings in die Hängematte sinken. »Es weiß ja sowieso keiner, dass ich es bin.«

»Doch. Du.« Er wirft mir einen seltsamen Blick zu.

»Das stört mich nicht.«

»Das denken am Anfang alle.«

Die Co-Ermittlerin mustert ihn. »Wenn es nicht ums Schlafwandeln geht, warum kümmert es dich dann, ob ich die Nacht durchmache?«

Kilian schaukelt mich wieder und runzelt die Stirn. Ich habe noch nie mit jemandem geredet, der seine Antworten so genau abwägt wie er. Es irritiert mich. Vielleicht denkt er ja einfach nur langsam. Könnte er schneller denken, wäre er Journalist geworden und nicht Romanautor. Pah. Bestimmt hat er nicht mal seine Bücher selbst geschrieben. Sie stammen von einem schlauen Ghostwriter, und Kilian war nur der ansehnliche Köder für die Leserinnen. Der Gedanke ist irgendwie tröstlich.

»Wenn ich meine Schreibblockade loswerden will, kann ich hier nicht als übernächtigter Zombie herumlaufen.«

Ich schaue ihn verwundert an. »Wieso du? *Ich* bin der Zombie.«

Da lässt er die Hängematte los und steckt unvermittelt die Hände in die Taschen seiner Badeshorts. Er sieht fast sauer aus, als er sagt: »Ich kann nicht schlafen, solange dein grünes Licht brennt.«

Jetzt bin ich es, die langsam denkt. Ich starre ihn an und versuche, meine Gedanken zu ordnen. Mein *grünes Licht?* Welches …? Er kann nur die Lampe mit dem grünen Glasschirm meinen, die auf der Fensterbank in der Bibliothek steht.

»Du kannst nicht schlafen, solange mein grünes Licht brennt.« Ich spreche ihm in Zeitlupe nach. Ich bin tatsächlich begriffsstutzig. Was meint er damit? Hat meine Lampe ihn geblendet? Oder meint er das, woran ich denke? Weshalb sich meine Gedanken plötzlich verheddert haben. Das kann nicht sein.

»Hat es dich geblendet?«, frage ich einfältig, obwohl mir klar ist, dass ein grüner Lampenschirm niemanden blenden kann.

»Nein.« Er weicht meinem Blick aus.

Kommt da noch was? Nein. Er steht nur da und sieht nun nicht mehr sauer, sondern verlegen aus. Hat er wirklich wie der Great Gatsby in der Dunkelheit gestanden und das grüne Licht angestarrt? Die Co-Ermittlerin in mir flüstert: *Ja*. Sie hat messerscharf kombiniert, dass er anderenfalls von einer grünen Lampe gesprochen hätte. Das grüne Licht. Ich könnte ihn damit bis in alle Ewigkeit – also die nächsten drei Wochen – aufziehen. Aber der bloße Gedanke, *ich* könnte seine Daisy, sein Licht der Hoffnung sein (oder es zumindest auf der Fensterbank stehen haben), verschlägt mir den Atem. *Reiß dich zusammen, Anna.* Wir kennen uns gerade mal einen Tag lang, und ich bin nicht wild darauf, das Missverständnis von heute Morgen zu toppen.

Ich bin so in Gedanken versunken, dass ich erschrecke, als er meinen nackten Fuß berührt. Er tippt nur gegen meinen großen Zeh und zieht seinen Finger gleich wieder zurück. Mein Zeh kribbelt. Ich bekomme sofort Phantomschmerzen. Und er weiß es. Mir steht immer alles ins Gesicht geschrieben. Ich rechne schon damit, dass er ohne ein weiteres Wort im Haus verschwinden wird, da sagt er: »Die sind immer noch schwarz, wir müssen zum Strand.«

Ich bringe kein Wort heraus. Leni rettet mich in letzter Sekunde. Sie kommt auf die Veranda gepoltert und ruft, dass Mama die Zucchini in den Müll geworfen hat. Und dass ein Hobbykoch wie Kilian nicht mit Mamas Nase herumtanzen darf.

7

Der romantische Strandspaziergang, den ich mir insgeheim ausgemalt habe, gerät zum Sonntagsausflug mit der ganzen Horde. Es ist ein bisschen demütigend, dass alle – mit Ausnahme von Maike – sich auf die Fahne geschrieben haben, mich von den Resten des Central Parks zu befreien. Maike hat vorgeschlagen, ich könnte einfach zur Pediküre gehen. Aber Johanna ist davon überzeugt, so was koste in den Hamptons ein Vermögen, und findet genau wie Kilian, das solle die Natur erledigen.

Der Ausflug passt Johanna ohnehin ganz gut in den Kram. Zum einen sind Ausflüge per se eine gute Sache, und zum anderen war die Situation mit Maike im Haus ein wenig festgefahren. Kilian und sie fanden einfach nicht zueinander. Wie praktisch, dass er mit dem Bus aus Manhattan hergekommen ist. Er meinte, im Auto erlebe man nichts. Nun kann er gemeinsam mit Maike in ihrem Cabrio nichts erleben.

Nur leider bin ich mir da nicht so sicher. Vom Rücksitz unseres Kombis aus sehen die beiden perfekt zusammen aus, als Maike ihr Verdeck herunterfährt und schwungvoll ihren Wagen in der Einfahrt wendet. Perfekt und unerreichbar. Mit einem Stich im Magen wird mir bewusst, dass ich zehn Jahre zu jung bin – für ein eigenes Cabrio, Maikes Fahrkünste, ihre Designerstrandtasche, ihren Look, ihren Glamour. Und für *ihn* natürlich. Mein Platz ist hier bei den Kekskrümeln, neben Leni.

Gestern Abend sah alles noch ganz anders aus. Als ich das grüne Licht auf meiner Fensterbank anknipste, schien mir einfach alles möglich. Kilian hatte mich zwar den restlichen Tag ignoriert, aber er sorgte sich um den Zustand meiner Füße. Er hatte sogar meine Schwester darauf angesprochen. (»Was hat Kilian eigentlich mit deinen Füßen zu tun?«, hatte Johanna sich misstrauisch erkundigt. »Ich glaube, er findet sie widerlich«, war meine Antwort. Das schien sie zu beruhigen.) Ich wusste einfach, dass er im Poolhaus am Fenster stand und zu mir, seinem grünen Licht, hinübersah. Um Punkt elf Uhr tat ich ihm den Gefallen und knipste es aus. Damit er schlafen konnte. So wie ich. Ganz ohne Schlangen und Brände.

Dank der Kinder, die schon um kurz nach sechs kreischend durch den Garten rannten, waren wir heute alle früh wach, und Johanna hatte die bekloppte Idee, am Strand zu frühstücken. Sie hat Maike und mich zum Broteschmieren verdonnert, während sie und Oliver haufenweise Zeug ins Auto schleppten. Die Maldinis absolvierten währenddessen hinten im Garten ihr Sportprogramm, und Kilian spielte mit den Kindern Fußball. Wegen der Hitze im Poolhaus hat er schon wieder in der Hängematte geschlafen und musste sich deshalb mit Johanna streiten, die ihn in einem der Hüte-Zimmer einquartieren wollte. Schließlich schliefen die Jungs sowieso bei ihren Eltern. Aber Kilian wollte davon nichts wissen.

Als wir an dem breiten, traumhaft leeren Sandstrand ankommen, stehen Maike und Kilian schon mit den Füßen im Wasser. Maike trägt ein rotes Hippie-Strandkleid und sieht wieder aus wie ein Engel für Charlie. Sie legt ihre Hand auf Kilians Schulter und zeigt zum Horizont. Ich blinzle. Da ist nichts. Nicht mal ein Öltanker. Wahrscheinlich sagt sie gerade: »Schau mal, die Wellen«, oder so was Ähnliches. Und Kilian schaut. Johannas Rechnung scheint aufzugehen.

Normalerweise würde ich sofort die Flip-Flops wegschleudern, mein Strandkleid im Wind davonfliegen lassen und mit Leni ans Wasser rennen, aber als sie an meiner Hand zieht, sage ich resolut: »Geh mit Mama.« Ich setze meine Sonnenbrille auf und helfe Oliver, die beiden Sonnenschirme zu öffnen, die Picknickdecken auszubreiten und das Frühstück aus den Kühlboxen zu wühlen. Dabei wende ich dem Meer den Rücken zu.

»Wir bauen eine Stadt«, stöhne ich gerade genervt, als die anderen vom Meer zurückkommen. Aus dem Augenwinkel sehe ich, wie Kilian lächelt, und habe Lust, ihn zu treten.

»Glaub mir, wenn du Maikes Avocado-Kresse-Sandwiches probiert hast, freust du dich über das Picknick«, meint Johanna und verteilt spießige Tupperdosen mit Rohkost auf allen drei Decken.

»Ich bin nur wegen des Sands hier«, brumme ich.

»Wo sind eigentlich die Maldinis abgeblieben?«, will Maike wissen.

»Die kommen erst, wenn das Frühstück fertig ist«, bemerkt Johanna bissig.

Und tatsächlich: In dem Moment, als alle Decken unter der Last der Brote zusammenbrechen, kommen die Jungs auf uns zugestürmt, gefolgt von ihren Eltern, die nur eine einzige Strandtasche im Gepäck haben. Vernünftige Leute. Handtuch, Sonnencreme, fertig. Ich wechsle die Familie. Die Fronten. Was auch immer.

Wenigstens bin ich nicht allein auf dieser seltsamen Strandparty um kurz nach acht Uhr morgens. Während die anderen über das Essen herfallen, krame ich meinen Begleiter hervor. *Consider the Lobster and Other Essays* von David Foster Wallace – ein Glücksgriff aus der Bibliothek. Ich bin erst vor Kurzem in meiner kleinen Lieblingsbuchhandlung in Bonn an seinem Bericht über eine Karibikkreuzfahrt hängen geblieben: *Schreck-*

lich amüsant – aber in Zukunft ohne mich. Seitdem sind wir gute Freunde, obwohl er schon tot ist. Und nun werde ich mein Avocado-Sandwich mit ihm essen.

Ich stecke noch mitten im ersten Essay, der nichts mit dem Lobster aus dem Buchtitel und ziemlich viel mit der amerikanischen Porno-Industrie zu tun hat, und lese gerade fasziniert über Nacktbowling, als Kilian sich neben mich in den Sand fallen lässt.

»Was liest du da?«

Nicht jetzt. Ich halte mein Buch in die Höhe und lese weiter.

Er lacht. »Essays? So spannend?«

Ich schaue ihn über mein Buch hinweg an. »Was ist spannender: eine Porno-Preisverleihung oder ein Picknick mit alten Leuten?«

Er zieht mir das Buch aus der Hand, was ich ziemlich dreist finde, zumal er mit Maike aufs Meer geschaut hat. Ich versuche, es ihm wieder zu entreißen, aber er lässt es nicht los. Unsere Schultern, Arme, Finger berühren sich. Zu viel auf einmal. Ich gebe auf und rücke ab.

»Blödmann«, murmle ich atemlos und bereue es sofort. Das Wort lässt mich noch jünger klingen, als ich bin. Ungefähr wie zwölf.

Kilian knufft mich mit dem Ellenbogen in die Seite. »Magst du den?« Er hält das Buch hoch, auf dem ein Lobster herumkrabbelt.

»Wallace? Total.«

»Nein, ich meinte den Hummer.«

»Den auch.«

»Total?«, fragt Kilian.

Ich beiße mir auf die Unterlippe. Noch so ein Ausdruck, der mich jung macht. Zumindest habe ich mir nie angewöhnt, »mega« zu sagen. Ich kann das Wort nicht leiden, und wann immer jemand es verwendet, höre ich schlagartig auf, ihn ernst zu nehmen.

»*Total*«, bestätige ich mürrisch.

»Dann spar dir den Artikel.«

»Ich weiß auch so, dass die lebend in kochendes Wasser geworfen werden – ich bin schon groß.« Oh nein. Ich mache es nur schlimmer.

Kilian mustert mich. »Er beschreibt ziemlich anschaulich, wie sie panisch versuchen, aus dem Topf herauszuklettern. Und es stimmt, ich habe es schon einige Male gesehen. Es dauert manchmal mehrere Minuten, bis sie tot sind, zumal in Restaurants häufig fünf von ihnen gleichzeitig in den Topf geworfen werden, wodurch sich das Wasser abkühlt. Dann wird es langsam wieder zum Kochen gebracht, während sie dort …«

»Danke, das reicht«, werfe ich hastig ein. »Kann ich jetzt mein Buch zurückhaben?«

Er lässt es in meinen Schoß fallen. »Ich dachte, du liest gerade eins von meinen.«

Ich schlage das Buch wieder auf und sage beiläufig: »Hat mich nicht gefesselt. Es war schon irgendwie unglaubhaft, dass eine Alleinerziehende mit drei Kindern Zeit hat, sich bei *Tinder* einen Bipolaren aufzureißen.«

Da lacht er laut auf. Er lässt eine Handvoll Sand auf mein nacktes Knie rieseln. Als würden wir uns kennen. Ich schaue auf und sehe, wie Maike uns vom anderen Ende des Deckenteppichs aus beobachtet. Und Johanna. Sie wirft mir einen tadelnden Blick zu, und ich bin froh über meine Sonnenbrille. Offiziell habe ich gar nicht hingesehen.

»Hast du noch was von mir gelesen?«, erkundigt sich Kilian und gräbt seine Hand wieder in den Sand. Munition.

»Ich lese alles, selbst Schrott.«

Es folgt die zweite Ladung Sand.

»So gehst du also mit Kritik um«, bemerke ich und verkneife mir ein Grinsen, während ich mein Buch zur Seite lege und mir das Knie abklopfe.

»Nein, mit der Konkurrenz. Ich wollte, dass du das Buch weglegst.« Er grinst mich an.

»*Konkurrenz?*«

»Ich habe auch Essays geschrieben, weißt du.«

»Oh Mann. Ja, weiß ich.«

»Weißt du nicht.«

Ich verdrehe die Augen hinter meiner Sonnenbrille und sage: *»27.«*

»Wow. Du warst bei Wikipedia.«

»Nein, bei Eva.«

»Was?«

»Bei meiner Cousine. Vor acht Jahren. Sie hat deine Essays zum Achtzehnten geschenkt bekommen und wollte sie nicht lesen. Da habe ich mich erbarmt.«

»Vor *acht* Jahren?«

Ich ziehe eine Grimasse. »Ja, ich bin ein Wunderkind. Ich konnte mit sechzehn schon lesen.«

Es folgt die dritte Ladung Sand.

»Und? Wie fandst du sie?«

»Ich war mir sicher, du würdest mit siebenundzwanzig sterben.«

Das scheint ihm die Sprache zu verschlagen. Er schaut mich stirnrunzelnd an und sagt nichts. Ich weiß nicht, warum, aber ich greife nach meiner Sonnenbrille und schiebe sie mir ins Haar. Klappe mein Visier hoch. Mir stockt der Atem. Seine grünen Augen sind jedes Mal ein Schock.

»So gut?«

»Besser«, gebe ich zu.

»Danke.« Er sieht erfreut aus. Ich würde fast sagen, er strahlt. Als wäre mein Urteil etwas wert.

»Ich mag deine Bücher.« Jetzt ist es raus.

Doch. Er strahlt. Wie verrückt. »Und ich dachte, du magst mich.«

Oh Gott. *Flirtet* er mit mir?

Ich setze meine Sonnenbrille wieder auf. »Nein, nur deine Bücher.«

»Besser als nichts«, lacht er.

Bevor ich etwas entgegnen kann, wirft Johanna ihren Schatten auf uns. Sie steht neben mir und fordert mich zum Tanzen, äh nein, zum Strandspaziergang auf. An die Arbeit, die Füße sind immer noch schwarz. Sie zieht mich an den Händen in die Höhe.

Zu meinem Erstaunen fragt Kilian, ob er mitkommen kann.

Johanna zieht ein säuerliches Gesicht. Dann ruft sie: »Kleini, komm mit!«

Leni schließt sich uns ebenfalls an, und so stapfen wir zu fünft los. Auf Johannas Geheiß bohre ich meine Füße in den nassen Sand, und bald haben die anderen mich abgehängt. Was gut ist. Beim Peeling brauche ich wirklich keine Zuschauer.

Irgendwann lässt Johanna sich zurückfallen. Ohne sie sehen Kilian und Maike aus wie ein junges Paar mit einem Kind, das ausschließlich auf seinen Vater einredet.

Johanna kommt mir entgegen und hakt sich bei mir unter. Eine Weile schaut sie mir dabei zu, wie ich durch den Sand schlurfe. Dann fragt sie unvermittelt: »Was war das da eben?«

Ich schaue sie von der Seite an. »Was meinst du?«

»Flirtest du mit Kilian?«

»Was?«

»Du hast mich gehört.«

»So ein Quatsch.« Ich bin froh über meine Sonnenbrille.

»Lass die Finger von ihm, ja?«

Ich bleibe stehen und entknote mich etwas ruppig von ihrem Arm. »Ich weiß nicht, ob es dir aufgefallen ist, aber ich habe ein Buch gelesen. *Er* ist zu *mir* gekommen.«

»Und ob mir das aufgefallen ist. Er kommt ständig zu dir. Du bist die Einzige, mit der er redet.«

»So ein Quatsch«, sage ich wieder und schlurfe weiter durch den Sand. »Guck doch mal nach vorne.« Ich zeige auf das junge Paar mit Kind.

»Er unterhält sich mit Leni«, erwidert Johanna trocken.

»Siehst du. Ich bin nicht die Einzige.«

»Anna, gleich werde ich böse. Er ist zu alt für dich.« Sie greift nach meiner Hand und ergänzt: »Und zu besonders.«

Ich bleibe wieder abrupt stehen und schüttle ihre Hand ab. »Zu *besonders?* Ich bin nicht *besonders* genug für ihn?«

»Doch ...«

»Und für Maike ist er nicht zu besonders?«

Sie geht nicht darauf ein. »Ich kenne dich.«

»Was soll das denn jetzt heißen?«

»Wer soll nach ihm noch kommen?«

Meine Kinnlade klappt herunter. Johanna kann hier und da ein bisschen grausam sein, aber ich glaube, das war das Fieseste, was sie jemals zu mir gesagt hat.

Das findet sie offenbar auch. »Das war nicht so gemeint, wie es klang«, sagt sie ungewohnt kleinlaut. »Darf ich das netter ausdrücken?«

»Da bin ich gespannt«, erwidere ich und verschränke die Arme vor der Brust. »Wie willst du nett ausdrücken, dass ich keinen abkriege?«

»Nicht keinen.« Sie klingt immer noch kleinlaut. »Nur keinen anderen, der so ist wie er.«

»Und da soll ich es lieber gleich bleiben lassen?«

»Er legt die Messlatte für alle anderen zu hoch.«

Ich habe mich mit den Füßen bis zu den Knöcheln in den Sand gegraben und komme mir plötzlich – noch mehr als sonst – wie ein Zwerg vor. »Du meinst also, von einem Urlaubsflirt mit Kilian Brand würde ich mich nie wieder erholen?«

»Genau das meine ich.« Sie sieht mich an, als wäre ich krank.

»Aber Maike verkraftet so was?«

»Absolut.«

»Weil sie danach einfach loszieht und sich einen Quarterback angelt?«

»Das könnte passieren.«

»Und mir könnte das nicht passieren?« Der Sand verschluckt mich, ich werde immer kleiner.

»Doch, aber es würde nichts bringen.« Johanna greift wieder nach meiner Hand. »Und das weißt du auch.«

Ich schlucke und lasse mich von ihr aus dem Schlamm ziehen.

Als wir zu unserer Strandstadt zurückkehren, liegt Simone auf einem Handtuch und schläft. Jupiter, der im Sand sitzt und einen Graben um sich und Titus schaufelt, informiert uns, die Väter seien zur Strandbar gegangen, um Eis für alle zu kaufen. Die Strandbar ist ziemlich weit weg, und Johanna regt sich darüber auf, dass Oliver die Jungs allein gelassen hat.

»Sie sind nicht allein«, wende ich ein und deute auf ihre Mutter.

»Doch, sind sie«, entgegnet Johanna.

Als Oliver und Alex mit Eis beladen zurückkommen, hält sie ihnen eine Standpauke. Die beiden Männer schauen sich ratlos an.

»Und ich dachte, Eis vor dem Mittagessen wäre das Problem«, murmelt Oliver.

»Ist es auch«, erwidert Johanna. »Aber Ertrinken ist schlimmer.«

Da schaltet sich die schlafende Simone ein: »Hier ist nicht mal ein Pool.«

»Nein, aber das *Meer.*« Johanna wirft Maike und mir einen fassungslosen Blick zu.

Alex kratzt sich am Hinterkopf. »Simone, *she's right.* Du musst die Kinder im Auge behalten. An einem öffentlichen Strand kann alles passieren.«

Der Chefermittler fürchtet an diesem menschenleeren Strand nicht das Meer, sondern die Kidnapper. Und ich weiß, was jetzt kommt. Ich kann gar nicht hinsehen. Simone springt unversehens von ihrem Handtuch auf, reißt es an sich und faltet es hektisch zu einem Paket zusammen. Dann klemmt sie sich das Handtuchpaket unter den Arm und marschiert einfach so davon, etwa fünfzig Meter den Strand entlang. Dort faltet sie es auseinander und legt sich wieder aufs Ohr, mit dem Rücken zu uns.

»*Great*«, brummt Alex.

Oliver drückt ihm zwei Eiswaffeln in die Hand. »Los.«

Und Alex schlendert ein wenig unmotiviert von dannen.

Als wir auf den Decken sitzen und unser Eis essen, regen Johanna und Maike sich ausgiebig über Simone auf. Die Kinder hocken außer Hörweite an Jupiters Graben, und Leni und Jupiter tauschen alle paar Sekunden ihr Eis. Kilian isst seins im Stehen, doch er hört zu. Ich schiele ein paarmal verstohlen zu ihm hinüber. Er verzieht keine Miene.

»Wenn ihr weiterhin so abweisend zu ihr seid, reist Simone heute Nachmittag mit Alex ab«, meldet sich Oliver zu Wort.

»Hat sie das gesagt?«, will Johanna wissen.

»Nein, aber ich an ihrer Stelle würde es tun.«

»Unsinn«, entgegnet Johanna. »Dann hockt sie mit den beiden Kleinen den ganzen Tag allein zuhause und wartet auf Alex, bloß um sich abends mit ihm zu streiten.«

»Seit wann bist du so hart zu ihr?«, fragt Oliver.

»Seit sie im Haus keinen Finger rührt und sich nicht um ihre Kinder kümmert.«

»Wir sind erst seit zwei Tagen hier ...«

Johanna unterbricht ihn. »Eben! Normalerweise geben sich am Anfang alle noch Mühe.«

»Vielleicht tut sie das«, wirft Maike ein und zieht ein gespielt entsetztes Gesicht.

»Alex will uns nachher alle zum Essen in dem Restaurant dort drüben einladen«, sagt Oliver und zeigt auf das Holzhaus mit der großen Veranda, zu dem auch die Strandbar gehört. »Könnten wir vielleicht versuchen, ein paar Stunden ohne Vorwürfe auszukommen?«

»Und wer holt sie zurück?«, erkundigt sich Johanna achselzuckend und deutet auf die Maldinis, die ihr Eis nicht angerührt haben. (Simone hat ihres sogar in den Sand geschleudert.)

»Alex. Wer sonst.«

»Ha! Glaubst du.« Johanna verdreht die Augen.

Nach fünf Minuten stellt sich heraus, dass sie recht behält. Alex kehrt allein zurück.

Resigniert pflanzt er sich neben mich auf die Decke. Mein Chefermittler. Es tut mir leid, ihn so mutlos zu sehen. Ohne nachzudenken, lege ich ihm mitfühlend die Hand auf den Arm und erkundige mich, ob ich helfen kann.

Da sieht er mich mit großen Hundeaugen an und sagt: »Ja.«

Mist.

»Was kann ich tun?«, frage ich einigermaßen tapfer.

»Dich mag sie. Kannst du zu ihr gehen? *She needs a friend, you know.*«

»Oh. Okay«, sage ich perplex.

Ich habe schon einige Meter zurückgelegt, als ich ihre Blicke im Nacken spüre. Alle starren mir hinterher, als wäre ich losgezogen, die Welt zu retten. Und dabei hatte ich es mir schon auf der Decke gemütlich gemacht und sogar mein Strandkleid ausgezogen, um mich zu bräunen. Ich überlege kurz, zurückzugehen und mir das Kleid wieder überzuwerfen, um mir diesen Bikini-Walk zu ersparen. Aber dann muss ich mich umdrehen und Kilian sehen, und dann stolpere ich vielleicht … Ich marschiere weiter.

Simone liegt auf dem Bauch und antwortet nicht, als ich »Hallo« murmle und mich in den verdammt heißen Sand setze. Ich werde verbrennen. Von unten und oben.

»Meine Schwester nervt«, sage ich leise.

»Mega«, brummt Simone.

Oh nein, das geht ja gut los … Gehört dieses blöde Wort nicht meiner Generation? Was mache ich hier bloß? Warum können die alten Leute ihren Scheiß nicht allein regeln?

Und dann werfe ich jegliche Loyalität gegenüber Johanna über Bord und plappere drauflos. Dass sie alles besser weiß und unerträglich selbstgerecht ist. Dass sie nie mal fünfe gerade sein lassen kann. Oder Chips essen. Und aus der armen Leni wird ein Monster-Teenager werden mit all den hübschen Regeln, die zum Brechen einladen. Ich mache Kotzgeräusche.

Simone lächelt und richtet sich auf. Sie setzt mir ihren Strohhut auf den Kopf, unter dem sie sich versteckt hat.

»Du bist nicht vorgebräunt.«

»Danke«, sage ich und traue mich auf die Zielgerade: »Ich muss aber noch was über meine Schwester loswerden.«

»Oh nein«, seufzt Simone. »Jetzt kommt was Nettes, oder?«

»Es sieht zwar so aus, aber sie macht das alles nicht, damit du als schlechte Mutter dastehst.« Ich halte kurz die Luft an. *Schlechte Mutter.* Die feinen Eltern da drüben hätten mir ruhig mal vorab ein rhetorisches Training verpassen können. Bevor Simone einschnappen kann, fahre ich fort: »Sie hat Ängste. Jede Menge. Gleich wird sie einen der Männer rüberschicken, um uns einen Sonnenschirm zu bringen, damit wir hier nicht verbrennen. Das macht sie wirklich nicht, um sich toll vorzukommen. Sie kann nicht anders. Sie ist einfach total verrückt. Sie denkt nicht an Sonnenbrand, sondern gleich an Hautkrebs. Und wenn es um Kinder geht, potenziert sich ihre Verrücktheit um ein Tausendfaches.«

Simone blinzelt mich an. »Warum ist sie so?«

Sie ist nicht die Erste, die mich das fragt. Meine große Schwester hat bereits bei einigen meiner Schulfreundinnen und Ex-Freunde, die sie in die Mangel genommen hat, für Erklärungsbedarf gesorgt. Also tische ich Simone die übliche Entschuldigung auf, die vielleicht sogar wahr ist: »Johanna hat mit neun Jahren ihr erstes Kind bekommen.« Ich zeige auf mich. »Unsere Eltern haben sich ständig verkrümelt, und Johanna hatte die ganze Verantwortung. Und ich war ziemlich wild. Mit acht Jahren bin ich fast überfahren worden, weil ich vor ein Auto gesprungen bin.«

Simone sieht mich erstaunt an. »Warum hast du das gemacht?«

»Ich hatte in unserer Straße so einen kleinen Stand mit selbstgebackenen Plätzchen aufgebaut, die ich den Nachbarn verkaufen wollte. Aber es kam einfach niemand vorbei, abgesehen von einem Auto, vor das ich mich dann unbedingt stürzen musste. Bei Lasse aus Bullerbü hat das geklappt, als die Kinder an der Landstraße ihre Kirschen an den Mann bringen wollten. Deshalb steht Johanna immer noch auf Kriegsfuß mit Astrid Lindgren. Ich darf Leni nur ausgewählte Geschichten vorlesen. Vor allem keine, in denen irgendjemand an einem Seil befestigt und aus dem Fenster gehängt wird.«

Simone lacht. Dann erklärt sie mir, sie schwitze tagtäglich allein mit fünfundzwanzig Kindern in einer Turnhalle herum und habe sich inzwischen – nach einigem autogenen Training – endlich locker gemacht. Das lasse sie sich nicht von meiner Schwester und ihren Ängsten kaputtmachen.

Außerdem erfahre ich, dass Titus ein Fiesling ist und nachts seine Füße in Simones Gesicht parkt. Daher nutzt sie jede Gelegenheit, um zu schlafen. Und sie ist nur wegen der Kinder hier, eigentlich hasst sie Ferienhäuser – selbst in den Hamptons. Kochen und Urlaub schließen sich gegenseitig aus. Ihretwegen könnten wir täglich ins Restaurant gehen. Sie würde auch einladen. Alex hat einiges gutzumachen nach letztem September. (Ich will gar nicht wissen, was sie damit meint.) Da sitzt das Geld locker. Er ist fast so spendabel wie damals in Kaiserslautern. (Alex und Simone haben sich kennengelernt, als er in Deutschland beim Militär war. Die Pfalz ist für die beiden der Inbegriff von Romantik. Und Militärstützpunkte. *Top Gun* halt.)

Jetzt erzählt Simone mir, dass sie sich damals wie Priscilla vorgekommen sei.

»Äh … *Presley?*« Meine Sonnenbrille ist inzwischen meine beste Freundin.

Simone nickt verträumt. Der beliebteste Junge ihres Semesters – und wir reden von Sportstudenten, oberste Liga also – wollte mit ihr ausgehen, aber sie hatte schon einen besseren.

»Elvis«, hauche ich und unterdrücke ein Glucksen, aber sie seufzt gedankenverloren: »Einen *Ami.* In *Uniform.*«

Mir fehlen die Worte, und ich bin froh, als in diesem Moment Oliver auftaucht, der »Lasst euch nicht stören« ruft, mir mein Handtuch reicht und hastig den Sonnenschirm aufbaut. Simone grinst mich wissend an.

»So kommen wir nie ins Basislager zurück«, sage ich an Oliver gewandt.

»Tja, manchmal denkt Johanna erstaunlich wenig strategisch. Vielleicht kriegt ihr ja irgendwann Durst.« Er lacht verschmitzt, winkt und verschwindet wieder.

Ich breite mein Handtuch aus und lege mich neben Simone. Ich ziehe kurz in Erwägung, mich vorsichtig zu erkundigen, ob sie trotz allem nicht vielleicht hin und wieder mal den Tisch abräumen oder spülen könnte, aber sie lächelt gerade so schön und sieht aus, als wäre sie in der Pfalz. Da schließe ich die Augen. Es ist alles gesagt.

8

Ich liebe Limetten. Caipirinhas zum Mittagessen. Das war Simones grandiose Idee, und nun stehen zwei riesige Karaffen, jeweils zur Hälfte mit herrlichen Limetten gefüllt, vor unserer Nase. Die erste ist schon leer, und die zweite ist auf dem besten Weg.

Anfangs haben Johanna und Maike sich gegen das Gelage gewehrt – Johanna mit Hinweis auf die Kinder und Maike mit Hinweis auf ihr Auto. Aber Oliver fand die Idee großartig, dass die Mädels jetzt mal zusammen einen trinken. Er hat Johanna versichert, er werde auf die Kinder achtgeben – auf alle drei. Kilian war offenbar auch dafür. Er hat Maike angeboten, auf dem Rückweg ihr Cabrio zu fahren. Sie hat mit sorgenvoller Miene eingewandt, sie müsse dann ja die Spiegel und den Sitz neu einstellen. Als sie dann jedoch die wunderbaren Karaffen mit ihren smaragdgrünen Limetten erblickt hat, ist sie eingeknickt.

Und nun sitzen wir hier auf dieser fabelhaften Terrasse mit Blick auf den saphirblauen Ozean und warten kichernd auf unsere Hamburger (in Johannas und Maikes Fall Veggie-Burger). Es ist fast wie in Süditalien – es herrscht strikte Geschlechtertrennung. Nur dass die Kinder nicht bei den Frauen, sondern bei den Männern am anderen Ende des Tisches sitzen. Johanna freut sich jetzt schon, dass Oliver gleich den Hamburger für Leni kleinschneiden darf. Simone feixt, Alex müsse sogar zwei Burger kleinschneiden. Und das Ketchup-Chaos … Wenn sie Glück hat, veranstaltet Titus eine richtige Sauerei. Großes Gekicher, und jetzt klatschen die beiden Mütter sich doch tatsächlich ab und stoßen darauf an, dass sie nicht zuständig sind. Maike guckt ein bisschen eifersüchtig aus der Wäsche, und ich finde das alles urkomisch und kann nicht aufhören zu glucksen.

Da lehnt sich Simone über den Tisch, streicht mit den Fingern über meine Wange und ruft: »Johanna, deine Schwester hat die niedlichsten Grübchen, weißt du das?«

Johanna sitzt direkt neben ihr, aber seit dem ersten Glas kann Simone nicht mehr leise sprechen. Ich befürchte schon, Alex wird sie gleich zurechtweisen und alles kaputtmachen.

»Versprich mir was«, sage ich zu Simone.

»Alles, meine Süße!«

»Wenn Alex gleich ›Psssst‹ macht oder dich ›Brüllaffe‹ nennt, dann faltest du nicht deine Papierserviette zu einem winzigen Päckchen zusammen und klemmst sie dir nicht unter den Arm und rauschst auch nicht davon, ja?«

Simone sieht mich verwirrt an. Sie weiß tatsächlich nicht, wovon ich rede. Aber ich höre ein unterdrücktes Lachen vom anderen Ende des Tisches. War ja klar. Er hört zu. Ich beschließe, nicht hinzuschauen.

»Anna, du redest manchmal echt verrücktes Zeug«, schreit Simone. »Aber deine Grübchen reißen es wieder raus.« Sie greift wieder über den Tisch und tätschelt meinen Arm. »Du und ich, wir fahren mal zusammen nach Deutschland.«

»Simone, meine Schwester *lebt* in Deutschland«, wirft Johanna ein und kichert in ihr Glas.

»Egal«, sage ich. »Ich komme trotzdem mit.«

»Ha!«, ruft Simone, und nun muss ich sie über den Tisch hinweg abklatschen.

Maike sieht inzwischen genervt aus. Dank der Limetten springe ich über meinen Schatten. »Kommst du auch mit?«, frage ich sie.

Da entgegnet Maike doch glatt: »Wohin?«

»In die große weite Welt«, erkläre ich, und Simone zeigt wie eine Präsidentschaftskandidatin mit beiden Zeigefingern auf mich und brüllt: *»Neustadt an der Weinstraße!«*

Maike tippt sich mit der Hand an die Stirn und steht auf.

»Wohin gehst du?«, will Johanna wissen.

»Ich hole nur die Wasserflasche.«

Unter Protestrufen der beiden anderen holt sie die Flasche, die bei Oliver steht. Dabei sieht sie kein bisschen angesäuselt aus. Ich hab's geahnt. Maike steckt uns alle in die Tasche. Schön und knallhart. Oliver lächelt sie an und meint, er hätte ihr die Flasche auch über den Tisch gereicht. Aber sie schüttelt den Kopf. »Nein, nein, geht schon.« Und dann füllt sie unsere Wassergläser. Gegen den Kater. Da ist selbst Johanna platt. Ihre Schülerin ist gerade dabei, sie zu übertrumpfen.

Simone hält dagegen und winkt die Kellnerin herbei, um eine dritte Karaffe zu bestellen. Es wird Zeit, dass die Hamburger kommen …

Die Wartezeit wird auch den Kindern zu lang. Sie spielen Fangen auf der breiten Treppe, die zum Strand führt. Simone ermahnt Johanna, sie seien nicht zuständig, und Johanna reißt sich zusammen, obwohl sie findet, dass die Treppe verdammt steil ist. Und dann passiert es natürlich. Jupiter stolpert. Er heult und schreit, und Johanna ist die Erste am Unfallort. Es ist halb so schlimm. Er ist treppauf gefallen und hat sich nur das Knie aufgeschlagen. Simone meint, ein Pflaster reicht, aber Johanna zückt ihr Notfall-Kit mit Kochsalzlösung und allem Pipapo. Alex ist furchtbar beeindruckt, und Simones gute Stimmung droht zu kippen.

Ich ziehe sie schnell zurück an den Tisch, setze mich neben sie und sage: »Denk dran. *Ängste.*«

»*Wovor* denn bitte?«, brüllt Simone.

Oh, gut. Jupiters Sturz hat sie – anders als Johanna – nicht schockausgenüchtert.

»Vor den üblichen Verdächtigen: Entzündung, Blutvergiftung, Aneurysma«, antworte ich und verdrehe die Augen.

Da legt Simone den Arm um mich und ruft in mein Ohr: »Ich bin so froh, dass du da bist!«

Ich weiche zurück und reibe mein Ohr, und dabei fällt mein Blick auf Kilian, der als Einziger mit uns am Tisch sitzt. (Maike ist auf der Toilette, und alle anderen stehen um Jupiter und Johanna herum.) Kilian mustert mich unverwandt. Nein, eher verärgert. Was habe ich ihm jetzt schon wieder getan? Hat er nicht bis eben noch gelacht? Hat er nicht gerade noch Sand auf mein Knie rieseln lassen? Johanna hat recht. Er ist nicht gesund für mich. Ich schaue weg.

Doch meine gute Laune ist dahin. Während wir alle unsere Burger essen, beobachte ich ihn aus den Augenwinkeln. Alex erzählt ihm irgendetwas über das amerikanische Justizsystem, und Kilian stellt Fragen. Nicht wie ein Freund, eher wie ein Journalist. Ich gebe es ungern zu, aber mein Gehirn filtert seine Stimme aus den anderen Geräuschen heraus. Das ist immer so. Wenn Kilian spricht, gerät alles andere sofort zum Hintergrundrauschen. Seine Stimme ist warm und ruhig, und ich wünschte, ich würde sie öfter hören. Selbst wenn er mit Alex über Richterwahlen spricht und mir mit seinen bösen Blicken die Laune verhagelt hat.

Und dann klingelt Kilians Telefon, was irgendwie eine große Sache ist. Es hat nämlich noch kein einziges Mal geklingelt, seit wir hier sind. Zumindest nicht in meiner Gegenwart. Als er es aus seiner Hosentasche zieht, aufs Display schaut, sich entschuldigt und vom Tisch aufsteht, wandert mein Blick sofort zu Alex.

»*Follow him*«, formt mein Chefermittler lautlos mit den Lippen und zeigt hilflos auf Titus, der auf seinem Schoß sitzt und seinen Burger mit den Händen durchknetet.

Ich nicke stumm und teile den anderen betrunkenen Hühnern mit, dass ich mal an die frische Luft muss.

Johanna wirft mir einen verdutzten Blick zu, aber ich zeige auf die Tür zum Restaurant und sage nur: »Klimaanlage.« Meine Limetten nehme ich mit. Ich muss meinen Alkoholpegel halten, sonst kriege ich Schiss.

Das gekühlte Restaurant, das mit seinem Linoleumboden im Schachbrettmuster und der langen Theke mit schlichten Barhockern eher wie ein Diner wirkt, ist völlig leer. Alle Gäste sitzen draußen und schauen aufs Meer. Bis auf Kilian. Ich sehe ihn nicht, aber ich höre seine Stimme. Er sitzt in einer der hölzernen Tischnischen, die sich an der Wand zu meiner Linken aneinanderreihen und mit ihren hohen Trennwänden den Gästen Privatsphäre vorgaukeln.

Ich folge seiner Stimme und gleite lautlos in die benachbarte Nische. Ich bin ziemlich stolz auf mich. Nicht mal das *crushed ice* in meinem Caipi knistert. Ich stelle das Getränk vorsichtig vor mir auf dem Tisch ab und beglückwünsche mich, dass ich es mitgenommen habe. Es beschützt mich vor der Kellnerin.

Eine Weile höre ich nur das Brummen des Deckenventilators und frage mich, ob Kilian noch da ist. Die Stimme, die schließlich durch die Trennwand zu mir dringt, hat nichts mit dem neutralen Journalisten zu tun, der sich gerade noch mit Alex unterhalten hat. Kilian klingt ungeduldig.

»Meinst du, sie trennt sich endlich von ihm?«

Stille.

»Das entschuldigt nicht alles.«

Wieder Stille.

»Jetzt fang nicht mit dem Scheißbuch an. Klar ist das fairer als ich. Wenn ich es nochmal schreiben würde …«

Totenstille.

»Sie redet sowieso nicht mehr mit mir.«

Noch eine Weile Totenstille, dann normale Stille mit ein paar gebrummelten Lauten, und dann: »Ich würde sagen, die beste Idee, die ich jemals hatte. Mal abgesehen davon, dass ich mich wie ein Arsch fühle.« Kurze Pause. »Und abgesehen von ihr. Lösch meine Nachricht von gestern, ja? Ich war einfach … überfordert. Mir war nicht klar, dass einen so was wie eine Krankheit befallen kann.«

Stille.

Er lacht. »Und ich dachte, das sagen die, damit sie ihre Songs auch an Frauen verkaufen.« Pause. Er hört auf zu lachen. »Sie verstellt mir den Blick auf die anderen. Ich sehe nur sie. Wie komme ich da wieder raus?«

Stille.

»Habe ich versucht. Kann ich nicht. Ich kann nur hoffen, dass *sie* sich fernhält.« Kurze Pause. »Wenn nicht? Ich fürchte, dann gibt es Verletzte.«

Wieder Totenstille.

»Du weißt doch, ich bin für niemanden gut«, sagt er tonlos. »Ich gehe jetzt mal wieder raus. Warte mal … Wie geht es Gustav?« Er seufzt. »Ich ihn auch. Sag ihm, ich komme bald wieder. Und … Und besorg ihm einen Knochen, ja?« Pause. »Da muss Klara dann halt mal durch, er kann ihn ja draußen fressen. Seid nett zu ihm.« Pause. »Ja, mach ich, bis dann.«

Oh. Das ging jetzt schnell. *Wohin mit mir?*

Ich sinke geräuschlos unter den Tisch. Geschmeidig und katzenhaft, würde ich mal sagen. Als wäre ich dieser FBI-Akademie entsprungen, die sich in einem Kaff mit dem geheimnisvollen Namen Quantico befindet. *Quantico.* Die gleichnamige Fernsehserie war ziemlich langweilig, aber wenn man selbst dazugehört, ist das was völlig anderes.

Da fällt mir mein Caipi ein, der noch auf dem Tisch steht. Egal, er könnte jedem gehören. Jedem der tausend Gäste, die sich hier drinnen aufhalten … Was würde mein Ausbilder in Quantico dazu sagen? *Den Blickfang verschwinden lassen. Sofort.* Alles klar, ein Klacks für mich.

Langsam strecke ich meinen Arm unter dem karierten Tischtuch hervor und lasse ihn auftauchen, wie das Periskop eines Spionage-U-Boots. Mit dem winzigen Unterschied, dass mein Arm blind ist – und furchtbar erschrickt, als jemand mein Handgelenk umfasst. Ich stoße einen spitzen Schrei aus und zerre meinen Arm unter den Tisch zurück. Dort bleibe ich zusammengekauert und mit angezogenen Knien sitzen. *Es geht vorbei …*

Doch dann wird das Tischtuch angehoben, und Kilians Gesicht taucht direkt vor meinem auf.

»Hallo, Anna.«

»Hallo.« Ich richte mich meiner Würde zuliebe auf und stoße mir den Kopf. »Aua.«

Er streckt mir seine Hand hin, aber ich beachte sie nicht und beginne, den Boden abzutasten, als wäre mir irgendetwas heruntergefallen.

»Ich suche …« Mir fällt nichts ein.

»Deinen Drink? Soll ich ihn dir geben?« Er sieht belustigt aus. Und gleichzeitig sauer. Wie macht er das?

Statt zu antworten, krieche ich unter dem Tischtuch hervor und lasse mich auf die Bank aus rotem Kunstleder plumpsen.

Kilian steht vor dem Tisch und sagt: »Rutsch mal durch.«

Och nö. Muss er sich unbedingt *neben* mich setzen? Mir ist schwindlig von der Kletterei. Und von dem Limettentrunk, den ich nun zusammen mit mir tiefer in die Nische schiebe. Ich trinke einen Schluck, während Kilian neben mich auf die Bank rutscht.

»Vielleicht solltest du damit jetzt lieber aufhören«, meint er und zeigt auf mein Glas.

»Nö«, erwidere ich und nehme einen großen Schluck.

Kilian sieht mich so an, wie ich ihn gern ansehen würde. Nüchtern. Wie ein Ermittler. Ein total gutaussehender, der gleichzeitig Leadsänger in einer Indie-Band ist. Und Bücher schreibt. Irgendwie finde ich das mit den Büchern gerade total lustig. *Bücher schreiben! Was fällt ihm eigentlich ein! Nichts! Er hat eine Schreibblockade!* Ich halte mir die Hand vor den Mund und fange an zu kichern.

Er greift nach meinem Unterarm, und ich wundere mich darüber, wie selbstverständlich er mich berührt. Und wie sanft er es tut. Er zieht meine Hand vom Mund weg und stellt fest: »Du hast mich belauscht.«

Ich höre auf zu kichern. Meine Hand liegt jetzt wie ein Fremdkörper neben dem Glas auf dem Tisch, und Kilian hält mein Handgelenk umschlossen. Seine Finger sind warm. Mein Puls ist außer Kontrolle, und ich hasse es, dass er es weiß. Ich komme mir vor wie bei einem Lügendetektortest. Ich versuche, mich an alles zu erinnern, was ich in Quantico gelernt habe … Bei dem Gedanken blubbert wieder ein Kichern in mir hoch, aber ich kämpfe es nieder. Alkohol im Dienst geht eigentlich gar nicht.

Agent Morgenstern, do your goddamn job!

»Kam der Anruf aus Deutschland?«, frage ich mit meiner besten FBI-Stimme. *Klar habe ich dich belauscht. Get over it!*

Einen Augenblick lang schaut Kilian mich fassungslos an. »Du hast Nerven.« Dann legt er den Kopf schief und sagt: »Ja.«

»Ist nicht dein Ernst!«

»Was?«, fragt er perplex.

»Du hast deinen *Hund* in Deutschland zurückgelassen?« Ich

kann nicht anders. Ich werfe ihm einen bitterbösen Blick zu, obwohl ich damit riskiere, dass er nicht mehr kooperiert.

Doch er scheint das witzig zu finden. Ich kenne dieses Gesicht inzwischen ziemlich gut – wenn seine Augen aufblitzen und seine Mundwinkel zucken und er sein Lachen herunterschluckt. Er hat sich wieder im Griff, als er erklärt: »Er fliegt nicht gern, und es ist nur für ein Jahr.«

»Ein *Jahr!*« Langsam werde ich richtig sauer. »Für Gustav sind das *sieben* Jahre!«

Jetzt bricht das Lachen doch aus ihm heraus. »Ich habe es geahnt«, sagt er. »Du darfst den Essay über die Lobster auf gar keinen Fall lesen.«

»Dir ist aber schon klar, dass mich solche Kommentare bloß neugierig machen?«

Er lässt mein Handgelenk los und entgegnet: »Ich bin auch neugierig. Was hast du noch gehört?«

Für einen kurzen Moment glaube ich, seinem Blick standhalten zu können. Dann schlage ich die Augen nieder und schaue tief in mein Glas.

»Anna.« Das ist nicht seine Journalistenstimme. Auch nicht die des Ermittlers. Er klingt genauso ungeduldig wie vorhin am Telefon.

Ich versuche, mich zu erinnern. Die blöden Limetten. Gustav war so schön konkret. Bilder bleiben immer hängen, vor allem die mit Hundeknochen und wedelndem Schwanz. Aber alles andere, was er gesagt hat, ist neblig. Und … tut weh.

»Du trauerst irgendeiner Frau hinterher«, murmle ich, ohne ihn anzusehen. »Sie hat einen anderen, den sie endlich für dich verlassen soll. Du fühlst dich wie ein Arsch, aber kannst dich trotzdem nicht von ihr fernhalten. Sie verstellt dir den Blick auf andere Frauen. Du … Du siehst nur sie.«

Beim letzten Satz ist meine Stimme ein bisschen weggebrochen. Mein Kinn bebt. Gleich geht's los … Vielleicht kann ich es verhindern, wenn ich die Augen weit aufreiße und richtig viel Platz schaffe. *Nicht überlaufen* …

Während ich mit aufgerissenen Augen auf den Tisch starre und das fast leere Glas in meinen Händen herumdrehe, höre ich, wie Kilian schweigt. Ich hoffe, er sieht mich nicht an.

Schließlich sagt er leise: »Richtig.«

Als ich aufschaue, ist er schon weg. Ich lehne mich zurück und schließe meine randvollen Augen.

Ich lasse mich ein bisschen gehen, als Johanna mich findet, und schiebe es auf die Limetten. Ich sitze zusammengekauert in der Nische und heule, als hätte jemand mit mir Schluss gemacht. Johanna setzt sich auf Kilians Platz und schaut mich entgeistert an.

»Was um Himmels willen war hier drinnen los?«

Als ich nicht antworte, sagt sie: »Alex meinte, du *ermittelst?*« Sie macht ein ungläubiges Geräusch. »Und dann kommt Kilian heraus und greift sich Maike und haut mit ihr einfach so ab, zurück zum Haus, und du hockst hier herum und heulst.« Sie fasst mich an die Schulter. »Anna, was ist los?«

Zwischen einigen hektischen Schluchzern bringe ich mühsam hervor: »Er ist verliebt.«

Johanna legt den Kopf schief. »In Maike? Jetzt schon?«

Mein Limettenhirn findet das zum Totlachen, aber ich kenne meine Schwester gut genug, um es nicht zu zeigen. Schon komisch. Heute Morgen kam Maike mir noch vor wie ein Filmstar, und nun ist sie nur noch Johannas Kleini, das dringend vor Kilian gewarnt werden sollte. Und ich war gestern noch das smaragdgrüne Licht in der Dunkelheit … Wie gesagt, ich lasse mich gerade ein bisschen gehen, doch immerhin verebbt allmählich das peinliche Schluchzen.

Ich schüttle den Kopf und schaffe es, mit einigermaßen normaler Stimme zu sagen: »Du musst Maike vor ihm warnen.« Ich hole theatralisch Luft. »Ich glaube, er ist nur wegen dieser anderen Frau nach New York gekommen. Sie ist schon vergeben, aber er ist völlig besessen von ihr, da musste er den Atlantik zwischen sich und sie bringen. Ihretwegen hat er seinen *Hund* zurückgelassen. Er kann nicht mal mehr schreiben. Sie hat ihm alles genommen, sein Herz gebrochen, aber er hofft immer noch, dass sie den anderen verlässt, *er sieht nur sie* …«

Johanna unterbricht mich. »Anna, du klingst wie eine Telenovela.«

Meine Schwester kann es nicht fassen, dass Kilian es fertiggebracht hat, mich in nur zwei Tagen so herunterzuwirtschaften. Und nun gibt sie auch noch zu, *ich* sei der Grund gewesen, weshalb sie seine Einladung ursprünglich ausschlagen wollte. Nicht wegen des Schlafwandelns. Es sei meine Schwärmerei gewesen, die ihr furchtbares Kopfzerbrechen bereitet hat. Sie hätte gehofft, Maike würde es mit ihrem Vorsprung (in jeglicher Hinsicht) hinkriegen, ihn außer Reichweite zu halten. Wenigstens verstehe sie nun, warum er Maike links liegen gelassen hat und mich nicht. Vermutlich sei er gar nicht auf die Idee gekommen, mir könnte sein Verhalten falsche Hoffnungen machen. Schließlich sei ich nur …

»… ein Mädchen«, beende ich ihren Satz.

Die Nachbesprechung mit Alex verläuft ganz anders. Zum einen bleiben ihm meine Tränen erspart. Außerdem bin ich nach dem *Pie in the sky* – einem riesigen Stück Kuchen, das in einer Wolke aus Vanilleeis schwimmt – wieder einigermaßen nüchtern. Spätestens nachdem Alex uns unbedingt erläutern musste, was die Redewendung *Pie in the sky* bedeutet: etwas, das man sich sehnlichst wünscht, aber vermutlich niemals bekommen wird.

Als Alex die Rechnung bezahlt hat und die anderen zurück zum Strand aufbrechen, hält er mich zurück. Wir setzen uns wie zwei alte FBI-Kumpels nebeneinander auf die Treppe, genau auf die Stufe, auf der Jupiter gestürzt ist. Und dann lässt Alex den Boss raushängen und verlangt einen Bericht. Dabei wirkt er gar nicht so albern wie sonst, wenn er Frauen mit Kirschkernen bespuckt oder seinem Vierjährigen *Der Fürst* von Machiavelli vorliest. (Auf Italienisch – was sowieso keinen Unterschied macht.) Mit der rührseligen Zusammenfassung, die ich Johanna serviert habe, kann ich ihm nicht kommen.

»*Stick to the facts*«, ermahnt er mich. »*And in chronological order, please.* Die Chronologie ist superwichtig. Sonst reißt du alles aus dem Kontext, und es gibt ein *big mess.*«

Oje. Es kommt mir vor, als würde er mich bitten, einen Traum wiederzugeben. In chronologischer Reihenfolge. Das wäre wahrscheinlich einfacher, weil ich beim Träumen in der Regel nüchtern bin. Mir fällt wieder ein, warum ich keine Krimis lese. Es ist entweder alles von vornherein zum Gähnen klar, oder man tappt endlos lange im Dunkeln und kommt sich blöd vor. Hinzu kommt, dass es mir meistens piepegal ist, wer es gewesen ist.

Aber es ist mir überhaupt nicht egal, warum Kilian Brand uns in seinem Ferienhaus haben will. Also krame ich mühsam in meinem Gedächtnis herum und bringe Sätze zum Vorschein wie: »Ich würde sagen, die beste Idee, die ich jemals hatte.«

Alex wird ganz aufgeregt. »Idee? Welche Idee?«

Er malt mit seinem Zeigefinger einen Kreis in die Luft, und ich sehe förmlich, wie er einen roten Kringel um das Wort zieht: IDEE. Kilian hatte eine Idee. Wahnsinn.

Ich habe das dringende Bedürfnis, irgendeine sarkastische

Bemerkung loszuwerden, aber gleichzeitig steckt Alex mich mit seiner Begeisterung an. Das Ganze ist so … amerikanisch. Es ist wie in diesen Filmen, in denen die Helden einen Unschuldigen vor dem elektrischen Stuhl retten müssen oder ein Amtsenthebungsverfahren gegen den Präsidenten vorbereiten oder einfach nur für eine wichtige Harvard-Prüfung lernen. Es werden Textmarker und Blöcke und Laptops auf Böden und Betten verstreut, Tafeln bekritzelt und Pinnwände mit Zetteln gepflastert, und die Helden trinken schwarzen Kaffee aus großen Bechern und tragen ausgebeulte Rumhängesachen, in denen sie trotzdem total sexy und schlau aussehen, und dazu läuft ein cooler Song, den man später beim Zähneputzen noch im Ohr hat.

Ja! Ich mache mit!

Dank Chronologie, Kontext und semantischen Feinheiten finden wir heraus, dass Kilian sich wegen seiner IDEE wie ein Arsch vorkommt. Alex' Augen verengen sich. Hier ist was im Busch. Und wir sind ihm auf der Spur.

»We are this close«, meint Alex und zeigt mir mit Daumen und Zeigefinger, wie nah wir dran sind. Ungefähr zwei Zentimeter.

Und dann entpuppt Alex sich als wahres Ermittlungsgenie. Er murmelt gedankenverloren: *»Die beste Idee, die ich jemals hatte, abgesehen von ihr* … Anna, könnte es sein, dass er von zwei verschiedenen Frauen gesprochen hat? Die eine soll sich von ihrem Typen trennen und redet nicht mehr mit ihm wegen irgendeinem Buch, *whatever.* Und die andere war *love at first sight* und kommt irgendwie seiner Idee in die Quere … *But why?* Die entscheidende Frage ist und bleibt: Welche Idee?«

Doch die finde ich plötzlich fast so langweilig wie die Frage, wer der Mörder ist. Mich interessiert nur eins: Wer ist die zweite Frau? Wer bitte schön hat ihn wie eine Krankheit befallen? Hoffnung ist etwas Furchtbares. Zum Glück bin ich von Leuten mit Durchblick umgeben. Als ich Alex frage: »Wer ist die zweite Frau?«, antwortet er ohne Zögern: *»Maike, of course.«*

Unnötigerweise fügt er auch noch hinzu: »Du hättest mal sehen sollen, wie die beiden vorhin zusammen abgehauen sind. Er konnte es kaum erwarten, mit ihr im Haus allein zu sein.«

Und schon ist wieder alles anders. Maike ist nicht mehr harmlos. Und ich bin nicht mehr die voll ausgebildete Ermittlerin, sondern das Mädchen mit einer Überdosis *Pie in the sky* im Bauch.

9

Die sengende Hitze am Strand wird nach kurzer Zeit allen zu viel. Die Sonne sorgt dafür, dass Johanna, Simone und ich schlagartig einen Kater bekommen, und ich sehne mich nur noch nach meiner gekühlten Bibliothek. Also brechen wir kurz nach dem Mittagessen unsere Zelte ab.

Doch nachdem die Klimaanlage im Auto meine Matschbirne abgekühlt hat, wird mir klar, dass ein Wiedersehen mit Kilian schlimmer wäre als die Sonne. Er ist vor mir und meiner grenzenlosen Enttäuschung weggelaufen. Mit Maike. Und nun tauche ich schon eine Stunde später im Haus auf. Wer weiß, wobei wir die beiden stören. Und überhaupt. Wie soll ich ihm in die Augen sehen? Am besten gar nicht.

In Sag Harbor bitte ich Oliver, mich in der Main Street herauszulassen. Das Schöne an den USA ist doch, dass man sonntags shoppen gehen kann. Leni will mitkommen, aber Johanna ist zum Glück dagegen. Sie soll aus der Sonne raus. Für mich gilt dasselbe, aber Johanna lenkt ein, als ich ihr versichere, ich würde mich sofort in ein Café setzen. Oliver besteht darauf, mich später abzuholen. Ich nicke nur und bin froh, als ich endlich allein bin.

Ich schlurfe langsam die belebte Straße entlang, fast so langsam wie beim Strandspaziergang. Nur liegt es diesmal nicht an den schwarzen Füßen, sondern am schwarzen Kater. Mein Schädel brummt und wünscht sich eiskalte Luft, aber die wunderschönen Holz- und Backsteinfassaden mit ihren liebevoll dekorierten Schaufenstern sind nicht gerade einladend. Alles sieht schrecklich reich und anständig aus. Kein Pflaster für eine arme Studentin in sandigen Flip-Flops und dunkelblauem Bikini unter einem durchsichtigen weißen Strandkleid. Was am Strand absolut sittsam war, wirkt hier plötzlich daneben. Die Verkäuferinnen in den Boutiquen würden mich bestimmt vom Sicherheitsdienst abführen lassen, mit meiner Limettenfahne und allem.

Ich muss aus der Sonne raus. Ich bin kurz davor, mich den Verkäuferinnen zum Fraß vorzuwerfen, als auf der anderen Straßenseite der rettende Buchladen auftaucht. Er sieht magisch aus – mit großen, holzvertäfelten Sprossenfenstern, und hinter jedem kleinen Sprossenviereck sitzt genau ein Buch, und jedes einzelne ruft nach mir.

Im Nullkommanichts bin ich drin. Doch selbst der kundenleere Buchladen ist strenggenommen zu schön für mich. Meine Flip-Flops knirschen auf dem hellen Parkett, und ich traue mich nicht, mit meinen klebrigen Händen, mit denen ich noch vor ein paar Minuten eine dicke Lage Sonnencreme auf meinen Armen verteilt habe, die Bücher anzufassen. Sie liegen in ordentlichen Stapeln auf wunderhübschen Holztischen, die bestimmt beim *Garage Sale* unter Tausenden auserwählt wurden. Sicherheitshalber verknote ich die Hände auf meinem Rücken unter dem gelben Rucksack, der heute anstelle eines halben Bücherregals nur Sonnenbrille, Sonnencreme, Telefon, Geldbörse und den Lobster verschluckt hat.

Nur gucken, Anna.

Das wird schwierig. Dort auf dem Tisch liegt *Answered Prayers*, der unvollendete Roman von Truman Capote, und gleich daneben die Biographie, die der amerikanische Journalist Gerald Clarke über Capote geschrieben hat. Die Geschichte macht mich einfach fertig, vor allem hier auf dieser Insel, wo alles geschah. (Oder zumindest einiges davon.) Genaue Jahreszahlen weiß ich nicht mehr, und ich kann mit meinen Fettfingern die Biographie nicht aufschlagen, um nachzusehen, aber wir schreiben so ungefähr Mitte des 20. Jahrhunderts:

Truman Capote ist *der* Autor schlechthin. Sein Roman *Frühstück bei Tiffany* war ein Welterfolg und wurde sogar verfilmt, und mit *Kaltblütig* hat er mal eben ein neues literarisches Genre (den Tatsachenroman) erfunden. Dazu ist Truman auch noch schwul und glamourös, und der amerikanische Jetset liebt ihn. Er ist der exzentrische Joker auf den Partys und Yachten der gelangweilten Millionärinnen und geht in ihren Villen auf Long Island ein und aus. Was sie nicht wissen: Er schreibt mit. Alle schmutzigen kleinen und großen Geheimnisse der Superreichen wandern direkt in sein Manuskript. Und dann begeht er den folgenschweren Fehler, das erste Kapitel seines Sittenromans *Erhörte Gebete* vorab in einer Zeitschrift zu veröffentlichen. Eine seiner reichen Freundinnen nimmt sich danach das Leben, und die anderen reden nie wieder ein Wort mit ihm. *Erhörte Gebete* bleibt ein Fragment, und Truman tröstet sich mit Drogen und stirbt als einsamer Mann.

Es geht nicht. Ich muss das Buch anfassen. Ich ringe so sehr mit mir, dass ich die Buchhändlerin erst bemerke, als sie neben mir steht. Ihr zerknittertes Gesicht sieht aus wie das eines alten Walfängers. Sie ist mindestens achtzig und trägt über ihrer Bluejeans ein babyblaues T-Shirt mit dem Motiv eines Hummers, der in rotorangefarbenen Pailletten auf ihrem Bauch glitzert. Ich will gar nicht wissen, wie sie zu der Sache mit dem kochenden Wasser steht …

»Can I help you?«, krächzt die alte Dame.

Da ziehe ich unwillkürlich meine Hände unter dem Rucksack hervor und halte sie verzweifelt in die Höhe. Ich erkläre ihr, dass Sonnencreme Faktor fünfzig selbst Vaseline in den Schatten stellt. Und dass ich jetzt wirklich sehr gern all ihre feinen Bücher betatschen würde.

Sie lacht sich kurz tot, nennt mich *»Sweetheart«* und zeigt mir die Tür zur Toilette. Ich soll rufen, falls die Seife leer ist. Erleichtert wasche ich mir die Hände und frage mich kurz, ob ich inzwischen genauso verrückt bin wie Johanna, als mir die Tube mit Handcreme auf dem Waschtisch ins Auge fällt. Egal, Capote wartet.

Aber als ich die Tür öffne, ziehe ich sie sofort wieder zu. Da draußen steht Kilian, direkt vor dem Tisch mit Truman Capote. Was soll das? Hat Oliver ihn geschickt, um mich abzuholen? *Klappere einfach mal alle Buchläden ab …*

Ich weiß nicht, ob er mich gesehen hat. Im Zweifel nicht. Ich bleibe einfach hier in diesem gemütlichen kleinen Badezimmer ohne Fenster, bis er weg ist.

Da klopft es an der Tür. *»Sweetie, did it come off?«*

»Yes!«, rufe ich hastig.

»Is everything alright in there?«

Herrje, ich komme ja … Zerknirscht öffne ich die Tür und schaue zuerst in ihr besorgtes Faltengesicht und dann in seine erstaunten Augen. Okay. Er hat mich anscheinend nicht gesucht. Was macht er dann hier? Und wo ist Maike? Und welches Buch hält er da in der Hand?

Ich erschrecke, als die alte Dame meine linke Hand mit ihren fleckigen Händen umschließt und darüber streichelt. So etwas dürfen auch nur achtzigjährige Frauen tun. Sie lächelt breit und stellt anerkennend fest: *»As good as new.«* Dann erteilt sie mir feierlich die Erlaubnis, all ihre feinen Bücher zu begrapschen (sie sagt: *»grope«*), und amüsiert sich darüber, dass ich in all den Jahren die Erste sei, die um Erlaubnis gebeten habe.

»I'm Poppy, by the way.«

»I'm Anna.«

»That's a beautiful name.«

Ich sehe, wie Kilian grinst, und werfe ihm einen genervten

Blick zu. Dennoch muss ich wissen, nach welchem Buch er gegriffen hat, und trete neben ihn an den Tisch.

»*Dickens?* Du bist ja verrückt.«

Da lacht er. »Hast du was gegen *David Copperfield?*«

»Nein, aber so was lese ich, wenn es draußen schneit«, sage ich kopfschüttelnd.

»Ich wollte nur den ersten Satz lesen.«

Er schlägt das Buch auf und liest vor. Das ist unnötig, denn gute erste Sätze vergesse ich nicht: »Ob ich mich in diesem Buch zum Helden meines eigenen Lebens entwickeln werde oder ob jemand anders diese Stelle ausfüllen soll, wird sich zeigen.« Oder so ähnlich. Kilians britisches Englisch klingt mühelos. Wahrscheinlich war er als Jugendlicher auf irgendeinem tristen, englischen Internat und muss deshalb Bücher schreiben.

»*Wonderful*«, bemerkt meine neue Freundin, die gerade ein paar Bücher in ein Regal sortiert.

»Schwer zu toppen«, meint Kilian.

»Ja?« Ich zucke mit den Achseln und sage, wie ich finde, ziemlich lässig: »›Alle glücklichen Familien gleichen einander, jede unglückliche Familie ist auf ihre eigene Weise unglücklich.‹«

Wahrscheinlich verdreht er innerlich die Augen, aber ich bin ganz aufgeregt, diesen Satz tatsächlich mal laut sagen zu dürfen. Und ausgerechnet zu Kilian, der vor kurzem noch Kilian Brand war – bevor ich ihn kannte und wusste, dass sein Hund Gustav heißt. Und dass er verliebt ist. (Kilian, nicht Gustav.)

»*Anna Karenina?* Jetzt denke *ich* an Schnee.«

»*Anna Karenina!*« Poppy hat nur den Titel aufgeschnappt. »*That's heavy stuff.*«

Kilian lächelt und erkundigt sich nach dem ersten Satz eines Romans, den sie am liebsten mag. Poppy antwortet prompt:

»›I had a farm in Africa, at the foot of the Ngong Hills.‹ By Karen Blixen.« Als hätte sie schon mal in einer Talkshow gesessen und exakt diese Frage gestellt bekommen.

Ich verkneife mir ein Lachen, während sie uns den dazugehörigen Film empfiehlt. Ich kenne *Out of Africa* nur vom Hörensagen, aber Kilian erzählt, das sei einer der Lieblingsfilme seiner Schwester gewesen. *Gewesen.* Und er sieht auf einmal irgendwie bedrückt aus. Ich will sicherstellen, dass seine Schwester nicht gestorben ist, und frage nach ihrem Alter.

»Einundvierzig«, antwortet er schlicht und legt *David Copperfield* auf den Tisch zurück. Ich bemerke erst jetzt, dass er außerdem ein in schwarzes Leder gebundenes Notizbuch in der Hand hält, und frage mich, ob es aus dem Laden stammt. In der hintersten Ecke gibt es Schreibwaren, unter anderem genau diese duftenden Notizbücher aus Leder in allen Farben des Regenbogens.

Kilian schiebt sich befangen eine Haarsträhne hinters Ohr und wendet sich von mir ab, um zum nächsten Tisch zu schlendern. Ich will ihn nicht gehen lassen. Ich will bis in alle Ewigkeit mit ihm über erste Sätze reden. Bevor ich mich bremsen kann, sage ich zu seinem Rücken: »›In jedem von uns wohnen mindestens zwei Menschen, davon bin ich überzeugt.‹«

Er dreht sich zu mir um. Oh nein. Er sieht sauer aus.

Meine schlaue Freundin hat offenbar an meinem Tonfall erkannt, dass ich ein Zitat gebracht habe, und verlangt eine Übersetzung. Ich stottere herum. Zu meinem Erstaunen kommt Kilian mir mit seinem fließenden Internatsenglisch zur Hilfe. Er sieht trotzdem sauer aus.

»I like it«, meint Poppy und will Titel und Autor wissen.

»›In Love with Mr. Hyde‹ by Kilian Brand«, antworte ich ein bisschen kleinlaut unter Kilians inzwischen reichlich generv-

tem Blick. *Wehe,* sagen seine Augen, und ich beschließe, jetzt meine Klappe zu halten.

Poppy geht zur Kasse und kritzelt etwas auf einen Block. Sie möchte sich das Buch bestellen.

»Anna, was machst du eigentlich hier?«, fragt Kilian quer über die Tische.

Ich druckse kurz herum und erwäge, das Naheliegende zu antworten: bummeln. Aber dann ärgere ich mich. Was soll die Frage? Ich war zuerst hier. Das ist *mein* Laden. Meine Poppy. Und er kann sich ruhig mal ein bisschen unwillkommen fühlen. Also sage ich: »Ich gehe dir aus dem Weg.«

Er wirft mir einen erstaunten Blick zu. »Das klappt ja gut«, meint er und schiebt sich wieder eine Haarsträhne hinters Ohr, obwohl sie längst an Ort und Stelle ist.

Ich spüre einen Stich im Magen. Ich mag ihn, wenn er sich unwohl fühlt. Oje. *Ich mag ihn.* Das ist übel. Noch schlimmer, als verknallt zu sein. Was natürlich noch obendrauf kommt. Johanna hat recht. Ich würde niemals über ihn hinwegkommen. Ich frage mich nur, wo der *point of no return* liegt. Ab wann kann ich nicht mehr umkehren und ohne ihn glücklich sein? Mich beschleicht der furchtbare Verdacht, dass dieser Punkt längst überschritten ist. Vielleicht konnte ich schon nicht mehr umkehren, als er mich mit seinen belustigten grünen Augen angeschaut und »Ich bin Kilian« gesagt hat. Ich muss schlucken. Was mache ich jetzt?

Ich räuspere mich. »Und du? Wo ist Maike?«

»Ich habe sie am Haus abgesetzt. Sie wollte den Pool mal für sich haben.«

»Und sie hat dir ihr Cabrio gegeben?«, frage ich ungläubig.

Jetzt lächelt er. »Sitz und Spiegel waren ja sowieso schon verstellt.« Dann erkundigt er sich mit todernster Miene, ob ich mit der Bibliothek, meinen mitgebrachten Büchern und dem

E-Reader auskomme oder ob ich hier noch dringend ein Buch kaufen muss. Es klingt, als wollte er gehen.

Nein, denke ich, *ich wollte nur gucken und anfassen. Ungefähr zwei Stunden lang.* Aber ohne ihn will ich nicht hierbleiben. Bei dem bloßen Gedanken kommt mir der Buchladen verlassen vor. Komme *ich* mir verlassen vor. Scheiße. Der Urlaub hat gerade erst angefangen, und ich trauere schon jetzt den kostbaren Momenten mit ihm hinterher. Johanna wäre entsetzt, und ich bin es auch. Es hilft nichts. Ich brauche ein Buch aus diesem Laden. Als Erinnerung an unsere ersten Sätze. Ich greife blind nach dem erstbesten Buch und halte es in die Höhe. Kilian schüttelt belustigt den Kopf.

Als ich zur Kasse gehe, riskiere ich einen Blick auf das Cover. Oh Mist. *Eleanor & Park* von Rainbow Rowell. Ich kenne das Buch schon und finde es klasse. Aber es ist … ein Jugendroman. Super. Das Mädchen kauft einen Jugendroman. Ich hoffe, Kilian bleibt dort hinten an seinem Tisch stehen, aber er kommt ebenfalls zur Kasse. Er will das schwarze Notizbuch bezahlen.

Unwillkürlich ziehe ich ihm das Notizbuch aus der Hand. »Ich bezahle«, sage ich bestimmt. »Das ist das Mindeste. Du bezahlst schon das Haus.« Was ich damit zum Ausdruck bringen will: Ich lese zwar Jugendromane, aber ich bin eine erwachsene Frau, die ihre Urlaube für gewöhnlich selbst bezahlt.

Ich habe nicht damit gerechnet, dass er meine Beute zurückklaut. Plus *Eleanor & Park.* Ohne Umschweife reicht er die Bücher meiner Freundin über den Kassentisch und zieht ein Bündel Dollarscheine aus seiner Hosentasche. Da lege ich meine Hand auf seinen Arm. Ich will unbedingt bezahlen. Dafür nehme ich sogar in Kauf, dass ich gleich Phantomschmerzen haben werde. Wider Erwarten bringt meine Berührung ihn aus dem Konzept. Er schaut mich fragend an, und ich nutze die Gelegenheit, um Poppy mein Geld hinzuschieben. Sie zwinkert mir zu, als wollte sie sagen: *Well done, sweetie.* Poppy und ich gegen den Macho.

Macho ist gar kein Ausdruck. Kilian gibt nicht nach. Für Poppy ist die Transaktion erledigt, sie nimmt sein Geld nicht an.

Er sieht mich regelrecht zornig an und sagt: »Anna, du schenkst mir jetzt nicht das Notizbuch.«

»Zu spät«, erwidere ich und recke mein Kinn in die Höhe.

Er will sein Geld in meine Hand drücken, aber ich balle sie zur Faust. Bevor ich außer Reichweite springen kann, zieht er den Reißverschluss meines Rucksacks auf und lässt den Geldschein hineinsegeln. Dann greift er sich sein Notizbuch, sagt: *»Poppy, it was nice to meet you«*, und verlässt den Laden, ohne mich eines weiteren Blickes zu würdigen.

Poppy und ich schauen uns mit großen Augen an.

»He seemed like such a nice guy«, meint Poppy bedauernd.

Ich zucke hilflos mit den Achseln und zitiere wieder Kilian Brand. In jedem von uns wohnen mindestens zwei Menschen. Poppy lacht und wünscht mir *good luck.* Und Dr. Jekyll.

Draußen schlägt mir die Hitze entgegen. Kilian steht vor dem Buchladen und wartet auf mich. Ohne ihn zu beachten, gehe ich an ihm vorbei. Er folgt mir.

»Anna …«

Ich drehe mich nicht um. »Das war uncool.«

»Ich weiß«, gibt er zu. »Du darfst mir etwas anderes schenken, ja?«

Abrupt bleibe ich stehen, ziehe den Rucksack von meinen Schultern und fische seinen Geldschein heraus. »Nimm ihn einfach zurück.« Ich halte ihm den Schein hin.

Kilian schüttelt den Kopf. »Du darfst mir wirklich alles kaufen. Nur …« Er hält das Notizbuch hoch. »Nur das nicht.«

Ich schaue ihn ungläubig an. »Hat das was mit deiner Schreibblockade zu tun? Glaubst du, ich verhexe es?«

Er wirft mir einen seltsamen Blick zu. »So in der Art.«

»Du hast einen Knall«, entgegne ich verärgert.

»Ich weiß«, bestätigt er wieder und geht schweigend neben mir her, während ich kopfschüttelnd den Bürgersteig entlanglaufe.

Irgendwann sagt er: »Links.«

Ich schaue ihn irritiert an und erfahre, dass das Auto in der Seitenstraße steht. Ach so. Nun ja … Wenn ich ehrlich bin, habe ich keine große Lust dazu, in dieser Affenhitze vor mich hin zu schwitzen und auf Oliver zu warten. Und der Gedanke, mit Kilian in Maikes Cabrio zu fahren, ist schon ein bisschen lustig …

Doch als wir im Wagen sitzen, fährt Kilian nicht los. Er sitzt einfach nur neben mir und trommelt mit den Fingern auf das Lenkrad.

»Was ist?« Ich klinge immer noch verärgert, obwohl ich es nicht mehr bin. Er ist kein Macho. Er spinnt nur herum wegen seiner Schreibblockade.

»Hat der Strand eigentlich funktioniert?«

Einen Augenblick lang habe ich keinen Schimmer, wovon er spricht, aber dann muss ich lächeln. Ich schüttle meine Flip-Flops von den Füßen und bin erleichtert, dass Maikes Fußraum schon vorher ziemlich sandig war. Ich versuche, meine Füße zu inspizieren, aber mein Rucksack ist im Weg, und dort unten ist es so eng und …

Manchmal bin ich so impulsiv, dass ich mich vor mir selbst erschrecke. Bevor ich recht verstehe, was ich da tue, drehe ich mich zum Fahrersitz und schwinge meine Beine über den Schalthebel. Kilian sieht genauso perplex aus wie ich, als meine nackten Füße plötzlich in seinem Schoß liegen. Doch gerade, als ich die ganze Aktion rückgängig machen will, greift er nach ihnen. Ich schlucke. Die Zeiten, in denen ich seine Berührung um jeden Preis vermeiden wollte, sind endgültig vorbei …

Kilian imitiert Poppy. Er nickt anerkennend und befindet: »*As good as new.*«

Er grinst mich an, aber ich fühle nichts als seine Hände auf meinen Füßen und kann ihn nur anstarren. Da hört er auf zu grinsen und starrt zurück. Zuerst in meine Augen, aber schließlich wandert sein Blick doch über meinen unanständigen Strandkörper, den das durchsichtige Kleid eher betont als bedeckt. Und ich denke den beunruhigenden Gedanken, dass er mich jederzeit haben kann, auch wenn er nur sie (Maike oder wen auch immer) sieht. Pah. *Mich sieht er nämlich auch.* Männer kann man einfach nicht ernst nehmen.

Oder doch? Ohne Vorwarnung versteinert sich seine Miene, und er schiebt meine Beine zurück in meinen Tanzbereich. Schlagartig fühle ich mich elend. Wie ein aufdringliches Flittchen, das genau im Bilde ist über sein verlorenes Herz, aber es trotzdem mal versuchen musste.

Er startet den Wagen, ohne mich nochmals anzusehen, und ich schnalle mich an und ziehe meinen Rucksack aus dem Fußraum auf meinen Schoß. Ich umarme ihn und würde am liebsten hineinkriechen, zum Lobster und zu *Eleanor & Park*.

Ich habe gehofft, Kilian und ich könnten uns unauffällig in alle Himmelsrichtungen verteilen, bevor wir den anderen unter die Augen treten. Es muss ja nicht gleich jeder wissen, dass wir unsere Alleinezeit zusammen verbracht haben. Schon gar nicht Johanna.

Aber wir hatten nie eine Chance. Als wir am Haus ankommen, steht in der Einfahrt ein ganzes Empfangskomitee. In Wirklichkeit ist es ein Abschiedskomitee. Alle – mit Ausnahme von Maike, die zum Glück nirgends zu sehen ist – wollen Alex hinterherwinken. Stattdessen beobachten sie nun mit unverhohlener Neugier unsere Ankunft in Maikes Cabrio. Selbst Oliver starrt uns an. Johannas Augen sind zu gefährlichen Schlitzen verengt. Ich weiche ihrem Blick aus, als ich aus dem Wagen steige.

Alex nutzt unser Überraschungsmoment, um Titus, der wie ein Äffchen an ihm hing, Simone in die Hand zu drücken und sein Bein von Jupiter zu befreien. Er läuft an uns vorbei und hechtet in sein Schlachtschiff von einem Geländewagen. Die Jungen stimmen simultan ein großes Geschrei an, und Oliver muss Jupiter festhalten, während Alex zurücksetzt. Zu Simones Verärgerung hält er nochmal an, fährt seine Fensterscheibe herunter und ruft: *»Anna!«*

Verwundert gehe ich zu ihm. Da raunt Alex mir durchs offene Fenster zu: »*Well done.* Bleib dran, ja?«

Oh Mann. Ich nicke und sage: »Fahr vorsichtig«, als wären wir früher zusammen auf Streife gefahren.

Als ich mich umdrehe und zu den anderen zurückgehe, hat Kilian sich bei den Schaulustigen eingereiht. Missbilligende Blicke, so weit das Auge reicht. Von mir aus. Ich schnappe mir Leni und verschwinde wortlos im Haus.

10

Im Urlaub sollten die Wochentage keine Rolle spielen, aber bei uns kehrte von Montag bis Freitag der Alltag ein. Vielleicht lag es an Alex' Abwesenheit. Jedenfalls hatten wir plötzlich einen festen Tagesrhythmus. Restaurantbesuche gehörten trotz Simones zahlreicher Plädoyers nicht dazu. Dreimal täglich wurde unter Johannas Fuchtel in der vorsintflutlichen Küche geschuftet. Simone krümmte konsequent keinen Finger und nutzte stattdessen ihre Energie für das tägliche Work-out. Sie schlief auch weiterhin am Pool ein, weshalb ziemlich oft der Haussegen schiefhing.

Mir dagegen konnte Johanna nichts vorwerfen. Mein Verhalten war die ganze Woche lang ohne Tadel. Als sie am Sonntagabend nach der Cabrio-Affäre in die Bibliothek kam, um mir nochmals wegen Kilian ins Gewissen zu reden, rannte sie offene Türen ein. Sein Herz war vergeben, und meines hatte bereits einen Knacks davongetragen. Jetzt ging es um Schadensbegrenzung. Ich versprach meiner Schwester, den Schriftsteller links liegen zu lassen, und mich, falls nötig, hinter einer Mauer aus Kindern zu verschanzen. Und das tat ich. Die Kinder und ich waren unzertrennlich, und abends blieb mein grünes Licht aus. Das ungemütliche Deckenlicht war wahrscheinlich auch besser für die Augen.

Nun fürchtet sich die Streberin in mir allerdings ein bisschen vor Alex' Rückkehr. Es ist Freitagmittag, und spätestens zum Abendessen wird er zurück sein und von seiner Nachwuchsermittlerin Ergebnisse erwarten. Kilians Idee … Tja. Nach vier

Tagen ununterbrochener Kritzelei steht sie vermutlich schwarz auf weiß in seinem ärgerlichen Notizbuch. Was für mich die Kinder sind, ist für Kilian das Buch aus Poppys Laden. Eine solide Mauer, hinter der er sich seit Tagen verschanzt. Seine Schreibblockade ist Geschichte, so viel ist sicher. Genauso wie unser kleiner Flirt oder was auch immer das war. Wir achten beide peinlich genau darauf, nicht im selben Küchenteam zu landen, und bei den Mahlzeiten sitze ich meilenweit entfernt von ihm in der Kinderecke und ersetze *Fireman Sam.* (Simone ist es schnurz, wer ihre Kinder unterhält, aber Johanna interveniert, wenn wir zu viel Spaß haben.)

An Oliver prallt der ganze soziale Eiertanz ab. Er holt morgens Bagels und hat einen schönen Urlaub. Alle – selbst Kilian – schätzen seine Gegenwart und hören geduldig zu, wenn er am Frühstückstisch das Bedürfnis hat, aus der *New York Times* vorzulesen. Und Johannas Versuche, ihn gegen Simone aufzuhetzen, gehen sämtlich ins Leere. »Besprich das lieber mit Maike«, sagt er dann und verkrümelt sich.

Daher wundert es mich auch nicht, dass Oliver meine Vermeidungstaktik in Sachen Kilian offenbar völlig entgangen ist, als er auf die Veranda tritt und mich bittet, »mal eben« ins Poolhaus zu gehen und nachzuschauen, wo Kilian steckt. Es gebe gleich Essen.

Ich will mich herauswinden. Das Poolhaus ist so was von tabu – ich gehe noch nicht einmal in die Nähe. Aber Oliver ist schon wieder mit einem Bein im Haus. Er und Leni spielen gerade im Wohnzimmer Memory und wollen vor dem Mittagessen fertig werden. Ich soll ihn suchen gehen.

Also quäle ich mich aus der Hängematte und lege mein Buch auf den flachen Tisch, der vor dem Outdoor-Sofa steht. (Ich lese *The Red Notebook* von Paul Auster. Ich konnte nicht anders. Wenn Kilian ein Notizbuch hat, brauche ich auch eins.)

Während ich den Pool umrunde und die Wiese zum Poolhaus hinuntergehe, versuche ich, mich zu beruhigen. Was ist schon dabei. Anklopfen, die Tür aufreißen, »Essen kommen!« rufen und wieder gehen. Das ist selbst für mich machbar.

Leise klopfe ich an die weiße Holztür, die einen Anstrich vertragen könnte. Keine Antwort. Ich klopfe lauter. Okay. Ich habe mein Bestes getan. Andererseits ... Wenn er nicht da ist, könnte ich ja vielleicht mal einen kurzen Blick hineinwerfen? Alex erwartet Ergebnisse. Außerdem schläft hier mein Ex-Lieblingsautor. (Strenggenommen nicht. Er schläft immer noch in der Hängematte. Die Nächte sind zu heiß für das stickige Poolhaus.)

Langsam öffne ich die Tür und stecke den Kopf hinein. »Hallo?«

Keiner da. Ich muss wieder an Quantico denken, als ich ins Haus trete und leise die Tür hinter mir schließe. Mein Puls rast. Oh Gott, ich liebe das. Das Literaturstudium war eine grobe Fehlentscheidung. Ich will auf die *Academy*, sofort. Ich will wie Jodie Foster am Anfang von *Das Schweigen der Lämmer* in unprätentiösen Sportsachen durch den Wald laufen und heimlich total talentiert sein.

Konzentrier dich, Anna!

Ich schaue mich um und bin ein bisschen enttäuscht. Ich hatte mir eine von Spinnweben verhangene Rumpelkammer voller alter Sachen vorgestellt – staubige Pferdedecken über verrosteten Kettensägen, Werkzeugkästen, Walknochen, Harpunen und dergleichen. Und irgendwo dazwischen hätte ein altes Ruderboot stehen können, das Kilian als Bett dient.

Stattdessen stehe ich in einem hellen Raum, den irgendjemand eingerichtet hat, der mit dem Innenausstatter des Haupthauses nichts zu tun haben wollte. Alles sieht schlicht, modern und kein bisschen abgewetzt aus. In einer Ecke steht ein Doppelbett mit grauen Bettdecken – von dem üblichen blau-weißen Muster fehlt jede Spur. An der gegenüberliegenden Wand hängt ein schwarzer Flachbildschirm, und daneben steht ein Kleiderschrank mit Schiebetüren aus Glas. Genauso wenig *shabby chic* sind das graue Sofa und der schnörkellose Sofatisch aus lackiertem Holz.

Alles sieht so unbenutzt aus. Als wäre Kilian noch nie hier gewesen. Bei genauerem Hinsehen entdecke ich gerade mal drei persönliche Gegenstände: den Fußball auf dem Boden neben der Tür, seinen Laptop auf dem Sofa und ein Buch auf dem Nachttisch.

Den Laptop gebe ich von vornherein auf. Passwörterknacken gehörte leider nicht zu meinem Curriculum in Quantico. Aber ich muss dringend wissen, was Kilian liest, und bin mit einem Satz beim Nachttisch. Dort liegt doch glatt *Der Herr der Ringe*. Interessant. Kilian Brand, Liebling der Kritiker und Deutschlehrer, ist in Wirklichkeit nur ein Junge, der Hobbits mag.

Aber diese Ordnung ist unheimlich. Hier fliegt nicht einmal eine Badehose auf dem Fußboden herum. Ist er etwa so ein Psycho, der abends seine Unterwäsche faltet, bevor er sie in den Wäschekorb wirft? Ich riskiere einen Blick ins Bad und bin augenblicklich beruhigt. Im Waschbecken liegt genau die verkrumpelte Badehose, die ich vermisst habe, und eine weitere hängt in der Dusche. Überall liegt Zeug herum. Fast so schlimm wie bei Oliver. Ha! Ist es denn wahr? Auf dem Waschbeckenrand liegt neben der elektrischen Zahnbürste eine Handzahnbürste. So viel zu meinem Bücherrucksack.

Ich schließe die Badezimmertür und finde, ich muss jetzt schleunigst hier raus, obwohl mir klar ist, dass ich Alex nicht mit dem Herrn der Ringe und einer Ersatzzahnbürste kommen kann. Doch ich darf mein grandioses Talent zur Schnüfflerin nicht überstrapazieren. Kilian hat mich bereits einmal erwischt, beim zweiten Mal würde ich bestimmt von dem Fall abgezogen.

An der Tür lasse ich meinen Blick ein letztes Mal prüfend durch den Raum schweifen. Irgendetwas passt nicht. Die Antwort liegt direkt vor meiner Nase, das spüre ich einfach. Das *spüre* ich. Das ist es! Hier drinnen ist es kühl. Angenehm kühl. Ich schaue auf die digitale Anzeige, die neben der Tür an der Wand hängt. Siebzig Grad Fahrenheit, also zirka einundzwanzig Grad Celsius. Die Klimaanlage funktioniert einwandfrei. Kilian hat gelogen. Aber warum? Warum tut er sich ohne Not die Hängematte, die Schwüle und die Mücken an? Zugegeben, die Hängematte ist supergemütlich, und Kilian hat noch nie über Mücken geklagt. Aber selbst wenn auf der Veranda alles wunderbar ist und er einfach gern im Freien schläft, sind da immer noch die Maldinis. Jeden Morgen Simones Springseil. Das will man doch nicht. Irgendetwas stimmt hier nicht …

Grübelnd kehre ich zum Haupthaus zurück. Ich bin so in Gedanken versunken, dass ich nicht einmal dazu komme, mich über meinen Ermittlungserfolg zu freuen. Oder dazu, ein Pokerface aufzusetzen, als ich in die Küche komme, wo alle – einschließlich Kilian – schon beim Essen sitzen. Stattdessen lasse ich mich geistesabwesend genau auf den Platz fallen, den ich die letzten paar Tage so erfolgreich gemieden habe: direkt gegenüber von meinem Verdächtigen.

Die Kinder protestieren lautstark. Ich soll bei ihnen sitzen. Simone stimmt in den Protest ein und teilt mir vorwurfsvoll mit, dass die Erwachsenen endlich in Ruhe essen wollen. Wenn ich mich nicht zu den Jungs setze, holt sie jetzt ihr Tablet.

Johanna zieht ein entrüstetes Gesicht und öffnet schon den Mund, aber Kilian kommt ihr zuvor: »Das sind nicht Annas Kinder, und sie ist nicht deine Nanny.«

Simone ist sprachlos. Für gewöhnlich hält Kilian sich aus allem heraus. Ich gebe es ungern zu, aber es gefällt mir, dass er meinen Anwalt spielt. Es erinnert mich an den ersten Abend, vor genau einer Woche, als er Alex' Mordanklage abgeschmettert hat. Als mir noch alles möglich erschien … Irgendwie würde ich jetzt wahnsinnig gern hier sitzen bleiben. Hier bei ihm, auf dem falschen Platz. Ich könnte einfach ein bisschen in seine grünen Augen schauen und so tun, als würde mir das reichen. Einen winzigen Schluck Wein für die Alkoholikerin …

Reiß dich zusammen.

Außerdem will ich bei den Kindern auf keinen Fall den Eindruck erwecken, als säße ich nicht gern bei ihnen. Alle tun immer so, als sei es ein riesiges Opfer, Zeit mit ihnen zu verbringen. Es ist nicht schön, per se als Nervensäge zu gelten. Ich kenne das Gefühl. Bei uns zuhause wurde immer in zwei Schichten zu Abend gegessen: Johanna und ich um halb sieben, und gegen acht meine Eltern zu zweit mit Kerzenlicht und französischer Musik. Wir mussten dann oben bleiben. Solange Johanna noch zuhause wohnte, war das für mich in Ordnung. Danach saß ich allein am Tisch.

»Aber das sind meine Freunde, und ich esse gern mit ihnen«, sage ich hastig und wechsle den Platz.

Ich spüre, dass Kilian mich ansieht, aber ich konzentriere mich auf Leni, die mir erzählt, sie habe Oliver beim Memory haushoch geschlagen. Als Siegerin durfte sie zwei Gänsekärtchen aus dem Spiel stibitzen. Sie hat sie Rosalie Finn-Rosalie geschenkt. Rosalie, die auf Lenis Schoß sitzt, zeigt mir stolz ihre Gänse. Sie hat sie Blumenstern und Treppenstern getauft. Und nein, das sind keine Kärtchen, sondern *Oblaten*. Das klingt einfach besser. Aber bitte nicht essen.

Ich erkundige mich, warum das Gänseküken auf der rechten Oblate Treppenstern heißt.

»Das hat doch auf der Treppe fliegen gelernt«, meint Rosalie, als wäre das allgemein bekannt.

Leni lässt mich eine Weile meine Gazpacho essen, während sie *Fuchs, du hast die Gans gestohlen* vor sich hin summt. Dann will sie unvermittelt wissen, warum Jupiter und Titus immer mit Schießgewehren spielen. Jupiter antwortet: »Peng!«, und Leni reproduziert Johannas Meinung zu Schusswaffen. Jeder Satz sitzt. Manchmal habe ich ein wenig Angst um Leni. Sie doziert gern, und so was kommt selten gut an, schon gar nicht in der Schule, die im September – nur einen Tag nach Lenis sechstem Geburtstag – losgeht.

Zum Glück ist Jupiter ihr größter Fan. Er verspricht gutherzig, niemals auf Treppenstern zu schießen.

Leni nickt zufrieden und ist jetzt in Politiklaune. Sie erklärt Jupiter, es gebe Länder, die ihre Schießgewehre benutzen, um Öl zu klauen. Weil die Bestimmer das Öl für ihren Salat brauchen. Ich werfe Johanna einen belustigten Blick zu, aber die ist gerade in eine Unterhaltung mit Maike vertieft.

Doch Oliver hat zugehört. Während Leni im Hintergrund ihrem Bildungsauftrag nachgeht, meint er kopfschüttelnd: »Dieses Kind ist eindeutig überinformiert.«

Ich muss lächeln. »Wenn Leni von Ländern und Bestimmern redet, stelle ich mir die Landkarte von Mittelerde vor.«

Kaum haben die Worte meine Lippen verlassen, weiß ich, dass ich einen dicken Anfängerfehler begangen habe. Ich schiele zu Kilian. Mist. Er hat es gehört und zieht die Augenbrauen hoch. Am liebsten würde ich rufen: »Na und! Das hat gar nichts zu bedeuten! *Der Herr der Ringe* ist Allgemeingut, dafür muss man nicht im Poolhaus herumgeschnüffelt haben.«

Stattdessen fixiere ich Oliver und fange an, furchtbares Zeug zu erzählen. »Denkst du auch manchmal, wenn du Leni die Welt erklärst, du könntest gerade genauso gut einen düsteren Science-Fiction-Film ankündigen?« Ich verstelle meine Stimme und klinge wie ein Kinotrailer: »Der Planet Erde ist zu zwei Dritteln von Wasser bedeckt. In Afrika gibt es eine uferlose Wüste – die *Sahara*. Jenseits der Wüste und des Meeres, im Norden, sind die prunkvollen Städte der Reichen, unerreichbar für die hungernden Armen aus dem Süden, die sich dennoch verzweifelt auf den Weg machen …«

»Anna!« Oliver sieht plötzlich wie ein Lehrer aus, der gleich mit der Kreide nach mir wirft.

Ich beiße mir auf die Zunge. »'tschuldigung.«

»Erzählst du Leni so was?«

»Also, ähm, nicht die Details …«

Wie ist das denn jetzt passiert? Als ich in die Küche kam, war die Welt noch in Ordnung. Und nun weiß Kilian, dass ich im Poolhaus war, und Oliver, dass ich Leni Albträume bereite. Alex wird mich von dem Fall abziehen und Oliver auch. Nur ist Leni kein Fall, sondern mein Gegenteil. Ich muss sie behalten, sonst löse ich mich in Luft auf.

Zuerst versuche ich, mich zu rechtfertigen. »Wir reden einfach pausenlos, wenn wir zusammen durch die Stadt wandern, da sickert manchmal eben ein bisschen Realität durch, in Manhattan gibt es ja so viel davon …« Aber dann murmle ich kleinlaut: »Ich vergesse manchmal einfach, dass sie erst fünf ist. Tut mir leid, das kommt nicht mehr vor.« Ich klinge wie eine Nanny, die um ihren Job bangt. Und um ihre Aufenthaltsgenehmigung.

»Anna, hör auf damit«, sagt Oliver scharf.

Ich habe Magenschmerzen – als säße ich in einer Prüfung. Ich hatte immer Olivers blindes Vertrauen. Wenn er anfängt, an mir zu zweifeln, ändert sich alles. Ich muss weiterhin bei den Richter-Morgensterns willkommen sein. Ein weiteres Haus, in dem ich nur geduldet werde, ertrage ich nicht.

»He«, sagt Oliver. »Guck mich doch mal an.«

Ich zwinge mich, ihn anzuschauen, und muss schlucken. Olivers warmes Lächeln. Er fragt mich mit seiner freundlichen Oliver-Stimme: »Weißt du, was passiert ist, als du vorhin an den Tisch gekommen bist?«

Ich schüttle perplex den Kopf.

»Jupiter und Titus haben aufgehört zu streiten. Einfach so. Und weißt du, woran das liegt?«

Ich schüttle wieder den Kopf.

»Sie freuen sich, dass du da bist. Ohne dich fehlt was.«

Jetzt kann ich ihn nicht mehr anschauen. Ich schlucke nochmals kräftig und sage leise »Danke« zu meiner Suppe.

Oliver meint, er habe zu danken, und dann höre ich, wie Simone ebenfalls »Danke, Anna« sagt. Ich wünschte, ich könnte unter den Tisch kriechen, aber damit habe ich schlechte Erfahrungen gemacht.

Später, nach dem Abendessen, als ich ein bisschen verträumt auf der Verandatreppe herumsitze, in den Sternenhimmel schaue und immer noch an Olivers *Danke* von heute Mittag denke, sucht Simone mich heim. Gerade als ich mit dem warmen Gedanken kuschle, dass ich eine Familie habe, lässt sie sich neben mich auf die Treppe fallen und flucht: »Diese Scheißfamilie!«

Ich erfahre, Alex müsse länger arbeiten und komme daher erst morgen. Aber Simone traut dem Braten nicht, nach letztem September und allem. *Letzten September.* Am liebsten würde ich mir die Ohren zuhalten. Ich wünsche mir wirklich aus tiefstem Herzen Unwissenheit. Es ist unfair, dass Johanna und Maike als Vertraute ausscheiden. Simone hat niemand anderen – da kann ich schlecht sagen, dass Alex und mich eine *ongoing investigation* verbindet.

Aber dann ist der letzte September halb so wild. Alex hat bloß auf einer Online-Plattform für Seitensprünge herumgesurft und danach vergessen, die Webseite zu schließen. Simone ist empört über meine Erleichterung. So was Naives. Aufs Surfen folgten Taten. Das sei immer so.

Sie will sich gar nicht ausmalen, wie viele Frauen er getroffen hat. Sie habe ihn – und sich – erst mal gründlich durchchecken lassen. Ja, *natürlich* habe sie ihn konfrontiert. Und *natürlich* habe er alles abgestritten. Er hätte ermittelt! Das sei seine Standardausrede für alles. (Ich bin froh, dass ich die *ongoing investigation* nicht erwähnt habe.) Das Schlimmste sei jedoch die Plattform als solche gewesen. Mit einem stinknormalen Datingportal wäre sie schon irgendwie klargekommen. Doch hier sei es gezielt ums Fremdgehen gegangen.

Ich schaue sie verwundert an. Wie sage ich das jetzt … Vielleicht so: »Dann hat er wenigstens keine Liebe gesucht.«

»Nein«, entgegnet Simone giftig, »er hat jemanden zum *Lästern* gesucht. Es hat ihm nicht gereicht, einfach mit irgendwem ins Bett zu springen. Er wollte vorher noch gründlich über mich herziehen. Ich kann es mir genau vorstellen …« Sie legt den Kopf in den Nacken und schaut in den glitzernden Abendhimmel, aber ich glaube, alles, was sie gerade sieht, ist eine zwielichtige Bar in Manhattan. »Wie sie sich gegenseitig betroffen fragen, warum sie das tun, und sich dann über ihre Partner auskotzen. Ich wette, Alex erzählt ihr unsere Streitereien in chronologischer Reihenfolge. Wenn ich wissen will, wie sein Tag gewesen ist, kann er sich auch nie auf das Wesentliche beschränken, nein, alles schön der Reihe nach. Er wird unsere Ehe *sezieren*. Und dann erzählen sie sich, wie oft pro Woche sie keinen Sex haben, und bemitleiden sich gegenseitig …«

Sex. Das ist mein Stichwort. Ich muss sie irgendwie abwürgen. »Simone, wie kann ich dir helfen?«

»Mir ist nicht zu helfen.«

Doch dann besinnt sie sich eines anderen. Sie würde jetzt schrecklich gern mit einem grünen Smoothie dort unten auf dem Steg sitzen und in der warmen Brise über das Leben nachdenken. Aber nein, als Mutter hat man ja nie frei …

Ich biete ihr an, die Jungs für sie ins Bett zu bringen, und da umarmt sie mich.

Die Kinder hocken mit Kilian fast ganz oben auf der Treppe, die zu den Schlafzimmern führt, und spielen ein seltsames Spiel. Sie legen die gefühlt tausend Karten aus Lenis Memory auf ihre Knie und schnipsen sie die Treppe hinunter in den Flur. Eigentlich landen nur Kilians Karten im Flur. Lenis und Jupiters Munition stapelt sich auf den unteren Stufen, bis Titus sie wie ein kleiner Hund oder Staubsauger aufsammelt und ihnen zurückbringt.

Ich stehe am Fuß der Treppe und bekomme eine von Kilians Karten ab. Alle jubeln. Ich reibe mir die Stirn und werfe Kilian einen strengen Blick zu. »War das hier deine Idee?«

Er schürzt die Lippen und sagt: »'tschuldigung.« Dann grinst er breit.

Ich schüttle den Kopf. Der ist niemals fünfunddreißig. Höchstens so alt wie Leni. *Oliver* ist fünfunddreißig. Er trägt eine Brille und karierte Hemden und spielt Gesellschaftsspiele am Tisch und nach den Regeln, wie es sich für ältere Leute gehört.

»Wo sind die anderen?«, frage ich, weil mir nichts Besseres einfällt.

»Die spülen, und wir spielen!«, ruft Leni und schnipst eine weitere Karte von ihrem Knie. Titus rutscht sofort hinterher, um sie zu holen. Ich kann gar nicht hinsehen. Die knarzige Holztreppe ist furchtbar steil. Johanna würde Kilian erwürgen.

»Rückwärts, Titus«, mahnt Kilian. »Mit dem Popo zuerst.«

Er sieht mich an und klopft mit der flachen Hand neben sich auf die Stufe. »Mein rechter, rechter Platz ist frei …«

Leni, die mit Jupiter drei Stufen weiter unten sitzt, krakeelt aufgekratzt: »Kilian wünscht sich die Anna herbei!«

»So ist es«, bestätigt er leichthin.

Aha, ich verstehe. Die Kinder haben ihn angesteckt. Ich kenne das. Plötzlich ist alles ein Spiel, man kann fliegen, wie die armen Memory-Karten. Ich will ihn mit irgendeinem sarkastischen Spruch loswerden, aber es geht nicht. Seine lachenden Augen sind zu entwaffnend. Außerdem bin ich schon seit dem Mittagessen ein bisschen angefixt … Ich hätte mich nie in seine Nähe begeben dürfen.

Achselzuckend erklimme ich die Treppe, drängle mich an den Kindern vorbei und setze mich neben ihn. Oje. Diese Stufe ist verdammt schmal. Ich beuge mich vor und lehne die Ellenbogen auf meine Knie, um seinem Arm auszuweichen. Es bringt nichts. Phantomschmerzen. Überall. Seine Gegenwart tut einfach weh, ich muss hier weg.

»Jungs!«, rufe ich. »Eure Mama sagt, ich darf euch heute ins Bett bringen.«

Jupiter und Titus drehen sich zu mir um und kreischen in ihrem niedlichen Baby-Englisch: *»Hurray!«*

Ich klatsche in die Hände. »Dann los, Zähneputzen!«

Da verebbt das *Hurray*, und sie schütteln heftig ihre Köpfchen. Sie haben noch nicht allen Kärtchen das Fliegen beigebracht.

Kilian lehnt sich ebenfalls vor und lässt seine Schulter kumpelhaft gegen meine stupsen. Die Schmerzen werden schlimmer, und ich schaue ihn nicht an, als er leise sagt: »Sie nutzt dich aus.«

Ich starre auf Lenis Scheitel und antworte ebenso leise: »Das sind liebe Jungs, ich mach das gern.«

»Ich weiß, aber sie nutzt dich trotzdem aus.«

»Sie ist traurig, weil Alex nicht kommt.«

»Sie ist vor allem eins: faul.«

Lustig. Er klingt wie Johanna.

»Simone ist meine Freundin«, entgegne ich und fixiere weiterhin Lenis rote Zöpfe.

»*Du* bist *ihre* Freundin.«

Nun schaue ich ihn doch an. Oh weh. Noch nie war ich seinen grünen Augen so nah. Ich muss schlucken und denke kurz, dass er mein grünes Licht überhaupt nicht nötig hat. Er muss nur in den Spiegel schauen. Sie leuchten. Und sehen sauer aus. Ich habe das unbeschwerte Gefühl, das Fliegen beendet, und er bereut es schon, mich herbeigewünscht zu haben. Bevor ich mich stoppen kann, sage ich: »Es beruht eben nicht immer alles auf Gegenseitigkeit.«

»Aber du solltest das einfordern«, erwidert er.

Ha. Das sagt ausgerechnet er.

»Manche Dinge kann man nicht einfordern.«

Kilian zögert. Ob er weiß, wovon ich spreche?

Schließlich meint er: »Du unterschätzt dich. Auch mit Männern.«

Oh. Er weiß nicht nur, wovon ich rede, sondern gibt es auch noch unumwunden zu. Und nun stupst er mich wieder mit der Schulter an. Es ist offensichtlich: Meine Gegenwart ist für ihn eine mühelose, schmerzfreie Angelegenheit.

Gegenseitigkeit. In Ordnung. Ich kann auch schmerzfrei sein. Kein Problem. Ich beiße die Zähne zusammen und lehne mich gegen ihn, als wäre das die leichteste Übung der Welt. Doch anders als er weiche ich nicht wieder zurück. Ich bin tausendmal cooler als er und bleibe dort, Schulter an Schulter, Arm an Arm, Haut an Gänsehaut. Soll er doch sehen, was er davon hat. Wenn er Pech hat, lehne ich gleich noch meinen Kopf an seinen Hals. Selbst wenn ich mir dabei die Kopfhaut verbrenne – das ist es wert.

Und ich kann nicht nur cool sein, sondern auch cool daherreden: »Keine Sorge, ich weiß schon, dass Männer mich mögen.«

Das ist natürlich eine glatte Lüge. Männer mögen mich nicht. Und falls sie es doch täten, wüsste ich nichts davon. Ich weiß nur, dass es noch keinen gab, der wirklich bei mir bleiben wollte. Jeder einzelne von ihnen hat sich anstandslos wegschicken lassen, ohne sich die Mühe zu machen, mal nachzubohren. Vielleicht wirke ich einfach wie jemand, der gern allein schläft. Der gern allein lebt.

Kilian lacht. »*Mögen* ist eine kolossale Untertreibung. Selbst der Staatsanwalt steht auf dich. Es wundert mich, dass Simone nicht eifersüchtig ist.«

Ich zwinge mich, nicht von ihm abzurücken. Da müssen wir jetzt beide durch. Aber meine anschmiegsame Schulter scheint ihn nicht zu stören. Im Gegenteil. Er lässt keine Lücke zwischen uns entstehen. Ich weiß nicht mehr, wer sich eigentlich bei wem anlehnt.

Ich halte das aus.

Und ich halte meine Sinne beisammen. Beinahe hätte ich entgegnet, dass Alex mein Boss ist. Wenn er und ich die Köpfe zusammenstecken, wird gearbeitet. Aber das muss ich unserem *object of investigation* ja nicht unbedingt auf die Nase binden. Ich bleibe Profi, selbst im Bett, äh, auf der Treppe. Daher bin ich auch problemlos in der Lage, trotz Körperkontakt Kilians Aussagen mit kühlem Kopf auszuwerten, und zwar wie ich es gelernt habe: in chronologischer Reihenfolge, im richtigen Kontext und mit allen semantischen Finessen.

Mögen ist eine kolossale Untertreibung. Selbst der Staatsanwalt steht auf dich. Ich bin mir ziemlich sicher, um welches Wort mein Chefermittler jetzt einen roten Kringel ziehen würde: SELBST. Und schon offenbart sich die Frage, die es zu lösen gilt: Wenn SELBST Alex auf mich steht, wer denn dann bitte schön noch? Oliver? Igitt. Inzest. Niemals. Bleibt nur Kilian. *Kilian* steht auf mich. Und zwar so sehr, dass Mögen eine kolossale Untertreibung ist.

Agent Morgenstern, get a grip!

Träfe das zu, hätte er mich in Maikes Cabrio wohl kaum so eiskalt abblitzen lassen, wie er es getan hat. Mein Zustand ist noch schlimmer als befürchtet. Ich bin wirklich Alkoholikerin. Mein Gehirn versucht alles, um einen Schluck von Kilian zu bekommen. Das kann mich meine Marke kosten.

Ich zeige ihm den Vogel. »Auf mich war noch nie jemand eifersüchtig, schon gar keiner von Charlies Engeln.«

Kilian sieht aus, als würde ihm dieses Gespräch und diese ganze Situation mit unseren Schultern prima gefallen. Er entgegnet amüsiert: »Glaub mir, da gibt es jemanden.«

Ich neige meinen Kopf ein wenig zur Seite, um ihm einen fragenden Blick zuzuwerfen.

Auf keinen Fall abrücken. Du schaffst das.

»Einen anderen Engel.« Er lächelt schief. »Maike.«

Na gut, dann hat er sie halt »Engel« genannt. Ich bin so cool wie ein Eisblock. »Ach so. Das ist was anderes.«

Nun wirft Kilian mir einen fragenden Blick zu. *Ha*. Ein Etappensieg in Sachen Gegenseitigkeit.

»Dabei geht es nur um Johanna«, erkläre ich.

»Ach so.« Er zuckt mit den Achseln. »Da habe ich mich wohl überschätzt. Das passiert mir öfter mal.«

Mir stockt der Atem, als er sein Knie, sein Bein verspielt gegen meines fallen lässt. Meine gesamte linke Körperhälfte beginnt zu kribbeln. Ich halte die Luft an. Halte still.

Ich kann das.

»Scheinbar bin ich dein komplettes Gegenteil …« Er klingt irgendwie geistesabwesend, aber als Lenis rote Zöpfe unter uns durch die Luft wirbeln, zieht er abrupt sein Bein weg.

Leni funkelt ihn an. »*Ich* bin Annas Gegenteil!«

Als ich ihr atemlos zustimme, meint Kilian schlicht: »Siehst du. Alle wollen dich.«

Ohne nachzudenken, entgegne ich: »Nur du nicht.«

Mein Leben – okay, nur die jüngere Vergangenheit – zieht an mir vorbei. Der Central Park, die schwarzen Füße, Schneemann Olaf, *Ich wäre gern ein stilles Zentrum*, die Limetten, *Du siehst nur sie*, Maikes Cabrio … Aber das hier ist definitiv der Tiefpunkt. Ich gebe auf und rücke von ihm ab. Na und. Dann verliere ich halt. Besser verlieren als verbrennen. Wäre dies nicht die Scheißrealität, kämen jetzt seine ersehnten Worte: *Doch. Ich will dich. Mehr als alle anderen.* Oder noch besser: *Mehr als alles andere.*

Aber Kilian hält den Blick gesenkt und schweigt.

Ich springe auf. »Kinder, es wird Zeit.«

Ohne ihre Reaktion abzuwarten, steige ich die restlichen Treppenstufen hinauf.

»Anna …«

Ich drehe mich um. Kilian ist ebenfalls aufgestanden. Er steht dort auf der Stufe und hat die Hände tief in den Taschen seiner Jeans vergraben.

»Was?« Ich klinge wie eine alte Kratzbürste.

Er runzelt die Stirn, aber sagt nichts.

»Jungs! Leni, du auch!«, rufe ich und laufe den Flur entlang in Richtung Kinderbad. (Ja, reiche Kinder haben ein eigenes Bad. Ohne Dusche, aber dafür mit einem riesigen Whirlpool, der von etwa fünfzig Plastikmeerestieren diverser Vorgänger belagert wird, die Johanna hochgradig unhygienisch findet. Die Plastiktiere *und* die Vorgänger.)

Kilian läuft mir hinterher. »Anna, warte mal.«

Ich fahre herum und kollidiere beinahe mit ihm. Da stehen wir nun. Wäre ich nicht so ein Zwerg, würde ich sagen, Aug in Aug. Und dann fasst er mich an den Schultern, beugt sich herunter und küsst mich. Auf die Stirn. Die *Stirn!* Er küsst den Teil meines Gesichts, den er vor wenigen Minuten noch mit Memory-Karten beworfen hat.

Ich schiebe ihn weg – und sehe rot und vergesse, dass ich eine coole FBI-Agentin bin.

»Ich liebe deine Bücher.« Ich spucke ihm den Satz – und alle, die noch kommen – vor die Füße. »Genauso wie die von hundert anderen Schriftstellern. Wären die jetzt hier, wären sie es, die ich anhimmeln würde. Ja, auch die Frauen! *Love the one you're with.* Schon mal davon gehört? Wir stürzen uns auf denjenigen, der zufällig gerade da ist. Nur deshalb funktionieren Reality Shows, in denen Leute in irgendwelchen Häusern zusammengepfercht werden. Du bist komplett austauschbar! Paul Austers Poolhaus hätte ich mir auch angeschaut, und nein, ich habe mich nicht auf deinen Laken gewälzt, die sind ja sowieso unbenutzt …«

Jetzt halt endlich die Klappe!

Wenn ich jetzt auch noch mein Ermittlungsergebnis mit der Klimaanlage herausposaune, bin ich erledigt.

Kilian steht nur da und schaut mich sprachlos an.

Ich hole Luft. »Was ich sagen will: Küss mich NIE WIEDER auf die Stirn.«

Die Kinder retten mich, wie immer. Sie haben die Kärtchen in den Karton zurückgeräumt und kommen damit stolz die Treppe heraufgestürmt. Während wir ins Bad gehen, hängen sich alle drei an meine Arme und verhindern, dass ich meine brandneue, verkohlte Stirn betaste. Ich werde es später tun.

11

Zum Glück sind es nur die Schlangen. Ein Brand in einer Bibliothek wäre furchtbar. Das habe ich tatsächlich gedacht, bevor ich die Bettdecke beiseite geworfen habe und losgerannt bin. Ich weiß es noch genau. An der Decke über mir baumelten unzählige Pythons, und selbst im Schlaf fiel mir auf, wie unwahrscheinlich dieses Szenario mangels Balken oder anderer Hilfsmittel war. (Nur deswegen.) Mein Verstand hat mich also nicht völlig im Stich gelassen – anders als meine Beine, die dennoch geflohen sind.

Vielleicht gelingt es meinem Gehirn ja irgendwann, meine Beine oder – noch viel besser – meine Träume zu überlisten. Johanna hat mich vor einiger Zeit gezwungen, einen alten Film anzuschauen, der mir Hoffnung gegeben hat. *A Beautiful Mind.* Eigentlich schaue ich nicht gern Filme, die auf Biographien irgendwelcher Ausnahmemenschen beruhen. Zum einen fehlt der Realität zumeist ein richtig guter Plot, und zum anderen kommt mir mein Leben danach immer so banal vor. Hier war es natürlich auch so. Der Film über ein schizophrenes Mathematikgenie hatte seine Längen, und ich war verbiestert, weil ich kein Genie bin. Im Film überführt das Superhirn seine Wahnvorstellung, indem ihm auffällt, dass eine seiner Wahnfiguren – ein kleines Mädchen – einfach nicht älter wird. Da habe ich ein Kissen nach Johanna geworfen und gerufen: »Oh mein Gott! Meine Schlangen werden einfach nicht älter! Vielleicht sind sie ja nur ein Traum!« Aber insgeheim habe ich gedacht: *So geht das also …*

Wie gesagt, diese Nachricht ist leider noch nicht bei meinen Beinen angekommen. Sie haben mich ins Wohnzimmer getragen und sind erst kurz vor der Wand mit den Servierplatten zum Stehen gekommen.

Da stehe ich nun in dem riesigen dunklen Raum, völlig außer Atem, aber erleichtert. Es ist nichts zu Bruch gegangen. Und niemand wurde erschreckt und geweckt. Abgesehen von mir. Der Schrecken steckt mir noch in den Gliedern, und ich kann mich nicht dazu überwinden, in die Bibliothek, zu den Schlangen, zurückzukehren. *Verdammt.* Wie soll mein Verstand jemals meine Träume überlisten, wenn mir selbst ihr Nachhall noch Furcht einflößt? Es ist hoffnungslos.

Ich lasse die Schultern hängen und weiß nicht, wohin mit mir. Die hölzerne Standuhr neben der Küchentür zeigt halb drei. Mitten in der Nacht. *The wee small hours of the morning.* Wenn die ganze Welt im Tiefschlaf liegt. Abgesehen von mir. Ich fühle mich schrecklich allein.

Mein Blick fällt auf die Verandatür. Es erscheint mir unwirklich, dass er tatsächlich dort draußen liegt und schläft. Jetzt. *In the wee small hours.* In diesem geisterhaften Moment erscheint mir einfach alles unwirklich. Seine bloße Existenz. Meine eigene. *Hier.* Im Mondlicht, das durch die Fenster fällt. In diesem Haus mit den Porzellanwänden. Alles nur ein Sommernachtstraum.

Doch als ich die Tür aufschließe und das Fliegengitter öffne, ist er tatsächlich dort. Er liegt in der Hängematte, die Hände entspannt auf dem Bauch, eine dunkelblaue Wolldecke über den Beinen. Ich wünschte, er würde schnarchen oder irgendetwas anderes tun, was mich von ihm kuriert. Aber wahrscheinlich käme mir sein Schnarchen nur auf irgendeine Weise großartig vor. Am liebsten würde ich an die Hängematte herantreten und wie eine irre Stalkerin auf ihn hinabblicken.

Mir jedes Haar, jede Wimper, jeden Knick in seinem Gesicht einprägen. *Nur gucken, nicht anfassen …*

Nein, ich bleibe an der Tür stehen. Er würde meine Anwesenheit spüren und seine grünen Laseraugen auf mich richten. Nicht auszudenken. Dagegen wäre alles, was ich mir bisher geleistet habe, ein Kindergeburtstag.

Und dann sehe ich es. Sein schwarzes Notizbuch. Es liegt neben ihm in der Hängematte und schmiegt sich an seine Hüfte. Es schaut mich an, als wüsste es, was ihm blüht. Was *mir* blüht. Gefahr. Mein Herz springt in meinen Hals und macht ein Riesengetöse. Es wird ihn wecken. Ich kriege es nicht in den Griff, und meine Beine wittern die Gefahr. Mir bleibt nichts anderes übrig, als rasch die Verandatreppe hinunterzuschleichen und drei Runden um den Pool zu marschieren. Barfuß und in Boxershorts. Wenn er mich jetzt sieht … Ich drehe eine vierte Runde.

Als ich zurückkomme, bin ich ruhiger. Das Buch liegt noch an Ort und Stelle. Es hat auf mich gewartet. Mir scheint, als hätten all meine bisherigen Ermittlungen nur zu diesem einen Moment, dieser schwindelerregend riskanten Gelegenheit geführt. Wenn ich sie nicht ergreife, war alles umsonst.

Mist. Dieses dumme Notizbuch hat von Anfang an nur Ärger gemacht. Warum kann es nicht einfach auf dem Tisch dort drüben herumliegen, wie jedes vernünftige Buch? Wie mein Buch zum Beispiel. Paul Austers *The Red Notebook* liegt noch genau dort, wo ich es heute Mittag hingelegt habe, als ich mich auf den Weg zum Poolhaus gemacht habe. Es nickt mir aufmunternd zu. Und ich nicke zurück.

Zum Glück war ich in Quantico die Beste meines Jahrgangs. Man nannte mich auch »die Katze«. Lautlos schleiche ich zu dem Tisch und hole meinen Paul Auster. Dann trete ich ebenso sagenhaft lautlos an die Hängematte. Es muss schnell gehen, er darf meine Gegenwart nicht spüren. Mit einer fließenden Bewegung, die meinem Spitznamen alle Ehre macht, stecke ich das rote Notizbuch neben das schwarze, und gleichzeitig ziehe ich Letzteres mit spitzen Fingern nach oben. Wie vereinbart schmiegt sich mein rotes Notizbuch nahtlos gegen Kilians Hüfte, und meine Geisel und ich entfernen uns geräuschlos vom Tatort.

Bevor wir im Haus verschwinden, werfe ich einen letzten Blick zurück. Alles paletti. Er rührt sich nicht. Aller guten Dinge sind drei, diesmal lasse ich mich nicht erwischen.

Die Schlangen sind vergessen. Ich kann es kaum erwarten, mit meiner Beute in die Bibliothek zurückzukehren. Schnurstracks krieche ich zurück unter die Bettdecke und schalte mein grünes Licht an. Ich lasse mich gegen die Rückenlehne des Schlafsofas sinken und schaue mit rasendem Puls auf das schwarze Buch in meinen Händen. Mit zitternden Fingern fahre ich über das weiche Leder. Ich zögere. Wenn ich es öffne, gibt es kein Zurück. Dann bin ich endgültig auf der dunklen Seite angekommen.

Aber habe ich diese Grenze nicht bereits überschritten, als ich ohne Durchsuchungsbefehl ins Poolhaus eingedrungen bin? Ich bin die Frau fürs Grobe. Die Agentin ohne Gewissen, der die Kollegen lieber aus dem Weg gehen. Und Kilian weiß genau, was für ein Abschaum ich bin. Er hat mich schon zweimal erwischt. Mit einer wie mir unter demselben Dach räumt man sein Tagebuch halt besser weg, das ist doch sonnenklar …

Agent Morgenstern, do your fucking job!

Ich schlage das Buch auf – als hätte ich mein Leben lang nichts anderes getan. Vor lauter Aufregung sehe ich erst mal nichts. Nur seine schwarze Handschrift, die ein Tornado über das Papier gepustet hat. Kilian schreibt ohne Zögern oder

Punkt und Komma, seine Buchstaben kippen fast um vor Eile. *Krickelkrakel*, wie Leni sagen würde. Aber mein suchtkrankes Hirn findet das Gekritzel nicht unordentlich, sondern verwegen, und ich lasse meine Fingerspitzen ehrfürchtig über das Chaos gleiten. Bis mein Zeigefinger an einem Wort hängen bleibt. Ich blinzle. Dort steht: »Johanna«.

Augenblicklich macht sich ein beklommenes Gefühl in mir breit, und endlich beginne ich zu lesen.

Er beschreibt *uns.* Doch bevor ich mich entscheiden kann, wie ich das finde, muss ich weiterlesen.

Bereits nach wenigen Seiten ist mir klar, dass es wirklich kein Zurück gibt. Es ist so, wie Johanna gesagt hat: Ich werde mich nie mehr von ihm erholen. Sein erstes Buch, das ich gestohlen habe, hätte mir eine Warnung sein sollen. Seine Stimme klang bereits damals viel zu vertraut. Wäre ich so schlau wie meine Schwester, hätte ich diesen Urlaub mit allen Mitteln verhindert. *Pie in the sky.* So was sollte sich niemand freiwillig ans Bein binden. Aber der Sog war einfach zu stark. Von Anfang an. Wie tief muss man sinken, um ein Geburtstagsgeschenk zu klauen? Und das waren nur Essays. Mit jedem seiner Romane wurde die Sucht stärker. Inzwischen gehören seine Geschichten zu mir wie meine Grübchen. Wie gute Eigenschaften. Ich bin immer näher an ihn herangerückt, bis ich vor ihm stand, mit Leni im Arm. Bis er vor mir stand mit seinen grünen Augen und wortkargen Lippen, die meine Stirn geküsst und mich so verletzt haben. Ich dachte, näher werde ich ihm nicht kommen, aber nun liegen seine Gedanken aufgeklappt auf meinem Schoß.

Kilians Notizen könnten ebenso gut mein Urlaubstagebuch sein. Was er schreibt, deckt sich haargenau mit meiner Wahrnehmung. Als würde er die Welt durch meine Augen sehen und meine konfusen Gedanken in klare Worte fassen. Die

Klarheit seiner Gedanken steht in krassem Gegensatz zu seiner Schrift. Er verklausuliert nichts. Nicht einmal die Namen. Alle werden der Reihe nach in seitenlangen Beschreibungen, Stichwörtern und Episoden abgehandelt: Johanna, Simone, Jupiter, Titus, Alex, Oliver, Maike und Leni. Nur ich fehle. Selbst in den Episoden, in denen ich anwesend war oder sogar eine Sprechrolle gehabt hätte, bin ich nicht vorhanden. Ich werde mich später deswegen martern. Jetzt muss ich lesen.

Die meisten Seiten entfallen auf Johanna, und ich muss ein paarmal lachen. Vor allem über die Kirschkerne und Zucchini. »Hört ihr alle kein Radio?« Kilian beschreibt sie als den Helikopter, der sie ist: ihre hysterische Angst vor dem Pool, vor Nicht-Bio-Essen, echtem Bio-Essen aus dem Garten, vor Infektionen und Tagen, an denen Leni nichts Neues lernt. Ihr Notfall-Kit und ihre atemraubende Liebe. Ihre Entrüstung über Simone und *Fireman Sam* und über Gelassenheit im Allgemeinen.

»Simone dagegen verliert vor lauter Gelassenheit hin und wieder das Bewusstsein.« Ich muss lachen. Aber alles, was danach kommt, ist traurig. Er beschreibt den Streit im Morgengrauen, als Simone und Alex die beiden kleinen Jungen in ihren Schlafanzügen auf der Wiese zurückgelassen haben. (Auch hier keine Spur von mir und meinen fortschrittlichen Yogaübungen.) Und wie Jupiter am ersten Abend mit strahlenden Augen Lenis Köfferchen ausgeräumt hat. Die einzigen Spielsachen, die er und sein Bruder mitgebracht haben, sind Simones Telefon und Tablet. Und eine hellblaue Yogamatte mit Wölkchen.

Kilian hat bemerkt, dass Johanna mit den Jungen bastelt, malt und ihre Bilder bewundert. Während Simone schläft. Außerdem ist ihm etwas aufgefallen, das mir entgangen ist: Simone ignoriert Leni. Gänzlich. Und offenbar ist Kilian ziemlich sauer darüber. »Der bloße Blickkontakt mit einem Kind bedeutet Arbeit.« Er überlegt, ob es daran liegt, dass sie Lehrerin ist. Aber Oliver ist auch Lehrer.

Ich überfliege die Männer. Der Staatsanwalt ist Slapstick, und Oliver ist in seine (eigene) Frau verliebt. Männer sind einfach nur so mittel interessant. Im Gegensatz zu Maike – obgleich ich nicht sicher bin, ob ich wirklich wissen will, was er über sie denkt. Doch, will ich.

Oh nein. Er sieht sie. Vermutlich *nur* sie. Ihre makellose Schönheit. »Die meisten echten Blondinen werden knallrot, wenn die Sonne sie küsst. Maike küsst einfach zurück.« Ihre Bescheidenheit. »Bittet um nichts. Geht ständig während der Mahlzeiten um den Tisch herum und holt Dinge.« Und er beschreibt ihre Bemühungen, Johanna zu gefallen. Sie versteckt eine Tüte Mini-Salamis in ihrer Handtasche, obwohl sie bei Johanna als Vegetarierin gilt. (Das habe ich nicht gewusst.) Kilian wundert es, dass Maike Single ist. (Natürlich.) Vermutlich ist ihr Herz bereits vergeben. An Johanna. »Vielleicht macht Leni deshalb einen Bogen um sie.«

Ich verschlucke mich und muss husten. *An Johanna?* Mir fällt meine Bemerkung von vorhin auf der Treppe ein. Dass Maike wegen *Johanna* eifersüchtig auf mich sei. Bin ich etwa schuld an diesem bekloppten Gedanken? Kilian spinnt. Wenn das so wäre, dann wäre sie auf Oliver eifersüchtig und nicht auf mich. Und ich nehme alles zurück. Er sieht die Welt kein Stück durch meine Augen. Verärgert lese ich weiter.

Nun ja … *Leni* sieht er schon irgendwie durch meine Augen. Man könnte fast meinen, er hat sie so gern wie ich. Es beeindruckt ihn, wie selbstverständlich sie ihre Sachen mit den Jungs teilt und wie rücksichtsvoll sie mit Jupiter umgeht, wenn er behauptet, er komme auch schon im September in die Schule. »Er ist erst vier«, hat sie Kilian zugeflüstert. »Aber sag nichts, sonst ist er traurig.« Außerdem hat sie ihm alles über Rosalie Finn-Rosalie anvertraut, auch ihr dunkles Geheimnis. Rosalies Vater ist nämlich ein Golden Retriever, der Finn heißt. Und Kilian findet ihn erwähnenswert. Anders als mich. Noch immer kein Wort über mich.

Ich starre auf die leere Doppelseite, die auf Rosalies Familiengeschichte folgt, und fühle mich auch leer. Unsichtbar. Doch ich wäre nicht die Beste meines Jahrgangs gewesen, wenn ich nicht tiefer graben würde. Ich blättere weiter und werde belohnt. Dort steht ganz allein auf der nächsten Seite:

Love the one you're with.
(Stephen Stills)

Nichts weiter. Nichts weiter als der Beweis, dass ich doch irgendwo in seinen Gedanken existiere. Ich hoffe – wie immer – auf mehr und schlage die Seite um. Und dort ist tatsächlich mehr. Dort steht in Großbuchstaben:

URLAUB MIT FREUNDEN

Und dann:

Julia & Oskar & Hedi
Sonja & Rex & Primus & Pluto
John & Jane Doe
Maya

JULIA

Moderner Muttertyp: die Genervte. Angstmensch.
Warum ist sie so genervt? Will perfekt sein. Andere

Menschen sind dabei nur Störfaktoren. Ausnahme: Maya. Ihre Kernkompetenz: niemanden stören. Julia und Maya kommen sich näher. Haben Sex im Pool, dem gefährlichsten Ort der Welt. (Julia denkt währenddessen darüber nach, wie unhygienisch die ganze Angelegenheit mit einem Mann wäre.) Maya erweist sich ironischerweise am Ende als die ultimative Störung. Sie gefährdet Julias Ehe. Hedi spürt als Einzige die Gefahr. Kinderinstinkt. Irrige Annahme, dass Gefahr von außen kommt. Die größte Gefahr ist nicht der Pool, sondern das Auseinanderbrechen der Familie. Doch Julia liebt Oskar. An Maya kann sie nichts mehr verbessern. Maya vergeudet mit Julia ihre Zeit. Vielleicht ist sie letztlich das Opfer.

SONJA

Anderes Ende der Mutterskala: geht den einfachen Weg.
Primus müsste ein tumber Fernsehjunkie sein. Ist er aber nicht. Er ist genauso toll wie Hedi. Das verunsichert Julia. Sind der ganze Aufwand, die Disziplin und Geduld am Ende völlig unnötig?
Sonja und Rex haben sich nichts mehr zu sagen. Warum nicht?

JOHN & JANE

Wahnsinnig verliebt. Droht ihnen das gleiche Schicksal wie den anderen? Haben Paare ohne Kinder eine höhere Überlebenschance?

Das war's. Ich klappe das Buch zu und starre auf den pechschwarzen Einband. Am liebsten würde ich es wegschleudern, aber ich bin wie versteinert. Er will einen *Roman* über uns schreiben. Nicht über uns. Über meine Familie. Ich habe das Bedürfnis, mich wie ein Bodyguard vor sie zu schmeißen und zu schreien: »Nimm *mich!* Lass sie in Ruhe und erschieß *mich!*«

Aber er interessiert sich nicht für mich. Er interessiert sich für meine Schwester. Ich erinnere mich an unser erstes Frühstück, als Alex von Kilian wissen wollte, warum wir hier sind. *Weil ihr es wolltet.* Pah! Und dann die Frage, warum er ausgerechnet Johanna mitnehmen wollte. *Sie hat Charakter.* Pah! Jetzt boxe ich das Buch.

Johanna hat allen, wirklich allen Leuten, die sie kennt, von unserem Urlaub mit Kilian Brand erzählt. Und bald werden alle, wirklich alle lesen können, was sie – laut Kilians Dreckschleuder von einer Feder – so mit ihrer Kollegin Maike anstellt. Im Pool. Aber noch viel schlimmer: Sie werden Johannas Ängste kapitelweise nachschlagen können. Sie wird für alle nur noch der Angstmensch sein. Der Freak.

Nimm mich! Ich gehe nicht gern auf Partys, ich laufe nicht im Dirndl bei Karnevalsumzügen mit und gehöre – abgesehen von der Stadtbibliothek – keiner Community an. Meine Freunde wissen bereits, dass ich ein Freak bin. Und ich habe niemanden, den ich mit einer Frau (oder einem Mann) betrügen könnte. *Nimm mich,* nimm die Brände und Pythons, mein ganzes bescheuertes Innenleben, aber *lass meine Schwester in Ruhe!*

Oliver wird die Sache weglachen. Eifersucht ist ihm völlig fremd. Doch bisher musste er seiner Frau ja auch noch nie beim Sex mit jemand anderem zuschauen (glaube ich zumindest). Er ist auch nur ein Mensch, und als solcher wird er sich insgeheim fragen: *Läuft da was mit Maike?* Und dann fault die einzige Familie, die ich habe, von innen weg. Gerade dachte ich noch, Kilian hätte Leni annähernd so gern wie ich. Pah! Er zerstört unsere Familie und freut sich, wenn das Ganze in zwanzig Sprachen übersetzt wird. Hauptsache, er hat seine Schreibblockade überwunden.

Kilian hat recht. Nicht der Pool ist die Gefahr. *Er* ist es. Ich werde mich niemals von ihm erholen. Keiner von uns wird das. *Ich hasse ihn.* Ich wecke ihn. Jetzt. Ich stecke sein Buch in Brand und halte es ihm unter die Nase. Nie, niemals lasse ich ihn dieses Sackgesicht von einem Roman schreiben!

Morgen gehe ich zum Staatsanwalt und zeige ihn an. Alex wird staunen. Ich serviere ihm die *Idee* auf einem Silbertablett: Kilian hat ein paar fremde Leute in sein Haus eingeladen, weil er Kanonenfutter für seinen neuen Roman brauchte. *Die beste Idee, die ich jemals hatte. Abgesehen davon, dass ich mich wie ein Arsch fühle.* Pah!

Leider weiß sogar ich, dass es kein bisschen strafbar ist, ein Arsch zu sein. Alex kann nichts ausrichten. Wir können nur eins tun: abreisen. Und was dann? Ich kann das böse schwarze Buch vernichten oder es einfach nicht mehr herausrücken, aber an Kilians Erinnerungen komme ich nicht heran. Ich muss an seine leuchtenden grünen Augen denken. Das Notizbuch ist nur ein Spickzettel. Den er nicht braucht. Er hat in der vergangenen Woche bereits genug Material über uns gesammelt. Und ich dachte, *ich* sei die Ermittlerin. Pah. Als Nächstes wird er herausfinden, warum Sonja und Rex, äh, Simone und Alex sich nichts mehr zu sagen haben. Dann wissen demnächst alle beim Lehrerkicken an der Deutschen Schule, dass Simones Mann Mitglied in einem Club für Seitensprünge ist. *Was mache ich nur?*

Ich boxe nochmals auf das böse Buch ein. Mir schießen

tausend wütende Gedanken durch den Kopf. Er weiß genau, was für eine Riesenschweinerei das alles ist. Deshalb durfte ich das Notizbuch in Poppys Laden nicht bezahlen. Ich muss an die wunderschöne Wand mit all den bunten Lederbüchern denken. Kilian hat den Buchladen, einen magischen Ort, ohne die geringsten Skrupel in ein Waffengeschäft verwandelt. Er hatte Glück, dass das hier Amerika ist. In Deutschland hätte Poppy die Knarre niemals herausgerückt, es sei denn, er wäre Jäger oder Polizist oder ... *Polizist. Das ist es!*

Zum ersten Mal lasse ich sein Buch los. Aufgeregt springe ich vom Sofa. Ich muss ein bisschen durch die Bibliothek hüpfen, um mich abzuregen. Es klappt. Und mein Plan steht: Ich gehe zu Poppy und kaufe mir eine Waffe. Eine Dienstwaffe. Schließlich bin *ich* diejenige mit Dienstmarke und Waffenschein. *Ich* bin hier die Ermittlerin! Und ich werde meine Ermittlungen auf das nächste Level heben. Der Staatsanwalt wird nicht gefragt. Niemand wird gefragt, von nun an bin ich auf mich allein gestellt. Die Katze. Die Frau fürs Grobe. Während die anderen einen unbeschwerten Urlaub in den Hamptons verleben, werde ich im Untergrund, am Rande der Legalität im Dreck wühlen. Und zwar unter dem Titel:

URLAUB MIT EINEM SCHRIFTSTELLER

Am Ende wird mein Notizbuch randvoll geladen sein wie Jupiters Schießgewehr. Und dann wird abgerechnet. Kilian wird keine andere Wahl haben, als dem Gefangenenaustausch zuzustimmen: sein Buch gegen meins, seine Erinnerungen gegen meine.

Als ich an der Hängematte stehe und auf ihn hinabblicke, wird mir bewusst, dass das nächste Level bereits begonnen hat. Der

Gedanke an seine grünen Laseraugen lässt mich nicht mehr zurückschrecken. Wenn er sie nun aufschlägt, zerreiße ich das blöde Buch vor seiner Nase. Ich hoffe fast, es würde passieren.

Aber es passiert nicht. Er regt sich nicht und liegt dort zum Ausrasten unschuldig mit meinem *Red Notebook*, das treu die Stellung gehalten hat. Doch dann muss ich stutzen. Mein rotes Notizbuch ist tiefer gerutscht. Es lehnt nicht mehr an seiner Hüfte, wo ich es deponiert habe, sondern kuschelt sich an die Wolldecke. An sein Bein. Ich schaue Kilian an. Er liegt noch genauso da wie zuvor. Hände auf dem Bauch, Beine unter der Decke.

Ich versuche, mich zu beruhigen. Es könnte einfach verrutscht sein. In einer Hängematte reicht die kleinste Bewegung aus, um alles durcheinanderzuwirbeln, oder? Und vielleicht lag es ja von Anfang an gar nicht neben seiner Hüfte, sondern neben seinem Bein? Ich war so nervös, da kann man Hüfte und Bein schon mal verwechseln. Und außerdem: Hätte er mich erwischt, würde er mich jetzt mit einem grünen Laserstrahl vernichten. Oder?

Ganz überzeugt bin ich nicht. Als ich die Bücher austausche, zittern meine Hände. Ich rechne damit, dass er nach meinem Handgelenk greift. *Schnapp.* Ich stelle mir seine Berührung vor. Und wieder hoffe ich fast, es würde passieren. Aber es passiert nicht.

12

Ich war letzte Nacht zu zornig zum Schlafen. Stattdessen habe ich sofort damit begonnen, im Dreck zu wühlen. Ich habe mir Kilians *In Love with Mr. Hyde* vorgeknöpft. Inzwischen ist die Sonne schon aufgegangen, aber ich sitze immer noch hier unter meinem grünen Licht und lese. Wer weiß, was für nützliche Informationen sich in diesem Buch verbergen. Ich muss nur einen Weg finden, Erfundenes von Realem zu trennen. Aber wie? Woher weiß ich, welche Details er aus seinem Leben gestohlen hat und bei welchen es sich um reine, unbefleckte Fantasie handelt? Lässt sich das überhaupt trennen? Ich habe den Verdacht, er könnte alles zu einer einzigen leckeren Masse verquirlt haben – so lecker, dass ich hin und wieder den Sinn meiner Lektüre vergesse und einfach nur lese. Aber dann blättere ich Seite für Seite zurück und nehme seine Zeilen doppelt kritisch unter die Lupe.

Am meisten interessiert mich, ob die Frau, die sich in Mr. Hyde verliebt, tatsächlich existiert. Er beschreibt sie mit so viel Zuneigung, fast zärtlich. Schon nach den ersten dreißig Seiten war ich mir sicher: Kilian liebt diese Frau. Doch das heißt nichts. Ich weiß nur zu gut, dass man Traumfiguren genauso lieben kann wie echte Menschen. Und es wurmt mich, dass ich inständig auf die Traumfigur hoffe. Wie kann mich der Gedanke, Kilian könnte verliebt sein, immer noch fix und fertig machen? Es ist wirklich ärgerlich, wie machtlos mein Verstand ist. Vielleicht bin ich deshalb Schlafsprinterin. Meine Beine, mein Herz – alle machen, was sie wollen.

Und seit dem fünften Kapitel spuckt mein Gehirn immer wieder diesen furchtbaren Gedanken aus: *Was, wenn Kilian Mr. Hyde ist?* Schuld an diesem Gedanken ist natürlich mein blödes Herz, das mal wieder dabei ist, sich in Mr. Hyde zu verknallen. Und mein Gehirn ist felsenfest davon überzeugt, dass ich nicht in zwei Leute gleichzeitig verliebt sein kann. (Was natürlich großer Unfug ist, aber es glaubt nun mal an Monogamie.) Ergo: Kilian und Mr. Hyde müssen ein und dieselbe Person sein.

Ich lege das Buch zur Seite, um nachzudenken. Oh Gott. Das passt. Schließlich ist er Schriftsteller. Haben die nicht alle irgendein Problem? Wenn meine Theorie zutrifft, werde ich die Waffe aus Poppys Laden nicht mehr benötigen. *Kilian Brand ist bipolar.* Das würde ihn zum Schweigen bringen. Meine Familie wäre gerettet. Und ich könnte nie wieder in den Spiegel schauen. *Ich habe einen Mann mit seiner Krankheit erpresst.* Das ist selbst für die Frau fürs Grobe eine Nummer zu grob.

Ich fange gerade an, mich zu zerfleischen und zu lamentieren, warum das Schicksal ausgerechnet eine schwache Person wie mich vor die Wahl zwischen Familie und Moral stellen muss, als mir Kilian einfällt. *Kilian.* Wie geduldig er Leni zuhört. Mit welcher Seelenruhe er uns beobachtet. Um uns kreist, während wir um uns selbst kreisen. Die Ausgeglichenheit in Person, ohne Höhen und Tiefen. (Wenn ich ihm nicht gerade auf die Nerven gehe.) Bei genauem Hinsehen hat er tatsächlich nicht die geringste Ähnlichkeit mit Mr. Hyde. Puh. Die Kuh ist vom Eis. (Ich hätte mich natürlich für die Moral entschieden und einen anderen, völlig unbedenklichen Grund gefunden, ihn zu erpressen. Callgirls oder so.)

Gerade als ich mich freue, den furchtbaren Gedanken losgeworden zu sein, erscheint Simone in ihrem morgendlichen Sportoutfit im Türrahmen. Ich warte darauf, dass die Jungs hinter ihr hervorgucken, aber von ihnen fehlt jede Spur. Und schon läuft mein Gehirn wieder auf Hochtouren. Bevor Simone einen guten Morgen wünschen kann, frage ich: »Wo sind die Jungs?«

»Draußen.«

Allein am Pool? Ich springe auf und lege meinen zweiten Sprint des Tages hin – fast noch schneller als letzte Nacht.

Die beiden kleinen Maldinis, die quicklebendig um den Pool herumspringen, machen große Augen, als ich auf sie zustürze und sie in die Arme nehme. Simone ebenfalls. Sie ist mir auf den Fersen geblieben und steht immer noch ein bisschen atemlos neben mir am Pool. Sie bewundert mein Tempo und beschließt, ihr Training umzustellen. Hier und da ein kleiner Sprint könnte nicht schaden. Ich erzähle Simone nicht, dass heute Nacht die Pythons da waren. Von nun an habe ich Geheimnisse.

Wenn man Geheimnisse hat, meckert man am besten hier und da an anderen herum, um von sich abzulenken. Daher setze ich mich auf eine der Sonnenliegen und gifte Simone an, sie solle den Pool gefälligst mal ernst nehmen.

Da giftet sie zurück. Dass sie ihre Jungs nur meinetwegen hier draußen allein gelassen habe. Die Verandatür sei offen gewesen. Das verrutschte *Red Notebook* hat mich letzte Nacht anscheinend so sehr aus dem Konzept gebracht, dass ich vergessen habe, die Tür wieder hinter mir abzuschließen. Da hat Simone mit dem Schlimmsten gerechnet, zumal Kilian nicht in seiner Hängematte lag. Sie ist mit den Jungs zum Pool und dann zum Strand gerannt und hat sich schon meinen nassen, toten Körper vorgestellt und Kilian, der in Schockstarre danebensitzt. Als sie weder meine Leiche noch Kilian finden konnte, hat sie die Kleinen nur ganz kurz im Garten zurückgelassen, um mich in der Bibliothek zu suchen.

Ich murmle ein verlegenes »Danke«.

Zu meinem Erstaunen greift Simone nicht nach ihrem Springseil, das wie eine Schlange auf dem Boden liegt und auf sie wartet, sondern setzt sich neben mich auf die Liege. Sie zückt ihr Telefon, das sie mit einem ziemlich professionell aussehenden Sportarmband am Oberarm befestigt hat. (Die Maldinis lieben so etwas: Bauchtaschen, Brustbeutel, Laufgürtel, Sportarmbänder. Alex trägt manchmal sogar alles auf einmal.)

Simone schaut auf das Display und sagt: »Er ist gleich hier.«

»Alex?«

»Wer sonst?«

»Aber es ist noch nicht mal sechs Uhr.«

Sie zuckt mit den Achseln. »Ich habe ihm geschrieben, dass ich ihn zum Work-out erwarte.«

»Das ist aber nett von ihm«, meine ich und bereue es im selben Moment.

»Nett?« Simone funkelt mich an. »Er faselt irgendwas von Vertrauen, aber weigert sich mir zu sagen, wo er sich gestern Abend herumgetrieben hat.«

»Ich dachte, im Büro?«, frage ich kleinlaut.

Sie macht ein verächtliches Geräusch. »Dann wäre er dort ans Telefon gegangen.«

»Vielleicht war er ja an einem Tatort …« Ich weiß nicht weshalb, aber ich habe einfach das Bedürfnis, ihn in Schutz zu nehmen.

»Okay.« Simones Mund ist eine schmale Linie, als sie erneut ihr Telefon entsperrt. »Ich frage ihn. Aber dann will ich Details, sonst glaube ich ihm kein Wort.« Selbst ihre pinken Fingernägel sehen beim Tippen wütend aus.

Ich räuspere mich. »Meinst du, es ist eine gute Idee, ihm eine Textnachricht zu schreiben, während er am Steuer sitzt?« Ich kann nicht anders. Das ist Johannas Werk.

Simone hält inne und sieht mich verärgert an.

Da zeige ich ein bisschen defensiv auf die Jungs, die auf der Wiese herumkrabbeln und mit ziemlicher Sicherheit gerade das beleidigte Gürteltier mimen.

»Denk an die Jungs«, murmle ich und verfluche meine Schwester, die mich so nachhaltig konditioniert hat.

»Tss!« Simone schüttelt den Kopf. »Dann schicke ich ihm eben eine Sprachnachricht, wenn es dir dabei besser geht.«

Gerade als sie zum Sprechen ansetzt, sehe ich Kilian, der die Verandatreppe herunter- und auf uns zukommt. Unwillkürlich schlage ich Simone das Telefon aus der Hand. Sie starrt mich entgeistert an, und ich bin ebenfalls ziemlich erschrocken. Über mich. Zum Glück ist das Gerät unverletzt zwischen uns auf der weichen Liege gelandet.

»Anna, was soll das?!«

»Da kommt Kilian«, wispere ich.

Sie folgt meinem Blick. »Na und?«

Bevor ich antworten kann, ist er bei uns angekommen. Barfuß in grauer Jogginghose und schwarzem T-Shirt, mit einem blau-weiß gestreiften Kaffeebecher in der Hand. Er könnte unser Personal Trainer sein – der coole Typ, der sich gleich in einen *drill instructor* verwandelt und dafür wahrscheinlich noch nicht einmal seinen Kaffee wegstellt. Ich begreife nicht, warum er immer noch so gut aussieht. Ich bin fest davon ausgegangen, ich würde ihn von nun an rundum abscheulich finden. Das würde es einfacher machen.

Zu allem Übel lächelt er mich jetzt auch noch an, wünscht einen guten Morgen und zeigt auf die benachbarte Liege. »Ist die noch frei?«

Mein »Nein« verliert gegen Simones »Ja«, und Kilian streckt sich mit seinem Kaffee auf der Liege aus. Er zieht eine belustigte Miene, als sein Blick auf die schimpfenden Hamster fällt, die gerade ziemlich laut auf Italienisch vor sich hin fluchen, während Simone nach ihrem Telefon greift und wieder zum Sprechen ansetzt.

»Vielleicht solltest du ihm doch lieber schreiben«, sage ich schnell.

Sie schaut mich entrüstet an. »Du meintest doch gerade noch, dass er dann einen Unfall baut und unsere Kinder Halbwaisen werden.«

»Jahaaa …« Ich sehe, wie Kilians belustigter Blick nun auf mich fällt, und schlage hastig vor: »Am besten lässt du es ganz bleiben. Er ist doch gleich hier, dann könnt ihr das in Ruhe unter vier Augen besprechen.«

»Besprechen?«, schnaubt Simone. »Glaubst du wirklich, ich wechsle auch nur ein einziges Wort mit ihm, nachdem er …«

Ich unterbreche sie. »Kilian, würde es dir was ausmachen, nochmal in die Küche zu gehen und uns auch so einen herrlichen Kaffee zu holen?«

Er sieht mich erstaunt an, und ich verstehe ihn. Das klang überhaupt nicht nach mir. Zumal ich ihm gern das Gesicht zerkratzen würde. Ich komme mir vor wie in einem Theaterstück. Das ist das nächste Level. *Undercover.* Am Ende werde ich mich selbst nicht mehr erkennen.

»Du weißt doch, dass ich keinen Kaffee mag.« Simone ist inzwischen wirklich genervt. »Und ich möchte jetzt auch nichts trinken, ich bin gerade mitten in einem …«

»Work-out, alles klar«, werfe ich ein und ernte wieder einen ihrer verärgerten Blicke.

Da steht Kilian von seiner Liege auf und hält mir seinen Kaffeebecher hin. »Du kannst ihn haben, er ist noch fast voll.«

Perplex nehme ich den Becher entgegen und berühre dabei seine Fingerspitzen. Danach setzen die Schmerzen ein, wie immer. Es scheint wirklich nicht die geringste Rolle zu spielen, dass ich ihn hasse.

»Danke, aber ich mag keinen schwarzen Kaffee«, entgegne ich ins Blaue hinein. Ich konnte meinen Blick noch nicht von seinen grünen Augen losreißen, aber zum Glück weiß ich, dass er ihn schwarz trinkt.

Seine Augen lachen. »Der ist nicht schwarz.«

Da schaue ich in den Becher. Oh. Ein appetitliches Rehbraun. »Aber du trinkst ihn doch immer schwarz.«

»Nicht immer«, erwidert er mit einem schiefen Lächeln und lässt sich wieder auf seine Liege sinken.

Diesmal bleibt er mir gegenüber auf der Kante sitzen. Er beugt sich vor, die Ellenbogen auf die Knie gestützt, und schaut mich irgendwie fasziniert an. Pah. *Wenn ich so faszinierend bin, warum verlierst du dann in deinem doofen Buch kein Wort über mich?*

»Das finde ich ganz schön sprunghaft von dir«, bemerke ich angefressen. »Um nicht zu sagen: illoyal.«

Während sich ein Grinsen auf Kilians Gesicht ausbreitet, schaltet sich Simone empört ein: »Also wirklich, Anna! Bei Kilian regst du dich schon auf, wenn er seinem schwarzen Kaffee untreu ist, und bei Alex findest du es völlig okay, wenn er …«

»Aber Alex und ich sind *Freunde!*«, rufe ich verzweifelt.

Ich bin überfordert. Vielleicht hat Simone es einfach verdient, dass man einen Roman über sie schreibt. Und überhaupt. Ich bin Cop und kein Bodyguard. Hätte ich doch bloß schon Ergebnisse. Dann könnte ich mich entspannt zurücklehnen und Kilian beim Mitschreiben zusehen. Und am Ende des Urlaubs würde ich lässig mit meiner Marke wedeln. Und meinem Notizbuch. Doch wer weiß, ob ich auch nur eine einzige brauchbare Information über ihn herausfinde …

»Autsch«, sagt Kilian, und ich seufze innerlich. Ich muss lernen, ihn freundlich zu behandeln. Ihn in Sicherheit zu wiegen.

Der Bad Cop findet nie irgendetwas heraus. Man muss nicht in Quantico gewesen sein, um das zu wissen.

»Tut mir leid«, murmle ich.

»Schon in Ordnung.« Kilian wirft mir einen seltsamen Blick zu. »Ich glaube, das habe ich verdient.«

Das habe ich verdient? Oh nein. Er weiß, dass ich weiß …

»Ich tu's nie wieder. Versprochen«, fügt er hinzu.

»Was hast du denn angestellt?«, will Simone wissen und legt ihr Telefon beiseite. Alex kann warten.

»Anna weiß, was ich meine.«

Weiß ich das? Ich bringe kein Wort heraus, aber da fasst Kilian sich an die Stirn. *Ach so.* Der Kuss. Das war in einem anderen Leben. Auf dem Anfängerlevel.

»Gibt es hier eigentlich irgendjemanden, der in *meinem* Team ist?«, bricht es plötzlich aus Simone heraus. Sie ist den Tränen nahe. »Jeder tuschelt hier mit jedem, nur *ich* bin immer außen vor. Es hat mir auch kein Mensch Entwarnung gegeben wegen Annas Rennerei. Ihr hättet mir ruhig mal sagen können, dass wir die Verandatür jetzt offen lassen. Ich habe vorhin beinahe einen Herzinfarkt bekommen und hätte mich fast ins Wasser gestürzt, um Anna zu finden.«

Darauf fällt mir nichts ein. Ich lege den Arm um sie und sage nur leise: »Ich bin doch in deinem Team.«

»Es gibt keine Entwarnung.« Ich schaue auf, und Kilian sieht mich an, als er fortfährt: »Ich habe vorhin die Tür von außen aufgeschlossen, um mir einen Kaffee zu machen, und vergessen, sie hinter mir wieder abzuschließen. Aber Anna meinte ja, sie rennt ohnehin nur in den *wee small hours*.«

Ich starre ihn an. *Wee small hours?* Habe ich das jemals laut ausgesprochen? Mir fällt siedend heiß der Morgen vor genau einer Woche ein, als ich *The Time of My Life* summend die Veranda betreten habe. Ist es möglich, dass ich letzte Nacht Frank

Sinatra gesummt habe, als ich Kilian beim Schlafen zugesehen habe? Wie unprofessionell! Hat er mich etwa zum dritten Mal erwischt? Wenn Alex das erfährt … Das darf nicht sein. Doch vielleicht bin ich ja viel besser, als ich denke? Ich hätte schwören können, dass ich vergessen habe, die Tür abzuschließen. Und nun sagt Kilian, *er* hätte es vergessen. Oder lügt er? Doch warum sollte er? Ah! Ich werde verrückt.

Ich nehme einen verzweifelten Schluck aus Kilians Kaffeebecher. Na klar. Der beste Kaffee, den ich jemals getrunken habe. Und seine Lippen lagen genau hier … Ah! Ich springe von der Liege auf und kippe den Kaffee in hohem Bogen ins Gras.

Kilian und Simone schauen mich verwundert an, und da fällt mir auf, dass ich noch nicht einmal davonstürmen kann. Ich kann Simone nicht mit ihm allein lassen. Ich kann *niemanden* mit ihm allein lassen. Da wird mir zum ersten Mal bewusst, was das nächste Level bedeutet: Für den Rest des Urlaubs muss ich Kilians Schatten sein. *Scheiße.*

Kurz darauf taucht gegen halb sieben Alex bei uns am Pool auf. Was mein Leben nicht gerade einfacher macht. Die Maldinis sind das reinste Pulverfass, und Alex ist schrecklich anhänglich. Er kann es nicht ertragen, dass Simone ihm die kalte Schulter zeigt. Deshalb stürzt er sich auf mich. Ich werde geknuddelt und gedrückt und geherzt, als wäre ich die italienische Verwandtschaft. Bis Simone ihn anfaucht, er solle jetzt endlich mal von mir ablassen. Kilian sieht auch nicht glücklich aus. Ich glaube, meine Allianz mit der Staatsanwaltschaft ist ihm nicht geheuer. Seine Miene verdüstert sich regelrecht, als Alex den Arm um mich legt und mich dazu auffordert, mit ihm in die Küche zu kommen, weil er uns beiden erst mal einen anständigen Espresso zum Wachwerden servieren will.

Ich lasse mich von Alex ins Haus ziehen und versuche, mir nicht auszumalen, welche Geschichten Kilian sich nun von Simone anhören darf. Wahrscheinlich gibt er ihr ein Timeout-Zeichen und holt schnell sein Notizbuch. Ich schüttle den Gedanken ab. Ich kann nicht *jede Sekunde* neben ihm stehen und Störgeräusche machen.

Als ich mich auf einen der Küchenstühle sinken lasse und Alex beim Kaffeekochen zuschaue, fühle ich mich fast ein bisschen wohl. Diese Küche ist gemütlich. Diese ganze Angelegenheit hier – Urlaub mit Freunden – könnte gemütlich sein. In kaum einer anderen Situation wäre es denkbar, dass ich in meinem Schlafanzug (kurze hellblaue Hose und ein ziemlich zerschlissenes graues Tanktop) in der Küche herumlümmele, während der Staatsanwalt in seinem hautengen Sportoutfit italienische Lieder vor sich hin trällert und Kaffeeduft verbreitet. Eine Luxusvilla voller Leute, die nichts weiter zu tun haben, als in den Tag hineinzuleben. Perlen vor die Säue. Ohne mich. Ich beschließe, zumindest Momente wie diesen in vollen Zügen zu genießen: nur mein Boss und ich und ein ehrlicher Espresso.

Mit der Ehrlichkeit ist es dann leider schon vorbei, als Alex sich neben mich setzt und meine neuen Erkenntnisse über Kilians *Idee* hören will. Ich bin eine furchtbare Streberin. Es kostet mich einige Mühe, auf die Lorbeeren zu verzichten und nicht mit meiner nüchternen FBI-Stimme zu erklären: *Für Kilian seid ihr keine Menschen, sondern Romanfiguren.* Scharfsinnig, wie er ist, würde mein Chefermittler sofort das Wörtchen IHR mit einem roten Kringel versehen, und ich würde ihn darüber informieren, dass ich nicht dazugehöre. Warum auch immer. Bestimmt würden ihm hierauf ein paar schlaue Antworten einfallen. (Unter anderem, dass ich einfach langweilig bin.)

Aber ich bleibe stark und meine nur: »Es sind bloß noch mehr Fragen hinzugekommen.«

Wider Erwarten findet Alex das *fantastic.*

»Fragen sind viel aufregender als Antworten, *you know.*«

Und wieder regt sich die Streberin in mir. Ich könnte ihm das reinste Fragenparadies präsentieren: Hat Kilian mich gestern Nacht erwischt? Hat er vielleicht mit allem, was er geschrieben hat, recht? Knistert es tatsächlich zwischen Maike und Johanna? Ist das der Grund, warum Leni und ich Maike nicht ausstehen können? Wer ist die Frau in *Mr. Hyde?* Hat er von ihr am Telefon gesprochen? Wer sind eigentlich die wahnsinnig verliebten John & Jane Doe? Bin *ich* etwa Jane? Und ist *Kilian* …? (Auf keinen Fall. Siehe Kuss auf die Stirn und Abfuhr im Cabrio.) Warum schreibt er nicht über mich? Und warum zum Teufel schläft er in der Hängematte?

»Warum schläft Kilian in der Hängematte?«

»Oh, das weiß ich.« Alex sieht enttäuscht aus. »Seine *air con* ist kaputt.«

»Nein, ist sie nicht.«

Er zieht die Augenbrauen hoch. »Ist sie nicht?«

Ich erzähle Alex von meinem kleinen Einbruch ins Poolhaus und ernte endlich die Anerkennung, die mein armseliges Streberherz braucht. Die Tatsache, dass ich auf die Raumtemperatur geachtet habe, beweist aus Alex' Sicht mein unglaubliches forensisches Talent. Er vergleicht mich voller Überzeugung mit Angelina Jolie, die in *Der Knochenjäger* einen Dollarschein neben den Fußabdruck des Täters gelegt hat, damit man hinterher auf den Fotos die Schuhgröße ermitteln konnte. Ha! *Angelina Jolie!*

Und er ist beeindruckt, dass ich nicht nur von *Der Herr der Ringe* auf Kilians Nachttisch zu berichten weiß, sondern ihm sogar sagen kann, um welchen Teil es sich gehandelt hat.

(*Die Gefährten.*) Ich bin so in Fahrt, dass ich auch noch die zwei Zahnbürsten an Kilians Waschbecken erwähne. Was Alex ebenfalls hochinteressant findet.

»*What if … Maybe* … Vielleicht gehört die zweite Zahnbürste gar nicht ihm.« Mein armseliges Herz zieht sich zusammen, als er hinzufügt: »Sondern Maike. *Obviously.*«

Offensichtlich.

Mir ist klar, dass das überhaupt keinen Sinn ergibt. Schließlich schläft Kilian in der Hängematte. Maike hätte ihre Übernachtungsparty also allein feiern müssen. Dennoch bin ich dankbar, als Kilian durch die Küchentür kommt und das Maike-Thema im Keim erstickt. Er hält den Kaffeebecher in der Hand, den ich so kopflos auf den Rasen geleert und dann am Pool vergessen habe, und steuert wortlos auf das Wandbrett zu, auf dem neben einer antiken Kaffeemühle mehrere Espressokocher aus Aluminium aufgereiht sind, die wir ständig spülen müssen. (Kaffeekapseln sind noch nicht erfunden. Nicht einmal eine Filtermaschine.) Kilian zieht einen der Kocher vom Brett herunter und dreht uns den Rücken zu, während er ihn mit Wasser und Kaffeepulver füllt.

Mein Boss und ich wechseln bedeutungsvolle Blicke, und ich wispere: *»He knows.«*

Alex sieht mich fragend an.

»Er weiß, dass ich im Poolhaus war«, flüstere ich ihm zu. Ich gebe es ungern zu, aber er soll es nicht auf irgendwelchen abstrusen Umwegen von Kilian erfahren.

Alex haucht gerade »Oh«, als Kilian den Kaffeekocher auf den Herd stellt und sich uns zuwendet. Er lehnt sich an den Küchentresen und verschränkt die Arme vor der Brust. Sein Blick fällt auf meinen Espresso.

»Pass auf, wenn Anna den Kaffee nicht mag, kippt sie ihn einfach auf den Boden«, sagt er an Alex gewandt.

»Den hier mag ich aber«, entgegne ich.

»War ja klar.«

Er schiebt sich eine Haarsträhne hinter das Ohr und sieht dabei so befangen aus, dass mir wieder einfällt, wie es sich angefühlt hat, ihn zu mögen. Bloß bin ich mir nicht sicher, ob es sich nur um eine Erinnerung handelt.

»Kilian, warum schläfst du auf der *porch?*«

Ich schaue meinen Boss entgeistert an. Sein offenherziger Befragungsstil widerspricht allem, was ich in Quantico gelernt habe. Ich frage mich, ob er jemals irgendjemanden auf diese Weise dingfest gemacht hat.

»Ich habe Angst, dass Anna in den Pool rennt.«

Nun schaue ich Kilian entgeistert an. Genauer gesagt seinen Rücken. Er hat sich wieder abgewandt, um seinen Kaffee vom Herd zu nehmen und ihn in meinen, äh, seinen Becher zu gießen.

»Really?« Anscheinend ist Alex es auch nicht gewohnt, auf seine plumpen Fragen eine Antwort zu erhalten, die so entwaffnend ehrlich klingt wie diese. (Obwohl sie eine glatte Lüge ist. Schließlich war in Kilians Gedanken schwarz auf weiß zu lesen: »Die größte Gefahr ist nicht der Pool, sondern das Auseinanderbrechen der Familie.«)

Kilian dreht sich um und lehnt sich wieder an den Tresen. Er nimmt einen Schluck aus dem Becher, und ich frage mich unwillkürlich, ob es für ihn eine Rolle spielt, dass ich daraus getrunken habe.

Agent Morgenstern, don't be ridiculous!

»Wenn sie bis in den Central Park gelaufen ist, schafft sie es auch bis zum Pool«, meint Kilian zu Alex. »Zur Not durchs Fenster. Schließlich träumt sie von brennenden Häusern.«

Da platze ich heraus: »Ich dachte, du findest den Pool total ungefährlich.«

Kilian legt den Kopf schief und wirft mir wieder diesen seltsamen Blick zu, den ich schon kenne. »Wann habe ich das denn gesagt?«

Forensisches Talent? Klar. Eher die größte Plaudertasche aller Zeiten. Nervös beginne ich, meine Espressotasse auf dem Tisch herumzudrehen. *Erst denken, dann sprechen …*

Zum Glück schaltet sich Alex ein. »Du schläfst schon seit dem ersten Tag auf der *porch*. Da kanntest du Anna doch noch gar nicht.«

Ich bemerke, dass Kilians Mundwinkel zucken. Er findet das Ganze superlustig. »Ist das ein Kreuzverhör?«

»Maybe.« Alex ist in seinem Element. Er lehnt sich zurück und streckt seinen Arm aus, um ihn auf meiner Rückenlehne abzulegen. Unwillkürlich beuge ich mich leicht vor. Ich will auf keinen Fall schon wieder geknuddelt werden.

»Na gut.« Kilian und sein Kaffeebecher kommen zu uns an den Tisch. Nun sitzen sie mir gegenüber, und ich fühle mich irgendwie … umzingelt. Als wäre ich diejenige, die nun ins Kreuzverhör genommen wird.

Er sieht mich an. »Zuerst zu dir: Ich finde deine Schwester hysterisch, aber es steht außer Frage, dass der Pool für dich und die Kinder gefährlich ist, wenn keiner aufpasst.«

Dann sieht er Alex an. »Meine Angst um Anna hat nichts damit zu tun, dass ich sie mag. Ich habe euch hierher eingeladen, also hatte ich seit dem ersten Tag die Verantwortung dafür, dass hier keiner ertrinkt. Abgesehen davon konnte ich sie auch schon am ersten Tag gut leiden.«

Ich muss schlucken. *Dass ich sie mag. Seit dem ersten Tag.* Mein suchtkrankes Gehirn vergräbt sich in seinen Worten.

»You know what«, platzt Alex in meine wunderbare Endlosschleife. *»You and me, we'll take turns.«*

Es dauert einen Moment, bis ich begreife, was Alex da vorschlägt. Er will sich mit Kilian abwechseln, um für mich den Aufpasser zu spielen. Müsste ich diese Urlauberbande nicht vor Kilians Notizbuch bewahren, wäre ich schon wieder auf dem Sprung nach Manhattan.

»Kommt nicht infrage«, sagen Kilian und ich gleichzeitig. Wir sehen uns an, und es ist schwer zu glauben, dass er im gegnerischen Team ist. Zusammen mit seinem rabenschwarzen Notizbuch.

»Du bist ohnehin nur am Wochenende hier«, meint Kilian.

»Right! Saturday night!«, ruft Alex enthusiastisch. »Denk an Maike! Heute Nacht schlafe ich in der Hängematte.«

»Keine Chance«, entgegnet Kilian, und ich spüre trotz seines schiefen Lächelns, dass er genervt ist.

Doch Alex lässt nicht locker. *»Why not?«*

»Ich würde mal sagen, du hast andere Sorgen.«

Der Satz hätte nett klingen können. Tut er aber nicht.

Den grünen Laserstrahl, den ich mir letzte Nacht eingebildet habe, gibt es wirklich. Und er ist auf Alex gerichtet.

Aber jetzt sieht Alex ebenfalls sauer aus. *»I would say, that's none of your business, Kilian.«*

»And I would say, Anna is none of your business, Alex«, erwidert Kilian in seinem lässigen Internatsenglisch, und ich hänge widerwillig an seinen Lippen. Am besten gefällt mir der Klang meines Namens …

Konzentrier dich!

Was hat er da gesagt? Dass ich Alex nichts anginge? Wie kommt er nur dazu, so etwas zu sagen?

Da fällt mir auf, wie dicht Alex neben mir sitzt. Sein Schlangenarm scheint nur auf die Gelegenheit zu warten, sich um mich zu wickeln. Wenn Kilian sich dafür verantwortlich fühlt, dass seine Gäste nicht ertrinken, dann fühlt er sich vielleicht auch dafür verantwortlich, dass niemand sie sexuell belästigt …? Herrje. Ich werde nicht belästigt. Das ist bloß Alex.

Ich überlege gerade, wie ich die Sache klären soll, ohne den Staatsanwalt mit dem Begriff »sexuelle Belästigung« zu verstören, als Alex loslacht. Und nun legt er tatsächlich seinen stark behaarten Arm um meine Schultern und zieht mich an sich. Es juckt am Rücken, im Nacken, irgendwie überall. Während Alex mich – zugegeben reichlich übertrieben – knuddelt, wandert mein Blick zu Kilian. Der Laserstrahl glüht.

»Diese ganze *affair* mit der *porch* hat also nichts damit zu tun, dass du Anna magst?« Alex kümmert sich nicht um den Laserstrahl, sondern freut sich wie ein kleiner Junge über seinen vermeintlichen Ermittlungserfolg: *Kilian und Anna, Kilian und Anna!*

»Alex«, höre ich mich sagen. Mein Ohr liegt an seinem Stoppelbart und will weg. »Lass mich bitte mal los.«

»Lass sie los.«

Oje. Kilians ungeduldige Stimme. Genau so hat er am Telefon geklungen, als er über die Frau gesprochen hat, die mit dem falschen Typen zusammen ist.

Alex lässt mich augenblicklich los und sieht mich schuldbewusst an. *»Sorry, Anna, I didn't mean to …«*

»Versprich mir einfach was«, unterbreche ich ihn leise.

»Alles.«

»Hör auf, so einen Quatsch zu erzählen.«

»Welchen Quatsch?«

»Dass Kilian … mich mag.« Ich weiß, er sieht mich an, aber ich fixiere Alex. »Johanna könnte das in den falschen Hals kriegen.«

Alex' braune Hundeaugen schauen mich verwirrt an. »Was hat Johanna denn damit zu tun?« Ich kann ihm beim Denken zuschauen, und dann ruft er: »Oh! Verstehe!«

»Was?«, kommt es unerwartet von Kilian.

Alex grinst ihn an. »Du bist nicht gut genug für sie.« Dann knufft er mich mit dem Ellenbogen in die Seite. »Johanna hat recht. *Nobody is.*«

Ich verdrehe die Augen, aber nun richtet Kilian seinen Laserstrahl auf mich. »Gibt es irgendetwas, wobei du deine Schwester nicht um Erlaubnis bittest?«

Ich habe ähnliche Hundeaugen wie Alex. Dennoch tue ich mein Bestes und erwidere seinen Laserblick. *Deine Schwester.* Nie sagt er ihren Namen. Und was fällt ihm überhaupt ein? Wenn er sich schon ein Urteil über mich erlaubt, hätte er zumindest ein Sterbenswörtchen in seinem schwarzen Buch darüber verlieren können.

»War das eine Frage?«, entgegne ich kühl. »Ich glaube nicht. Du hast uns alle durchschaut. Eigentlich können wir jetzt abreisen.«

Ich beiße mir auf die Zunge. Ich lerne einfach nicht aus meinen Fehlern. Nach der Sache mit dem Poolhaus und Mittelerde weiß ich es eigentlich besser: Kilian hat es nicht nötig, mich *in flagranti* beim Herumschnüffeln zu erwischen. Er muss mir nur zuhören.

»Warum tust du es dann nicht?«, kontert er.

Der Laserstrahl fängt an wehzutun. Genauso wie seine Worte. Ich spüre einen Tränenkloß im Hals und bringe nur leise hervor: »Willst du das?«

Kilian blinzelt und sagt ebenso leise wie ich: »Wenn ich das nur wüsste.« Er rückt seinen Stuhl abrupt vom Tisch ab und steht auf.

Alex ruft: *»Oh, come on!«*, doch Kilian ignoriert ihn und verlässt die Küche über die Rumpelveranda.

Ich sehe durch meinen Tränenschleier hinter ihm her. Ich fühle mich wie damals – letzten Sonntag – nach meiner missglückten Abhöraktion im Diner, wo er mich ebenso abrupt zurückgelassen hat. Genau wie in Poppys Buchladen. Es scheint, als endet die Hälfte unserer Gespräche damit, dass einer von uns beiden fluchtartig den Raum verlässt. Und es fühlt sich furchtbar an zurückzubleiben. Leer. Ein Vorgeschmack auf das letzte Mal. Nach dem Austausch unserer Geiseln. (Sein Buch gegen meins.) Nachdem ich meine und Jupiters Familie vor ihm gerettet haben und in meine leere Studentenwohnung zurückgekehrt sein werde. Wo Kilian Brand nur noch ein Name auf den Buchrücken in meinem Regal sein wird.

Ich habe nicht bemerkt, wie Alex aufgestanden ist, um mir ein Kleenex zu holen. Nun wedelt er damit vor meiner Nase herum. *»Anna.«*

Mein Name auf Englisch. Wie ich das vermissen werde. Oh Mann. Ich werde selbst die *Maldinis* vermissen. Und schon kullern neue Tränen …

»Er mag dich, *you know.*«

»Nicht genug«, murmle ich, aber Alex hört mich nicht. Er ist schon dabei, mich zu Tode zu knuddeln.

13

Oliver schmunzelt über »die Rochade«, während er Jupiters Kindersitz neben Lenis installiert. Kilian und die Kinder sehen auch ziemlich zufrieden aus, aber alle anderen wirken angesäuert. Der Dominoeffekt, den Jupiter mit seinem Wunsch ausgelöst hat, neben Leni zu sitzen, passt Johanna, Maike, Alex und mir nicht so richtig in den Kram. (Simone sieht aus anderen Gründen sauer aus.) Leni war anfangs auch dagegen, weil wir ein eingespieltes Rücksitzteam sind, aber da hat Jupiter ein enttäuschtes Gesicht gezogen, und Leni hat nun mal ein weiches Herz.

Nachdem Jupiter es vertretbar fand, dem Rest der Maldinis den Rücken zu kehren, verkündete Simone, dass sie auf keinen Fall dieselbe Autoluft atmen werde wie Alex. Sie werde bei Maike mitfahren. Mit der Folge, dass Alex, Titus, Kilian und ich eine Fahrgemeinschaft bilden. Ich glaube, Johanna ärgert sich von allen am meisten darüber. Es scheint fast, als hätte sie den Ausflug nach Montauk nur vorgeschlagen, damit Kilian und Maike endlich mal wieder dieselbe Cabrioluft atmen. Maike hätte anscheinend auch nichts dagegen einzuwenden gehabt. Oder sie hat einfach keine Lust auf Simone.

Alex hat auch keine Lust auf Simone, aber seine Gefühle sind – genau wie meine – ambivalent. Es gefällt ihm nicht, dass alle am Ehekrach teilhaben, und vielleicht hat er gehofft, es käme im Auto endlich zur Versöhnung. (Obwohl Autofahrten nach meiner Erfahrung eher das Gegenteil bewirken.) Bislang hatte er keine Chance. Simone weigert sich seit seiner Ankunft gestern beharrlich, mit ihm zu sprechen. Stattdessen schreibt sie ihm Textnachrichten. Die beiden haben gestern den halben Tag damit verbracht, sich Nachrichten zu senden. Quer über den Pool. Ich glaube, es ging ausschließlich darum, was die Eheberaterin gesagt oder nicht gesagt hat. Hin und wieder wurde ich – von beiden Seiten – um Unterstützung gebeten. Ich habe mich mit derselben Begründung herausgeredet wie Oliver: »Ich bin doch nicht dabei gewesen.« Das führte immerhin in einem Punkt zu Einigkeit: Künftig sollte ein neutraler Dritter zur Eheberatung mitkommen. Als Zeuge. Oliver. Nein, Sheryl. Und schon ging das Gezanke von vorne los.

Schließlich musste Alex allein beim altrosa Filzhut schlafen. In einem verzweifelten Versuch, seine Verbannung zu vertuschen, bot er Kilian beim Abendessen ein weiteres Mal an, seine Schicht in der Hängematte zu übernehmen. Was Kilian und mich schon wieder in dasselbe Team beförderte. Wir haben synchron Störgeräusche gemacht und konnten tatsächlich verhindern, dass die anderen etwas mitbekamen. Und dann haben wir uns angesehen und die Augen verdreht. Fast so, als verstünden wir uns. Ich habe schnell weggesehen.

Nach gestern bin ich wirklich nicht versessen darauf, ausgerechnet mit Kilian und Alex eine halbstündige Autofahrt zu bestreiten. Andererseits erhält Kilian auf diese Weise nicht die Gelegenheit, bei Maike wegen meiner Schwester auf den Busch zu klopfen. Was jedoch keinen Unterschied machen würde. Ich bin zu dem Schluss gelangt, dass alle meine Bemühungen als Bodyguard umsonst sind. Ich kann zwar – unter großem Aufwand – verhindern, dass Simone in Kilians Anwesenheit Sprachnachrichten über Seitensprünge versendet. Aber letztlich ist es piepegal, was sie oder irgendwer anderes zu sagen hat. Die Szene, in der die Maldinis am Pool liegen und sich über eine Distanz von maximal zehn Metern gegenseitig verbiesterte Nachrichten senden, wird unweigerlich in das schwarze Buch wandern. Ich bin einfach machtlos gegen die Gegenwart der anderen. Und ihre Anwesenheit allein reicht aus, um Kilians Seiten zu füllen.

Ich wünschte, umgekehrt würde das Gleiche gelten. Aber Kilians Gegenwart füllt nicht einmal eine einzige Zeile in meinem imaginären Notizbuch. (Das Echte wartet immer noch in Poppys Laden auf mich. Ich versage gerade in jeglicher Hinsicht.) Es ist völlig unergiebig, jemanden beim Beobachten zu beobachten. Er sitzt nur da und sieht zu. Seit gestern kritzelt er nicht einmal mehr. Von seinem Notizbuch fehlt jede Spur. Ob das etwas mit mir zu tun hat? Weiß er, dass ich weiß …? Immer diese Frage. Sie schwebt wie eine dunkle Wolke über mir.

Vielleicht war Plan A (der Geiselaustausch) eine dumme Idee. Am Ende stehe ich mit einem leeren Notizbuch da. *Hey, Kilian, wenn du über meine Familie schreibst, erzähle ich der Presse von deiner Ersatzzahnbürste.* Ich könnte ihm mit Lügengeschichten über Callgirls drohen. Aber dann verklagt er mich, womöglich sogar in Amerika. Das wird teuer. Bleibt noch Plan B: *Nimm mich! Wenn du die anderen in Ruhe lässt, erzähle ich dir brühwarm, wie sich meine nächtlichen Sprints auf mein Liebesleben auswirken. Na? Interessiert?*

Leider handelt es sich beim Beschaffen pikanter Informationen (Plan A) und bei ihrer Preisgabe (Plan B) nur um zwei Seiten derselben Medaille. Beides setzt voraus, dass ich mit Kilian rede, und zwar allein. Und nicht zwischen Tür und Angel oder Pool und Hängematte, sondern in Ruhe. Wie man es dreht und wendet, es läuft immer auf dasselbe hinaus: Ich brauche ein *Date* mit ihm. Das bloße Wort jagt mir einen Schauer über den Rücken, obwohl es mich eigentlich beruhigen müsste. Dates sind per Definition unromantisch. Ein Termin. Ein Datum im Kalender, streng nach Plan. Das perfekte Umfeld, um eine Fragenliste abzuarbeiten. Aber ich scheitere schon an der ersten Frage: *Kilian, darf ich dich zu einem Eis einladen?* Ah! Das geht nicht. *Gehen wir zusammen einen trinken?* Besser. Geht trotzdem nicht. Johanna würde mich erschlagen. Und Kilian würde sowieso Nein sagen. Er will, dass ich abreise. Dann kann er endlich aufhören, völlig unnötigerweise auf der Veranda zu schlafen.

»Möchtest du vorne sitzen?«

Kilians Stimme reißt mich aus meinen Gedanken. Alle anderen sitzen schon in ihren Vehikeln, nur er und ich stehen noch neben Alex' Panzer in der Einfahrt. Er hält mir die Tür zum Beifahrersitz auf, aber ich schüttle den Kopf. Auf keinen Fall werde ich eine halbe Stunde lang seine Blicke in meinem Nacken ertragen. Ich gehe ums Heck, um mich auf den Rücksitz hinter Alex zu setzen – zu Titus, dem niedlichen Äffchen. Ein Sechser im Lotto. Ich werde einfach während der gesamten Fahrt sein Patschhändchen halten und aus dem Fenster sehen und nichts sagen und an nichts denken. Einfach mal Pause machen.

Schön wär's … Als wir endlich alle im Wagen sitzen, heißt Alex uns erst mal im Maldini-Mobil willkommen. Dann erzählt er etwas von Multimedia und demonstriert uns sein Surroundsystem anhand von Beyoncé. Ich mag's laut, aber das geht zu weit. Johanna hätte schon einen Gehörschutz für Titus gefordert. Ich sehe, dass Kilian einen Knopf an der Anlage drückt, und atme auf. Stille.

»Oh, please!«, ruft Alex und tritt scharf auf die Bremse. Zum Glück haben wir die Einfahrt noch nicht verlassen, aber ich fürchte mich schon jetzt vor seinen Fahrkünsten. »Dieses Mobil fährt nicht ohne Musik! *Pick a song, Kilian. Please! Anything!*«

Kilian sagt achselzuckend: *»Love the One You're With.«*

Ich bin froh, dass ich hinten sitze. Hier kann ich böse gucken, soviel ich will.

»Oh … okay.« Alex klingt ein bisschen verwundert. »Von wem ist der?«

Kilian dreht sich zu mir um. Er sieht belustigt aus. »Von wem ist der, Anna?«

Du Arsch. Es steht fett in deiner Ratte von einem Buch.

»Arsch.«

»Arsch? Oh. That's not the band, right?«

»Wieso bin *ich* denn jetzt der Arsch?« Kilian sieht immer noch belustigt aus. »Immerhin ist das dein Motto, nicht meins. Ich interessiere mich nicht für Paul Austers Poolhaus.«

Ich weiß nicht, warum ich mich jedes einzelne Mal von ihm aus der Reserve locken lasse, aber ich erwidere: »Du kannst echt keine anderen Autoren neben dir ertragen, oder? Weißt du was? Ich habe gegen deinen ärztlichen Rat den Lobster durchgelesen. Dagegen können deine Essays einpacken.«

Kilian grinst, als er antwortet: »Ich wusste, dass der Hummer mir das Wasser abgraben würde.«

»Hey! Stop it!«, interveniert Alex. »*Crosby, Stills, Nash & Young.* Danke, Internet.« Ich ahne, dass er den Kopf schüttelt. »Bei euch beiden ist alles ein Insider, oder?«

Er startet den Wagen und den Song. Ehrlich gesagt höre ich das Lied zum ersten Mal. Für mich war es nur ein Spruch. Komisch, wie gute Musik funktioniert. Augenblicklich sind alle irgendwie entspannt. Titus' Händchen, das meinen Daumen fest umklammert, fängt automatisch an, sich zu bewegen, und Alex summt mit, während Kilian und ich schweigend aus dem Fenster schauen. (Wenn ich nicht gerade ihn anschaue.)

Die Fahrt dauert kaum länger als der Song. Statt in Richtung East Hampton abzubiegen, fährt Alex auf die Sag Harbor Bay zu. Im ersten Moment denke ich, dass er vor lauter Musik die Abfahrt verpennt hat, aber dann steuert er zielstrebig aufs Wasser zu, buchstäblich ins Wasser hinein, auf einen breiten, asphaltierten Pier, der in Wirklichkeit ein Parkplatz ist. Links und rechts von dieser Landgewinnung für Autos zweigen schmale Stege ab, an denen Boote und Yachten vor Anker liegen.

Als Kilian und ich uns erkundigen, was das soll, sagt unser Fahrer schlicht: »Aussteigen.«

»Alex, wir fahren nach *Montauk.*« Ich lehne mich zwischen den Sitzen vor und sehe ihn von der Seite an. Hat er wieder nicht zugehört?

»Nein, *wir* fahren nach Montauk.« Er zeigt auf sich und Titus. »*Ihr* habt jetzt ein *Date.*«

»Mit wem?«, frage ich perplex.

»Miteinander.« Nun zeigt er auf Kilian und mich.

Ich sehe Kilian nicht an. Er schweigt, aber ich rufe: »Alex, hör auf mit dem Scheiß! Die anderen sind schon fast am Leuchtturm.«

»Oh, das habe ich ganz vergessen.« Alex kratzt sich am Hinterkopf. »Was soll ich denen sagen? Hast du gekotzt oder Kilian?«

Ich schaue ihn nur fassungslos an, doch da antwortet Kilian: »Anna. Sie wollte nicht mehr zurück ins Auto, da bin ich mit ihr nach Hause gelaufen.«

»*Spinnt* ihr? Was soll das?« Mein Puls rast. Ich fühle mich, als würde ich gerade gekidnappt.

Kilian hat sich abgeschnallt und dreht sich zu mir um. »Du bist doch sowieso schon in Montauk gewesen.«

»Ja, aber nicht mit dir!«

Ich höre auf zu atmen. Vom rasenden Puls auf direktem Weg zum Herzstillstand. Wo ist *das* denn jetzt hergekommen? Ich will mit *Leni* nach Montauk, nicht mit ihm. Nicht mit einem, der ein Attentat auf meine Familie plant. Ich schaue ihn fast zornig an, und stünde mein Herz nicht bereits still, würde es jetzt passieren. Kilian sieht aus wie damals, vor der Ära *Schwarzes Notizbuch*, als wir am Strand saßen und ich ihm gesagt habe, dass ich seine Bücher mag. Damals, als ich meine Sonnenbrille ins Haar geschoben habe und er plötzlich wie verrückt gestrahlt hat. Als wäre er alle Sorgen los. Nur weil ich seine Bücher mag. Nur weil ich mit ihm nach Montauk will. Ans Ende der Welt. Ich werde nicht schlau aus ihm. Ich werde nicht schlau aus *mir*.

Und nun sagt er doch tatsächlich: »Anna, darf ich dich zu einem Eis einladen?«

Alex lacht ein bisschen dreckig, und Titus will auch ein Eis haben, aber Kilian beachtet die beiden nicht. Er sieht mich an. Nicht mehr strahlend – eher unbehaglich. Er rechnet mit einer Abfuhr, ich kann es sehen.

Ein *Date* mit Kilian. Um elf Uhr am Vormittag. Warum will er das? Und warum streicht er sich ausgerechnet jetzt eine Haarsträhne hinters Ohr? Er fühlt sich unwohl, und ich wünsche mir sein Strahlen zurück. Ein Riesenmist ist das. Wie soll ich ihm jemals meine Notizen vor den Latz knallen, wenn ich ihn um jeden Preis glücklich sehen will? *Meine Notizen.* Plötzlich wird mir klar, dass Plan A zum Greifen nah ist.

Agent Morgenstern, seize the fucking day!

Die Pflicht ruft. Ohne weiter nachzudenken, sage ich Ja, küsse Titus' Händchen und steige aus dem Wagen.

Da stehen wir nun in der Hitze auf diesem uferlosen Pier. Zur Rechten die protzigen Yachten und zur Linken, ach, einfach überall das glitzernde Wasser. Die Luft schmeckt nach Salz, aber Parkplatz bleibt Parkplatz. Wir sind von Asphalt und Autos umgeben. Ich bereue schon, dass ich den Leuchtturm aufgegeben habe.

Ich krame meine Sonnenbrille aus dem Rucksack und schaue Kilian herausfordernd an. »Und was nun?«

»Wir sehen nach, ob die Eisdiele schon geöffnet hat.«

Kilian zieht seine Sonnenbrille vom Kragen seines weißen T-Shirts, setzt sie auf und sieht aus wie ein A-Klasse-Promi, trotz oder gerade wegen seiner abgewetzten Jeans.

Ich habe ein Date mit Kilian Brand.

Er bemerkt, dass ich ihn anstarre, und lächelt. Seltsam. Vor ein paar Tagen wäre mein Groupieblick für ihn Grund genug gewesen, die ganze Aktion abzubrechen und mich mindestens bis zum Abendessen komplett zu ignorieren. Aber er wirkt wahnsinnig gut gelaunt und streckt unversehens die Hand aus, um mir über den Kopf zu wuscheln, wie er es manchmal bei Leni tut. Vielleicht ist es doch kein Date, und er kauft einfach bloß einem Mädchen ein Eis …

»Na komm, du brummiger Bob«, sagt er belustigt. Er dreht sich um und schlendert los in Richtung Zivilisation.

Ich streiche meinen verstrubbelten Bob glatt und schlurfe mürrisch in meinen Flip-Flops hinter ihm her.

Wir lassen ein bescheidenes, graubraunes Holzhäuschen, das neben der Anlegestelle kauert und mit *»Fresh Seafood«* wirbt, links liegen und steuern auf einen efeubewachsenen roten Backsteinbau mit blauen Markisen zu, auf denen in weißer Schrift *»Ice Cream«* und *»Yoghurt«* geschrieben steht.

Zu meinem Erstaunen ist in dem Eisladen bereits die Hölle los. Kinder, Touristen – alle wollen ihr erstes Eis des Tages haben. Auf einer Tafel an einer meerblauen Wand sind die kindischen amerikanischen Eissorten aufgelistet, die ich so liebe: *»Rocky Road, Superman Cotton Candy, Chocolate Peanut Butter …«* Kilian empfiehlt mir *Salted Caramel.* Also nehme ich *Chocolate Peanut Butter.* In einer riesigen Waffel mit Sahne und zweitausend Toppings. Er darf bezahlen.

Wir schlendern schweigend mit unserem Eis den Bürgersteig entlang, dann um einen Häuserblock herum und wieder zum Wasser, wo die etwas kleineren Boote in Reih und Glied an der Hafenkante vor sich hin dümpeln.

Schließlich frage ich: »Kilian, was soll das hier?«

Er zuckt mit den Achseln. »Alex fand offenbar, wir sollten ein Date haben.«

»Seit wann tun wir, was Alex sagt?«

Wir. Das Wort schmeckt noch besser als mein Eis. Wofür ich mich sogleich verachte.

Kilian antwortet nicht. Er tritt auf den Grünstreifen, der den Weg von der Hafenkante trennt, und setzt sich unvermittelt mit seinem Eis ins Gras. Ich beneide ihn um seine Jeans. Mein superkurzes Flatterkleid eignet sich nur für … Eigentlich für nichts. Aber am allerwenigsten dafür, auf einer Wiese herumzusitzen. Andererseits sehe ich weit und breit keine Parkbank. Nur Boote. Eines von ihnen heißt *Perfect Day*. Hm. Zu einem perfekten Tag gehört für mich Schatten. Ein Baum wäre schön.

Ich verrenke mich mit meinem immer noch gigantischen Eis, um meinen Rucksack abzustreifen, und ignoriere dabei Kilians ausgestreckte Hand, die das Eis für mich halten will. Als ich endlich so weit bin, lasse ich mich ungeschickt neben ihn ins Gras sinken. Er sieht mir unverhohlen amüsiert dabei zu, wie ich mit meiner freien Hand an dem Kleid herumzerre und dabei hastig die Beine ausstrecke und übereinander kreuze. So geht's. Das Kleid reicht fast bis … Nein, eigentlich nicht. Ich kann sehen, dass Kilian im Schutz seiner Sonnenbrille meine Beine besichtigt. Inzwischen sind sie fast so gebräunt wie Maikes, aber natürlich nur halb so lang. Sie können ihm nicht gefallen. Die allgegenwärtigen drei Engel für Charlie verderben Normalsterblichen wie mir den Tarif.

»Kann es sein, dass deine Kleider immer kürzer werden?«

Unglaublich. Gerade sah er noch hochgradig belustigt aus, und nun klingt er genervt. Vielleicht ist er doch Mr. Hyde.

»Sei ehrlich, du hättest am liebsten, ich würde mich in Luft auflösen«, entgegne ich in dem gleichen genervten Tonfall. »Was tun wir also hier?«

Er sieht mich von der Seite an. »Reden.«

»Und worüber?«

»Sag du es mir.«

Sein Tonfall … *Er weiß, dass ich es weiß.* Er weiß, dass ich in meiner Unverfrorenheit seinem schlafenden Körper das Notizbuch entrissen habe. Oder? Ah! Ich brauche dringend einen Anker. Quantico. *Interrogation* war mein Lieblingsfach. Vom Smalltalk zum knüppelharten Verhör. Ein Klacks für mich.

»Na gut«, sage ich in meiner milden Smalltalk-Stimme, die wir damals in der Lerngruppe rauf und runter geübt haben. »Was liest du gerade?«

Kilian lässt seinen Blick wieder zu meinen Beinen schweifen. Ohne Sonnenbrille würde er das niemals tun. Und in Gegenwart der anderen schon gar nicht. Er ist anders, wenn wir allein sind. *Wir* sind anders. Wieder dieses Wort mit dem süßen Beigeschmack … Und jetzt fühlen sich seine Blicke an wie Finger, die Phantomschmerzen setzen ein, und ich weiß nicht mehr, wie man Eis isst. Oder jemanden verhört. Macht er das absichtlich?

»Die Gefährten.«

»Hm?«

»Ich lese gerade *Die Gefährten.«*

»Immer noch?«

»Anna, es ist gerade mal zwei Tage her, dass du in mein Schlafzimmer eingedrungen bist.«

Er sieht mir ins Gesicht, aber nur kurz. Als gäbe es da unten bei meinen achtsam verschränkten Beinen etwas zu verpassen.

Ich lege mich fest: Es ist Taktik. Kein Mensch, der bei Trost ist, interessiert sich so nachhaltig für meine Oberschenkel.

»Aber da warst du doch schon auf Seite 322.«

Iss endlich dein Eis und hör sofort auf, über deine Beine nachzudenken!

»Du kleine Stalkerin.« Kilian grinst mich an.

Kleine. Meint er mein Alter? Meine Körpergröße? Nein, ich weiß es besser. Er meint: *Ich mag dich trotzdem.* Ich muss schlucken. Mein Eis tropft, aber ich kann es nicht ändern.

»Und was liest du gerade?«, will er wissen.

Dein Notizbuch. Permanent. In meiner Erinnerung.

Nun wünsche ich mir fast, er hätte mich Freitagnacht erwischt. Dann fiele mein unverzeihliches Eindringen in seine Gedanken nun ebenfalls unter diesen unbekümmerten Satz – »Du kleine Stalkerin«. Unfassbar. Wie ist das denn jetzt passiert? Warum bin *ich* auf einmal diejenige, die sich unverzeihlich verhalten hat? Und warum sitze ich jetzt am anderen Ende des knüppelharten Verhörs? Eine erfahrene FBI-Agentin würde den Spieß sofort wieder umdrehen und gelassen *In Love with Mr. Hyde* antworten, was ein wunderbarer Einstieg in meine Fragenliste wäre.

Doch ich kneife und sage: *»Montauk.«*

»Versteht sich.«

Kilian hat sein Eis aufgegessen und lehnt sich mit den Ellenbogen zurück ins Gras. Es irritiert mich, dass er jetzt hinter mir sitzt. Am liebsten würde ich mich ebenfalls zurücklehnen, aber mein Eis lässt mich nicht. Es stört schon die ganze Zeit, und am liebsten würde ich es gegen das dumme Boot schleudern, dessen silberner Schriftzug in der Sonne flimmert und sich dabei ständig von *Perfect Day* in *Perfect Date* verwandelt, was mich irgendwie aus der Fassung bringt.

Zum Glück wurde ich genau für solche Stresssituationen

ausgebildet. Ich knabbere professionell an meiner Waffel und frage leichthin: »Wieder eifersüchtig? Diesmal auf Max Frisch?«

Da lacht Kilian. »Ziemlich. Zumal der auch nicht besser war als ich.«

Mit einem Ruck schiebe ich mir die Sonnenbrille ins Haar und drehe mich zu ihm um. »Sind wir ein bisschen größenwahnsinnig?«

»Ich meine nicht seine Werke, sondern seine Methoden.«

Als ich ihm einen fragenden Blick zuwerfe, fügt er hinzu: »Ingeborg Bachmann und so weiter.«

Meine Gedanken verheddern sich derart, dass ich meinem Eis erlaube, munter auf meine Oberschenkel zu tropfen.

Max Frisch und Ingeborg Bachmann. Das ist Truman Capote in Grün. Im Kern die gleiche Geschichte, nur kam hier der Bösewicht weitgehend ungeschoren davon. Wir schreiben wieder so ungefähr anno Mitte des 20. Jahrhunderts, als Bücher noch in aller Munde waren: der berühmte Schriftsteller und die gefeierte Dichterin – ein Traumpaar. Sie war brillant und aufregend und unabhängig, und er durfte mit ihr in ihrem Rom leben. Bis er sie in eine Romanfigur – die eitle und egozentrische Schauspielerin Lila – verwandelte und sie für eine jüngere Frau verließ. Sie war entblößt und allein, und der Verrat hat sie, die von und für Sprache lebte, sprachlos gemacht. Sie wurde matt und krank und so tablettenabhängig, dass sie mit einer brennenden Zigarette einschlief.

Dass er – Kilian – es wagt! Wenn er aus meiner Schwester Ingeborg Bachmann macht, kann er was erleben. Seine Bemerkung ist wie ein Geständnis. Er weiß genau, was er mit seinem Gekritzel anrichtet. Und er weiß, dass ich es weiß. Jeder halbwegs fähige Cop kennt das kleine Einmaleins für Verbrecher: *Gestehe nur, was ohnehin schon bekannt ist.* Er hat mich also beim Erwischen erwischt. Oder?

Mist. Ich weiß es nicht. Vielleicht will er einfach nur sein Herz erleichtern. Schließlich hat er mir bereits an unserem ersten gemeinsamen Morgen seine Schreibblockade anvertraut. Ganz ohne Not. Vielleicht hofft er, dass ich das alles halb so wild finde. Dass ich Max Frisch in Schutz nehmen werde, weil ich *Montauk* mit mir herumschleppe. Dort steht schwarz auf weiß, wie es ihm ergangen ist in ihrem Glanz. Jede Geschichte hat zwei Seiten. Vielleicht hofft Kilian, dass ich genau diesen abgedroschenen Satz sagen werde. Und später, wenn alles herauskommt, wird er mich an meine Worte erinnern. Pah! Nicht mit mir. Nicht mit meiner Schwester.

Jetzt hör endlich auf zu denken und sei ein Cop!

»Also, ich finde es ziemlich armselig für einen Schriftsteller, einfach vom Leben abzuschreiben. Was ist eigentlich aus der guten alten Fantasie geworden?«

Kilian schaut mich aufmerksam an. Dann meint er: »Fantasie kann die Realität zwar umformen, manchmal bis zur Unkenntlichkeit, aber sie existiert nicht im luftleeren Raum. Die Wirklichkeit bleibt immer die Grundlage – selbst für Mittelerde.«

»Vielleicht solltest du dich dann auf die Unkenntlichkeit konzentrieren und dir lieber nicht Max Frisch als Beispiel nehmen, sondern deinen Tolkien.«

Er lächelt. »Dann würden in meinen Geschichten ziemlich viele Orks herumlaufen.«

»So viele Ex-Freundinnen?«, entgegne ich sarkastisch.

Jetzt lacht er, und bevor ich begreife, was geschieht, setzt er sich auf und streicht mit dem Zeigefinger einen Eistropfen von meinem Schenkel. Es brennt wie verrückt und geht viel zu schnell vorbei. Wie gelähmt sitze ich da und sehe ihm dabei zu, wie er sich den Finger in den Mund steckt.

»Was war das nochmal? *Chocolate Peanut Butter?*«

Ich bin nicht einmal in der Lage zu nicken.

Da schaut er mich durch seine Sonnenbrille an, und ich wünschte, ich hätte ebenfalls mein Visier unten. Aber die Brille steckt immer noch in meinem Haar, und ich kann es nicht ändern. Ich habe das Atmen komplett eingestellt. Und er sieht, dass ich warte.

Diesmal lässt er sich Zeit. Sein Finger fährt langsam von einem Klecks zum nächsten und verteilt die klebrige Flüssigkeit auf meiner Haut. Malen nach Zahlen. Doch Kilian sieht nicht mehr hin. Er schaut in meine splitternackten Augen. Das Eis tropft immer weiter auf meinen Schenkel, auf seine Hand, aber es scheint ihn nicht zu stören. Wenn er nicht bald die Reißleine zieht, gibt das eine Riesenschweinerei.

»Was denkst du?« Er sagt es so leise, dass ich ihn kaum höre. Als hätte auch er aufgehört zu atmen.

Da murmelt meine eigene fremde Stimme: *»Love the one you're with.«*

Was? Das war wirklich das Letzte, was ich sagen wollte. Zugegeben, ich denke noch oft an seine Bemerkung am Telefon und wie absolut es klang: *Ich sehe nur sie.* Doch das ist kein Grund, gerade jetzt darauf herumzureiten. Sie ist nicht hier, aber ich. *Love the one you're with.* Das war kein Vorwurf, sondern eine Aufforderung.

Zu spät. Kilian zieht seine Hand weg und wischt sie so unbekümmert an seiner Jeans ab, wie nur Männer es können. (Übrigens habe ich im Haus eine Waschmaschine gefunden. Glücklicherweise sind die Dinge selten so absolut, wie sie scheinen.)

»Wen meinst du damit? Dich oder mich?« Er atmet wieder.

»Ist das nicht offensichtlich?« Ich atme auch wieder.

»Ich werde nicht schlau aus dir.« Er klingt genervt. »Gib mir dein Eis.«

»Nein.«

»Anna, gib's her, das gibt eine Riesenschweinerei.«

Pah. Vor zwei Sekunden war ihm diese Schweinerei noch sehr willkommen. Aber mir ist der Appetit vergangen. Ich händige ihm mein Eis aus und schaue ihm dabei zu, wie er es mit wenigen Bissen vernichtet. Dabei schaut er stur geradeaus auf die Boote. Ich überlege, ein Taschentuch aus meinem Rucksack zu kramen und mein Bein von seinen Spuren zu befreien, aber ich kann mich nicht dazu überwinden. Streicheln nach Zahlen. Schon Vergangenheit. Eine weitere Erinnerung, über die ich nicht hinwegkommen werde.

Nachdem er mein Eis aufgegessen hat, lässt er sich wieder rücklings ins Gras sinken. Ich tue es ihm gleich und klappe endlich mein Visier herunter.

Nach einer Weile frostigen Schweigens höre ich die Stimme der knallharten FBI-Agentin, die ihre Befragung fortsetzt, als wäre nichts geschehen: »Deine Ex-Freundinnen. Die Orks. Du hast sie in deinen Büchern verwurstet, genau wie Max Frisch es mit ihr getan hat, oder? Und es kam dir nicht einmal in den Sinn, sie vorher um Erlaubnis zu bitten, nicht wahr?«

Mr. Hyde schaut weiter auf die Boote. Für einen Moment glaube ich, dass er dieses unselige Date abbrechen wird. Er wird mir ein Taxi rufen und mich geradewegs allein nach Montauk schicken. Ans Ende der Welt.

Aber dann antwortet er schlicht: »Sie alle hatten ihre Chance, Nein zu sagen. Genau wie sie.«

»Ingeborg Bachmann? Nicht dein Ernst.«

»Doch.« Kilian sieht mich noch immer nicht an. »Er hat ihr *Mein Name sei Gantenbein* vorab zu lesen gegeben.«

Das wusste ich nicht. »Und was hat sie gesagt?«

»Ich glaube, sie hat hier und da etwas verbessert, aber letztlich hat sie es gelobt und war einverstanden.«

Ich schaue ihn ungläubig an. »Wie kann das sein? Sie fühlte sich von ihm ausgeschlachtet. Nein, warte: *abgeschlachtet.*«

»Und ausgeweidet«, ergänzt er trocken. Nun sieht er mich an. Endlich. »Vielleicht hat sie zuerst gedacht, sie müsse sich für die Kunstfreiheit opfern. Der Gedanke, ihn zu zensieren, dürfte ihr missfallen haben. Womöglich kam es ihr kleinlich und egoistisch vor, Nein zu sagen, und sie hat die Tragweite ihrer Entscheidung nicht erkannt.«

»War es denn wirklich ihre Entscheidung? Was hätte er getan, wenn sie Nein gesagt hätte? Was hättest *du* getan? Haben welche von deinen Orks Nein gesagt?«

»Ich weiß nicht, was er getan hätte, aber ich hätte mich wahrscheinlich nochmal hingesetzt und an der Unkenntlichkeit gearbeitet. Bei meinen Orks war das nicht nötig.«

»Warum nicht?«

»Sie haben sich nicht erkannt. Was mich jedes Mal aufs Neue erstaunt hat, da jede einzelne von ihnen fieberhaft nach sich gesucht hat. Aber sie haben im Grunde nur nach ihrem Beruf oder ihrer Frisur Ausschau gehalten. Oder nach *Wonder Woman.*« Jetzt lächelt er schief. »Selbstreflexion ist nicht jedermanns Sache.«

»Du hättest ja nett sein und ihnen auf die Sprünge helfen können.«

Er hört auf zu lächeln. »Ich bin nicht nett.«

Ich weiß.

»Du bist also einfach so davongekommen, weil du auf dümmliche Tanten stehst.«

»Oh nein«, meint er. »Nach jeder Veröffentlichung haben andere Leser sie erkannt, und dann war die Hölle los.«

»Aber du hast es immer wieder getan.«

Kilian nickt stumm und schaut wieder an mir vorbei aufs Wasser. Schließlich sagt er leise: »Im Grunde versuche ich nur, irgendwie meine Realität zu fassen zu kriegen. Und wer gerade dort ist, in dieser Realität, der hat Pech gehabt. Die Schreiberei macht mich für andere ziemlich unzumutbar. Und trotzdem entscheide ich mich immer wieder dafür.«

Unzumutbar. Dort ist es, sein Geständnis, aber ich kann mich nicht darüber freuen. Er klingt so resigniert. Als hätte er ein Drogenproblem. Ich weiß nicht weshalb, doch ich habe plötzlich das dringende Bedürfnis, nett zu sein. Auch wenn er es nicht ist.

»Also, ich finde es wichtig, dass jemand das Leben so schildert, wie es wirklich ist. Es kann ja nicht nur Märchen geben. Und du …«

Statt weiterzureden, greife ich Idiot nach seiner Hand, die neben meiner im Gras liegt. Ich will sie augenblicklich wieder loslassen, aber seine warmen Finger umschließen meine.

»Und ich?« Er schiebt mit der freien Hand seine Sonnenbrille hoch und sieht mich an.

»Hm?«

Jetzt greift er nach dem Bügel meiner Sonnenbrille und klappt mein Visier ebenfalls hoch. Frech. Aber ich kann es nicht ändern. Ich kann nur auf unsere verschränkten Hände starren. *Wie ist das passiert?*

»Ich glaube, du wolltest was Nettes sagen.«

Ich schaue verwirrt in seine leuchtenden grünen Augen und versuche nochmals vergeblich, meine Hand zu befreien.

»Sag es mir, dann lass ich dich los.«

»Du bist erbärmlich. Brauchst du immer so viel Lob?«

»Nein, nur von dir.«

»Haha«, brumme ich, aber dann sehe ich seinen Blick. Ich spüre ein Flattern im Bauch und verdrehe die Augen, obwohl mir gar nicht danach ist. »Na gut, wenn dein Ego das braucht: Du kriegst es irgendwie hin, dass man dort sein will, in deiner bescheuerten Realität, bei deinen Menschen. Und ich finde, in deinen Büchern war kein einziger Ork. Auf ihre Weise sind sie alle gut, nur eben … ein bisschen kaputt.«

Er runzelt die Stirn. »Glaub mir, die realen Vorbilder würden es vorziehen, als Orks aufzutreten. Kaputt sein will keiner.«

Stimmt. Vor allem Johanna nicht.

»Hast du …« Ich vergesse meine Hand wegzuziehen und stelle die Frage, die mir auf der Seele brennt: »Hast du schon mal jemanden … zerstört?«

Kilian schaut weg und sagt leise: »Ich hoffe nicht.«

Er lockert seinen Griff, aber er lässt mich nicht los. Sein Daumen streicht sanft über meine Finger.

Oh Gott. Ich halte Händchen mit Kilian Brand.

»Weißt du noch, als ich dir erzählt habe, ich sei nach New York gekommen, um meine Schreibblockade zu überwinden?«

Ich nicke stumm.

»Das war nur die halbe Wahrheit. Mit meinem letzten Buch habe ich ziemlich viele Leute verletzt. Mehr als üblich. Ich habe mir selbst nicht mehr über den Weg getraut und brauchte einen Ort zum Schreiben, wo ich allein war. Wo ich nicht in Versuchung geriet, jemanden auszuweiden. Ich wollte im luftleeren Raum schreiben und habe mir eingeredet, in einer Stadt wie New York lägen die Geschichten auf der Straße. Ich habe es sorgsam vermieden, hier irgendjemanden näher kennenzulernen, denn dann wäre alles wieder von vorne losgegangen.«

Er streichelt immer noch meine Finger, und ich halte still und hoffe, dass es nie aufhört.

»Aber es hat nicht funktioniert«, fährt er fort. »Inzwischen habe ich das Gefühl, alle Straßen, Bars und Restaurants in der Lower East Side zu kennen, doch es gibt für mich nichts darüber zu sagen. Die Stadt ist eine bunte Kulisse, aber mehr auch nicht. Mich inspirieren nur …«

»Menschen«, ergänze ich leise und denke unwillkürlich an meine Familie, die er ausweiden will. Während ich gestreichelt werde.

Kilian nickt und fährt fort: »Manhattan war wie Einzelhaft. Um Weihnachten herum bin ich eingeknickt, als meine Agentur mir Johannas E-Mail über eine Fotoausstellung geschickt hat.«

Johanna. Er hat ihren Namen gesagt. Mir zuliebe? Die Art, wie er meine Hand hält, lässt mich hoffen. Plan C: *mir zuliebe.* Ist das möglich?

»Deine Schwester war seit vielen Wochen der erste Mensch, mit dem ich mich länger unterhalten habe.«

Deine Schwester. Ein Schritt vor, einer zurück. Ich muss dem Opfer ein Gesicht geben.

»Johanna wollte nicht herkommen.«

Er sieht mich erstaunt an. »Warum nicht?«

Weil sie geahnt hat, dass ihre bekloppte kleine Schwester dich nie wieder vergessen würde.

»Aus tausend Gründen. Unter anderem wollte sie niemanden vor den Kopf stoßen, weil so ungefähr jeder, den sie kennt, gern mitgekommen wäre. Für Johanna ist es total wichtig, was andere von ihr denken. Und so gut wie jeder in der deutschen Community kennt sie, weil sie in jedem zweiten Komitee sitzt und auf allen Veranstaltungen herumspringt. Dort ist sie die Patente, die alles perfekt hinkriegt. Von denen ahnt keiner, dass sie manchmal vor Angst kaum atmen kann.« *Und so soll es auch bleiben.*

»Ich weiß«, bemerkt Kilian. »Ich habe sie beim Generalkonsul in Aktion erlebt. Sie hält das Sektglas wie ein Profi.«

»Ich kann nicht glauben, dass du auf Sektempfängen herumhängst«, platze ich heraus.

Er grinst und drückt meine Hand. »Ich auch nicht. Das war ein Akt der Verzweiflung.«

Ich muss lachen. »Warst du so einsam, dass du dich mit dem Generalkonsul anfreunden wolltest?«

»Schlimmer«, gesteht er. »Ich wollte ein Buch über das deutsche Dorf in New York schreiben.«

Oh ja! Vergiss meine Familie und zerfetze die Diplomaten!

»Das klingt doch toll.«

Kilian lacht. »Du lügst.«

Mein Gehirn rattert, und es ist nicht hilfreich, dass er dabei meine Hand streichelt. Eins steht jedenfalls fest: Plan A ist Geschichte. Ich werde es nie übers Herz bringen, eine Waffe auf ihn zu richten. Obwohl er es verdient hätte. Er will seine Familie, seine Freunde, ja sogar die Diplomaten verschonen, aber für meine Familie kauft er sich eigens ein Notizbuch und wetzt seine Stifte. Wahrscheinlich redet er es sich schön. Unkenntlichkeit und so. *Julia & Oskar & Hedi.* Dass ich nicht lache. Und dennoch sitze ich hier und halte seine Hand. Ich muss handeln, bevor mir alles entgleitet. Bevor aus der Katze ein Kätzchen wird.

Ich atme tief durch und sage: »Nimm *mich.*«

14

Die Kreaturen sind viel dunkler als in meiner Fantasie. Und kein bisschen rot. Vermutlich habe ich sie mir immer nur in gekochtem Zustand vorgestellt. Und irgendwie hatte ich sie kleiner in Erinnerung. Die hier sind riesig. Und hässlich. Ich bewundere die beiden kleinen Mädchen, die einfach so in die Wanne gegriffen und die Viecher aus dem Wasser gezogen haben. Sie haben sie von oben angefasst wie Spielzeugautos und sie ein bisschen durch die Luft schweben lassen. Dann haben sie fröhlich mit ihnen für die Kamera ihrer begeisterten Eltern posiert und sie achtlos wieder ins Wasser plumpsen lassen, zurück ins Getümmel.

Die Kinder sind weg, aber ich stehe immer noch wie angewurzelt vor dieser alten Badewanne, die zur Hälfte mit Wasser und zu einem Drittel mit Hummern gefüllt ist. Über der Wanne, direkt neben der Toilettentür, hängt eine Tafel mit Mengen- und Preisangaben an der Wand: *»Live Lobsters.«*

Und da sitzen sie auf-, über- und untereinander und leiden schon, bevor das ultimative Leiden begonnen hat. Ohne den verdammten Essay hätte ich mir vielleicht eingeredet: *Die leiden nicht. Die sitzen doch im Wasser.* Wahrscheinlich hätte ich sogar gedacht, dass diejenigen, die ganz oben sitzen, am besten dran seien, weil niemand auf ihrem Kopf herumtrampelt. Ich hätte keinen Gedanken daran verschwendet, dass es auf dem Meeresgrund dunkel ist. Dass Hummer nachtaktiv sind und sich selbst dort unten tagsüber in Höhlen verkriechen.

Womöglich hätte ich Esel gedacht: *Wenigstens sind sie nicht allein*. Ich hätte ja nicht gewusst, dass sie Einzelgänger sind. Es wäre mir nicht in den Sinn gekommen, dass die bunten Gummibänder, mit denen ihre Scheren gefesselt sind, nicht nur dem Schutz von Menschenfingern dienen, sondern vor allem dem ihrer Artgenossen. Die Fesseln hindern die gestressten Tiere daran, sich schon vor der vorgesehenen Todesart gegenseitig abzuschlachten.

Ich bin froh, dass Kilian mein Gesicht nicht sehen kann. Er steht hinter mir und hat seine Hände auf meine Schultern gelegt. Wir könnten immer noch zusammen auf der Wiese liegen, wenn ich mir vorhin dieses blöde »Nimm *mich*« gespart hätte. Zuerst lief eigentlich alles ganz gut … Kilian meinte: »Gleich hier? Okay«, und legte unversehens seine Hand auf meinen mit getrockneter *Chocolate Peanut Butter* verzierten Schenkel. Ich habe ihn empört weggeschubst, und es folgte ein verspieltes Gerangel, als wären wir Teenager. Bei der Gelegenheit hat er mich hier und da ein bisschen angefasst – und ich ihn auch. Seine Haare fühlen sich noch besser an als in meinen Tagträumen.

Für einen kurzen Moment, als er meine Handgelenke umschlossen und mich ins Gras gedrückt hat, drohte alles zu kippen. Sein Gesicht war so nah, und meins sprach mal wieder Bände. Da hat er innegehalten und geschluckt. Wir haben einander angestarrt, und mein Herz hat wie ein aufgebrachter Nachbar gegen seine Brust gehämmert. Vielleicht hat er mich deshalb nicht geküsst. Mein Herz ist ein Störenfried. Mit dem will keiner was zu tun haben. Kilian hat mich losgelassen, und für eine Sekunde war ich überzeugt, er würde aufspringen und mich hier zurücklassen. Aber dann hat er mich gekitzelt, als wäre nichts gewesen. Doch ich konnte nicht mehr lachen. Ich habe ihn weggeschoben und mich aufgesetzt. Unbehaglich an meinem Kleid herumgezupft.

Kilian rüttelte ungeduldig an meinem Ellenbogen. Er wollte noch spielen.

»Du wolltest doch reden«, murmelte ich, ohne ihn anzusehen.

»Eigentlich nicht.«

Er rüttelte wieder an meinem Ellenbogen, und ich musste unbekannterweise an seinen Hund Gustav denken. *Aus!*

Ich schüttelte ihn ab. »Aber ich.«

Da seufzte er und setzte sich ebenfalls auf. Beiläufig verschränkte er unsere Arme und legte seine Hand in meine. Als würden wir immer so dasitzen. Es hatte etwas Entwaffnendes. Gustav, der rumschmusen will. Er Hund, ich Katze. Das konnte nicht gut gehen. Dennoch konnte ich nicht widerstehen und schmiegte meinen Kopf an seine Schulter.

»Schreib über mich.«

Zuerst hörte ich sein Schweigen, und dann zog er mir abrupt die Schulter unter dem Kopf weg und sah mich missbilligend von der Seite an. Im Nullkommanichts war aus Gustav Mr. Hyde geworden.

»Das kannst du vergessen.«

»Warum nicht?«

»Hast du mir nicht zugehört? Das läuft nie ohne Verletzungen ab.«

»Ich halte das aus.« Ich sah mit festem Blick in seinen grünen Laserstrahl. »Es ist etwas anderes, wenn man sich bewusst darauf einlässt.«

»So ein Schwachsinn.«

Ich ignorierte ihn und plapperte hastig drauflos: »Ich könnte dir alles über meine nächtlichen Sprints erzählen. Wenn du willst, darfst du sogar zusehen. Du könntest das richtig wissenschaftlich angehen, wie ein Schlafforscher. Glaub mir, da tun sich wahre Abgründe auf. Der Central Park war nur die Spitze des Eisbergs. Du hast ja keine Ahnung, welche Auswirkungen das Ganze auf meinen Alltag, meine Beziehungen, mein *Sexleben* hat …«

»Anna!«

»Was?«

»Zum einen höre ich mir auf keinen Fall Geschichten über andere Männer an.« *Andere Männer.* Passierte das hier gerade wirklich? »Und zum anderen schreibe ich nicht über dich. Ende.«

»Aber *wieso* denn nicht?«

»Weil ich …« Er sprach den Satz nicht zu Ende. Seine Augen verengten sich. Schließlich meinte er lapidar: »Du bist zu sensibel.«

»Wie kommst du denn darauf?«, fragte ich verdutzt.

»Das ist doch unverkennbar. Ich sage nur Tier-Yoga.«

»Tier-Yoga?«

»Du hast dich an unserem ersten Morgen hier fast überschlagen, damit die kleinen Jungen nicht mehr an den Streit ihrer Eltern dachten.«

»Du … du meinst die schimpfenden Hamster? *Daraus* drehst du mir jetzt einen Strick?«

Er seufzte und strich mir sanft eine Haarsträhne aus dem Gesicht. Mr. Hyde war verschwunden.

»Das ist nur ein Beispiel von vielen. Wer sich wie du verhält, ist sensibel.«

»Bei dir klingt das wie ein Laster«, entgegnete ich schmollend. »Außerdem kennst du mich gar nicht.«

»Das glaubst du doch selbst nicht.«

Was er sagte, war völlig unsinnig. Es klang so, als wären wir alte Freunde. Und dabei kannten wir uns gerade mal seit neun Tagen. (Ja, ich zähle mit.) Und doch …

Bevor mich diese rätselhafte Vertrautheit zu sehr verwirren

konnte, erwiderte ich schnell: »Du dachtest auch, ich sei zu sensibel für den Lobster.«

Ha! Ein Punkt für mich.

»Bist du ja auch.«

»Stimmt doch gar nicht!«

»Ach nein?« Er sah mich belustigt an.

»Nein!«

»Wenn das so ist ...« Kilian stand auf und streckte mir seine Hände entgegen. »Komm mit.«

Diese armen Hummer stehen zwischen mir und Plan B. Wenn Kilian sieht, wie entsetzt ich sie anstarre, wird er niemals über mich schreiben. Hätte ich geahnt, dass in diesem freundlichen Fischrestaurant ein Lügendetektortest auf mich wartet, wäre ich draußen geblieben. Es war eine Falle.

Das winzige Restaurant an der Anlegestelle, das wir bereits auf unserem Weg zur Eisdiele passiert haben, ist genau der Ort, an dem Simone mich gern täglich zum Essen einladen dürfte. Eigentlich handelt es sich eher um einen Imbiss mit integriertem Fischladen – oder umgekehrt. Abgesehen von der herrlichen Fischtheke gibt es nur ein paar Stehtische, und man isst den gegrillten marinierten Lachs und die Austern und den Hummer mit Buttermais aus weißen Styroporschachteln, über die Johanna sich heillos aufgeregt hätte. Aber Leni wäre entzückt gewesen, weil es hier so gut wie alles, was auf der großen Tafel hinter der Theke aufgelistet ist, auch frittiert gibt. *»Fried Oysters, Fried Softshell Crab, Fried Shrimp ...«* Wir hätten uns zusammen kreuz und quer durch das Menü fressen können. Das dachte ich zumindest, bevor ich in diesen Hinterhalt geraten bin.

Als ich vor fünf Minuten Hand in Hand mit Kilian diesen duftenden Ort betreten habe und – anders als jetzt – noch nicht Vegetarierin war, habe ich für einen Wimpernschlag wirklich an das *Perfect Date* geglaubt. Ich konnte es vor mir sehen: Kilian, ich und zwei wunderbare Seafood Burger in nicht-recycelbarem Plastik. Aber Kilian zog mich zielstrebig an dem Paradies vorbei, auf direktem Weg zum Hummergefängnis neben der Toilettentür. Und da stehe ich nun mit meinem dicken Tränenkloß im Hals.

Kilian lehnt sich vor. »Du weinst doch nicht, oder?«

Ich schüttle vehement den Kopf, aber halte lieber den Mund. Plan B steht kurz vor dem Scheitern.

»Schau mich doch mal an.«

»Du Arsch«, murmle ich, ohne ihn anzusehen, und da streicht er mit den Fingern sachte über meine nackten Arme. Ich bekomme eine Gänsehaut und kann mich nicht ausstehen. Die da unten sitzen im Vorhof zur Hölle, genau wie meine arglose Familie, und ich bin trotzdem verliebt.

»Anna, du heulst, lass uns gehen.«

Ich schlucke meine Tränen herunter und entgegne ungehalten: »Ich heule nicht – und selbst wenn! Das wäre nicht sensibel, sondern *normal*. Denen da geht's scheiße.«

»Du bist aber die Einzige in diesem vollen Laden, die das zu stören scheint. Die beiden Mädchen fanden das Ganze sogar ausgesprochen witzig.«

»Und was ist mit dir?«, kontere ich.

»Siehst du mich weinen?«

»*Stört* es dich?«

»Nicht annähernd so wie dich.«

In diesem Moment tritt ein Paar um die sechzig – beide in Polohemden und kurzen Kakihosen – neben uns an die Wanne. Sie raunen: *»Oh«* und *»Nice«* und *»So fresh!«*

Ich drehe mich zu Kilian um und werfe ihm einen verstörten Blick zu, aber er wendet sich mit einem charmanten

Lächeln an die Frau, der gerade das Wasser im Mund zusammenläuft.

»Fresh but hungry«, sagt Kilian zu ihr.

Sie schaut ihn zuerst perplex an, doch dann scheint ihr aufzufallen, dass Kilian wie ein A-Klasse-Promi aussieht, und sie schenkt ihm ein strahlendes Lächeln. (Schließlich kann man in den Hamptons davon ausgehen, dass es sich tatsächlich um einen Promi handelt.) Kilian erklärt ihr, die Hummer würden nicht gefüttert, weil ihre Fäkalien das Wasser verunreinigen würden. Sie hungern seit dem ersten Tag ihrer Gefangenschaft.

Die Frau reißt die Augen auf. *»Really? Poor bastards!«*

Er nickt, und dann meint er, Hummer seien äußerst sensible Wesen. *»Just like my girlfriend«*, fügt er lächelnd hinzu und streicht wieder über meine Arme.

Girlfriend?! Ich werde knallrot wie ein gekochter Hummer.

Die Frau bemerkt es und gackert und nennt mich *»adorable«*. Gleich wird sie mich mit einem gebutterten Maiskolben verspeisen. Und nun sagt sie etwas unglaublich Dummes über hitzebeständige Panzer, aber Kilian lächelt sie weiterhin freundlich an und informiert sie über das Migrationsverhalten dieser Tiere, die stets der angenehmsten Wassertemperatur hinterherkrabbeln. Weil sie nämlich sehr empfindlich auf winzige Temperaturschwankungen reagieren. Die Frau hängt an Kilians Lippen, und ich habe den Verdacht, dass sie auf seinen britischen Akzent abfährt. Ihr Mann starrt mit leerem Blick auf die Toilettentür.

Als Kilian seinen kleinen Vortrag beendet hat, sieht der Mann ihn misstrauisch an und fragt: *»Are you from PETA?«*

Kilian verneint lachend. Er sei ein einigermaßen informierter Hobbykoch.

Die Frau strahlt ihn an. *»Well, thank you, honey, that was very* *sweet! I've learned a lot!«* Und an ihren Mann gewandt: *»Norman, let's take two.«*

Sie bugsiert Norman von der Wanne weg in Richtung Warteschlange, die sich vor der Fischtheke gebildet hat.

Ich sehe Kilian entsetzt an. Er streicht mir sanft eine Haarsträhne aus dem Gesicht und sagt: »Es hätte ohnehin nichts geändert. Früher oder später landen sie alle im Topf. Wir hätten damit die Quälerei in diesem Wartezimmer hier nur verlängert.«

Aber damit kann ich mich nicht abfinden, und ich spreche aus, was ich schon die ganze Zeit denke: »Wir könnten sie kaufen und frei lassen.«

Ich schaue hoffnungsvoll auf die armen Bastarde und überlege schon, wie viel Geld ich noch auf dem Konto habe, als Kilian feststellt: »Damit würden wir es nur schlimmer machen. Das Restaurant würde sofort einen Schwung neue bestellen, und wir hätten nur die Nachfrage angekurbelt.«

Er steht nun neben mir und mustert stirnrunzelnd meine Problemhummer. Dabei fährt er gedankenverloren mit dem Handrücken über meinen Arm und landet wieder bei meiner Hand. Er umschließt sie mit seiner und streicht sanft über meine Finger. Mein Körper beschwert sich. Er will jetzt nicht über Hummer nachdenken. Er will überhaupt nicht nachdenken, sondern stillhalten. Nichts weiter sein als … *Hand.*

Ich kratze all meine Disziplin zusammen und erwidere möglichst trotzig: »Aber die hier wären gerettet. Manchmal ist das Individuum eben wichtiger als das große Ganze.«

Kilian runzelt immer noch die Stirn. »Und wie kriegen wir es hin, diese dreißig Individuen von ihren Gummibändern zu befreien, ohne dass es auf beiden Seiten Verletzte gibt? Wie willst du sie überhaupt transportieren? Hast du zufällig einen Salzwassertank da hinten in deinem Rucksack? Und wo willst du sie aussetzen? Einfach neben den Yachten ins Wasser plumpsen lassen? Hast du irgendeine *Ahnung* von Hummern?«

Während er spricht, hört sein Daumen auf, über meine Finger zu streichen. Ich spüre Mr. Hyde. Er ärgert sich. Über mich und meinen unmöglichen Wunsch.

Ich weiß nicht, was mich mehr aus der Fassung bringt: sein Daumen, der mich hängen lässt, oder seine Fragen, die mich hilflos machen. Jedenfalls würde meine Reaktion weniger heftig ausfallen, wenn er mich nicht berührt hätte. Er hat das Tor zu meinen Gefühlen geöffnet, und zwar zu allen. Mein Tränenkloß ist wieder da, und ich bin wütend. Warum hat er mich überhaupt hergebracht? Um mir zu zeigen, dass ich die Realität nicht aushalte, jedoch leider nichts an ihr ändern kann?

»Ich soll also tatenlos dabei zusehen, wenn Leute gequält werden«, sage ich mit bebendem Kinn.

»Leute?« Er zieht die Augenbrauen hoch.

Mist. Ich weiche seinem Blick aus. Keine Ahnung, wo das jetzt herkam. Meine Familie hat wirklich nicht die geringste Ähnlichkeit mit diesen Viechern. Allenfalls die Maldinis. Die wuseln auch immer so durcheinander.

»Anna, worüber reden wir hier eigentlich?«

»Über meine Freunde«, antworte ich dubios.

Doch dann überlege ich es mir anders. Nach allem, was er mir erzählt hat, kann ich es mir durchaus leisten, ein bisschen konkreter zu werden: »Über all die Leute, die du in deinen Büchern in kochendes Wasser wirfst.«

Ich ziehe meine Hand weg, und Kilian verhindert es nicht.

»Netter Vergleich«, bemerkt er. »Hast du nicht vorhin gemeint, meine Figuren seien durchweg gut?«

Ich hab's geahnt. Er wollte kein Lob, sondern Absolution. Und ich bin prompt in seine Max-Frisch-Falle getappt. *Letzt-*

lich hat sie es gelobt und war einverstanden. Pah! Zum Glück habe ich in Quantico gelernt, mich niemals in eine Ecke drängen zu lassen. Und Berührungen auszuweichen. Mein Verstand ist wieder voll funktionsfähig, und mit dem Stillhalten ist es nun vorbei.

Ich sehe direkt in den Laserstrahl und erwidere: »Und hast *du* nicht vorhin gemeint, du hättest einige Leute mit deinem letzten Buch so sehr verletzt, dass du dich für ein ganzes Jahr in New York selbst weggesperrt hast?«

Kilian schweigt, und ich bin noch nicht fertig: »Aber hier hast du festgestellt, dass du ohne Opfer nicht schreiben kannst. Und als Johanna dir dann in die Hummerfalle getappt ist, hattest du die prima Idee, einfach ein paar dieser gesichtslosen Tierchen in den Hamptons in eine Luxuswanne zu setzen. Doch anders als die guten Leute hier …« Ich zeige vage zur Theke, wo ein freundlicher Teenager in weißer Schürze hinter der Kasse steht und toten Fisch verkauft. Er wird bestimmt gleich herkommen, um für Norman und seine Frau die frischeste Mahlzeit der Welt aus der Wanne zu fischen. »… hast du ihre Scheren nicht fixiert. Du hast sie ungehindert aufeinander losgehen lassen und fasziniert dabei zugesehen. Und fleißig mitgekritzelt. In dein blödes Notizbuch, das ich nicht bezahlen durfte, weil du keine Lust auf ein schlechtes Gewissen hattest.«

Ha! Bin ich gut! Alles Fakten, die ein fähiger Cop durch ehrliches Kombinieren herausfinden konnte. Kein einziger Hinweis auf nächtlichen Gedankendiebstahl. Der Vergleich mit den Hummern war vielleicht irgendwie unsachlich, aber da muss er jetzt durch. Schließlich hat er mich hergeschleppt, an diesen trostlosen Ort.

Ich schaue ihn herausfordernd an, doch sein Laserstrahl bleibt völlig ruhig. Als wartete er auf mehr. Das kann er haben: »Aber du fühlst dich trotzdem wie ein Arsch. Deshalb schläfst du in der Hängematte und bist das treueste Mitglied in Johannas Küchenteam. Und deshalb freundest du dich mit niemandem im Haus an.«

Er steckt die Hände in die Hosentaschen. »Doch, mit dir.«

»Aber nur, weil ich die Einzige bin, über die du nicht schreibst.«

Mayday, Mayday, Mittelerde! Klappe halten! Sofort!

»Du verwechselst Ursache und Wirkung«, sagt er schlicht.

Mein Hirn ist noch panisch mit Mittelerde beschäftigt, aber schließlich gelingt es mir, seine Worte zu begreifen: Er schreibt nicht über mich, weil wir Freunde sind. Wunderbar. Das passt mir jetzt überhaupt nicht in den Kram. Ich verteidige hier gerade meine Familie, und dafür benötige ich ein klares Feindbild.

»Weißt du was, du bist ein richtiger Sadist. In Wahrheit schreibst du nämlich am liebsten über Leute, die etwas dagegen haben. Wenn jemand dich darum bittet, verlierst du sofort das Interesse.«

Jetzt sieht er ein bisschen belustigt aus. »Sag mal, warum willst du überhaupt, dass ich über dich schreibe? Das sieht dir gar nicht ähnlich.«

»Damit du die anderen in Ruhe lässt«, platze ich heraus.

Er mustert mich. »Und wie kommst du darauf, dass meine Notizen nur von ihnen handeln?«

»Du hast doch selbst gesagt, dass du nicht über mich schreiben willst.«

»Ja, aber erst nachdem du mit deinem ›Nimm *mich!*‹ angekommen bist.«

Seine Augen blitzen. Er findet das alles ziemlich unterhaltsam. Und ich sitze schon wieder am falschen Ende des Verhörs. Ich bin wirklich eine Schande für das FBI. Gab es jemals eine

Aktion, bei der er mich *nicht* erwischt hat? Oder ist dieses Gespräch nur Zufall? Ich schaue ihn forschend an. Sein Gesicht verrät nichts. Er erwidert meinen forschenden Blick. *Er weiß es.*

Gerade, als ich zu dieser Überzeugung gelangt bin, wirft er alles über den Haufen, indem er zu meinem Entsetzen anbietet: »Ich zeige dir meine Notizen, wenn du möchtest.«

Ich schaue ihn verblüfft an. »Auf keinen Fall.«

»Warum nicht?«

Weil ich sie schon kenne. Und weil ich dann offiziell deine Komplizin bin.

»Wozu soll das gut sein?«

»Dann können wir darüber sprechen.«

Über Johanna und Maike im Pool? Nein, danke.

»Und was machst du, wenn ich sie furchtbar finde?«

»Meine Bücher hast du ja auch nicht furchtbar gefunden.«

»Das ist keine Antwort auf meine Frage.«

Kilian schiebt sich eine Haarsträhne hinters Ohr. Er schaut mich betreten an, und dann gibt er zu: »Ich weiß es nicht.«

Ich schlucke und senke den Blick. Er soll meine Enttäuschung nicht sehen. Bis zu diesem Augenblick habe ich selbst nicht gewusst, wie sehr ich auf Plan C gehofft habe. *Mir zuliebe.* Wie naiv von mir. Das hier ist seine bescheuerte Realität. Seit letztem Herbst hat er verzweifelt nach einer Geschichte gesucht, und nun hat er sie endlich gefunden. *Urlaub mit Freunden.* Das wirft er nicht einfach weg, weil sein kleiner Urlaubsflirt nicht einverstanden ist.

»Es stimmt, meine Notizen handeln von deiner Schwester und den anderen. Wenn du willst, dann zeige ich sie ihnen.«

Ich blinzle. Das hat er nicht gesagt.

Ich blinzle erneut. Doch, hat er, und ich höre mich entgeistert rufen: »Nein!«

Allein bei dem Gedanken wird mir speiübel. Wenn Johanna

sein Notizbuch in die Finger kriegt, reisen wir sofort ab. Ich werde ihn nie wiedersehen. Und selbst wenn. Selbst wenn dies nicht die bescheuerte Realität wäre und er mich auch nicht vergessen könnte und mir zuliebe seine Geschichte in den Wind schießen würde, hätten wir keine Chance. Johanna würde ihm die Sache mit dem Pool nie verzeihen. Und alles andere vermutlich auch nicht – ganz gleich, ob er einen Roman daraus formt oder eine Papierkugel. Was sie im Kopf hat, hat sie im Kopf. Ich müsste mich zwischen ihr und ihm entscheiden. Zwischen ihr und Leni und Oliver und ihm. Es wäre ein Albtraum.

Ich sehe Kilian an und stutze. Glückliche grüne Augen. Er strahlt. Wieso *strahlt* er denn jetzt? Oh Mann, ich liebe es, ihm beim Strahlen zuzusehen. Der Gedanke, dass ich der Grund dafür bin, haut mich jedes Mal um …

Agent Morgenstern, be a fricking cop!

Kilian strahlt nur aus einem Grund: Er glaubt, mit der Sache durchzukommen. Weil ich sein Geheimnis bewahren will. Pah! Denkt er allen Ernstes, ich lasse meine Familie im Stich? Für einen kleinen Urlaubsflirt? Pah! Nicht einmal für die wahre Liebe würde ich das tun. Der wird sich noch wundern. Er wird voller Wehmut an Plan B und C zurückdenken und sich wünschen, er hätte mein *Mir zuliebe* oder zumindest mein *Nimm mich* erhört. Das Friedensangebot ist endgültig vom Tisch. Ich hole jetzt meine Waffe.

15

Diese Flip-Flops sind nicht für amerikanische (oder überhaupt irgendwelche) Distanzen gemacht, aber ich wollte es ja nicht wahrhaben, als ich vor gefühlt zehn Meilen von der Anlegestelle gen staubtrockenes Hinterland losgeschlurft bin. Richtung Poppy. Ohne Kilian natürlich. Zuerst habe ich sein Angebot, mich zum Essen einzuladen, kategorisch abgelehnt. Und dann habe ich ihm gesagt, das Date sei beendet, weil er zugegeben hat, meine Familie auszuweiden. Und weil mein Veto nichts zählt. Kilian hat nicht widersprochen. Dennoch wünschte ich, er wäre hier. Dann wäre ich zumindest nicht allein mit diesem verdammten Krampf in meinem linken Fuß.

Ich sinke auf eine Bank, lasse den halb geschmolzenen Plastikschlappen vom Fuß gleiten und rede meinen verkrampften Zehen gut zu. Es bringt nichts. Sobald ich denke, die Sache sei unter Kontrolle, bekomme ich diesen merkwürdigen Impuls, Schmerzen zu haben. Meine Zehen schieben sich übereinander, als wären sie magnetisch. Es tut furchtbar weh.

Ich lehne mich auf der Bank zurück und versuche, mich zu entspannen. Aber jetzt fällt mir ein, dass Johanna mir einmal erzählt hat, sie bekäme beim Sex regelmäßig einen Krampf im Fuß. Prompt stelle ich mir Johanna und Oliver beim Sex vor. Bevor Johanna ihre blöden Krämpfe erwähnt hat, war dieser Gedanke völlig undenkbar. Details sind einfach Gift. Insbesondere die harmlosen, die scheinbar mit der Sache selbst nichts zu tun haben. In Wirklichkeit sind sie die fehlenden Puzzleteile, die das Bild erst erkennbar machen. *Igitt …*

Wie gern würde ich das Bild mit einem Schluck Wasser wegspülen. Und noch lieber mit einem ganzen Liter. Ich bin schrecklich durstig. Ich mag ein alter Hase sein, was nächtliche Sprints ins Ungewisse angeht. Aber tagsüber bin ich eine blutige Anfängerin im Weglaufen. Ich bin ohne Proviant geradewegs in die Wüste marschiert. In Poppys Revier gibt es nichts Essbares, es sei denn, man begibt sich in eines der teuren Restaurants.

Egal. Ich habe Durst. Ich werde jetzt zu dem Restaurant auf der anderen Straßenseite humpeln. Ich greife nach meinem Rucksack und versuche aufzustehen. Nein. Es geht nicht. Zum ersten Mal verstehe ich, wie so ein Fußkrampf beim Schwimmen zum echten Problem werden kann. Ich muss für immer auf dieser Bank sitzen bleiben – durstig, hungrig und mit Johanna und Oliver im Kopf …

»Anna?«

Ich schaue auf. Kilian kommt mit einer Einkaufstüte auf mich zu. Er ist in wenigen Schritten bei mir.

»Was ist los?«

Anscheinend sieht man mir an, dass ich nicht zum Spaß auf dieser Bank herumsitze. Ich stöhne ein bisschen wehleidig: »Krampf«, und halte meinen linken Fuß in die Höhe.

Er wirft seine Tüte auf die Bank und kniet sich vor mich auf den Boden, und meine Gedanken schweifen unversehens vom Elternsex zum Heiratsantrag. Aber nur kurz. Die Sache ist ziemlich demütigend. Ich geniere mich schon beim Händeschütteln für minimal feuchte Handflächen, und mein klebriger Wüstenfuß ist so ziemlich das Letzte, was ich Kilian in die Hand drücken will.

Doch ihn scheint das nicht zu kümmern. Er legt meine Ferse auf sein Bein und umfasst den schmerzenden Fuß mit seinen ärgerlich trockenen Händen, um ihn sanft in Richtung

Knie zu dehnen. Der Schmerz lässt sofort nach. Meine Zehen entspannen sich, und ich wundere mich, wie sie das können, während mein restlicher Körper derart unter Strom steht. Ich klammere mich an der Bank fest und will meinen Fuß zurückziehen, aber jetzt beginnen Kilians Daumen, über meine Sohle zu streichen.

»Lehn dich mal zurück und trink was«, sagt er mit seiner ruhigen Stimme, die mein schönes Feindbild jedes Mal zu Staub zerbröseln lässt.

Irgendwie verwandelt sich diese Folterbank gerade in eine Wellnessoase mit Fußmassage, frischem Quellwasser, Ananasstückchen aus Plastikbechern, einem wunderbaren Käsesandwich und *Oreo Cookies.* Ich bin absolut bestechlich. Als Kilian sich zu mir auf die Bank gesellt, lasse ich es wortlos geschehen. Und hätten wir nicht den Umweg über die Hummer genommen, wäre dies – von der Tageszeit mal abgesehen – ein klassisches Date geworden: Eiscreme, Händchenhalten auf der Wiese, Picknick auf der Parkbank …

»Ob es etwas ändern würde, wenn sie schreien könnten?«

Wir haben nun mal den Umweg über die Hummer genommen, und diese Frage steckt seit gefühlt zehn Meilen in meinem Kopf fest.

Kilian antwortet nicht. Stattdessen seufzt er leise und schlingt seinen Arm um mich. Er zieht mich an sich, und ich lege unwillkürlich meinen Kopf an seine Schulter. Als hätte ich das schon tausendmal getan. *Girlfriend.* Jeder, der auf dem Bürgersteig an uns vorbeiläuft, wird diesen Begriff genauso als Tatsache wahrnehmen wie den Baum, die Bank oder die weiße Einkaufstüte, die neben mir liegt. So viel zum Thema Realität.

Ich spüre, dass Kilian den Kopf neigt und die Nase, die Lippen in meine Haare drückt. Kein Kuss, nur ein tiefer Atemzug.

Meine Kopfhaut, mein ganzes Gesicht kribbelt. Aber ich halte still und beobachte weiter die Passanten, die nun ein verliebtes Paar sehen, das eng umschlungen auf einer Bank sitzt. *Eng umschlungen.* Das ist nicht seine Schuld, sondern meine. Mein Arm hat sich – ohne mich zu fragen – über seinen Bauch geschoben, und mein restlicher Körper ist wie von selbst nachgerückt.

Genau in dem Moment, als ich mich endlich zur Ordnung rufen will, sehe ich aus dem Augenwinkel eine Frau mit langen, leuchtend roten Haaren auf uns zukommen. Mein Herz bleibt stehen, bevor ich bemerke, dass es nicht Johanna ist. Nur eine weitere Passantin, die mit einem verstohlenen Seitenblick an uns vorbeiläuft. Die mir keinen Vortrag über das ewige Fegefeuer meines Liebeskummers hält, sondern sich genau das wünscht, was ich habe. Was ich zu haben *scheine.*

Und jetzt wird mir bewusst, was ich die ganze Zeit gewusst habe: So nah wie jetzt werde ich ihm nie mehr kommen. Das hier ist unser einziger Moment. Mit Johanna wird schlagartig die Realität zurückkehren. Die, in der er ein berühmter Schriftsteller und elf Jahre älterer Mann ist, der eine andere Frau liebt. Der nur hier ist, um ein Buch über meine Schwester zu schreiben. Dieser Gedanke müsste mich abstoßen, aber ich presse meine Nase, meine Lippen gegen seinen Hals. *Seize the fucking day.*

Kilian scheint dasselbe zu denken wie ich. Jedenfalls bleibt er mit mir in diesem Moment. Wir rühren uns nicht, und die Zeit steht still. Wir werden einfach für immer reglos hier sitzen bleiben, eng umschlungen auf dieser Bank in Sag Harbor. Eine Statue zweier Menschen, die sich nicht loslassen können – zumindest, solange kein Hund vorbeikommt.

Ein Beagle an einer viel zu langen Leine kommt auf uns zugeprescht und schnuppert an meinen Füßen. Es kitzelt wie verrückt, und die Zeit läuft weiter. Snoopy grinst breit, und ich muss mich einfach herunterbeugen und die riesigen, samtweichen Lappen anfassen, die an seinem Kopf baumeln. Die Besitzerin entschuldigt sich, aber ich lache sie nur an. *Gott sei Dank. Ich bin immer noch ich.* Ich werde das Fegefeuer schon irgendwie überstehen.

Ich drehe mich zu Kilian um und erhasche einen Blick, den ich noch nicht kenne. Für gewöhnlich sieht er genervt aus, wenn er mich anstarrt. Diesmal nicht. In seinen Augen liegt etwas, das ich nur als Sehnsucht beschreiben kann. Zum Glück hat mein Gehirn eine eingebaute Kindersicherung. Sobald die Hoffnung zu groß und kindisch wird, schlägt ein rettender Geistesblitz ein. Seine Sehnsucht gilt nicht mir …

»Du vermisst Gustav, oder?«

Kilian blinzelt. Als müsste er seine Gedanken erst mal von irgendwoher einsammeln. Dann räuspert er sich. »Klar.«

»Was ist er eigentlich für eine Rasse?«

Kilian ist immer noch nicht bei der Sache. Ich habe ihn noch nie so zerstreut erlebt. Er hat den Blick gesenkt und spielt mit meiner Hand, aber schließlich fällt ihm doch noch die Antwort ein: »Labrador. Dunkelbraun mit grauen Barthaaren. Er ist schon ziemlich alt.«

»Dann hast du ihn schon sehr lange?«

Er runzelt die Stirn und sieht mich an. »Eigentlich nicht. Erst seit drei Jahren oder so.«

»Hast du ihn aus dem Tierheim?« Oh Mann, dem muss man auch wirklich alles aus der Nase ziehen.

»Er kam ursprünglich aus dem Tierheim, aber ich habe ihn von meiner Schwester.«

Nun wirkt er nicht mehr zerstreut, sondern bedrückt. Ich erinnere mich daran, wie er seine Schwester in Poppys Laden zum ersten Mal erwähnt hat. Er hat denselben bedrückten

Gesichtsausdruck gehabt wie jetzt. Als sei sie gestorben. Was nicht der Fall sein kann. Sie ist einundvierzig Jahre alt und mag *Jenseits von Afrika*. Vielleicht brauche ich gar kein Notizbuch. Alles, was Kilian jemals in meiner Gegenwart gesagt hat, ist in Leuchtbuchstaben in mein Gedächtnis gebrannt. Dennoch habe ich seit einer Woche nicht mehr an seine Schwester gedacht. Ich blättere einfach zu selten in meinem Gedächtnis. An dem Notizbuch führt wohl doch kein Weg vorbei …

»Warum hat sie ihn nicht behalten?«, bohre ich weiter.

»Sie hatte keine Zeit für ihn«, antwortet Kilian vage und steht abrupt von der Bank auf. Er entsorgt die Einkaufstüte in einem Mülleimer und greift sich meine Wasserflasche. »Lass uns nach Hause gehen.«

Ich nehme meinen Rucksack und stehe ebenfalls auf, aber schüttle den Kopf. »Ich muss noch in den Buchladen.«

Er lächelt, und mir fällt ein Stein vom Herzen. Was mal wieder zeigt, wie widersinnig Plan A ist. Ich will Kilian zwar mit einer Waffe bedrohen, aber ich kann es nicht haben, wenn er bedrückt aussieht.

Der Moment auf der Bank hat etwas verändert. Was auch immer Kilian und ich auszudiskutieren haben, unsere Körper beteiligen sich nicht mehr daran. Sie weigern sich, Abstand zu halten. Also haben wir aufgegeben und laufen Arm in Arm zu Poppy. Anfangs lag meine Hand auf seiner Hüfte, aber nach wenigen Metern ist ihr wieder eingefallen, dass sie ihm nie wieder so nahe kommen wird. Da hat sie sich kühn unter sein T-Shirt geschoben, wo meine Fingerspitzen nun seit geraumer Zeit seinen Rücken erkunden.

Er hat meinetwegen Gänsehaut.

Seine Hand ist von meiner Schulter zum Nacken gewandert. Mehr Haut. Aber ich spüre, dass es ihm nicht genug ist.

Hin und wieder fahren seine Finger ungeduldig unter meine Haare und hinter meine Ohren. Dann lege ich meinen Kopf in den Nacken, tiefer in seine Handfläche. Ich bin eine Katze. Nur ganz anders als sonst. Vielleicht hatte er recht. Wir sollten sofort nach Hause gehen.

Aber wir sind schon am Buchladen angelangt. Seit gestern wollte ich so dringend herkommen, doch nun bleibe ich unschlüssig vor dem großen Sprossenfenster stehen. Kilian schaut mich fragend an.

Ich räuspere mich. »Willst du nicht vielleicht draußen bleiben? Es geht auch ganz schnell.« Er muss ja nicht unbedingt danebenstehen, während ich mir die Waffe besorge, mit der ich ihn abknallen will. Auf einmal verstehe ich, wie er sich letzten Sonntag gefühlt haben muss, als ich ihm das Notizbuch schenken wollte.

Er legt den Kopf schief. »Nein.«

Ich zögere und sehe mit Verwunderung, dass sich ein Lächeln auf seinem Gesicht ausbreitet. »Keine Sorge, ich benehme mich.« Ich muss wohl ziemlich verdattert wirken, denn er erklärt: »Ich fasse dich nicht an, versprochen.«

Ach so. Offenbar denkt er, ich hätte ein Problem damit, wenn Poppy ihn als *boyfriend* identifiziert. Als hätte sie das nicht schon längst getan …

Aber sein Irrtum kommt mir ganz gelegen, daher entgegne ich: »Ab wann gilt das?«, und schaue mit hochgezogenen Augenbrauen auf seine Hand, die jetzt auf meiner Hüfte liegt.

»Sobald du aufhörst, meinen Rücken zu foltern.«

»Was?« Ich ziehe die Hand unter seinem T-Shirt hervor, als hätte ich mich verbrannt.

Da schließt Kilian mich unversehens in seine Arme und flüstert in mein Ohr: »Versprich mir, dass das hier nicht das Ende ist.«

Ich spüre ihn überall, er *ist* überall. Und er riecht so gut … Ich kann mich nicht rühren, geschweige denn sprechen, doch er lässt nicht locker und flüstert eindringlich: »Anna, versprich es.«

Irgendwann gelingt es mir zu nicken.

Als er mich loslässt, fühle ich mich wacklig auf den Beinen. Ich brauche Halt und weiß, dass ich ihn auf keinen Fall in Kilians grünen Augen suchen sollte. Daher schaue ich zu den Büchern im Schaufenster. Das strahlende Gesicht von Michelle Obama wäre jetzt hilfreich. Oder ein *Peanuts* Comic mit der ganzen Gang vornedrauf. Stattdessen fällt mein Blick auf ein blasses Cover voller Wörter. Dort steht: *»A Woman Looking at Men Looking at Women. Essays on Art, Sex, and the Mind.«* Von Siri Hustvedt. Oh … Das klingt ja total spannend. Muss ich haben. Jetzt. Ich spüre die gleiche Erleichterung, die ich vorhin mit Snoopy empfunden habe: *Gott sei Dank. Ich bin immer noch ich.* Und wieder beobachtet Kilian mich. Diesmal nicht sehnsüchtig, sondern amüsiert.

»Was?«, schnappe ich.

Er winkt ab und hält mir die Tür zum Buchladen auf.

Es ist haargenau eine Woche her, dass wir in diesem wunderbar leeren Laden waren, aber heute hatten die anderen Leser in Sag Harbor anscheinend keine Lust dazu, ihre Sonntagssiesta zu halten. Sie sind alle hier. Vor jedem Regal, an jedem Tisch steht irgendwer herum. Zumeist in Gesellschaft von mindestens zwei weiteren Personen. Es muss komisch sein, in einem Urlaubsort zu wohnen. Überall diese Grüppchen, weil Touristen einfach nie allein unterwegs sind. Selbst wenn sie noch so individuell daherkommen, haben sie Kind und Kegel im Schlepptau. Oder sie machen Urlaub mit Freunden. Und wenn einer von ihnen ein Buch kaufen will, müssen alle mit. Vermutlich hat jeder einzelne von ihnen Sonnencreme an den Händen …

Poppy scheint das nicht zu stören. Elefantenhorden beleben das Geschäft. Sie unterhält sich gerade angeregt mit einer Kundin. Als sie uns sieht, unterbricht sie die Unterhaltung und ruft erfreut: *»Anna and Kilian, what a pleasure!«*

Ich sage fröhlich: *»Hi, Poppy«*, doch im selben Augenblick beschleicht mich ein ungutes Gefühl. Der Cop in mir schlägt Alarm. Irgendetwas stimmt nicht. Mit diesem Instinkt habe ich schon einige Drogenkartelle hochgehen lassen. Ich muss nur darauf kommen, was hier faul ist …

Kilians »Hi« klingt verhalten. Ich sehe ihn flüchtig an und weiß, dass er das gleiche Gefühl hat wie ich. Und irgendwie scheint es mir, als wäre er schon einen Schritt weiter. Seine Augen scannen misstrauisch den Raum. Überall Menschen. Aber ich bin froh, dass sie Poppy in Beschlag nehmen. Aus irgendeinem Grund habe ich keine Lust, mit ihr zu reden.

Kilian legt kurz die Hand auf meinen Rücken. »Der Essayband aus dem Schaufenster liegt auf dem Tisch am Eingang. Brauchst du noch etwas?«

In Wirklichkeit sagt er: *Beeil dich, ich will hier raus.* Seit wann weiß ich eigentlich, was er fühlt und denkt …? Diese Geschichte mit uns beiden wird immer verwirrender. Und irgendwie enden wir immer im selben Team.

»Ja, aber es dauert nicht lange«, antworte ich leise. »Hol du doch schon mal die Essays.«

Ich lasse ihn stehen und steuere auf die Ecke mit den Schreibwaren zu. Der einzige menschenleere Winkel in diesem Raum. Und dort ist es, das bunte Regal meiner Träume. Normalerweise würde ich das hier zelebrieren. Ich würde an den Ledereinbänden schnuppern, alle Größen einmal in der Hand wiegen und von einer Farbe zur nächsten hopsen. Doch in diesem Fall erscheint es mir unethisch, das zu tun. An Waffen schnuppert man nicht – selbst dann nicht, wenn sie noch völlig leer und ungefährlich sind. Ich entscheide mich kurzerhand für ein liniertes, bordeauxrotes Notizbuch in DIN-A5 oder so ähnlich (amerikanische Papierformate machen mich seekrank).

Als ich mich umdrehe, um zur Kasse zu gehen, stoße ich beinahe mit Kilian zusammen. Reflexartig lasse ich das rote Notizbuch hinter meinem Rücken verschwinden. Was völlig blödsinnig ist. Er hat es längst gesehen, und außerdem wird es dadurch nur interessant. Da ich neuerdings weiß, was er fühlt und denkt, ist mir klar, dass er nun über Plan A mehr oder weniger im Bilde ist – und das alles superlustig findet.

Bingo. Seine Mundwinkel zucken verdächtig, als er sich erkundigt: »Führst du jetzt ein Urlaubstagebuch?«

Ich recke trotzig mein Kinn. »Was dagegen?«

»Überhaupt nicht. Darf ich das bezahlen?«

Verstehe. Er zahlt es mir buchstäblich heim.

»Danke, sehr gern.«

»Dann gib es mir, bitte.«

»Du hast es doch schon.« Ich deute auf den Essayband, den er in der Hand hält.

»Ich bezahle beide.«

Hätten meine Kollegen vom FBI gesehen, was jetzt passiert, müsste ich nochmal auf die *Academy* und eine Ehrenrunde drehen. Kilian stellt in aller Ruhe meine Wasserflasche, die er für mich getragen hat, auf dem Boden ab, greift völlig vorhersehbar hinter mich und zieht mir das Notizbuch aus der Hand. Alles in Zeitlupe. Und ich, Jahrgangsbeste im Nahkampf, stehe einfach nur da und lasse es geschehen.

Agent Morgenstern, what the hell is wrong with you?

Was los ist? Etwas Seltsames ist los: Ich habe eine Vorahnung. Gleich wird irgendetwas Ungutes passieren, wogegen der Erwerb dieses Notizbuches zu einer Nichtigkeit zusammenschrumpft. Etwas, wovor ich Kilian beschützen muss. Und ich kann ihn nicht gleichzeitig beschützen und bekämpfen. Obwohl es mir scheint, als würde ich genau das die ganze Zeit tun …

Kilian nimmt die Bücher und die Wasserflasche und geht zur Kasse. Zu Poppy, die heute irgendwie flatterig und aufgedreht wirkt. Sie hält ihre zusammengeklappte Lesebrille in der Hand und fuchtelt damit in der Luft herum, wenn sie mit jemandem spricht. Und sie spricht sehr laut. Die anderen Leute halten sie bestimmt für schwerhörig. Vielleicht ist sie so viele Kunden einfach nicht gewohnt.

Ich folge Kilian und komme gerade rechtzeitig, als sie seinen Namen sagt. Und endlich fällt mir auf, was mir längst aufgefallen ist: Poppy kennt Kilians Namen.

»Kilian, I love your book.«

Da fällt es mir wieder ein. Sie hat sich letzten Sonntag *Mr. Hyde* bestellt. Nachdem ich Klatschmaul den ersten Satz herausposaunt habe. Und dann hat sie Kilians Foto auf dem Einband entdeckt …

»Thanks.« Er sieht sie nicht an, sondern kramt in seinem Geldbeutel nach Kleingeld.

Aber Poppy lässt ihn nicht vom Haken. Sie bittet ihn, das Buch zu signieren, und Kilian murmelt: *»Sure.«*

Dass ein einziges Wort so resigniert klingen kann … Er bereut dieses Buch. Ich erinnere mich daran, wie ich es an unserem ersten Tag auf der Veranda liegen gelassen habe und er mich fragte, ob es meins sei. Ich habe ironisch »Nein, deins« geantwortet, und da meinte er: »Leider.« Ich weiß nicht, wen er damit so furchtbar verletzt hat, aber er hat sich selbst gleich mitverletzt, so viel ist sicher. So sehr, dass er sich in New York in Einzelhaft begeben hat. Vielleicht ist er doch Mr. Hyde …

Plötzlich verstehe ich, warum Kilian dringend ein neues

Buch schreiben muss. Damit *Mr. Hyde* endlich verschwindet. Was er nicht tun wird. Es wird immer Leser geben, die ihn lieben, und Kilian weiß das. Aber ein neues Buch würde den Abstand vergrößern – was der Atlantik offenkundig nicht geschafft hat.

Während ich die Bücher und meine Flasche in den Rucksack räume, holt Poppy eins, zwei, drei, *oh nein,* unzählige Exemplare von *Mr. Hyde* unter dem Ladentisch hervor. Sie lächelt Kilian verschmitzt an und teilt ihm mit, auf dem Tisch dort drüben würden noch mehr liegen. Sie zeigt auf mich. Poppy wusste einfach, dass ich zurückkommen würde. Anna, der Bücherjunkie. Und sie hat darauf spekuliert, dass ich ihn mitbringe. Ob er sich irgendwo hinsetzen möchte?

»No, just a pen, please.«

Kilian wirkt gefasst, und mir wird klar, dass er damit gerechnet hat. Seit sie ihn mit Namen begrüßt hat, wusste er, aus dieser Nummer würde er nicht herauskommen. Er hätte auf dem Absatz kehrtmachen sollen. Aber nein, er musste mir ja unbedingt die Bücher schenken. Ich bin an allem schuld.

Poppys Augen glänzen. Sie schiebt ihm einen schwarzen Kugelschreiber über den Kassentisch, und Kilian beginnt wortlos mit der Arbeit. Eine Kundin, die hinter uns steht, beschwert sich, ob sie jetzt endlich bezahlen könne. Da ruft Poppy wie eine Schwerhörige, dies sei der *»famous bestselling author Kilian Brand«*, der nur schnell ein paar Bücher signiere. Kilian sieht nicht auf und kritzelt weiter, aber die Kundin drängelt sich an mir vorbei zur Kasse. Sie zeigt auf den Bücherstapel. Sie will drei davon. Poppy nickt eifrig und rechnet die ofenfrisch signierten Exemplare in Windeseile ab. Dann versichert sie der Kundin mit einem Augenzwinkern, dies sei eine prima Wertanlage.

Ich sehe Poppy ungläubig an. Wo ist die liebenswerte alte Dame von letzter Woche geblieben? Und dann stelle ich mit

Entsetzen fest, dass ihr plumper Lockruf funktioniert hat. Die Grüppchen rücken näher. Und näher. Wir stehen nun in einer Menschentraube. Ich werde immer wieder zur Seite geschoben, bis ich mich am Rand wiederfinde. Kilian schreibt unbeirrt weiter, und die Leute reißen ihm die Bücher förmlich aus der Hand. Einige machen Selfies. Ich glaube nicht, dass sie ihn kennen, aber Poppy wiederholt wie eine Marktschreierin die Worte *»famous bestselling author«* und läuft hastig zu einem der Tische, um einen weiteren Stapel Bücher herbeizuschleppen.

Kilian sieht nicht auf. Er ist im Tunnel. Ich muss kurz daran denken, wie charmant er sich vorhin mit Normans Frau über die Hummer unterhalten hat, und unwillkürlich schießt mir der erste Satz seines Buches durch den Kopf: *In jedem von uns wohnen mindestens zwei Menschen, davon bin ich überzeugt.* Und diesen hier treffe ich zum ersten Mal. Wie ein Roboter signiert er die Bücher. Solange der Vorrat reicht. Der Kilian, den ich kenne, sagt andauernd Nein – zuletzt vor ein paar Minuten, als ich ihn gebeten habe, draußen auf mich zu warten. Aber dieser Fremde kennt nur ein höfliches *»Sure«*. Pflichtbewusstsein, Selbstbestrafung …?

Es mag Schlimmeres geben, als Bücher zu signieren, doch irgendwie fällt mir gerade nichts ein. Das Problem ist, dass die Kunden, die Poppy bereits abgefertigt hat, nicht verschwinden. Sie lungern an der Kasse herum und umzingeln ihn, um Schnappschüsse zu machen. Ob das an den Hamptons liegt? Die Leute sammeln Promis – auch wenn sie noch nie etwas von ihnen gehört haben. Am liebsten würde ich ihnen zurufen: *Seht mal! Vor dem Restaurant da draußen sitzt Ralph Lauren und entwirft eure Polohemden für den nächsten Sommer!* Doch ich sehe, wie einige der Frauen Kilian anstarren. Sein Aussehen ist nicht hilfreich. Das Etikett, das Poppy ihm gegeben hat, liefert ihnen nur einen Vorwand, um ihn ungeniert anzugaffen.

Richtig anstrengend wird es, als Poppy die drei deutschen Touristinnen herbeiwedelt, die gerade den Laden betreten haben. Sie erinnern mich ein bisschen an meine drei Engel für Charlie, und sie kennen Kilian. Ihre aufgeregte Reaktion *(»Kilian Brand? Seriously?«)* infiziert die übrigen Kunden, und ein paar von ihnen hätten jetzt gern noch zwei weitere Exemplare. Alle scheinen immer näher an Kilian heranzurücken, und die Deutschen reden auf ihn ein, während er stoisch weiterkritzelt.

Ich recke meinen Hals und sehe, dass er es fast geschafft hat. Nur noch zwei Bücher. Doch da bemerke ich, dass Poppy wie im Rausch mit einem weiteren Stapel angelaufen kommt. Die Frau hat tatsächlich spekuliert. Poppy nutzt den Tag. Die liebenswerte alte Dame von letzter Woche ist eine brutale Geschäftsfrau. *In jedem von uns wohnen mindestens zwei Menschen …*

Schon wieder schiebt mich jemand beiseite. Diese Leute sind unheimlicher als meine Pythons, und auf einmal erscheint mir die ganze Situation nicht mehr real. Poppys Büchervorrat wird niemals versiegen, es werden immer mehr Leute in den Laden strömen, und der Ausgang ist nur noch ein winziges Licht in der Ferne. Kilian ist in seinem Tunnel, und ich werde immer weiter von ihm fortgespült. Bald ist er auf sich gestellt und muss für alle Ewigkeit dieser Roboter bleiben, immer weiterkritzeln …

»KILIAN!« Ich glaube, das war ich.

Kilian hebt den Kopf. Er sieht sich um. Ich wedele mit den Armen, und da entdeckt er mich. Er muss seinen Blick scharf stellen, vom Laserstrahl fehlt jede Spur. Oh Mann. Es ist noch schlimmer, als ich dachte.

»KOMM!« Roboter brauchen klare Befehle.

Er schiebt sich eine Haarsträhne hinters Ohr, und ich frage mich, wie er so schüchtern und gleichzeitig so attraktiv aussehen kann. Ich gaffe und bin kein bisschen besser als die anderen. Dennoch lässt er seinen Stift fallen und kommt. Er ignoriert Poppys Protestrufe und bahnt sich einen Weg zu mir.

Als er vor mir steht, scheint es mir, als wäre er sehr lange weg gewesen. Ich unterdrücke den Impuls, ihn zu umarmen. Wir müssen hier raus. Kilian wirkt immer noch abwesend, und da fasse ich ihn wie ein Kind an der Hand und ziehe ihn hinter mir her ins Freie.

Wir blicken nicht zurück. Poppy hat gerade zwei Kunden verloren.

16

Ich habe ihm versprochen, dass der Buchladen nicht das Ende sein würde, und ich halte mich daran. Sobald wir im Freien sind, nehme ich ihn in die Arme. Er presst seine Nase in meine Haare und atmet tief ein, und der Roboter löst sich in Luft auf. Dann bricht Kilian sein Versprechen und küsst mich auf die Stirn. Mir fällt beim besten Willen nicht mehr ein, warum ich deshalb vor ein paar Tagen so ausgerastet bin.

»Lass uns nach Hause gehen«, murmelt er gegen meine Stirn. Das Flattern regt sich wieder in meinem Bauch. *Wenn die anderen noch nicht zurück sind …*

Ich nicke ein bisschen zu heftig.

»Soll ich uns ein Taxi rufen?«, fragt er.

Meine Wangen werden heiß, und ich sehe, wie er sich ein Grinsen verkneift. *So ein eingebildeter …* Ich schlage mit den Händen gegen seine Brust, um mich aus der Umarmung zu lösen. »Das hättest du wohl gern«, murre ich und marschiere los.

Aber als er mir folgt und verspielt den Arm um mich legt, schlüpft meine Hand wie von selbst wieder unter sein Shirt. Wie gesagt, ich halte meine Versprechen. Nach ein paar Metern spüre ich ein seltsames Kribbeln im Nacken, und es liegt nicht an Kilian. So fühlen sich Blicke im Nacken an. Ich weiß nicht, warum ich an Orks denke, aber ich muss schlucken und traue mich nicht, über die Schulter zu schauen. *Alles nur Einbildung.* Trotzdem bin ich erleichtert, als wir um die nächste Straßenecke biegen und Poppys Laden hinter uns lassen.

Der Heimweg ist weit, die Sonne ist ätzend, und ich stehe die ganze Zeit kurz vor dem nächsten Fußkrampf. Dennoch genieße ich jeden Schritt. Wenn die anderen schon zurück sind, war's das. Ich bin froh, dass wir uns kein Taxi genommen haben. Je näher das Haus rückt, desto langsamer werden meine Schritte. Und als wir schließlich unsere Straße mit den blühenden Vorgärten erreichen, denen die Sonne dank diverser Gärtner nichts anhaben kann, gerate ich regelrecht in Panik. Wieso habe ich meine Zeit mit ihm nicht besser genutzt? Warum habe ich es zugelassen, dass wir den gesamten Weg schweigend zurückgelegt haben? Kilian war ganz woanders. Nur die Gänsehaut, die hin und wieder in Schauern über seinen Rücken lief, verriet mir, dass er meine Gegenwart wahrnahm. Wenn die anderen noch nicht im Haus sind, wird er womöglich … Die Panik wird schlimmer. Er ist immer noch *Kilian Brand*, der all diese Bücher geschrieben hat, die zuhause in meinem Regal stehen. Der schon mit zigtausend langbeinigen Orks das Bett geteilt hat. *Ich kann das nicht.* Weder auf ihn verzichten noch mit ihm zusammen sein. Totalversagen. Ich muss dringend raus aus meinem Kopf. Da hilft nur reden.

»Kilian, bist du Mr. Hyde?«

Toll. Das Gartentor zur realen Welt ist schon in Sicht, und ich mache auf den letzten Drücker noch ein Fass auf.

Er sieht mich erstaunt von der Seite an. »Glaubst du das?«

»Na ja, es spricht einiges dafür«, sage ich leise.

Kilian bleibt stehen.

»Wirklich? Was denn?« Er klingt nicht verärgert. Nur sehr gespannt.

»Na ja …« Ich räuspere mich. »Du hast ziemliche Stimmungsschwankungen, und … und du liebst diese Frau aus dem Buch.«

Ich ziehe meine Hand unter seinem T-Shirt hervor. Ich kann nicht von dieser Frau sprechen und ihn dabei anfassen. Kilian lässt den Arm sinken, der auf meiner Schulter lag, aber er greift nach meiner Hand.

»Wie kommst du darauf?«

Ich zucke mit den Achseln und schaue auf den Boden. »Ich habe das Buch gelesen.«

Er schweigt.

Da füge ich kaum hörbar hinzu: »Es ist die Frau, von der du am Telefon gesprochen hast, oder? Im Diner, als ich …«

Dich belauscht habe. Obgleich ich seitdem weitaus Schlimmeres verzapft habe, kann ich es nicht aussprechen. Aber ich zwinge mich, ihm in die Augen zu schauen. Im ersten Moment bin ich nur verwirrt. Wie kann er gleichzeitig nicken und mich so zärtlich ansehen? Dann begreife ich es. Er bedauert mich. Er weiß, dass er gerade dabei ist, mein Herz in einen unbrauchbaren Schrotthaufen zu verwandeln. Dennoch macht er keinen Hehl daraus, dass er diese Frau liebt. Warum auch. Ich bin ein Urlaubsflirt und habe es selbst mehrfach betont: *Love the one you're with.* Und er hat mehrfach betont: *Ich bin nicht nett.* Was für eine Untertreibung. Endlich werde ich sauer.

Gerade, als ich meine Hand wegziehen will, hupt uns ein Auto von hinten an. Ich fahre erschrocken herum und sehe unseren Kombi, der langsam, aber sicher auf uns zurollt. Wieder Panik. Hastig befreie ich meine Hand aus Kilians. Er lässt es zu, wirft mir aber einen irritierten Blick zu. Pah! Das wollte ich sowieso tun. *Du bist nicht nett.*

Der Kombi hält neben uns, und Oliver fährt sein Fenster herunter. »Alles klar, Anna?«

Ich sehe ihn perplex an, bevor mir Alex' Kotzgeschichte einfällt. »Ja, halb so wild, ich war sogar noch im Buchladen«, sage ich schnell. Beim Lügen immer nah an der Wahrheit bleiben, das ist das A und O als Undercover-Cop.

Johanna streckt ihren Kopf vor und wirft mir einen strengen Blick zu. »Vier Stunden lang?«

Bevor ich antworten kann, ruft Oliver: »Okay, dann bis gleich!«, und fährt weiter.

Noch vor drei Minuten wollte ich unsere Rückkehr so lange wie möglich hinauszögern, aber jetzt erscheint sie mir wie die Rettung. Kilian liebt die Frau aus dem Buch, und ich werde es nie kapieren, wenn er mich ständig anfasst. *Er darf mich nicht mehr anfassen.* Ich verschränke die Arme vor der Brust und folge meiner Familie. Als Kilian mich sachte am Rücken berührt, mache ich einen Satz nach vorne.

»Anna.«

Ich antworte nicht und laufe weiter.

»Ein einziger Blick von Johanna reicht, oder?«

Er klingt genervt. *Er* ist jetzt genervt? Na warte! Ich drehe mich abrupt zu ihm um. Wir stoßen fast zusammen, aber nur fast. Ich berühre ihn nämlich nicht mehr. Meine Arme bleiben verschränkt.

»Weißt du, warum sie nicht herkommen wollte? Deswegen!« Ich wurschtele meine Hand aus der Armbeuge und gestikuliere ein bisschen wild zwischen ihm und mir hin und her. Dann packe ich meine Hand schleunigst wieder weg. »Sie hat nämlich geahnt, dass so was passieren würde. Und sie wusste, wie das für mich ausgehen würde. Wenn du also unbedingt über Johanna schreiben musst, dann solltest du zumindest zwei Wahrheiten beachten: Erstens behält sie am Ende immer recht, und zweitens hat sie mehr Mitgefühl als jeder andere. Ihr ist nichts und niemand egal. Ganz im Gegensatz zu dir.«

Kilian hat die Hände in die Hosentaschen geschoben und

sieht mich stirnrunzelnd an. Ich habe meine Zauberkraft verloren. Ich weiß nicht mehr, was er fühlt und denkt. Nun bin ich darauf angewiesen, dass er mit mir spricht. Aber er tut es nicht. Da wende ich mich von ihm ab und gehe zu den anderen.

Montauk war ein Reinfall. Als Alex ohne uns dort aufkreuzte, fing Leni prompt an zu weinen. »Alex hat Anna verloren!« Sie würde nie wieder jemand anderes neben sich auf den Rücksitz lassen. Da fing auch Jupiter an zu weinen, und Simone gab Alex und seinem italienischen Fahrstil die Schuld. Kein Wunder, dass Anna gekotzt hatte. Johanna wollte sofort zurückfahren und uns wieder einsammeln. Woraufhin Oliver ihr den Vogel zeigte.

»Anna und Kilian können auf sich selbst aufpassen.«

Johanna funkelte ihn an. »Hör auf, sie so zu nennen!«

»Wie denn?«, fragte Oliver verwirrt.

»Anna und Kilian!«

Daraufhin zeigte Oliver ihr nochmals den Vogel. Und das war's. Die Stimmung war im Eimer. Johanna hakte sich bei Maike unter und war den restlichen Ausflug unversöhnlich. Und die Maldinis waren ohnehin ein Minenfeld. Auf dem Rückweg saß Johanna bei Maike und Simone bei Oliver. Leni und Jupiter waren auch geschiedene Leute; Oliver musste den Kindersitz wieder umbauen.

Das alles erfahren wir – Anna und Kilian – von Oliver, während wir ihm helfen, den Kofferraum auszuräumen. Die anderen sind schon im Haus. Ich habe versucht, Kilian abzuwimmeln, aber er bestand darauf, Oliver zu helfen. Und Oliver stört es kein bisschen, dass Kilian zuhört. Er muss Dampf ablassen. Ich habe ihn selten so erlebt. Eigentlich noch nie. Ich glaube, der Ehekrach der Maldinis nagt an seinen Nerven.

Alex ist wirklich sehr, sehr anhänglich. Da dürfen Johanna und Leni nicht auch noch herumspinnen.

Als wir sämtliche Strandtaschen, Kühlboxen und kübelweise Strandspielzeug, das Leni sich von der Rumpelveranda geborgt hat, aus dem Auto geräumt haben, meint Oliver: »Geht lieber außen herum.«

Kilian und ich schauen ihn verdutzt an.

»In der Küche wartet das Tribunal«, erklärt er.

Kilian lacht ungläubig. »Ach, komm.«

»Ich habe euch gewarnt«, sagt Oliver. Er schnappt sich die Strandtaschen und wählt den einfachen Weg – außen herum.

Ich sammle das Spielzeug zusammen, das auf dem Kiesweg liegt, und murmle, ohne Kilian anzusehen: »Geh ruhig ins Poolhaus, ich bringe das mal eben hinter mich.«

Aber Kilian greift sich wortlos die Kühlboxen und folgt mir auf die Rumpelveranda, wo ich das Spielzeug deponiere.

Als wir die Küche betreten, sitzen dort drei Freundinnen am Küchentisch und trinken Wasser mit gefrorenen Himbeeren und Minze. Sie wirken so entspannt wie selten. Simone lacht sogar, zum ersten Mal seit Tagen. *Tribunal?* Oliver spinnt. Trotzdem habe ich keine Lust, mich zu ihnen zu setzen. Ich will in die Bibliothek. Allein sein. Mit meinem neuen Notizbuch. Und eine lange Liste schreiben, warum Kilian ein Monster ist. Nicht für Plan A, sondern für mich. Ich muss dieses Gefühl loswerden. Diesen Tag. Er ist schon Vergangenheit, obwohl ich gerade noch mittendrin war. Und das große Sehnen hat schon begonnen. *Pie in the sky.*

Ich husche an den Freundinnen vorbei und steuere direkt auf die Tür zu, die zum Flur führt.

»Anna, wo willst du hin?« Johannas Erst-noch-Zähneputzen-Stimme.

Ich drehe mich um. Aus dem Augenwinkel sehe ich, wie Kilian gerade die Kühlboxen auf dem Küchentresen abstellt.

»In mein Zimmer. Ich bin müde.«

»Willst du gar nicht wissen, wie es in Montauk war?«

»Hat Oliver schon erzählt.«

»Ach ja? Was hat er denn gesagt?«

»Nichts.«

»Nichts?« Johanna zieht die Augenbrauen hoch.

»Er hat gesagt, dass es scheiße war.«

»Und hat er auch gesagt, weshalb?«

»Weil Alex ohne uns aufgekreuzt ist.«

»Die Kinder waren völlig aufgelöst«, wirft Simone ein.

Da höre ich, dass Kilian einen verächtlichen Laut macht. Er lehnt am Küchentresen und beobachtet uns.

»Was denn?«, schnappt Simone.

»Seid ihr nicht in der Lage, euch mal einen halben Tag selbst mit euren Kindern zu beschäftigen?« Kilian klingt sauer, und die anderen sehen genauso überrascht aus wie ich. Wir haben uns an den neutralen Beobachter gewöhnt.

Johanna ist die Erste, die sich wieder fängt. »Darum geht es nicht.«

»Worum geht es denn dann?«

»Dass man sich abmeldet.« Johanna wendet sich mir zu. »Du bist vier Stunden lang nicht ans Handy gegangen.«

Oh. Daran habe ich gar nicht gedacht … Es lag irgendwo tief unten in meinem Rucksack. Ich trete unbehaglich von einem Bein aufs andere und sage kleinlaut: »Aber Alex hat uns doch abgemeldet …«

»Ich habe mir Sorgen gemacht.«

»Tut mir leid«, murmle ich.

Da sagt Kilian reichlich genervt: »Jetzt hör mal auf, dir ständig Sorgen zu machen. Anna ist erwachsen.«

Erwachsen. Damit meint er natürlich, dass ich schon allein über die Straße gehen kann, ohne überfahren zu werden. Dass ich mir mein Essen selbst kaufen kann. (Wenn ich es nicht gerade vergesse und einen Krampf im Fuß habe.) Und dass ich es hinkriege, allein nach Hause zu finden. Doch ich weiß, dass Johanna an etwas völlig anderes denkt. *Volljährig. Geschlechtsreif und paarungsbereit.* Ich spüre, wie das Blut in meinen Kopf schießt. Ich hake die Finger in die Träger meines Rucksacks und starre auf den Boden. Total erwachsen.

»Nichts für ungut, aber erzähl du mir nichts über Anna.«

»Du klingst, als wärst du ihre Mutter.«

»Ich bin ja auch neun Jahre älter als sie.«

Ich schaue auf und sehe, dass Johannas Augen schmal sind. Sie fixiert Kilian und ergänzt bissig: »Fast so alt wie du.«

Ich traue mich nicht, ihn anzusehen, aber ich vermute mal, dass er seinen grünen Laserstrahl quer durch den Raum wirft. Er entgegnet kühl: »Keiner von uns ist alt genug für elterliche Gefühle.«

»Das ist keine Frage des Alters, sondern der Verantwortung«, kontert Johanna. »Aber damit kannst du natürlich nichts anfangen.«

Ich werfe Kilian einen verstohlenen Seitenblick zu. Jawohl. Ein grüner Laserstrahl. Ultragenervt. Ich muss schlucken. Ich bin gar nicht da. Wie gesagt, total erwachsen. Genau wie Simone und Maike, die voll auf ihre Kosten kommen.

»Mir war nicht klar, dass wir uns schon so gut kennen.«

»Wir alle kennen dich, Kilian«, erwidert Johanna. »Zumindest alle, die schon lesen können. Und wir lesen nicht nur Bücher. Weißt du, was im Internet über dich steht?«

»Ehrlich gesagt, nein.«

»Frauenheld.«

Er zuckt mit den Achseln. »Klingt nicht nach mir.«

»Ach, nein?«, fragt Johanna spöttisch.

»Nein«, antwortet Kilian ruhig. »Nach meinem Verständnis ist ein Frauenheld jemand, der Frauen erobert.«

»Und das tust du nicht?«

»Nein.«

»Die Fotos sagen aber etwas anderes.«

Kilian zuckt wieder mit den Achseln. »Ich hatte nur nie einen Grund, Nein zu sagen. Das macht mich nicht zum Frauenhelden.«

Ich bekomme einen kleinen Herzinfarkt, als er mich plötzlich ansieht und sagt: »Und es hat rein gar nichts mit dir zu tun.«

Es kommt mir vor, als wäre ich in einen Film gestolpert, den ich mir gerade noch angesehen habe. Alle Augen sind auf mich gerichtet, und ich weiß nicht, wohin mit dem Popcorn und der Cola.

Ich räuspere mich. »Ich weiß.«

»Anna, das weißt du aber besser.« Johannas Die-Hose-gehört-andersherum-Stimme.

Ich sehe sie an und erkläre: »Das hat rein gar nichts mit mir zu tun, weil wir nur Freunde sind. Und jetzt lass ihn endlich in Ruhe.« Mehr gibt es nicht zu sagen. Ohne ihre Antwort abzuwarten, öffne ich die Tür zum Flur und bin weg.

Also, nicht ganz … Schließlich bin ich immer noch ein Cop, und zwar ein ziemlich neugieriger. Ich bleibe hinter der Tür stehen und höre, wie Johanna mit frostiger Stimme feststellt: »Wir hätten nicht herkommen sollen.«

»Warum nicht?«, erkundigt sich Maike erstaunt.

»Anna hat mir gerade zum ersten Mal ins Gesicht gelogen.«

»Sie hat nicht gelogen.« Oh. Kilian ist noch da. Irgendwie bin ich davon ausgegangen, er sei ebenfalls abgehauen. Über die Rumpelveranda. Aber jetzt sagt er: »Wir sind nur Freunde.«

»Verkauf mich nicht für dumm. Ihr habt Händchen gehalten, bevor Oliver gehupt hat.«

»Ja, weil ich es nicht lassen kann. Aber sie hält nicht viel von mir.«

»Ja, klar.«

»Johanna, ich muss dich von nichts überzeugen. Und ich werde dich nicht um Erlaubnis bitten, falls Anna ihre Meinung ändern sollte.«

Stille. Oh nein. Jetzt geht er. Durch welche Tür? Wenn er mich hier sieht … Ich springe hinter die Standuhr und halte die Luft an. Ich warte. Kein Kilian. Er hat die andere Tür genommen. Ich atme auf. Oh Mann, wenn ich nicht gerade erwischt werde, liebe ich meinen Job. Ich bin eine Katze.

Die Katze schleicht zurück zur Küchentür.

Maike sagt: »Er ist sowieso nicht mein Typ.«

Simone: »Annas anscheinend auch nicht.«

Johanna: »Von wegen.«

Maike: »Glaubst du ihm nicht?«

Johanna: »Ihm schon, aber ihr nicht. Ich bin … verwirrt.«

Verwirrt? Johanna ist nie verwirrt.

»Ich kenne meine kleine Schwester. Sie kokettiert nicht. Wenn sie ihren Traummann abblitzen lässt, hat er irgendetwas ausgefressen, und zwar etwas Unverzeihliches, weil es nämlich fast unmöglich ist, Anna nachhaltig zu verärgern.«

So ein Mist. Johanna ist uns auf der Spur. Was tun? Ruhe bewahren. Notizbücher nicht aus den Augen lassen. Und schleunigst von hier verschwinden. Sie muss nicht wissen, dass ich weiß … Oje. Langsam verliere ich den Überblick.

Ich sollte einfach für den Rest des Urlaubs in der Bibliothek bleiben. Wer braucht schon Sonne. Oder Leute. Ich schlüpfe aus den Folter-Flip-Flops, werfe meinen Rucksack in eine

Ecke und lasse mich rücklings auf die Schlafcouch fallen. Endlich Ruhe. Ich breite die Arme auf der Bettdecke aus und schließe die Augen. Und prompt sind sie da, die Gedanken. Hastig öffne ich die Augen wieder. Es hilft nichts. Kilian hat so wenig gesagt, aber ich wälze es in meinem Kopf hin und her. *Falls Anna ihre Meinung ändern sollte.* Das klang so, als müsste ich nur die Hand ausstrecken, um ihn zu bekommen. Als wollte er mich. Und dann dieser Satz: *Es hat rein gar nichts mit dir zu tun.* Wenn er mich will und ich rein gar nichts mit den Orks zu tun habe, dann … Für einen Augenblick lasse ich das glückliche Kribbeln zu. Er und ich, wie das wohl wäre … Doch dann fällt mir ein, was Johanna gesagt hat, nachdem sie uns beim Flirten am Strand erwischt hat: *Er ist zu besonders.* Ich muss schlucken. Unglaublich, wie weh das tut. Und am Ende behält Johanna immer recht. Da sind sie wieder, die Tränen, aber ich kämpfe sie zurück. Ich bin nicht so ein Waschlappen. Zumindest nicht, solange ich eine Mission habe. Es bleibt noch genug Zeit zum Heulen, wenn meine Familie in Sicherheit ist.

Mit einem Ruck setze ich mich auf. Plötzlich kann ich es nicht erwarten, das rote Notizbuch aus dem Rucksack zu kramen. Meine magische Waffe. Und tatsächlich, der Zauber funktioniert. Sobald ich das Buch in den Händen halte und ausgiebig an dem Ledereinband geschnuppert habe, ist alles klar. Plan A geht auf. Ich war unfassbar dumm. Die Information, mit der ich Kilian erpressen kann, lag die ganze Zeit vor meiner Nase. Ich werfe mich bäuchlings auf die Bettdecke und schlage feierlich die erste Seite auf. Mein Daumen entschärft mit einem entschlossenen Klack den Kugelschreiber, aber ich halte kurz inne. Eins nach dem anderen, zuerst der Titel:

URLAUB MIT EINEM SCHRIFTSTELLER

Doch das hier wird kein Roman. Ich bin Cop. Also fackle ich nicht lange, und schon steht dort blau auf weiß der Satz, den Kilian mit Sicherheit nicht über sich in der Zeitung lesen will:

Kilian Brand hat neun Fremde in sein Ferienhaus eingeladen, um sie – ohne ihr Wissen – als literarisches Material zu verwerten.

Erledigt. Der Durchschnitts-Cop würde jetzt eine rauchen gehen. Aber ich schreibe weiter. Über Mr. Hyde und seine Opfer, die ich nicht kenne. Über Kilians Schreibblockade, seine Isolation in New York und seinen gescheiterten Plan, niemanden mehr zu verletzen. Über seinen Entschluss, dass meine Familie dran glauben muss.

Wow. Das ist ja die reinste Therapie! Ich analysiere ihn einfach kaputt. Und ziehe mich aus eigener Kraft aus dem Morast. Nix mit Fegefeuer. Meine Ausbilder wären furchtbar stolz auf mich, und ich kann es schon spüren: Ich werde eine steile Karriere beim FBI hinlegen. Die Frau ohne Privatleben. Allein, aber hochmotiviert. Ich werde da draußen sein und jeden beschützen, der nicht bei drei auf den Bäumen ist.

Gerade will ich ausführen, dass Kilian ein eiskalter Soziopath ist, der auch mit Hummern kein Mitleid empfinden kann, als die Tür aufgeht und Johanna im Türrahmen erscheint. Sie trägt ihr dunkelblaues Wickelkleid, in dem ihre Haare wie Feuer aussehen, aber sie klingt irgendwie matt, als sie fragt: »Kann ich reinkommen?«

Ich klappe mein Notizbuch zu und setze mich auf. »Klar.«

Ich klopfe auf die Bettdecke, und Johanna kommt zögerlich auf mich zu und setzt sich neben mich.

Sie räuspert sich. »Anna …«

Langsam werde ich unruhig. Johanna zögert nie. Und sie

hat auch noch nie gefragt, ob sie hereinkommen darf. Sie ist einfach da und redet drauflos.

Aber jetzt räuspert sie sich ein weiteres Mal, bevor sie ungewöhnlich leise fragt: »Anna, würde es dir etwas ausmachen, wenn wir morgen abreisen?«

Ich reiße die Augen auf. *Was?*

»Dann hättest du auch noch ein bisschen was von Manhattan, bevor du zurückfliegst«, fährt Johanna fort, während mein Körper sich plötzlich aufführt, als wäre mein Leben in Gefahr. Mein Herz pumpt wie verrückt, meine Hände sind nass, meine Kehle ist trocken.

Wir reisen morgen ab. Ins Fegefeuer.

»Aber warum denn …«, bringe ich heiser hervor.

»Ach, Anna, du siehst doch, was hier los ist.« Johanna klingt immer noch matt. »Alle streiten sich, sogar Oliver und ich.«

Nun schaue ich sie verblüfft an. Eine Ausrede? So etwas sieht ihr gar nicht ähnlich. Johanna spielt immer mit offenen Karten. Wieso sagt sie nicht einfach, worum es in Wirklichkeit geht? *Und ich werde dich nicht um Erlaubnis bitten, falls Anna ihre Meinung ändern sollte.* Sie kriegt Kilians Satz nicht aus dem Kopf, genauso wenig wie ich. Und sie will mich in Sicherheit bringen, bevor es passiert. Bevor ich meine Meinung ändere.

»Bitte nicht …« Ich flüstere.

»Man soll aufhören, wenn's am schönsten ist.«

Was redet sie da für einen Unfug? Gerade hat sie noch behauptet, alle würden sich streiten. Sie spricht über Kilian und mich. Das mit dem Lügen hat sie wirklich nicht drauf.

»Aber es ist nicht schön.« Meine Stimme klingt hohl. »Es ist furchtbar, und wenn's furchtbar ist, sollte man auf keinen Fall aufhören. Das wäre, wie wenn man sich vor dem Schlafengehen nicht verträgt.«

Ich weiß selbst nicht so genau, von wem ich gerade rede. Fest steht jedenfalls, dass Johanna und Oliver sich noch vor dem Abendessen vertragen werden und dass Alex und Simone sich wohl nie wieder vertragen werden. Was Kilian und mich betrifft … Uns werden zwei weitere Wochen in diesem Porzellanhaus auch nicht glücklich machen. Er liebt die Frau aus dem Buch und will sich mit unserem Urlaubsflirt ablenken. Aber ich bin ungeeignet. Es gibt wirklich keinen Grund hierzubleiben. Nicht einmal Plan A. In meinem Notizbuch, das ich mit meinen feuchten Händen umklammere, steht bereits alles, was ich brauche. Ich könnte sofort ins Poolhaus marschieren und Kilian die Pistole auf die Brust setzen. Und abreisen. Meine Familie wäre gerettet und obendrein nicht länger den Maldinis ausgesetzt. Es wäre für alle das Beste.

»Was ist das?«, will Johanna wissen und zeigt auf mein Notizbuch.

»Nichts«, antworte ich schnell und ohrfeige mich innerlich. Diese Geheimniskrämerei ist wie Scheinwerferlicht. Ich lerne einfach nicht aus meinen Fehlern. Von wegen Karriere beim FBI. Ich werde einfach nur allein sein. Ohne Mission. Ich muss endlich der Tatsache ins Gesicht sehen: Die Zukunft wird scheiße.

Dann bleib in der Gegenwart, solange es geht …

»Johanna, ich bleibe hier.«

Sie wirft mir einen befremdeten Blick zu. »*Wozu?* Er wird dich konsumieren, mehr nicht.« Endlich redet sie Klartext. »Das nimmt kein gutes Ende.«

»Ich bin erwachsen.«

»Seit wann?« Wieder dieser befremdete Blick. »Ich lasse dich nicht allein mit ihm.«

»Dann bleib hier.«

Das Training mit Kilians Laserstrahl hat mich gestählt. Ich

schaue ihr entschlossen in die Augen, und nach ein paar verdatterten Wimpernschlägen knickt meine große Schwester ein. »Und ob ich das werde. Und glaub nicht, dass ich euch aus den Augen lasse.«

Johanna steht auf und wirft schwungvoll ihre rote Mähne zurück. Sie wirkt nicht mehr matt. Sie hat jetzt das, was ich soeben verloren habe: eine Mission.

17

In Büchern finde ich es immer ein bisschen plump, wenn die miese Laune der Figuren meteorologische Auswirkungen hat. Aber hier, im echten Leben, hat der Regen etwas Befreiendes. Es ging schon gestern Nacht mit Blitz und Donner los. Ich saß an meinem Fenster in der Bibliothek und beobachtete das Spektakel. Hin und wieder war der Blitz so nah, dass das Poolhaus erleuchtet wurde, und ich bildete mir ein, Kilians Gestalt am Fenster zu sehen. Ich schaltete mein grünes Licht ein. Was für eine dumme Idee. Hoffnung war das völlig falsche Signal. Ich schaltete es wieder aus und konzentrierte mich auf das Gewitter.

Ich liebe den Regen. Das Prasseln beruhigt meine Nerven. Ich habe letzte Nacht tief und fest geschlafen. Und heute bin ich die Erste, die mit ihrem Kaffeebecher auf der Veranda steht, die Regenluft einatmet und die brandneue Bucht unter dem wolkenverhangenen Himmel begrüßt. Es ist ungewohnt, dass am Pool nicht geturnt wird. Er liegt verlassen im Nieselregen, als wären wir schon abgereist. Und die Hängematte ist leer. Ich bin froh, dass Kilian endlich im Poolhaus übernachtet hat, aber gleichzeitig wird mein Herz schwer. Die Dinge ändern sich schon, während wir noch hier sind, und vielleicht hat die unerwünschte Zukunft bereits begonnen …

Gerade will ich mich in die Hängematte plumpsen lassen, als Kilians Stimme vom anderen Ende der Veranda warnt: »Die ist nass.«

Ich lasse beinahe meinen Kaffeebecher fallen. Kilian liegt

in meinem toten Winkel auf dem Outdoor-Sofa, das an der Hauswand unter dem Wohnzimmerfenster steht und eigentlich nie benutzt wird, weil man darin bis zum Boden versinkt. Er trägt einen dunkelblauen Pullover und hat zwei Wolldecken um seine Beine geschlungen. Nun setzt er sich verschlafen auf und streckt die Hand nach mir aus.

Als ich ihn nur perplex anschaue, bettelt er: »Kaffee, bitte.«

Kopfschüttelnd überquere ich die Veranda und reiche ihm meinen Becher. Kilian rutscht zur Seite, um mir auf dem Sofa Platz zu machen, und ich lasse mich neben ihn sinken. Er nimmt einen Schluck aus meinem Becher und wirft mit der anderen Hand eine seiner beiden Wolldecken über meine nackten Beine. Es ist kühl. Viel zu kühl, um draußen zu schlafen.

»Kilian, du spinnst. Und außerdem sprinte ich nicht, wenn es regnet.«

»Ach.« Er sieht mich interessiert von der Seite an.

»Wirklich nicht. Ich sprinte nur, wenn ich angespannt bin, und der Regen beruhigt mich.«

Nun lächelt er. »Auch Blitz und Donner?«

Ich nehme ihm den Becher aus der Hand. »Ja.«

Sein Lächeln wird breiter, und er zieht mir den Becher weg, kaum dass ich einen Schluck getrunken habe.

»Bist du eine Wetterhexe?«

»Ja, und zwar eine, die schwimmen kann. Geh in dein Bett.«

Ich entwende ihm wieder meinen Kaffee. Unsere Finger berühren sich, und ich verfluche mich ein bisschen. Was ist aus meinem Vorsatz geworden, ihn nicht mehr anzufassen? Und was um Himmels willen habe ich auf dieser Couch verloren?

»Okay.« Er sieht mich unschuldig an. »Kommst du mit?«

Ich verschlucke mich am Kaffee und bekomme einen Hustenanfall. Da klopft er mir kameradschaftlich auf den Rücken. Er findet das alles mal wieder sehr unterhaltsam.

»Gib ihn lieber mir.« Kilian nimmt mir den Becher aus der Hand.

»Hol dir gefälligst deinen eigenen.«

Ich versuche, meinen Kaffee zurückzuerobern, aber er hält ihn außer Reichweite und entgegnet: »Ich will aber deinen.«

Da packe ich ihn am Ohr und ziehe seinen Kopf zu mir. »Gib ihn her!«

Unvermittelt muss ich wieder an Gustav denken, obgleich der wohl kaum lachende grüne Augen hat. Ich bin gerade dabei, mich ein bisschen festzugucken, als ich meinen Namen höre. Verwundert sehe ich mich um. Eigentlich ist Johanna nie so früh wach. Sie muss sich den Wecker gestellt haben. Extra für uns. Sie steckt nur den Kopf durch die Tür und zitiert mich ins Haus. Dann verschwindet sie wieder.

Als ich die Wolldecke beiseite werfe und aufstehen will, legt Kilian seine warme Hand in meine Armbeuge.

»Anna, bitte bleib hier.« Er hat aufgehört zu lachen.

»Wozu?« Ich wünschte, mein *Wozu* würde auch nur halb so resolut klingen wie Johannas von gestern.

Er zögert. Schließlich sagt er: »Um bei mir zu sein.«

Ich sehe ihn an, und für einen kurzen Augenblick glaube ich daran, dass er genauso verzweifelt in der Gegenwart bleiben will wie ich. Doch der Augenblick huscht – wie ein böses Vorzeichen – viel zu schnell vorbei, und ich finde Johannas Worte: »Damit du mich konsumieren kannst? Wie meinen Kaffee?« Und wieder klinge ich nicht halb so resolut wie beabsichtigt.

Kilian antwortet nicht. Er mustert mich und führt langsam meinen Becher zum Mund. Er trinkt einen Schluck und lässt mich dabei nicht aus den Augen. Als er den Becher absetzt, fährt er sich mit der Zunge über die Lippen. Seine Mundwinkel zucken, und ich wünschte, ich könnte auch lachen. Stattdessen starre ich ihn an, als hätte ich noch nie einen Mann beim Kaffeetrinken gesehen.

»Anna!«

Ich fahre zusammen. Johanna steht auf der Veranda und hat die Hände in die Seiten gestemmt.

»Ich komme«, murmle ich mit hochrotem Kopf und springe vom Sofa auf.

Als ich ihr ins Haus folge, prickeln meine Beine, und es liegt nicht an der kühlen Morgenluft. Mir hat noch nie jemand hinterhergeschaut – und ich muss zugeben, dass es ein unglaublich gutes Gefühl ist.

Es ist Dienstagnachmittag, und es regnet immer noch. Das große Anwesen besteht nun im Wesentlichen aus Küche und Wohnzimmer, und wir alle sind näher zusammengerückt. Zum Glück ist Alex am Sonntagabend in die Stadt zurückgefahren. Ehekrach auf der Arche Noah braucht kein Mensch. Johanna und Oliver haben sich wie erwartet schon vor dem ersten Gewitter am Sonntag wieder vertragen. Vermutlich mit Krampf im Fuß.

Als die beiden frisch Versöhnten am späten Sonntagnachmittag Arm in Arm am Pool auftauchten, wanderte mein Blick unwillkürlich zu Maike. Sie lag wie versteinert auf ihrer Liege. *Enttäuscht.* Kilian hat es auch gesehen. Und er hat gesehen, dass ich es gesehen habe. Er saß mit Leni und Jupiter, die auch frisch versöhnt waren, im Whirlpool, aber unsere Blicke trafen sich wie von selbst. Als steckten wir unter einer Decke. Und wieder die ewige Frage: Weiß er, dass ich weiß …? Weiß er, dass ich über Julias und Mayas Poolsex im Bilde bin? In diesen konspirativen Momenten denke ich jedes Mal, er weiß es. Aber wäre er dann nicht stinksauer auf mich? Könnte er mich dann so ansehen, wie er es seit unserem Date pausenlos tut?

Johanna würde verzweifeln, wenn sie im Hinterkopf Augen hätte. (Eklige Vorstellung.) Ich glaube, sie ist ohnehin schon ziemlich verzweifelt. Anders kann ich mir ihre Ausdauer beim Kartenspielen nicht erklären. Seit gestern haben Johanna, Oliver und Kilian kaum etwas anderes getan, als Skat zu spielen. Und Maike sitzt permanent daneben und schaut zu. Nach etwa acht Stunden kennt sie zwar die Regeln, aber sie will immer noch nicht mitspielen. Dann müsste ja immer einer aussetzen, und Maike möchte nicht stören.

Simone döst tagsüber fast die ganze Zeit im Wohnzimmer auf einem der blau-weiß gestreiften Sofas, seit der Regen ihre schöne Liege am Pool unbewohnbar macht. Auf demselben Sofa hat Kilian letzte Nacht geschlafen. In dem riesigen Wohnzimmer gibt es zwar noch zwei weitere Sofas, aber dieses hat strategisch die beste Lage. Es liegt auf meiner Rennstrecke, falls ich zur Verandatür sprinten sollte.

Ich konnte Kilian gestern nicht davon überzeugen, dass er getrost im Poolhaus schlafen kann, und draußen ist es jetzt zu kalt. Zum Glück bin ich die totale Lerche. Wenn Johanna ihn heute Morgen im Wohnzimmer – nur durch eine dünne Wand von mir getrennt – erwischt hätte, wäre was los gewesen. Aber ich habe ihn im Morgengrauen weggeräumt. Langsam verkomme ich wirklich zum abgebrühten Cop. Ich war nicht einmal überrascht, als ich aus der Bibliothek trat und Kilian dort liegen sah. Ich habe nur geseufzt und mich neben ihn auf den Boden gekniet. Diesmal kam ich mir nicht wie eine irre Stalkerin vor, als ich ihm beim Schlafen zusah. (Auf der Arche Noah hat sich einiges verändert.) Irgendwann schob ich ihm seelenruhig eine Haarsträhne aus dem Gesicht. Und ich musste lächeln, als er die Augen aufschlug. Er blinzelte und sah mich an. Schläfrig. *Glücklich.*

Ich spürte einen Stich in der Brust und versuchte, mir seinen Gesichtsausdruck einzuprägen. Für die Zukunft. Kilian hob wortlos seine Wolldecke hoch, und ich wäre seiner Einladung ohne mit der Wimper zu zucken gefolgt, wenn die Maldinis nicht solche Krachmacher wären. Simone, die überall bei Lärm und Licht schlafen kann und daher auf andere Schlafende keine Rücksicht nimmt, krakeelte oben auf dem Treppenabsatz: »Jupiter, erst Pipi machen!«

Kilian grinste und machte keine Anstalten aufzustehen, aber ich zog ihm die Decke weg und zeigte energisch auf die Verandatür. Er gähnte nur, und ich musste ihn wie ein altes Maultier an Armen, Beinen und Ohren zur Tür hinausziehen. Als ich ihm auf der Veranda die Wolldecke über die Schultern warf, sah er mich heiter an und drückte mir einen Kuss auf den Scheitel.

»Guten Morgen, Anna.«

Dann verschwand er im Regen. Gerade noch rechtzeitig.

Ich glaube, dieses Katz-und-Maus-Spiel macht ihm einen Heidenspaß. Johanna sorgt zwar dafür, dass wir nie im selben Küchenteam sind oder am Tisch nebeneinandersitzen, geschweige denn uns zu zweit in einem Raum aufhalten. Dennoch kriegt er es immer hin, im Vorbeigehen unbemerkt einen Zipfel von mir zu erwischen. Fingerspitzen, Handrücken, Arme – nicht einmal mein Hals ist vor seinen warmen Händen sicher. Was nicht zuletzt daran liegt, dass ich jedes Mal wie ferngesteuert stillhalte, wenn ich ihm im Flur, im Türrahmen, am Kühlschrank oder wo auch immer begegne. Den Augenblick ins Unendliche strecken, das ist meine neue Mission. Und in der endlosen Zeit danach warte ich nur auf den nächsten Augenblick. Gegenwart – viel zu kurz, um wahr zu sein.

Zwischen den Augenblicken tut Kilian sein Bestes, um mir gehörig auf die Nerven zu gehen. Sobald die anderen nicht hinsehen, greift er nach meinem Glas oder Becher und trinkt daraus. Und sieht mir belustigt dabei zu, wie ich erröte und Phantomschmerzen bekomme. Heute Mittag habe ich auf meine katzenhafte Art versucht, dasselbe zu tun, und bin wie üblich erwischt worden. »Anna, das ist doch Kilians Glas«, wies Leni mich zurecht, und Kilian sagte entrüstet: »Finger weg von meinem Glas! Danke, Leni.« Dabei sah er mich so selbstgerecht an, dass ich ihn am liebsten getreten hätte.

Aber irgendwie schafft er es, bei Johanna den Bogen nie zu überspannen. Er weiß, wann er nachgeben muss. Es liegt auf der Hand, dass der Skatmarathon Johanna in erster Linie dazu dient, Kilian von mir fernzuhalten. (Oliver würde aus allen Wolken fallen. Er schwebt im siebten Kartenhimmel.) Trotzdem macht Kilian ohne Murren mit und bleibt sogar brav am Kartentisch sitzen, wenn die Kinder und ich mit seinem Fußball auf der Veranda herumkicken. Er hielt sogar die Stellung, als wir gestern die Vorhänge in den Schlafzimmern zuzogen und Verstecken im Dunkeln spielten. Als Leni ihm aufgeregt davon berichtete, hat er mich mit einem schiefen Lächeln angesehen. *Bedauern.* Hin und wieder weiß ich doch noch, was er fühlt und denkt. (Nur leider nie, wenn es darauf ankommt.)

Ich würde auch lieber zu unserer Gang gehören, als mit den langweiligen Erwachsenen Karten zu spielen. Eigentlich gibt es – abgesehen von Lenis Köfferchen, *Fireman Sam* und dem Walfangmuseum – bei diesem Dauerregen nicht viel zu tun, aber die Kinder und ich haben trotzdem unseren Spaß. Wir haben während der letzten zwei Tage in der Bibliothek einen Buchladen eröffnet, Lesezeichen und Postkarten gebastelt, Rosalie Finn-Rosalie gebadet, uns selbst gebadet, die schlafende Simone mit Muscheln geschmückt, Memory (die Treppenversion) gespielt, verbrannte Plätzchen gebacken, Höhlen gebaut und sind wie die Bekloppten auf den Betten herumgehopst. Wir sind einfach in unserem Paralleluniversum, und das ist wundervoll.

Soeben hatte Leni den brillanten Einfall, dass wir uns verkleiden könnten. Während unten also schon wieder Skat gespielt wird, plündern wir Johannas und Olivers Kleiderschrank. Wir probieren alles an, und ich versinke fast so tief in den Sachen wie Leni und Jupiter. Manchmal frage ich mich, ob ich noch wachse. Ich bin so frustriert, dass ich zu Klopapier umschwenke, was fabelhaft zum Tropenhelm passt. Die Kinder wickeln mich ein wie eine Mumie und tanzen dabei kichernd um mich herum. Leni trägt den Filzhut mit der blauen Feder und dazu ein langes türkisfarbenes T-Shirt von Johanna, das sie mit ihrem Springseil an der Taille hochgerafft hat. Sie sieht hinreißend aus. Jupiter sieht in Olivers Hemd aus wie ein hellblaues Gespenst mit Zylinder, und Titus, der sich für die karierte Cap mit Ohrenklappen entschieden hat, findet die Riesenhaftigkeit der anderen Leute genauso frustrierend wie ich. Er geht nackt.

Wir alle fallen beinahe die Treppe herunter, als wir nach unten gehen und uns zeigen wollen – die Kinder wegen der Hüte, die ihnen ständig über das ganze Gesicht rutschen, und ich wegen der allgegenwärtigen Klopapierfahnen. Aber wir überleben und marschieren stolz im Gänsemarsch in die Küche, wo die Skatrunde plus Maike am Tisch sitzt und Simone sich gerade einen Smoothie zubereitet.

Simone prustet los und fängt sofort an, Fotos zu schießen. Leni und ich posieren fröhlich, während Jupiter und Titus der Handykamera – wie immer – den Rücken zudrehen. (Ich glaube, sie haben das Wörtchen *Cheese* ein paarmal zu oft gehört.) Kilian und Oliver legen ihre Karten auf dem Tisch ab und lachen, aber Johanna stürzt wie eine Irre auf die Kinder zu, um die Hüte einzukassieren. Die Jungs schauen sie – genau wie wir alle – verdutzt an, doch Leni stampft mit dem Fuß auf und verlangt lautstark ihren Hut zurück.

»Auf keinen Fall«, entgegnet Johanna. »Wer weiß, wie teuer die waren.« Sie legt die Hüte auf den Küchentresen und sieht mich verärgert an. »Was hast du dir dabei gedacht? Ihr nehmt noch das ganze Haus auseinander. Und setz endlich den Helm ab.«

Am liebsten würde ich auch mit dem Fuß aufstampfen. So eine alte Spielverderberin. Außerdem kann ich den Helm nicht absetzen, weil meine Arme mit Unmengen von Klopapier gefesselt sind. Ich stehe nur da und sehe sie böse an, als Kilian sich einschaltet: »So ein Quatsch, nicht mal Anna kann einen Tropenhelm zerstören. Und jetzt sei nicht so eine Spielverderberin, und gib den Kindern ihre Hüte zurück.«

Eigentlich müsste Johanna inzwischen an seine Querschüsse gewöhnt sein. Von dem neutralen Beobachter ist seit Sonntag nichts mehr übrig. Kilian steht nicht mehr am Rand, und Boxen mit Johanna ist sein neuer Lieblingssport. Aber nun sieht sie ihn nur sprachlos an. Manchmal fühlt Johanna sich dermaßen im Recht, dass Widerworte sie völlig aus dem Konzept bringen.

Kilian fügt augenzwinkernd hinzu: »Ich übernehme auch die Haftung.«

Da kommt Maike meiner Schwester zur Hilfe: »Kilian, hier geht's nicht um Geld. Die Hüte sind fremdes Eigentum.«

»Genauso wie der Stuhl, auf dem du sitzt«, erwidert Kilian belustigt. »Pass auf, dass er nicht zusammenbricht.«

Glücklicherweise ist Maike spindeldürr, sonst hätte er jetzt was erleben können. Sie entgegnet nur: »Hör einfach auf, in Johannas Erziehung hineinzupfuschen.«

»Danke, Maike«, bringt Johanna endlich hervor und wirft Oliver einen vorwurfsvollen Blick zu.

Langsam werde ich wirklich sauer. Ist es etwa schon so weit gekommen? Ist Maike mit ihrem Geschleime nun das leuchtende Vorbild für den armen Oliver? Ich kann es mir richtig vorstellen. Maike hier, Maike da, warum hast *du* nicht … Und so weiter.

Oliver lehnt sich mit verschränkten Armen in seinem Stuhl zurück und verdreht die Augen. Er ist auch sauer.

Da höre ich zu meinem Entsetzen, wie ich zu Maike sage: »Und hör du auf, in Johannas Beziehung hineinzupfuschen.«

Titus, der sich nur bedingt für Johannas Erziehung und Beziehung interessiert, hat begonnen, das Klopapier von mir abzurollen, und Leni und Jupiter sind seinem Beispiel gefolgt. Die Kinder umkreisen mich wie eine riesige Klopapierrolle und lachen sich dabei kaputt, aber die Erwachsenen sind totenstill. Ich spüre die Hitze in meinem Gesicht und weiß nicht, wo ich hinsehen soll. Ich halte mich an Simone, doch selbst die sieht mich mit offenem Mund an. Aus dem Augenwinkel nehme ich wahr, wie Maike vom Tisch aufspringt und hastig den Raum verlässt.

Ich bin die Rolle des Angreifers nicht gewohnt. Ich will immer die Gute sein, und zwar aus purem Eigennutz. Alle sollen mich lieben – selbst diejenigen, die ich nicht leiden kann. Ich glaube nicht, dass ich vorher schon einmal jemanden zum Weinen gebracht habe. Mir ist plötzlich ganz flau im Magen, und ein komisches Klingen in meinen Ohren blockt Johannas Wortschwall ab, der nun auf mich niederprasselt. Wie ein Zombie steige ich aus dem Klopapierhaufen, der von meinem Kostüm übrig ist, und folge Maike.

Ihre Schlafzimmertür ist geschlossen. Als ich klopfe, höre ich eine Weile nichts und dann ein zittriges »Ja«. Oh Mist, sie weint wirklich. Ich bin kurz davor, einen Rückzieher zu machen und Johanna zu rufen, aber dann überwinde ich mich und öffne die Tür. Maike sitzt auf dem Bett, und als sie mich sieht, weiten sich ihre Augen. Sie hat mit Johanna gerechnet.

»Darf ich reinkommen?«, frage ich kleinlaut.

Bitte sag Nein. Aber sie zuckt nur mit den Schultern.

Ich schließe die Tür hinter mir und stehe befangen mitten in dem großen Raum, der beinahe unbewohnt aussieht. Maike ist schrecklich ordentlich. Johannas Ideal.

Ich will die Hände in die Taschen meiner Jeans schieben, aber da bemerke ich, dass noch Klopapier in meinem Hosenbund steckt. Als ich es hervorziehe, gibt Maike plötzlich ein verheultes Kichern oder kicherndes Heulen von sich. Sie tippt sich an den Kopf, und da fällt mir der Tropenhelm ein. Ich beeile mich ihn abzusetzen, und nun stehe ich dort mit Klopapier in der rechten und Helm in der linken Hand und weiß nicht, was ich sagen soll.

Schließlich murmle ich: »Maike, es tut mir leid.«

Sie schnieft und zeigt auf das Klopapier. »Kann ich das haben?«

Ich trete verdutzt an das Bett heran und halte ihr das Papier hin. Sie nimmt es und schnäuzt kräftig hinein.

»Ziemlich praktisch.« Das Kichern blubbert wieder in ihr hoch, und diesmal traue ich mich zu lächeln. Da sieht Maike mich aus ihren verheulten blauen Augen an und fragt: »Was hast du eigentlich gegen mich?«

Wenn sie mich so fragt … Verlegen drehe ich den Helm in meinen Händen und gestehe: »Ich bin eifersüchtig.«

»Aber warum denn?«

»Wenn du da bist, sind bei Johanna alle anderen abgeschrieben.«

Nachdem ich das gesagt habe, hört Maike schlagartig auf,

ein Häuflein Elend zu sein. Sie muss die Augen niederschlagen, so sehr strahlt sie. Und ich verstehe es. Man stelle sich vor, jemand würde zu mir sagen: *Wenn du da bist, sind bei Kilian alle anderen abgeschrieben.* Allein bei dem Gedanken kann ich vor Aufregung kaum stillstehen.

Agent Morgenstern, you are one hell of an investigator.

Mein forensisches Talent lässt sich einfach nicht abstellen, nicht einmal in meiner Freizeit. Ein geschickt platzierter Satz, und schon habe ich ein wasserdichtes Ermittlungsergebnis: Maike ist in Johanna verliebt. Kilian hatte recht. Was für ein Albtraum. Kaum ist die eine Mission (Plan A) so gut wie erfüllt, taucht wie aus dem Nichts die nächste auf. Warum muss ich neuerdings an allen Ecken und Enden meine Familie vor Attentaten beschützen?

»Maike …« Von wegen geschickt platzierter Satz. Ich habe ihr Selbstbewusstsein wie einen pinken Glitzerballon aufgepustet. Es hilft nichts, ich muss ihn sofort wieder zum Platzen bringen, bevor sie mit meiner Schwester nackt im Pool landen wird. »Du bist irgendwie neu und hübsch und sagst immer das Richtige, aber Johanna liebt ihre Familie. Das nimmt kein gutes Ende.«

Oh Mann. Bin *ich* jetzt das Echo meiner Schwester? Und hat Johannas Predigt bei *mir* etwas genützt …?

Aber da fängt Maike erneut an zu weinen, und zwar so heftig, dass ihr ganzer Körper bebt. Ich werfe den Helm in den Schaukelstuhl und setze mich zu ihr aufs Bett. Ohne nachzudenken, lege ich den Arm um sie. Statt mich wegzuschieben, weint sie in meine Schulter. Ich weiß nicht, was ich tun soll. Also warte ich. Und warte. Es dauert sehr lange, bis das Schluchzen verebbt. Schließlich zieht Maike eine Klopapierfahne aus dem Kragen meines T-Shirts, als wäre ich eine Kleenex-Box. Sie schnäuzt sich, und wir müssen kichern.

»Was soll ich nur tun?«, fragt sie mit gedämpfter Stimme, als teilten wir ein Geheimnis. Was wir genau genommen ja auch tun. Eines, das so geheim ist, dass nicht einmal wir es offen aussprechen. Maike versus Familie. Nicht Maike versus Oliver. Das erspart uns beiden den Satz, der unweigerlich gefallen wäre: *Anna, ich bin nicht lesbisch.* Dann hätte ich ihr etwas von Schubladendenken erzählen müssen und wäre mir wie eine Riesenheuchlerin vorgekommen. Wäre Maike ein Mann, hätte ich den Braten viel eher gerochen. Ich hätte sofort gewusst, warum ich sie nicht leiden kann. Wahrscheinlich würde ich immer noch im Dunkeln tappen, hätte ich nicht Kilians Gedanken gestohlen, die nicht annähernd so beschränkt sind wie meine.

»Such dir jemanden, bei dem du wirklich die Nummer eins bist.« Das sage ausgerechnet ich …

»Kilian will mich nicht.«

Da ist es wieder: *Love the one you're with.* Als wäre dies tatsächlich die Arche Noah. Als gäbe es jenseits dieses Hauses keine Menschen. Und das denke ausgerechnet ich …

»Weißt du, die Skatspieler da unten sind nicht die einzigen Menschen auf dem Planeten. Du hast viel zu lange mit denen am Tisch herumgesessen. Wie kommst du überhaupt dazu, anderen Leuten beim Kartenspielen zuzugucken? Das ist fast so bescheuert, wie Darts im Fernsehen zu schauen.«

Maike muss dringend hier raus, so viel steht fest. Und ich vermute, dass in Manhattan nur ein leeres Appartement auf sie wartet. Also greife ich nach dem einzigen Strohhalm, der mir gerade einfällt: »Hast du schon mal Darts gespielt?«

Maike sieht mich verdutzt an. Dann nickt sie.

»Gut.« Ich knuffe sie in die Seite. »Wir beide gehen heute Abend in eine Bar und spielen Darts. Ohne die Mütter, nur wir zwei Singlefrauen.«

Da lächelt sie verhalten und nickt wieder. Oh Mann. Am Ende werde ich sie noch irgendwie nett finden.

Die anderen sitzen wie eine große Familie um den Küchentisch herum, und Oliver, Kilian, Leni und Jupiter spielen Memory (die klassische Version). Titus sitzt auf Simones Schoß und schlürft einen pinken Smoothie, und Johanna tut etwas, was sie nie tut: nichts. Sie ist die Erste, die Maike und mich bemerkt, und ich kann ihr die Erleichterung ansehen. Offenbar wirkt Maike einigermaßen zufrieden. Und dank des bewährten Schubladendenkens kann sie Johanna ohne Scham in die Augen blicken. Mit Ausnahme von Kilian, den das alles nichts angeht, hat keiner die Sache mit der romantischen Liebe auf dem Schirm. Maike fliegt quasi unter dem Radar.

Als wir unsere Abendpläne kundtun, rufen Johanna und Simone gleichzeitig und gleichermaßen enthusiastisch: »Ich komme mit!«

Doch Maike entgegnet fast ein bisschen triumphierend: »Nein, nur Singles«, und stellt an Kilian gewandt klar: *»Frauen.«*

Der macht bloß eine abwehrende Geste, aber dann richtet er seinen Laserstrahl auf mich. Und prompt habe ich ein schlechtes Gewissen. Was soll das? Ich bin doch single, oder? Wir haben uns noch nicht einmal geküsst. Zwei Küsse auf die Stirn und einer auf den Scheitel zählen nicht. Und selbst wenn. So ein kleiner Urlaubsflirt macht mich noch lange nicht zu seinem *girlfriend*. Zumal ich nur die Nummer zwei bin. *Küss doch deine Frau aus dem Buch. Oder das Buch. Nur zu, es liegt auf meiner Fensterbank in der Bibliothek.*

Zu meiner Verärgerung sage ich ziemlich defensiv: »Wir spielen bloß *Darts.*«

Aber Maike macht das sogleich wieder wett: »Und reißen dabei ein paar Typen auf.«

Kilian zieht die Augenbrauen hoch, und ich erröte. Ich muss hier weg.

»Also, ich suche mir dann mal was zum Anziehen raus«, murmle ich und wende mich zum Gehen. Maike folgt mir mit einem fröhlichen »Ich auch«. Eigentlich müsste sie Kilians Laserstrahl abfangen, aber er brennt trotzdem in meinem Nacken.

Anders als erwartet hat Maike mit ihrem »Ich auch« mich gemeint. Sie wollte *mir* etwas zum Anziehen aussuchen. Ihr Outfit steht bereits fest: schwarzer Lederrock und hautenges Leoparden-Top. Meinen Vorschlag – Jeans und Holzfällerhemd – findet sie nicht lustig. Ich fühle mich immer noch schlecht, weil ich sie vorhin zum Weinen gebracht habe, und zwar so schlecht, dass ich mir von ihr das superkurze Flatterkleid aufschwatzen lasse, das ich vorgestern bei meinem Date mit Kilian getragen habe.

Heute Abend sind Maike und ich vom Küchendienst befreit, um uns wie Singles aufzuführen. Während Maike sich hingebungsvoll um unsere Gesichter und ihre Haare (Bob bleibt Bob) kümmert, überlege ich fieberhaft, wie ich mein Outfit vor Kilian verstecken soll. Obwohl das natürlich völlig überflüssig ist. Als ob er sich an das Kleid von vorgestern erinnert. Männer ticken nicht so. Es ist einfach nur irgendein Kleid. Trotzdem würde ich mich am liebsten wieder hinter Schneemann Olaf verschanzen wie an unserem ersten Tag. Zu Maikes Entsetzen werfe ich mir auf den letzten Drücker noch eine Regenjacke über, und als wir abmarschbereit die Küche betreten, trage ich meinen Rucksack wie einen Schild vor mir her.

Kilian werkelt mit Johanna an der Spüle herum, doch er dreht sich zu uns um. Ich weiche seinem Blick aus und will ohne Zwischenhalt zur Tür hinaussegeln, als Maike am Küchentisch stehen bleibt und entrüstet ruft: »Anna, hast du *Bücher* dabei?«

»Wie … wie kommst du denn darauf?«

»Das ist dein Bücherrucksack.«

»Aber da ist nur ein einziges Buch drin, wirklich.«

»Du willst jetzt nicht im Ernst dieses gelbe Etwas mitschleppen.« Maike sieht meinen armen Rucksack so angewidert an, dass ich unwillkürlich die Arme enger um ihn schlinge.

»Ich habe keine andere Tasche dabei.«

»Du brauchst keine Tasche, du kannst alles bei mir reintun.« Sie hält mir ihr spießiges Markenmonster aus grauem Leder hin, und ich habe die Wahl zwischen einer langwierigen Diskussion und Nachgeben. Schweren Herzens lasse ich meinen Rucksack auf den Tisch sinken und beginne, das Nötigste herauszufischen: Geld, Telefon, Lipgloss, Buch. Maike nimmt alles entgegen – abgesehen von Siri Hustvedt.

»Das Buch bleibt hier.«

»Und was mache ich, wenn es langweilig wird?«

»Trinken. Wie alle anderen auch.«

Ohne nachzudenken, sehe ich hilfesuchend zu Kilian hinüber. Keine gute Idee. Der Laserstrahl glüht. *Scheiße.*

»Na gut, dann kein Buch. Können wir jetzt endlich gehen?«

»Schade«, lacht Johanna. »Ihr zwei seid spitze.«

Ich rolle nur mit den Augen und husche nackt – ohne Schild – zur Tür hinaus, ohne mich nochmals Kilians Laserschwert auszusetzen.

Es regnet immer noch in Strömen, aber auf der Rumpelveranda steht ein Schirmständer mit mehreren bunten Regenschirmen bereit. Von da an steht irgendwie alles bereit: Maikes Cabrio, die perfekte kleine Bar an einer Straßenecke in Sag Harbor, der Caipirinha, den Maike mir (unzählige Male) bestellt, das Dartboard an der Wand und ein paar ziemlich unterhaltsame Männer mit Bier in der Hand, die gegen uns verlieren wollen.

Ich brauche mein Buch nicht. Ich schwimme einfach in Maikes Fahrwasser mit. Sie ist noch perfekter als alles andere. Stocknüchtern mit Cabrio, Geld und einer männlichen Fangemeinde. Ich beschließe insgeheim, dass ich mehr entzückende Single-Freundinnen in ihren Dreißigern brauche. Die mich betrunken machen und zugleich auf mich aufpassen. Ich revanchiere mich, indem ich eifrig Nummern für Maike in ihr Telefon tippe. Jack, Liam, Carter und Daniel, und ein Thore aus Norwegen ist auch dabei. Matt und Colin sind für mich, aber ich lösche sie sofort wieder.

Auf dem Rückweg schaltet Maike das Radio ein, und wir singen lauthals *American Pie* mit – nicht die unterkühlte Version von Madonna, sondern das Original aus den Siebzigern. Und ja, Maike kennt auch jedes Wort auswendig, denn Maike ist einfach nur perfekt. Zumal sie offenbar überhaupt keine Lust hat, weiterhin in meine Schwester verknallt zu sein. Sie bedankt sich für die Telefonnummer von Jack.

Als wir irgendwann in den *wee small hours* heimkommen, ist das Haus dunkel und still, und meine persönliche Maike sorgt dafür, dass ich wohlbehalten ohne betrunkenes Stolpern und Kichern in der Bibliothek lande. Allerdings muss sie selbst ein bisschen kichern, als ich sie überschwänglich umarme und ihr dabei *»My own personal Maike«* ins Ohr singe. Sie macht »Psssst«, schiebt mich in voller Montur – sofern man bei dem Fetzen von einem Kleid davon sprechen kann – ins Bett und verschwindet lautlos im Dunkeln.

Zeitgefühl und Alkohol schließen sich gegenseitig aus. Daher kann ich nicht sagen, wie lange ich schwerelos im Bett gelegen habe, bevor ich aufstehe, um Kilian im Wohnzimmer aufzusuchen. Ich bin bereit. Ich werde jetzt mit Kilian schlafen – ganz gleich, wen er liebt oder wie besonders er ist. Wozu ist Alkohol gut, wenn nicht dazu?

Mir ist schwindlig, aber ich schaffe es bis zum Sofa, ohne das Licht anzuschalten. Ich blinzle. Das Sofa ist leer. Ich blinzle nochmals. Das kann nicht sein. Kilian würde mich niemals ungehindert in den Pool sprinten lassen. Er muss einfach hier sein. Ich lasse mich mühsam auf den Boden sinken und sehe unter dem Sofa nach. Nichts. Ich krabbele um das Sofa herum und sehe dahinter nach. Er ist wirklich nicht da. Ich schlucke schwer. Er hat aufgehört, auf mich aufzupassen.

Ich lehne mich für eine Weile an die Rückseite des Sofas und lausche dem Rauschen in meinem Kopf. Dann stehe ich schwerfällig vom Fußboden auf und lasse mich auf Kilians Platz sinken. Ich fröstele und lege mir zwei Kissen auf die Beine. Und schlafe ein.

18

Ich überlege, was mich geweckt hat. Berührt hat er mich nicht. Oder vielleicht doch. Jedenfalls hat er mich mit seiner Wolldecke zugedeckt. Aber davon bin ich nicht aufgewacht. Es muss schon länger her sein, denn meine Füße sind warm. Ich frage mich, wie spät es ist und wie lange ich geschlafen habe. Alles, was ich weiß, ist, dass er da ist. Aber ich will meine Augen nicht öffnen.

Schließlich tue ich es doch, und Kilian wirkt nicht überrascht. Ich überlege, was mich verraten hat. Meine Anspannung. Es ist immer die Anspannung, die einen verrät. Er sitzt reglos in der Dunkelheit auf dem Fußboden, hat seine Arme um die Knie geschlungen und sieht mich mit einer Intensität an, für die es definitiv noch zu früh ist. Vermutlich war es seine Anspannung, die mich geweckt hat.

»Wo bist du gewesen?«, höre ich mich leise fragen.

»Auf der Veranda.«

»Kilian, dafür ist es zu kalt.«

»Ich konnte ja schlecht hier auf dem Sofa liegen, als du mit Maike zurückkamst.« Er spricht leise, aber sein Tonfall ist scharf. Mir fällt keine Antwort ein, und wir schweigen eine Weile.

»Wart ihr erfolgreich?«, will er schließlich wissen.

Ich muss glucksen. Die Caipirinhas sind noch am Werk. »Du, wir hätten um Geld spielen sollen. Wir haben *jede einzelne Runde* gewonnen. Wenn Maike nicht permanent ins Schwarze getroffen hätte, hätte ich gedacht, die Kerle lassen uns gewinnen.«

Kilian wirft mir einen seltsamen Blick zu. »Ich meinte eigentlich nicht eure Darts-Ergebnisse.«

»Ach so.« Ich gluckse wieder. »Ja. Total erfolgreich.«

»Total?«

»Maike hatte gleich fünf Typen am Start.«

Er zieht die Augenbrauen hoch. »Und du?«

Ich mache eine wegwerfende Handbewegung. »Nur zwei.«

Er sagt eine Weile nichts. Dann: »Anna, was sollte das?«

»Ich habe Maike ein bisschen glücklich gemacht.«

Kilian mustert mich distanziert. »Aber mich nicht.«

»Ach, komm.« Das sagt er manchmal: *Ach, komm.* Doch bei mir klingt es irgendwie komisch. Als wäre ich älter als er.

»*Ach, komm?* Wie würde es dir gefallen, wenn ich mich hinstellen und verkünden würde, dass ich jetzt in eine Bar gehe, um ein paar Frauen abzuschleppen? Und wenn ich dir danach erzählen würde, dass es *nur zwei* gewesen seien?«

Sein Blick brennt. Er brennt überall, doch dann wird es kühl. Kilian zieht mir die Wolldecke weg und zeigt auf meine nackten Beine, nein, auf mein Kleid: »Und das da – wolltest du mich eifersüchtig machen?«

Ich bin selten betrunken, aber wenn es dazu kommt, werde ich ein bisschen wie Alex: gefühlsduselig und anhänglich. Betrunken und sauer bin ich noch nie gewesen. Dafür bin ich es jetzt umso mehr. Ich setze mich auf und ziehe ihm die Wolldecke aus den Händen, um sie energisch um mich herumzustopfen und ihn dabei von oben herab zu taxieren. Aber nicht lange. Kilian erhebt sich vom Fußboden und setzt sich neben mich. Er ist wieder auf Augenhöhe und starrt mich mit seinem Laserblick nieder.

Ich will ihm die Meinung sagen. Dass Matt und Colin ja wohl ein *Witz* sind im Vergleich zu seiner Nummer eins und den unzähligen Orks, die er in seiner Erinnerung gebunkert hat. Dass Matt und Colin – ganz im Gegensatz zu ihm – nicht vorhaben, meine Familie auszuweiden. Und dass er verdammt nochmal weder auf mich noch auf mein Kleid Exklusivrechte oder Rechte im Allgemeinen hat.

Stattdessen rechtfertige ich mich: »Erstens war das blöde Kleid Maikes Idee. Ich konnte nicht Nein sagen, weil ich sie heute gleich zweimal zum Heulen gebracht habe, und außerdem ging es bei der ganzen Aktion allein um sie, und das wüsstest du auch, wenn du mal deinen Verstand einschalten würdest. Schließlich ist sie in Johanna verknallt, und das macht am Ende noch alle unglücklich, und dieser Jack aus der Bar war total super, er hat sie den ganzen Abend zum Lachen gebracht …« Ich hole Luft und sage endlich das, was er verdient hat: »Und abgesehen davon bin ich *single*. Und du bist in jemand anders verliebt.«

»Was?« Kilian knipst seinen Laserstrahl aus. »In *wen* denn?«

Ist das sein Ernst? Ich rolle mit den Augen. »In die Frau aus dem Buch. Über die du am Telefon gesprochen hast.«

»Anna, die Frau aus dem Buch ist *meine Schwester.*«

Er sagt es so, als hätte ich eine kardinale Bildungslücke. Als hätte ich das problemlos bei Wikipedia nachlesen können. Oh. Hätte ich etwa …? Ich sehe ihn an wie ein begossener Pudel, und das Einzige, was mein nutzloses Limettenhirn denken kann, ist: *Aber er sieht doch nur sie. Wirklich? Seine Schwester?*

»Du bist in deine *Schwester* verliebt?«

Kilian wirft mir einen fassungslosen Blick zu, doch dann entfährt ihm ein Lachen, und er sagt ein bisschen mitleidig: »Lass uns reden, wenn du wieder nüchtern bist.«

Aber es ist wie mit dem Sex: Wozu ist Alkohol gut, wenn nicht hierzu? Wäre ich nüchtern gewesen, hätte dieses Gespräch niemals stattgefunden. Jetzt oder nie. Selbst wenn ich mich zum Narren mache.

Ich lege die Hand auf seinen Arm und sage leise: »Dann trau ich mich nicht mehr.«

Da seufzt er und streicht mir eine Haarsträhne hinters Ohr, so wie er es immer bei sich tut. »Anna, ich bin nicht Mr. Hyde. Der Freund meiner Schwester ist Mr. Hyde.«

Mein benebeltes Gehirn tut sein Bestes, um Fiktion und Realität zusammenzuführen, und ich frage erstaunt: »Deine Schwester ist alleinerziehend mit drei Kindern? Und sie hatte außerdem noch *ein Pony?*«

Kilian lächelt schief. »Je länger ich darüber nachdenke, desto schlechter wird dieses Buch. Ich habe viel zu dick aufgetragen. Katja – meine Schwester – hat nur ein Kind. Julius. Und Mr. Hyde hat Julius auch kein Pony geschenkt, sondern bloß einen Hund.«

Das Pony. Es klingt so einfältig, aber das Pony hat mein Herz gebrochen. In einer seiner manischen Phasen kauft der bezaubernde Mr. Hyde den Kindern das Tier, und es wird schnell zum Familienmitglied. Die dreizehnjährige Tochter verbringt jede freie Minute mit dem Pony. Das Ganze geht ein halbes Jahr lang gut, bis Mr. Hyde wieder in ein Loch fällt. Das Loch ist so tief, dass er seinen Job verliert. Das Pony muss verkauft werden. Da fällt das dreizehnjährige Mädchen ebenfalls in ein Loch oder vielmehr eine steile Böschung hinunter, und zwar mitsamt dem geliebten Pony, mit dem sie von zuhause weglaufen wollte.

An den Rest will ich nicht denken. Kilian ist ein Arsch, dass er sich so etwas ausdenkt – falls er es sich überhaupt ausgedacht hat …

»Bitte sag, dass Julius nichts passiert ist. Und … und dem Hund auch nicht«, flüstere ich mit weit aufgerissenen Augen.

Kilian sieht mich wieder mit diesem zärtlichen Blick an, der mir das Gefühl gibt, bedauert zu werden. Oder geliebt. *Ja, klar.*

»Der Hund sollte tatsächlich verschenkt werden. Mr. Hyde war schwer depressiv, und Katja wurde alles zu viel. Da hat Julius mich heulend angerufen und angekündigt, dass er und Gustav zusammen weglaufen würden. Seitdem wohnt Gustav bei mir, und jetzt ist er vorübergehend bei meinem Bruder und seiner Frau eingezogen.« Er streicht mir wieder eine Haarsträhne aus dem Gesicht. »Julius und Gustav sehen sich andauernd. Denen geht's gut.«

Ich weiß nicht, was ich sagen soll. Wie er redet … Als wäre er ein ganz normaler Mensch. Mit Familie. Nicht dieser geheimnisvolle Schriftsteller, der allein durch die Straßen New Yorks zieht und seinen Urlaub mit Fremden verbringt.

»Wie alt ist Julius?«, frage ich leise.

»Elf.«

»Ihm würde es hier gefallen.«

Kilian weicht meinem Blick aus. »Ich darf ihn nicht sehen. Katja will mich für das Buch bestrafen. Julius … Julius und ich stehen uns genauso nah wie Leni und du.«

Ich muss schlucken und murmle, ohne nachzudenken: »So etwas würde Johanna mir nie antun.«

Er sieht mich von der Seite an. »Du würdest auch nie ein bescheuertes Buch über ihre Beziehung schreiben.«

Oder über ihre Ängste. Ich gebe ihm einen Schubs. Für Johanna. »Das war wirklich eine Scheißidee.«

Ich gebe ihm noch einen Schubs. Der war für Katja. Eigentlich gehört er permanent geschubst.

»Hattest du denn gar keine Skrupel?«

Er ignoriert meine Schubserei. »Nein. Als ich das Manuskript geschrieben habe, war Katja von ihm getrennt. Es war ihre Idee. Wir haben nächtelang zusammengesessen, und sie hat mir die Details für meine Geschichte geliefert. Sie empfand das als Therapie. Und sie hat meine Entwürfe sofort gelesen und war mit allem einverstanden. Sie war sogar der Meinung, dass ich an einigen Stellen näher an der Realität hätte bleiben sollen.« Er runzelt die Stirn. »Doch nachdem ich das Manuskript beim Verlag eingereicht hatte, ist sie wieder mit Mr. Hyde zusammengekommen. Sie hat ihm den Ausdruck zu lesen gegeben, den ich ihr überlassen habe, und danach stand er aufgebracht vor meiner Tür und hat mich aufgefordert, die Veröffentlichung zu stoppen. Was ich nicht getan habe. Seitdem bin ich bei ihr, bei ihm und so ziemlich allen anderen unten durch.«

Kilian verschränkt die Arme vor der Brust und zuckt gleichgültig mit den Achseln. Ganz der Soziopath, als den ich ihn in meinem roten Notizbuch überführt habe.

»Du fühlst dich *im Recht?*«

»Ich *bin* im Recht.« Er schaltet seinen Laserstrahl wieder ein. »Sie war einverstanden.«

»Aber *er* nicht.«

»Er spielt keine Rolle.« *Wow.* »Außerdem habe ich ihn unkenntlich gemacht. Er könnte jeder sein.«

Jetzt schalte ich meinen braunen Hunde-Laserstrahl ein. »Ja, aber er *ist* nicht jeder. Er ist die große Liebe deiner Schwester – und versuch jetzt nicht, das abzustreiten, ich habe das Buch gelesen.«

Kilian sieht mich perplex an.

»Oh Mann«, sage ich ungläubig. »Das ist dir nicht aufgefallen? Du hast das Buch doch geschrieben!«

»Das mit der Liebe war erfunden«, pariert er, ohne mit der Wimper zu zucken.

Ich glaube, mein Laserstrahl ist inzwischen taghell. Vom Limettennebel ist nichts mehr übrig.

»Jetzt hör mir mal zu, mein Lieber.« Ich krümme mich innerlich. Das ist Johannas Lieblingssatz, wenn Oliver etwas ausgefressen hat. Egal. Ich lerne eben von den Besten. »Zuerst solltest du mal aufhören, ihn *Mr. Hyde* zu nennen. Er hat bestimmt einen Namen. Das mit der Unkenntlichkeit mag in deinen Büchern ja hilfreich sein, aber hier in der Realität läuft das anders. Du bist ein richtiger Soziopath, weißt du das? Deine Opfer hören für dich auf, Menschen zu sein. Du siehst nur noch deine dämliche Geschichte. Hast du dich wenigstens bei Katja entschuldigt?«

»Anna, nochmal: Sie war *einverstanden.*«

»Du kapierst es nicht, oder? Wäre es auch okay, jemanden zu foltern, bloß weil er einverstanden war? Zumal sie gar nicht in der Lage war, klar zu denken. Sie hatte *Liebeskummer.*« Wovon Kilian natürlich keine Ahnung hat. Und nun sage ich etwas, wofür Johanna mir einen Orden verleihen würde: »Dein Gewissen ist der Maßstab für Richtig oder Falsch, nicht so ein blödes Einverständnis. Und du hast ein verdammt schlechtes Gewissen, sonst wärst du nicht nach New York abgehauen.«

Kilian klingt fast trotzig, als er entgegnet: »*Er* ruiniert ihr Leben. Nicht ich.«

Und da geht mir endlich ein Licht auf. »Du wolltest ihre Trennung mit dem Buch besiegeln, nicht wahr?«

Er zuckt wieder mit den Achseln. *Ja.*

»Mensch, Kilian, das ist so was von unprofessionell.« Ich klinge wie ein Cop, der schon einige Dienstjahre auf dem Buckel hat, und es würde mich nicht wundern, wenn er mich *altklug* oder *naseweis* oder *Mädchen* nennen würde.

Aber er sieht mich nur bedrückt an. Furchtbar bedrückt. Und nun schiebt er sich auch noch eine Haarsträhne hinters Ohr. Das ist zu viel für mich. Ich befreie mich aus der Wolldecke und klettere – wie ein Mädchen – auf seinen Schoß. *Falls Anna ihre Meinung ändern sollte* … Es ist so weit, und Kilian schlingt unversehens seine Arme um mich, ganz so, als hätte er Angst, dass ich es mir wieder anders überlege. Er zieht mich an sich, ich spüre sein Gesicht an meinem Hals, er atmet mich ein wie Regenluft, und ich will kein Mädchen mehr sein. Ich rücke ein wenig von ihm ab, um mich rittlings auf ihn sinken zu lassen, und er schiebt ungeduldig seine warmen Hände unter mein Kleid. Dabei sieht er mich an wie einen Wunsch, der in Erfüllung gegangen ist …

Mir wird schwindlig. Ich kann nicht mehr denken, doch gleichzeitig läuft mein Gehirn auf Hochtouren, die Gedanken überschlagen sich, *schlagen* sich und boxen einander zur Seite, einer lauter als der andere: *Küss ihn – bloß nicht – bleib in der Gegenwart – küss ihn endlich – auf keinen Fall – du liebst ihn – oh Gott, ich liebe ihn – er zerstört deine Familie – aber ich liebe ihn – er weidet sie aus – mehr als alles andere – nicht küssen – aber sonst sterbe ich – auf keinen Fall küssen – ohne ihn geküsst zu haben …*

Ich kann nicht mehr sprechen, und dennoch flüstere ich in sein Ohr: »Du bist so ein Arsch.«

Seine Hände halten inne, und er flüstert zurück: »Ich weiß.«

Für einen Moment sitzen wir reglos da, aber ich spüre seinen verzweifelten Drang nach mir, und plötzlich überkommt mich ein gänzlich unbekanntes Gefühl, das ich trotzdem sofort erkenne: *Macht.* Ich sehe ihn verwirrt an. Was zum Teufel tut man mit Macht? Man erfüllt sich seine Wünsche – es sei denn, man hört auf seine innere Johanna. Und die mahnt mit erhobenem Zeigefinger: *Aus großer Macht folgt große Verantwortung.* Mir fällt zu spät auf, dass dieser Abtörner von einem Satz nicht von Johanna, sondern aus *Spider-Man* stammt. Hollywood ist schlimmer als meine nervige große Schwester. Der größte Erotikkiller aller Zeiten.

Also flüstere ich: »Entschuldige dich bei deiner Schwester.« Ich bin schlimmer als Hollywood und Johanna zusammen.

Kilians Lippen liegen an meinem Ohr, aber er schweigt, und ich frage mich schon, ob er mich gehört hat, als er unvermittelt die Hände unter meinem Kleid hervorzieht. Ich rechne damit, von seinem Schoß verbannt zu werden, doch er schlingt die Arme um meine Taille und zieht mich noch enger an sich. Er vergräbt sein Gesicht an meiner Schulter und sagt leise: »Ich bin nicht gut für dich.«

Jetzt bin ich es, die »Ich weiß« wispert. Ich habe ebenfalls die Arme um ihn geschlungen. Wir umklammern uns gegenseitig, und diesmal würde ich ihn nicht einmal für Snoopy loslassen. Ich werde ihn niemals loslassen, denn ich erkenne eine Abschiedsumarmung, wenn ich in einer stecke. Schließlich zieht er den Kopf zurück und sieht mich mit seinen klaren grünen Augen an. Zärtlich. Bedauernd.

Wappne dich.

Wie denn?

Bevor ich es herausfinden kann, hebt Kilian mich sanft von seinem Schoß. Ich sitze wie versteinert da, während er vom Sofa aufsteht. Ich sehe, wie er den Raum durchquert, und ich sehe die Dämmerung, und dass es immer noch regnet. Ich spüre den kühlen Luftzug, als Kilian die Verandatür öffnet und hinter sich schließt. Ich fröstele. So fühlt sich also die Zukunft an.

Ich bin immer noch ein Stein, als Titus eine Minute oder eine Stunde später in seinem Dinosaurierschlafanzug angezuckelt kommt. Er merkt, dass etwas nicht stimmt, und lässt sich ungewöhnlich still in seiner vollgetankten Nachtwindel auf meinen Schoß plumpsen, um sich dort einzurollen. Sein kleines Ohr liegt an meinem Herzen, und sein Daumen steckt in seinem Mund, und irgendwann schlinge ich meine tauben Arme um ihn und wiege mich mit ihm hin und her, bis Simone kommt und meint, ich solle damit aufhören, seine Augenlider flatterten schon, das würde seinen Schlafrhythmus durcheinanderbringen. *Schlafrhythmus.* Das ist mein Stichwort. Ich bitte Simone, für heute mein »Bitte nicht stören«-Schild zu sein, und sie zwinkert mir wissend zu, von wegen Bar und so. Sie nimmt mir das Äffchen ab, ich murmle: »Danke, Titus«, und dann schlinge ich Kilians Wolldecke um mich und verkrümele mich in die Bibliothek.

Simone macht ihren Job gut. Ich liege bis halb drei im Bett, die Nase tief in Kilians Decke vergraben, und nicht einmal Leni wagt es, mich zu stören. Als mich schließlich doch der Hunger aus dem Bett treibt und ich vorsichtig die Tür zum Wohnzimmer öffne, ist niemand in Sicht. Für einen Augenblick mache ich mir Sorgen um meine Ohren. Keinerlei gedämpfte Kinderstimmen von oben, nebenan oder aus irgendwelchen Geheimverstecken. Aber ich höre den Regen. Was das Ganze noch mysteriöser macht. Wo sind denn alle? Evakuiert? Weshalb? Wegen irgendeiner fixen Idee der Amis? Mist. Ich will auch im Helikopter mitfliegen …

Da dringt Maikes Lachen aus der Küche. Neuerdings kenne ich dieses Lachen. So lacht Maike, wenn sie ins Schwarze trifft. Und neuerdings bin ich gern dabei, wenn Maike feixt. Ich schlurfe in die Küche. Dort sitzt wie immer die Skatrunde beisammen – abgesehen davon, dass Kilian fehlt. Maike hat seinen Platz eingenommen.

»Die gewinnt ständig!«, ruft Oliver mir frustriert entgegen, und Maike grinst über das ganze Gesicht.

Ich will gerade unseren Darts-Siegeszug erwähnen, als Johanna sich vorwurfsvoll erkundigt: »Sag mal, wieso ist Maike eigentlich topfit, und du siehst aus wie eine Alkoholleiche?«

Ich weiß, dass ich übel aussehe. Ich trage immer noch mein verkrumpeltes Kleid von gestern, und ich will gar nicht wissen, was Maikes Schminke inzwischen mit meinem Gesicht angestellt hat. Vermutlich sehe ich aus, als hätte ich mich in der Bar geprügelt und zwei Veilchen davongetragen. Außerdem hat Maike es sich gestern nicht nehmen lassen, noch in letzter Sekunde irgendein Wachs in meinen Bob zu schmieren, was gestern Abend nicht weiter aufgefallen ist, aber im Bett komische Dinge mit meinen Haaren angestellt hat. Sie fühlen sich hart und fremd an.

»Frag Maike«, murre ich und schlurfe an ihnen vorbei, um mir endlich meinen Kaffee zu besorgen.

Johanna ist schlau genug, um nicht weiter nachzubohren. Das hält mich davon ab, mit meiner Beute sofort wieder im Bett zu verschwinden. Ich setze mich mit Cornflakes und Kaffee neben Maike und schaue ihr ein bisschen beim Siegen zu. Dabei drehe und wende ich den Satz im Kopf herum, den ich mir im Bett zurechtgelegt habe. Eigentlich würde ich das, was ich zu sagen habe, liebend gern noch ein wenig hinausschieben, aber mir ist klar, dass ein günstigerer Moment nicht kommen wird. Also überwinde ich mich schließlich und sage beiläufig zwischen zwei Bissen Cornflakes: »Der Regen scheint ja nie mehr aufzuhören, vielleicht sollten wir besser abreisen.«

Johanna sieht von ihrem Blatt auf und zieht erstaunt die Augenbrauen hoch, doch bevor sie *Okay* jubeln kann, ruft Maike: »Das geht nicht! Ich habe ein Date mit Jack.«

»Keine Sorge«, meint Oliver, ohne von seinen Karten aufzusehen, »wir reisen nicht ab. Laut meiner Wetter-App kommt morgen die Sonne zurück, die Kinder würden uns umbringen.«

Na gut, dann halt nicht. Ich hab's versucht.

Statt eine neue Ausrede zu erfinden, erkundige ich mich, wo die Kinder eigentlich stecken, aber Johanna ignoriert meine Frage. »Anna, was ist los?«

Hastig schiebe ich mir einen Löffel Cornflakes in den Mund und zucke mit den Achseln, obwohl ich es besser weiß. Johanna kann man nicht so leicht abwimmeln.

»Kilian lässt sich heute nicht blicken, und du willst auf einmal abreisen – was ist los?«

Was los ist? Johanna ist los. Ihre Stimme in meinem Kopf. Oder die von Spider-Mans Onkel. Dank ihnen ist Kilian zu dem Schluss gelangt, dass er meinen hohen moralischen Standards nicht entspricht. Er kann ja nicht ahnen, dass ich die Frau fürs Grobe bin, die nachts Notizbücher stiehlt. Vielleicht sollte ich es ihm sagen. Dann würde er begreifen, dass wir in moralischer Hinsicht bestens zusammenpassen. Nur leider würde er mich dann mit anderen Augen sehen …

»Nichts ist los«, murre ich. Ich greife mir meinen Kaffee und meine Cornflakes und stehe vom Tisch auf. Es geht doch nichts über Frühstück im Bett.

Doch als ich die Küche verlassen will, höre ich ein Poltern auf der Rumpelveranda, und die Kinder fluten von draußen herein, gefolgt von Kilian. Alle – abgesehen von Kilian, der pitschnass ist – tragen Regencapes.

Johanna legt ihre Karten auf dem Tisch ab. »Wo kommt *ihr* denn her? Simone wollte doch oben mit euch Verkleiden spielen.«

Leni schüttelt ihre Kapuze vom Kopf und schleudert dabei ein bisschen Regen in die Küche. »Wir wollten lieber zu Kilian ins Poolhaus.«

»Sofort raus, ihr tropft hier alles voll – draußen ausziehen, alle Mann!« Johanna ist vom Tisch aufgestanden, um die Kinder auf die Rumpelveranda zu scheuchen, aber als Kilian ihnen folgen will, dreht sie sich zu ihm um und kommandiert: »Du nicht. Du gehst jetzt rein und isst was.«

Kilian widerspricht nicht, sondern hält Johanna und den

Kindern die Tür auf. In seiner abgewetzten Bluejeans, dem dunkelroten Kapuzenpullover und Sneakers sieht er jünger aus als sonst. Seine triefend nassen Haare sind dunkel und durcheinander, und selbst Maike, die ihn endgültig von ihrer Vielleicht-Liste gestrichen hat, sieht ihn versonnen an. Er riecht bestimmt nach Regen und Gras und frischer Luft. Und er steht viel zu weit weg.

Ich habe bereits die Tür zum Flur geöffnet, aber ich bin wie angewurzelt stehen geblieben, um ihn wie eine von Poppys Kundinnen anzugaffen. Nein, der Vergleich ist unfair. Keine von Poppys Kundinnen hat ausgesehen wie ein verkatertes Partygirl, das in einen heftigen Tränenschauer geraten ist. Spätestens jetzt wird Kilian sich auf seine gepflegten Orks zurückbesinnen.

Er hat die Verandatür hinter Johanna und den Kindern geschlossen. Und nun sieht er mich an. Oliver spricht mit ihm, und er antwortet geistesabwesend (irgendetwas über Simone, die in Ruhe meditieren wollte, und Fußball im Regen), ohne dabei seinen Blick von mir abzuwenden. Am liebsten würde ich mich in Luft auflösen. Wahrscheinlich fragt er sich gerade, warum er gestern Nacht noch so auf mich abgefahren ist. Jedenfalls hört er nicht auf, mich anzustarren.

»Oliver, lass ihn doch mal in Ruhe«, kommt Maikes Stimme von sehr weit weg.

Oliver sagt irgendetwas über Simone und Johanna und den nächsten Krieg und eine abgestimmte Version, aber Maike unterbricht ihn: »Das ist jetzt zwecklos, der sieht doch nur Anna.«

Was? Was hat sie da gesagt? Ich sehe Maike entgeistert an, und sobald der Blickkontakt mit Kilian abgerissen ist, kann ich mich wieder bewegen. Maike lächelt, aber ich kann nicht zurücklächeln. Ich nutze meine einzige Chance zu entkommen. Bevor ich mich erneut in seinem Blick verfangen kann, huschen ich, meine durchweichten Cornflakes und mein kalter Kaffee zur Tür hinaus.

Drei Stunden später bin ich immer noch nicht geduscht und umgezogen. Es lohnt sich auch nicht mehr. Es ist schon sechs Uhr, und ich lasse das Abendessen heute ausfallen. Johanna hat zweimal den Kopf durch die Tür gesteckt, doch ich bin hart geblieben. Ich will niemanden sehen. Mit Ausnahme von Alex. Aber es ist erst Mittwoch. Ich habe sogar schon überlegt, ihn anzurufen. Dafür müsste ich allerdings mein Bett verlassen und Simone um seine Telefonnummer bitten. Und mich von ihr mit Fragen darüber bombardieren lassen, was ich bitte schön mit ihrem Nichtsnutz von einem Mann zu besprechen habe.

Ich muss mir dringend einen Überblick über diese ganze verhedderte Situation verschaffen, und Alex würde meine Gedanken ordnen. Sein Hang zu streng chronologischen Abfolgen, der Simone so auf den Keks geht, hat mir schon einige Male geholfen. Ich wünschte, ich könnte mich besser an das erinnern, was Alex vorletzten Sonntag gesagt hat, als wir auf der Treppe des Strandrestaurants saßen und Kilians Telefongespräch analysiert haben. Aber ich war betrunken und aufgewühlt. (Schluss mit den Limetten.) Ich weiß noch, dass er Kilians Gesprächsfetzen mühsam von meinen Emotionen befreien musste. Dass er die *Idee* ans Tageslicht gebracht hat. Und dass er die unglaublich schlaue Eingebung hatte, dass Kilian von zwei verschiedenen Frauen gesprochen haben könnte. Ach, wäre Alex doch nur hier …

Agent Morgenstern, you don't need a damn babysitter.

Ich atme tief durch. Okay. Ich schaffe das allein. Schließlich war ich Jahrgangsbeste und Abschlussrednerin in Quantico. *Valedictorian.* Oje, wie schlecht müssen dann die anderen erst gewesen sein … Die Verbrecher können sich freuen. *Jetzt konzentrier dich endlich!* Es ist doch kinderleicht. Ich muss nur Kilians Gesprächsfetzen von damals im Lichte meiner neuen Ermittlungsergebnisse auswerten. Und da fällt mir ein, dass ich gar nicht allein bin. Ich habe einen Partner – mein rotes Notizbuch, das seit Sonntagnachmittag unbenutzt unter *Mr. Hyde* auf der Fensterbank gelegen und auf einen neuen Einsatz gewartet hat. Ich ziehe es hervor und stehe auf, um meinen Kugelschreiber aus dem Rucksack zu holen.

Es kann losgehen. Ich werfe mich bäuchlings aufs Bett, überblättre schnell die ersten Seiten, auf denen ich festgehalten habe, welch gefühlskalter Arsch er ist, und schlage eine leere Doppelseite auf. Dieses Buch ist verzaubert. Sobald ich es aufschlage, werden meine Gedanken klar. Ich beschließe, mit dem einfachen Teil anzufangen. Dem ohne Emotionen. Also schreibe ich:

ABHÖRAKTION IM DINER – FINALE AUSWERTUNG:

Telefonat: *Kilians Gesprächspartner soll Gustav einen Knochen spendieren, und Klara soll sich gefälligst nicht so anstellen.*
Neue Information: *Gustav lebt derzeit bei Kilians Bruder und seiner Frau.*
Ergebnis: *Kilian hat mit seinem Bruder telefoniert, dessen Frau Klara heißt und anscheinend ein Problem mit Knochen hat. (Info an Kilian: Dringend nach Hause fliegen. Gustav braucht ihn.)*

Ha! Ich bin die Zukunft des FBI. Vielleicht werden die Verbrecher doch nichts zu lachen haben. Und weiter geht's:

Telefonat: Kilian fragt seinen Bruder, ob sie sich nicht endlich von ihm trennt. Sie, die wegen des Scheißbuches nicht mehr mit Kilian redet.
Neue Information: Seine Schwester Katja ist wieder mit Mr. Hyde zusammen, nachdem Kilian das Buch über ihn geschrieben hat. Kilian ist bei Katja unten durch.
Ergebnis: Kilian ist nicht in eine Frau verliebt, die mit einem anderen Mann zusammen ist. Es ging um seine Schwester.

Jetzt, da ich alles blau auf weiß – in glasklaren Polizeifarben – vor mir sehe, komme ich mir bei dieser Übung ein bisschen doof vor. Als könnte ich nicht denken ohne Krücke. Aber so macht man das doch in Harvard, oder? Mit Pfeilen und Kringeln und so. Auf diese Weise haben die Amerikaner die Weltherrschaft erobert: Sie kommen sich niemals doof vor. Also weiter …

Telefonat: Kilian erzählt von der besten Idee, die er jemals hatte. Abgesehen davon, dass er sich wie ein Arsch fühlt.
Nicht mehr ganz so neue Information: Kilian macht Urlaub mit Fremden, um sie in einem Roman auszuweiden. Siehe dieses Notizbuch, Seite 1ff.
Ergebnis: Er fühlt sich wie ein Arsch wegen des Attentats auf meine Familie. Aber er findet die Idee trotzdem prima.

Ich hole tief Luft. Nun kommt der schwierige Teil. Der mit den Emotionen.

Telefonat: Kilian findet seine Idee prima. Abgesehen von ihr. Ihm war nicht klar, dass einen sowas wie eine Krankheit befallen kann. Sie verstellt ihm den Blick auf die anderen. Er sieht nur sie.
Nicht mehr ganz so neue Information: Er will über meine Fami-

lie und die Maldinis schreiben, aber nicht über mich. Weil er mich mag.
<u>Ergebnis:</u> Ich verstelle ihm den Blick auf die anderen Urlauber und vermassele ihm seine Idee. Denn:

Ich zögere, aber schließlich schreibe ich den völlig abwegigen Satz hin:

Er sieht nur mich.

Der sieht doch nur Anna. Maike trifft anscheinend immer ins Schwarze. Aber das kann einfach nicht sein. Er kann nicht mich gemeint haben. Vorletzten Sonntag kannten wir uns gerade mal zwei Tage. Außerdem hat dieser verdammte Satz die ganze Zeit wie ein Stachel in meinem Herzen gesteckt. Er kann mich jetzt nicht dermaßen glücklich machen. Aber … es passt alles zusammen. Kilian wollte über die anderen schreiben, und ich stand dabei im Weg. Ich habe ihn wie eine Krankheit befallen. *Er sieht nur mich.*

Mir entfährt ein kleines, hysterisches Lachen, und ich halte mir die Hand vor den Mund. Oh Mann. Ich war die ganze Zeit auf mich selbst eifersüchtig. Und jetzt kommt endlich das Glücksgefühl. Es ist mir genauso fremd wie das Machtgefühl, das mich letzte Nacht überfallen hat. Aber diesmal stelle ich mich nicht so dumm an. Ich denke nicht an Johanna oder Spider-Man oder das schwarze Notizbuch. (Also, irgendwie schon. Doch nur, indem ich daran denke, dass ich nicht daran denke. Das zählt nicht.) Stattdessen denke ich an seine grünen Augen, die auf mich gerichtet sind. *Ich sehe nur sie.* Ich bin süchtig nach diesem Satz, der mir vor Kurzem noch so wehgetan hat. Und ich denke nicht daran, was letzte Nacht geschehen ist. (Also, irgendwie schon. Aber – wie gesagt – das zählt nicht.)

Und dann denke ich doch an letzte Nacht, aber aus einem ganz neuen Winkel. Aus dem Glückswinkel. Vielleicht habe ich die Macht, die ich gespürt habe, ja unterschätzt? Ich habe sie meinem ach so unwiderstehlichen Körper zugeschrieben. Obwohl ich keine Ahnung habe, was Kilian daran findet. Aber wenn das hier tatsächlich mehr für ihn ist als ein Urlaubsflirt … Vielleicht ist Plan C ja gar nicht so abwegig? *Mir zuliebe.* Wenn er mir zuliebe aufhört, Leute auszuweiden, dann …

Agent Morgenstern, cut it out!

Ich war noch nicht fertig. Eine halb ausgewertete Abhöraktion ist nichts wert. Also ein bisschen Disziplin, bitte.

Telefonat: Kilian fragt seinen Bruder einigermaßen verzweifelt, wie er da wieder rauskommt. Er kann sich nicht von ihr fernhalten, aber er hofft, dass sie es tun wird. Wenn nicht, werde es Verletzte geben. ›Du weißt doch, ich bin für niemanden gut.‹
Neue Information: Das Gleiche hat er gestern Nacht zu mir gesagt. ›Ich bin nicht gut für dich.‹
Ergebnis: Er will nicht verliebt sein. Er will ungestört Leute ausweiden.

Das ergibt Sinn. Er hat ja fast ein Jahr lang versucht, mit dem Gemetzel aufzuhören. Deshalb ist er nach New York gekommen. Aber es hat nicht funktioniert. Er hat es mir am Sonntag erklärt: Schreiben bedeutet für ihn, seine Realität zu fassen zu kriegen. Und wer sich in Kilians Realität aufhält, der hat Pech gehabt. Auch die Liebe kann daran nichts ändern. Selbst wenn sie es täte, wenn mein Plan C aufginge, dann …

Jetzt wird mir schlecht. Ich lasse meinen Kugelschreiber auf das Notizbuch fallen und schiebe es beiseite, um mein Gesicht ins Kopfkissen zu pressen. Wenn Kilian Leute ausweiden muss, um Bücher zu schreiben, und wenn er es mir zuliebe bleiben lässt, dann … wird er nie wieder ein Buch schreiben. Nie wieder. Und alles nur meinetwegen. Wahrscheinlich war Kilian nur zu höflich, um es auszusprechen, doch die Wahrheit ist die: *Ich bin nicht gut für ihn.*

19

Olivers Wetter-App hat nicht gelogen. Ich wurde von Sonnenstrahlen geweckt. In der Realität nimmt das Wetter nun mal keine Rücksicht auf miese Laune. Oder doch? Die Hitze wird zunehmend drückender.

Heute Morgen war die Luft noch klar, und wir haben auf der Veranda gefrühstückt. Alle zusammen. Frisch geduscht und in meinem blütenweißen Strandkleid fühlte ich mich fast ein bisschen unschuldig und konnte Kilian wieder unter die Augen treten. Ich habe die halbe Nacht wachgelegen und mich gefragt, wo er wohl schlief. Zum ersten Mal im Poolhaus? Oder immer noch in Reichweite? Ich musste mich zusammenreißen, um nicht nachzuschauen. Ich weiß nicht, was passiert wäre, wenn ich ihn auf dem Sofa angetroffen hätte. Doch, ich weiß es …

Seit dem Frühstück halte ich verzweifelt Ausschau nach seinem schwarzen Notizbuch. Ich habe es seit Tagen nicht mehr gesehen. Hat er aufgehört hineinzuschreiben? Vor Kurzem hätte mich das noch gefreut, aber jetzt bereitet mir dieser Gedanke ein beklommenes Gefühl. *Kilian Brand schreibt nicht mehr.* Weil er sich in eine scheinheilige Tante mit erhobenem Zeigefinger verliebt hat.

Verliebt. Trotz allem prickelt meine Kopfhaut bei dem Gedanken, dass er in mich verliebt ist. Ich glaube, ich starre ihn noch häufiger an als sonst. Kilian hingegen ist dazu übergegangen, mich gänzlich zu ignorieren. Er liest jetzt den zweiten Band von *Der Herr der Ringe*, und zwar ununterbrochen. Wenn

Johanna ihn nicht gerade mit häuslichen Aufgaben belästigt oder die Kinder an ihm herumzerren, steckt seine Nase in dem Buch. So wie jetzt. Er liegt dort drüben auf der Wiese unter Lenis und seinem Baum und liest. Ich bleibe mit meiner Schüssel Erdbeeren, die Johanna mir von drinnen mitgegeben hat, auf der Verandatreppe stehen, um ihn von Weitem zu beobachten. Nun sieht er kurz von seinem Buch auf, und ich schaue schnell weg.

Simone schläft wie immer auf ihrer Liege, und Oliver sitzt auf der benachbarten Liege und trocknet unter großem Tohuwabohu die Kinder ab, Leni und Jupiter kreischen und kichern und … Ich stutze. Im Whirlpool schwimmt etwas Dunkles. Es sieht aus wie ein Stachelrochen. Für den Bruchteil einer Sekunde frage ich mich, wie der Rochen in den Pool geraten ist, und will die anderen vor ihm warnen. Eine komplette Fehlschaltung im Hirn.

Aber dann schreie ich: »TITUS!«

Glaube ich. Mir wird schwarz vor Augen, und ich kann nichts mehr hören. Ich lasse die Erdbeerschüssel fallen, und auch das höre ich nicht. Dann fange ich mich endlich und renne die Treppe hinunter.

Als ich unten ankomme, steht Kilian schon mit Titus im Arm im Whirlpool. Er steigt blitzschnell mit ihm auf die Unterwasserbank und klettert aus dem Pool und legt ihn auf den Rasen. Ich sehe, dass er mit ihm spricht, aber ich höre immer noch nichts. Ich nähere mich nicht. Wie gelähmt stehe ich am Pool und bin nutzlos.

Ich sehe Simone, die neben Titus ins Gras fällt. Sie schiebt Kilian beiseite und legt ihren Mund auf Titus' Mund. Sie beatmet ihn. Oh Gott. *Er atmet nicht.* Ich muss … Ich kann wieder hören.

Oliver schreit: »Wer hat ein Telefon?«

Ich nicht, es liegt drinnen, ich muss es holen … Da sehe ich, dass Kilian telefoniert. Ich bin nutzlos.

Ich sehe, wie Simone mit der Herzdruckmassage beginnt. *Sportlehrerin. Sie kann das. Komm schon, Titus.*

Er bewegt sich nicht. Sie beatmet ihn wieder. Kilian telefoniert. Oliver steht daneben. Nutzlos. So wie ich.

Wo sind die Kinder?

Erst da bemerke ich, dass sie neben mir stehen, Leni rechts, Jupiter links. Ich knie mich auf die Steinplatten neben dem Pool und nehme sie in die Arme. Da klammern sie sich an mich und verbergen ihre Gesichter an meinen Schultern. Aber ich kann nicht wegsehen. Ich sehe Titus im Gras, seine Mutter, die mit ausdrucksloser Miene wieder mit der Druckmassage begonnen hat, ich sehe …

Titus hustet.

Simone keucht: »Titus!«, und bricht in Tränen aus. Kilian, der aufgehört hat zu telefonieren, fasst Simone sanft an den Schultern und schiebt sie beiseite. Er spricht leise mit Titus und befördert ihn in die Seitenlage. Er vergewissert sich bei Simone, ob er es richtig gemacht hat, und sie nickt hastig. Sie streichelt Titus' Köpfchen und redet auf ihn ein, und Kilian sitzt stumm daneben und fühlt seinen Puls und beobachtet ihn, und ich weiß, dass Titus atmet, solange Kilian ruhig bleibt.

»Er atmet«, flüstere ich den Kindern zu, und da fängt Jupiter an zu schluchzen und umklammert meinen Hals.

Aber Leni lässt mich los und sagt leise: »Ich hole Mama.«

Ich halte sie fest. »Geh außen herum. Auf der Treppe sind Scherben.« Mein Gehirn funktioniert wieder.

Kurze Zeit später kehrt Leni zurück, gefolgt von einer völlig entgeisterten Johanna, einer Notärztin und zwei Rettungssanitätern mit allerlei Equipment. Als sie an Jupiter und mir vorbeilaufen, halte ich Johanna und Leni zurück. Es sind schon genug Leute bei Titus. Oliver, der ebenfalls danebenstand, kommt mit versteinerter Miene auf uns zu und greift nach Johannas Hand. Sie wirft ihm einen fragenden Blick zu, aber er sagt nichts.

Titus' Gesicht verschwindet unter einer Beatmungsmaske. Er sieht winzig und blass aus dort im Gras; die Krokodile auf seiner Badehose leuchten neongrün. Und dann schauen nur noch seine nackten Füßchen hinter der Mauer aus Erwachsenen hervor. Die junge Ärztin untersucht ihn, und der ältere der beiden Rettungssanitäter steht auf und befragt Kilian, weil Simone aufgehört hat zu funktionieren. Kilian gibt über die Wiederbelebungsmaßnahmen Auskunft, aber er kann nicht sagen, wie lange Titus unter Wasser war. Keiner weiß das. Titus liegt still im Gras, aber er atmet, und ich warte auf den erlösenden Satz der Ärztin: *He'll be fine.* Doch der Satz fällt nicht. Stattdessen sagt sie, dass sie ihn ins Krankenhaus mitnehmen werden.

Sie legen Titus auf eine Trage und bringen ihn zum Rettungswagen. Wir alle folgen ihnen. Simone küsst Jupiter geistesabwesend auf den Kopf. Dann steigt sie zu Titus in den Rettungswagen und fragt mit einer heiseren Stimme, die ich noch nie gehört habe, ob Kilian mitfahren darf. Der Sanitäter schüttelt den Kopf. Kilian soll mit dem Auto hinterherkommen. Simone sagt zu uns: »Nur er«, und dann bittet sie Oliver noch, Alex anzurufen, bevor der Sanitäter die Tür schließt.

Als der Rettungswagen die Einfahrt verlässt, läuft Johanna sofort ins Haus, um Simones Handtasche und die Autoschlüssel für den Kombi zu holen. Leni verschwindet ebenfalls im Haus, während Kilian, Oliver und ich stumm in der Einfahrt stehen und warten. Ich habe Jupiter auf dem Arm. Eigentlich ist er schwer, aber er klammert sich so fest an mich, dass er mir viel leichter vorkommt als sonst.

Johanna kehrt in Lichtgeschwindigkeit zurück. Sie drückt Oliver sein Telefon in die Hand. Er soll Alex anrufen. Oliver sieht Johanna hilflos an, doch sie ignoriert ihn und händigt Kilian den Autoschlüssel und Simones Handtasche aus.

Sie zeigt auf die Handtasche. »Da sind Anziehsachen für Titus drin. Beeil dich.«

Da spüre ich erneut die Panik. Sie ist nur ein Schatten der Panik von vorhin, aber meine Knie sind weich. Ich setze Jupiter sanft auf dem Boden ab und sehe Kilian zum ersten Mal direkt an.

»Du kannst nicht fahren«, sage ich. »Wir stehen doch alle unter Schock.«

Kilian sieht mich nur perplex an und kratzt sich mit dem Autoschlüssel am Kopf. Er steht definitiv unter Schock.

Jetzt klinge ich wie eine alte Keifziege: »*Mit dem Auto hinterherkommen?* Dieser Scheißsanitäter spinnt wohl. Du rufst dir jetzt ein Taxi.«

In dem Augenblick, als ich »Taxi« sage, kommt Maikes Cabrio in die Einfahrt gerollt. Maike war mit Jack am Strand. (Seit gestern Abend gibt es nur noch Jack. Heute Morgen hat sie in Johannas Gegenwart Mini-Salamis gegessen.) Bevor Maike aus dem Wagen steigen kann, greife ich den ziemlich überrumpelten Kilian am Arm und bugsiere ihn auf Maikes Beifahrersitz. Sie fragt, was das soll, und schaut verwirrt Simones pinke Handtasche an, die startbereit auf Kilians Schoß sitzt, aber ich antworte nur, dass Kilian ihr das unterwegs erklären wird. Leni kommt angelaufen und setzt Rosalie Finn-Rosalie neben die Handtasche auf Kilians Schoß.

»Für Titus.«

Kilian nickt zerstreut.

Hätte Maike das Verdeck nicht heruntergefahren, würde ich auf das Autodach klopfen, damit sie endlich losfährt. Aber das ist nicht nötig. Keine Minute später verlassen sie die Einfahrt.

Damit Alex auf dem Weg hierher keinen Unfall baut, hat Oliver ihm ins Blaue hinein gesagt, Titus sei über den Berg. Die Kinder haben es gehört und aufgeatmet. Oliver geht es jetzt also noch schlechter als zuvor. Leni und Jupiter dürfen *Fireman Sam* schauen, damit er sich in Ruhe martern kann. Sie sitzen mit uns am Küchentisch und sind völlig versunken in die kleinen Katastrophen, die mir jetzt viel zu real erscheinen. Normalerweise hätte Johanna erhebliche pädagogische Einwände, aber sie sorgt sich gerade mehr um Olivers Gemütszustand.

Es ist furchtbar, aber ich beneide Oliver. Er kann wenigstens offen über seine Schuldgefühle sprechen. Ich dagegen kann niemandem erzählen, dass ich kostbare Sekunden vergeudet habe. Ich musste ja unbedingt Kilian anstarren, anstatt mich auf das Wesentliche zu konzentrieren. Seit wir hier sind, bin ich nur noch das alberne Mädchen mit Herzchen in den Augen. Ich sehe nur ihn. Und habe Titus im Stich gelassen.

Als Oliver das Glas Wasser, das Johanna vor ihn auf den Tisch gestellt hat, wegschiebt und zum fünften Mal wiederholt, dass er an allem schuld sei, verliert sie die Geduld und sagt: »Titus' *Mutter* ist schuld, sonst keiner.«

Vermutlich hat Johanna recht, und genau das kann ich jetzt nicht ertragen. Ich murmle: »Du und dein bescheuerter Zeigefinger.«

Johanna sieht mich an. »Wie war das?«

Ihr Ton regt mich noch mehr auf, und ich füge laut hinzu: »Wenn du mit deiner selbstgerechten Art auf Simone losgehst, kannst du was erleben. Es geht ihr schon schlecht genug.«

»*Selbstgerecht?* Seit fast zwei Wochen schläft sie wie ein Murmeltier, während ihre kleinen Kinder um den Pool herumspringen. Und *uns* bürdet sie die ganze Verantwortung auf. Sie hat nicht einmal gefragt, ob uns das recht ist.«

»Das wird nie wieder vorkommen, und das weißt du genau«, entgegne ich. »Sie wird sich selbst genug Vorwürfe machen, da musst du sie nicht auch noch fertigmachen.«

»Wenn Titus einen Hirnschaden davonträgt, wird Oliver seines Lebens nicht mehr froh.« Johannas Stimme bebt.

»Danke für den Hinweis«, stöhnt Oliver.

»Siehst du!«, rufe ich. »Du machst alles nur schlimmer. *Lass es.*«

Wir sitzen eine halbe Ewigkeit vor unseren unberührten Wassergläsern und schweigen uns an, während *Fireman Sam* auf Simones Tablet Leben rettet. Irgendwann platzt Johanna dann doch der Kragen. Sie regt sich darüber auf, dass diese dämliche Sendung den Kindern suggeriere, irgendwer werde ihnen immer aus der Patsche helfen, selbst wenn sie Häuser in Brand steckten. Sie hat mal wieder recht, und deshalb halte ich dagegen, die Kinder würden dort wenigstens lernen, dass man den Herd ausschalten soll. Johanna erwidert gerade, kleine Kinder hätten am Herd nichts zu suchen, als ihr Telefon klingelt. Es ist Maike.

Titus ist über den Berg.

Ich umarme Oliver, der neben mir sitzt. Als ich ihn loslasse, legt er die Arme auf den Tisch und vergräbt seinen Kopf darin. Ich streiche über seinen Rücken, bis Johanna das Gespräch mit Maike beendet hat und meinen Platz einnimmt. Jetzt vergräbt Oliver seinen Kopf in Johanna, und ich bin schon wieder neidisch auf ihn. Ich will auch meinen Kopf vergraben. In Kilian.

Kurz nach ihrer Rückkehr aus dem Krankenhaus hat Maike mir berichtet, dass jemand anders seinen Kopf in Kilian vergraben hat. Alex, der nach knapp zwei Stunden Fahrt am Krankenhaus ankam und nun möglicherweise seinen Führerschein los ist, war im Knuddelmodus. Kilian hat ihn im Wartebereich abgefangen, bevor er zu Titus und Simone stürmen konnte. Da hat Alex ihn fast erdrückt und tränenreich verkündet, dass Kilian nun ein Maldini sei. Für immer. Kilian musste sich mühsam aus seiner Umarmung befreien, um ihm zu erklären, dass Titus ohne Simone keine Chance gehabt hätte. Kein anderer von uns hätte gewusst, was zu tun war. Alex hat wie verrückt genickt und ihn noch dreimal umarmt, bevor er zu seiner Familie stürzte.

Vielleicht waren es Kilians Worte, die Alex davon abgehalten haben, auf Simone loszugehen. Doch wahrscheinlich lag es schlicht daran, dass Titus lebte und sprach und wieder er selbst war. Alex liegt nichts ferner, als ein Happy End zu vermasseln. Als das Maldini-Mobil am frühen Abend in der Einfahrt gelandet ist und wir alle aus dem Haus kamen, um Titus zu begrüßen, hob Alex ihn aus dem Auto und hielt ihn wie eine Trophäe in die Höhe. Titus hielt währenddessen Rosalie Finn-Rosalie in die Höhe, aber dann wollte er zu *Mummy*. Alex küsste Simone flüchtig auf die Wange, und sie lächelte ihn an, während sie die plappernde Trophäe entgegennahm. Ich glaube, sie hat ihn seit Beginn unseres Urlaubs noch kein einziges Mal auf diese Weise angelächelt. Offenbar hat seine Nachsicht sie angesteckt. Was ist schon ein (unbewiesener) Seitensprung im Vergleich zu Titus' Leben?

Es gab eine kleine Gruppenumarmung mit Jupiter und eine große mit Leni, Oliver und mir. Johanna war außer Reichweite. Sie hatte sich zu Maike und Kilian gesellt, die zeitgleich angekommen waren und noch am Cabrio standen. Ich musste kurz die Luft anhalten, als Simone gnädig zu Oliver sagte, er solle sich wegen Titus keinen Kopf machen. »Schwamm drüber.« Johanna öffnete den Mund, doch dann trafen sich unsere Blicke, und sie schloss ihn wieder.

Die Maldinis (Kilian ausgenommen) hielten sich an den Händen, als sie die Treppe zur Rumpelveranda hinaufgingen. Simone brachte Titus ins Bett, aber sie kam zum Abendessen in die Küche und blieb, als Alex den Marsala-Wein öffnete, der eigentlich für Johannas Tiramisu bestimmt war.

Manchmal schäme ich mich für meinen beschränkten Horizont. Nach all den Büchern, die ich gelesen habe, müsste mir langsam klar sein, dass kein Mensch dem anderen gleicht. Dennoch sitze ich hier und wundere mich über das Marsala-Gelage. Ich kämpfe gegen das Bedürfnis an, nach oben zu gehen und mich neben Titus ins Bett zu legen, um ihm beim Atmen zuzusehen. Das würde bei Simone nicht gut ankommen. Genau wie Alex will sie jetzt »Titus' Geburtstag« feiern. Was mich gerade völlig überfordert.

Kilian und Johanna scheint es ähnlich zu gehen wie mir. Wir sitzen irgendwie betreten mit unseren Wassergläsern daneben, während Alex, Simone, Oliver und Maike immer betrunkener und lustiger werden. Ich würde mich gern in die Bibliothek zurückziehen, aber ich muss Johanna mit meinem Hunde-Laserblick in Schach halten. Es brodelt in ihr. Je lauter Simone lacht, desto lauter wird Johannas Brodeln. Ich warne sie stumm: *Lass es.* Kilian, der schweigsam neben Alex sitzt und alle paar Minuten geherzt wird, verfolgt unseren Kampf unter Schwestern. Er hört jedes Wort, das wir nicht wechseln, und manchmal zucken seine Mundwinkel.

Doch die meiste Zeit sieht er genauso bedrückt aus wie ich. Wir sind einfach dumm. Während die anderen längst begriffen haben, dass dies das Happy End ist, sind wir noch im Ausnahmezustand gefangen. Wir können mit ihrem Tempo nicht mithalten. Einmal treffen sich unsere Blicke, und zum ersten Mal seit meinem Schrei und der Taubheit von heute Nachmittag fühle ich mich nicht allein. Ich will ihm von dem Stachelrochen erzählen. Dass ich die anderen vor ihm *warnen* wollte. Unvermittelt füllen sich meine Augen mit Tränen. Kilian blinzelt. Dann sieht er weg und steht vom Tisch auf. Er sei müde. Die Maldinis stehen auch auf und umarmen ihn, bevor er endlich entlassen ist.

Die Decke über mir brennt, und alle Bücher stehen in Flammen. Nur mein rotes Notizbuch nicht. Es liegt neben mir im Bett und will hier raus. Ich packe es und renne. Die Flammen verfolgen uns. Ich durchquere das Wohnzimmer, reiße die Verandatür auf und renne weiter. Die Verandatreppe hinunter, um den Pool herum, über die kühle Wiese. Auf der Wiese trete ich in ein Erdloch und gerate kurz ins Stolpern. Das Notizbuch fällt mir aus der Hand, aber ich habe keine Zeit, um es aufzuheben. Ich renne aufs Wasser zu, auf den Steg, weg von den Flammen, ich sollte springen, im Wasser bin ich sicher …

Jemand hält mich am Arm fest. Ich komme zum Stehen und versuche vergeblich, mich loszureißen. Dann erkenne ich Kilian. Ich bin wach. Kilian hat meine Handgelenke umschlossen. Ich starre ihn mit weit aufgerissenen Augen an, und er starrt zurück. Ich sehe mich um. Wir sind am Ende des Stegs, einen Fußbreit von der Kante entfernt. Das Wasser ist dunkel, alles ist dunkel, auch Kilians Gesicht. Es ist mitten in der Nacht. Mein Atem geht schnell. Ich schaue zum Haus hinüber. Keine Flammen. Es liegt friedlich im Dunkeln und schläft.

Kilian zieht mich in seine Arme. Sein Atem geht noch schneller als meiner. Ich spüre sein Herz, das aufgebracht gegen seine Brust hämmert, und ich denke, dass es ein alter Störenfried ist. So wie meins. Da umklammere ich ihn fester und vergrabe mein Gesicht in ihm. Ich atme in seine Schulter, bis unsere Herzen sich beruhigen.

»Es tut mir leid«, murmle ich erstickt in sein T-Shirt, und damit meine ich einfach alles: dass er schon wieder lossprinten und jemanden vor dem Ertrinken retten musste, dass er seit fast zwei Wochen in der Hängematte schläft, dass ich ihn bespitzelt und sein Notizbuch gelesen habe, dass ich ihn wie eine Krankheit befallen habe und seiner Geschichte im Weg stehe. *Dass ich nicht gut für ihn bin.*

Er streicht über meine Haare und löst sich von mir, um mein Gesicht in seine Hände zu nehmen. Ich sehe nur noch seine grünen Augen und vergesse augenblicklich jeden einzelnen Grund, der gegen uns spricht. Ich öffne meine Lippen, und Kilian versteht mich und küsst mich endlich. Viel zu sanft, als bräuchte ich Trost. Als wollte er mir nur versichern, dass alles in Ordnung ist. Aber ich schmecke seine Lippen, seine Zunge, und mir entfährt ein Laut, der mir schrecklich peinlich ist. Sofort verändert sich sein Kuss. Es ist, als würde Kilian rotsehen, aber auf gute Art, und ich höre auf zu atmen und mich zu schämen. Ich spüre wieder die Macht, die ich inzwischen kenne, und stöhne ein weiteres Mal in seinen Mund. *Ich mache ihn verrückt.*

Und wie. Er küsst mich so verzweifelt, als wäre es nicht das erste, sondern das letzte Mal. Als wäre die Gegenwart alles, was wir haben. Weiß er, dass wir von Wasser umspült unterm Sternenhimmel stehen? Dass dies der kitschigste Ort der Welt ist für einen ersten Kuss? Dass wir im Land der Träume sind? Ich glaube nicht. Er sieht nur mich. Ich dagegen sehe alles, denn ich habe die Macht. Unterschätze nie ein Mädchen in Boxershorts, das nachts auf einen Steg rennt … Und jetzt will ich ins Poolhaus. Dringend.

Ich bekomme, was ich will. Und mehr.

Ich glaube, Kilian hat auch bekommen, was er wollte. Er liegt neben mir in seinem nicht mehr ganz so unbenutzten Bett, hat Arme und Beine um mich geschlungen und schläft. Sein Atem ist ruhig und tief. Ich kenne sein schlafendes Gesicht bereits, aber er sieht anders aus als sonst. Hin und wieder flattern seine langen Wimpern, und sein Mund ist leicht geöffnet. Völlig entspannt. Er darf niemals erfahren, wie glücklich es mich macht, ihn glücklich zu machen … Sonst war's das mit der schönen Macht.

Die Sonne geht bald auf. Wenn ich bleiben will, muss ich jetzt gehen. Johanna zerrt mich auf der Stelle zurück nach Manhattan, falls sie dahinterkommt. Ich stecke zum Abschied meine Nase in Kilians Haare und atme tief ein, so wie er es manchmal bei mir tut. Es dauert eine Weile, bis ich mich von seinen Gliedmaßen befreit habe. Sobald ich seine Beine losgeworden bin, rutschen seine Arme wieder auf meine Taille, und wenn ich die Arme im Griff habe, schmiegt seine Ferse sich wieder an meine Wade … Ich verkneife mir ein Kichern, und schließlich gelingt es mir, ihn wegzuschieben.

Als ich leise vom Bett aufstehen will, fällt mein Blick auf den Nachttisch. Dort liegt *Der Herr der Ringe.* Und daneben sein schwarzes Notizbuch. Ich halte inne. Ich muss wissen, ob er weitergeschrieben hat. Und wenn ja, *was* er geschrieben hat. Er hat doch nicht … Meine Hände werden feucht. Wenn er Titus im Pool ertrinken lässt, ist es aus und vorbei. Wie gebannt starre ich das Buch an. *Go ahead, Agent Morgenstern!*

Es juckt mir in den Fingern. Nein. Diesmal nicht. Ich habe schon zu viele Leichen im Keller, und Kilian will vermutlich nichts mehr mit mir zu tun haben, wenn die Katze erst enttarnt ist. Bei dem Gedanken verkrampfen sich meine Hände. Meine Füße. Alles. Und plötzlich ertrage ich dieses Geheimnis keine Sekunde länger. Ich muss beichten. Sofort.

Ich schaue Kilian an. Er schläft so friedlich. Ich stelle mir seine grünen Augen vor. Und dann den Laserblick. *Ich kann das nicht.* Vielleicht könnte ich das mit der Beichte erst mal ein bisschen üben, während er schläft … Dann geht es später bestimmt leichter.

Leise lege ich mich wieder neben ihn und wispere halb ins Kopfkissen: »Kilian, ich bin furchtbar. Ich habe deine Notizen gelesen.«

Ich warte. Nichts passiert. Er atmet, ich atme, die Welt dreht sich weiter.

Generalprobe bestanden. Und jetzt schnell weg!

Gerade als ich aufstehen will, höre ich hinter mir seine ruhige Stimme. »Ich weiß.«

Mein Herz bleibt stehen. Ich drehe mich zu ihm um. Er verschränkt die Arme hinter dem Kopf und sieht mich verschlafen an. *Gott, sieht der gut aus.* Ich spüre, dass mir die Hitze in die Wangen steigt, und weiß nicht, ob es an meiner Beichte liegt oder an ihm. Oder daran, dass ich nackt bin. Hastig lasse ich mich zurücksinken und ziehe die Bettdecke über mich.

»Seit wann?«, frage ich kleinlaut.

»Seit du mir in der Hängematte Paul Auster untergejubelt hast.« Er lächelt schief und rückt näher. Wir liegen unter verschiedenen Decken, aber Kilian macht sich auf meinem Kopfkissen breit. Er küsst meine Nasenspitze. »Hast du wirklich gedacht, ich merke das nicht? Zumal du Sinatra gesummt hast, als du auf die Veranda gekommen bist.« Sein Lächeln wird breiter.

Sinatra? Shame on you, Agent Morgenstern!

»Warum hast du mich dann nicht davon abgehalten, es zu lesen?« Ich würde wirklich gern ärgerlich werden, aber es klappt nicht. Es steht mir einfach nicht zu.

Kilian hört auf zu lächeln. »Ich wollte, dass du es liest«, sagt er leise. »Es war wie eine Last, die von mir abfiel. Solange du nichts davon gewusst hast, kam ich mir so hinterhältig vor, wenn ich …« Er unterbricht sich und streichelt mit dem Daumen über meine Wange. »Wenn ich deine Nähe gesucht habe.«

Er sieht mich wieder mit diesem zärtlichen Blick an, bei dem ich mich so fühle, als würde er mich bedauern.

»Nachdem du es gelesen hattest, konntest du selbst entscheiden, ob du …« Er unterbricht sich wieder und senkt den Blick, aber dann schaut er mich doch an und sagt: »Ich bin fast verrückt geworden, als ich da draußen darauf gewartet habe, dass du endlich zurückkamst. Du liest verdammt langsam, wusstest du das?«

Er lächelt, aber ich habe jetzt keine Lust, geneckt zu werden. Langsam werde ich nämlich doch ärgerlich. *Er hat es die ganze Zeit gewusst!*

»Du kannst dir nicht vorstellen, wie erleichtert ich war, als du das Buch zurück in die Hängematte geschmuggelt hast, statt mir damit eins überzubraten.«

»Ich wollte es vor deiner Nase verbrennen«, murre ich.

»Das habe ich dann auch gemerkt«, lacht er. »Am nächsten Morgen.«

»Ach ja?«

»Na hör mal, du hast meinen Kaffee weggekippt. Und unverhohlen mit Alex geflirtet.«

Jetzt werde ich wirklich sauer. »*Mit Alex geflirtet?* Ich flirte nicht mit verheirateten Männern. Du hast anscheinend zu viel Zeit mit deinen Orks verbracht.«

»Definitiv.« Seine Augen blitzen belustigt. »Jedenfalls hast du es mir ordentlich heimgezahlt. Das Date am Sonntag war die reinste Achterbahn. Ich habe ja gehofft, über Max Frisch käme ich an dich heran – aber keine Chance. Und selbst als du dich bei den Hummern in Rage geredet hast, wolltest du die Karten nicht auf den Tisch legen.«

»Was hätte das gebracht?«, entgegne ich genervt. »Abgesehen davon, dass du dann wie das arme Spitzelopfer dagestanden hättest.«

Kilian seufzt und fährt mit den Fingerspitzen über meinen Arm. Ich bekomme eine Gänsehaut. *Ich liebe das* … Hastig lasse ich meinen Arm unter der Bettdecke verschwinden.

Er lässt die Hand auf meiner Decke liegen und antwortet unerwartet leise: »Ich hätte es dir erklären können.«

»Aber du *hast* es mir doch erklärt. Du brauchst Menschen zum Ausweiden, sonst kannst du nicht schreiben.«

»Ich hätte deine Familie und die Maldinis völlig unkenntlich gemacht.«

Nun lache ich. Verächtlich. Ich mag mich nicht, aber ihn auch nicht. »Johanna ist nicht eine von deinen dämlichen Freundinnen, bei denen es gereicht hat, ihnen eine neue Frisur und einen anderen Beruf zu verpassen. Abgesehen davon hast du dir überhaupt keine Mühe gegeben. *Julia und Oskar und Hedi? Sonja, Rex, Primus und Pluto?* Ich bitte dich.«

Ich bitte dich. So etwas sage ich nie. Aber jetzt schon … Ich fahre ziemlich aufgebracht fort: »Und dann dieser Titel! *Urlaub mit Freunden.* Hast du eigentlich eine Ahnung, wie viele von Johannas Freunden und Arbeitskollegen darüber Bescheid wissen, dass du uns und Maike in dein Ferienhaus eingeladen hast? Und natürlich erkennen sie Johanna, selbst wenn du sie *Johannes* oder sonst wie nennst. Jeder einzelne von ihnen wird die Sexszene mit Julia und Maya lesen!«

Ich ziehe meine Hand unter der Decke hervor und verpasse seiner Rübe einen Klaps. »Du bist ein Riesenarsch.«

Jetzt wagt er es doch tatsächlich, mit den Augen zu rollen! Und er klingt ziemlich genervt, als er entgegnet: »Das war ein *allererster* Entwurf. Ich hätte die Namen und den Arbeitstitel und selbst die Geschichte noch tausendmal geändert. Genau das hätte ich dir erklären können, wenn du zugegeben hättest, dass du es gelesen hast.«

Ich setze mich auf. »Aber du *wusstest* doch, dass ich es gelesen habe!«

Kilian setzt sich ebenfalls auf. »Aber ich konnte nichts sagen!«

»*Warum* denn nicht?«

»Weil du das als Vorwurf aufgefasst und sofort dichtgemacht hättest.«

»Pah!«

»Komm.«

»Komm?«

Er fährt sich mit beiden Händen in die Haare. Ich bringe ihn dazu, sich die Haare zu raufen – das fängt ja gut an …

»Ich habe dir sogar angeboten, dir meine Notizen zu zeigen, damit du gesichtswahrend aus der Nummer rauskommst und wir endlich offen reden können.«

»Gesichtswahrend?« Ich funkle ihn an.

»Komm schon, du weißt, wie ich das meine.«

Er schiebt sich eine Haarsträhne aus dem Gesicht, und schon wirkt er nicht mehr genervt, sondern hilflos. Prompt verpufft mein Ärger. Ich will ihn berühren. Doch das führt zu nichts …

Kilian räuspert sich. »Ich weiß nicht, ob du dich daran erinnerst, aber ich habe aus lauter Verzweiflung sogar vorgeschlagen, dass ich die Notizen den anderen zeige. Als du ›Nein‹ gerufen hast, habe ich gehofft …«

»Dass ich mit allem einverstanden bin? So wie Katja?«

»Dass du nicht willst, dass Johanna mich hasst. Damit …« Er räuspert sich wieder und ergänzt leise: »Damit du mit mir zusammen sein kannst.«

Oh. Ich schaue ihn sprachlos an, und Kilian schiebt sich wieder eine Haarsträhne hinters Ohr und sieht dabei so schüchtern aus, dass mein Mund ganz trocken wird. Ich sitze stumm da und weiß nicht, was ich tun oder sagen soll.

In meinem Gefühlschaos verpasse ich es fast, als er sagt: »Anna, ich werde das Buch über deine Familie nicht schreiben. Und was Katja angeht … Wir haben am Mittwoch lange telefoniert, und ich habe mich bei ihr entschuldigt.«

Er sieht mich an und wartet auf meine Reaktion, aber ich stehe völlig neben mir. Spider-Mans Onkel spukt wieder durch meinen Kopf und trällert irgendetwas von Macht und Verantwortung. Kilian erfüllt meine Wünsche … *Aber was ist, wenn ich mir das Falsche wünsche?* Was ist, wenn ich zwischen ihn und seine Bücher trete? Oh Gott. Ich werde für die Literatur das, was Yoko Ono für die Beatles war. Nur dass Yoko echt was zu bieten hatte. Kunst und Ideale und so. Und was habe ich? Angst. Sonst nichts.

Er nimmt meine Hand in seine. »Bitte sag was.«

Jetzt bin ich es, die sich räuspert, aber mein banales »Danke« ist dennoch kaum hörbar.

Ich sehe, dass er schluckt.

»Nichts zu danken«, sagt er tonlos und lässt meine Hand los. Sofort setzen die Phantomschmerzen ein, und zwar so heftig wie nie zuvor. Als wollte mein Körper mir einen kurzen Blick in die Zukunft gewähren: Schmerzen, Schmerzen, Schmerzen … Zur Hölle mit der Literatur, dann bin ich eben Yoko Ono!

Ich werfe die Decke beiseite und klettere rittlings auf Kilians Schoß, so wie ich es Dienstagnacht getan habe. Aber diesmal ist alles anders. Ich bin splitternackt und küsse ihn ein bisschen um den Verstand. Fast so, als hätte ich echt was zu bieten. Und schließlich bin ich diejenige, die ihm atemlos seinen eigenen Satz ins Ohr flüstert: »Ich bin nicht gut für dich.«

Da zieht Kilian seinen Kopf zurück und sieht mich stirnrunzelnd an, und ich rechne damit, dass er »Ich weiß« antwortet, so wie ich es getan habe. Stattdessen sagt er: »Anna, das ist mir scheißegal.«

20

Dieser Tag ist noch nicht zu Ende, aber er tanzt schon jetzt aus der Reihe. Es ist ein ständiges Auf und Ab. Ich fühle mich fast wie Mr. Hyde. Kein gesunder Mensch kann so glücklich sein. Kilian beschreibt in seinem Buch, dass Mr. Hyde die Phasen, in denen die Medikamente ihm in die Balance helfen, als Depression wahrnimmt. Jetzt kann ich es nachempfinden. Was ist schon Ausgeglichenheit gegen solch ein Glücksgefühl? Nach diesem Taumel kann die Welt nur noch dunkel sein.

Aber noch bin ich mittendrin.

Heute Morgen hat er mich nicht gehen lassen. Ich musste erst böse werden und ihm erklären, dass er die ganze Operation gefährdete. Anstatt sich – wie erwartet – darüber aufzuregen, dass ich uns vor Johanna geheim halten wollte, hat er gelacht und mir wie ein Gentleman in meine Boxershorts geholfen. Er hat mich zur Tür gebracht und mich lange geküsst, und dann haben wir uns mit einem verheißungsvollen »Bis gleich« getrennt.

Als ich in der Morgendämmerung die Wiese zum Haupthaus überquerte, begann ich unwillkürlich, *The Time of My Life* vor mich hin zu summen. Und sofort überkam mich wieder dieses magische Gefühl von Ankunft. Es geht doch nichts über einen guten Soundtrack. Ich drehte mich dreimal nach Kilian um, und er lehnte immer noch mit verschränkten Armen im Türrahmen und sah mir hinterher. Es gab ihn wirklich.

Eigentlich war ich zu aufgewühlt, um nochmal einzuschlafen, aber irgendwie passierte es doch. Der Frühstückstisch auf der Veranda war schon gedeckt, als ich geduscht und ziemlich besorgt ins Freie trat. War das alles vielleicht doch nur ein Traum gewesen …?

Da ging das Fliegengitter auf, und Kilian kam mit Bagels beladen durch die Tür und gab mir im Vorbeigehen einen flüchtigen Kuss auf den Mund. Leni war die Einzige, die es sah, aber sie kommentierte es nicht. Es schien ihr nicht aufzufallen, dass daran etwas ungewöhnlich sein könnte. Alex und Simone, die bereits mit den Kindern am Tisch saßen, waren selbst zu verliebt, um etwas zu bemerken. Simone musste Alex ein paarmal mit einem scharfen *»Alessandro«* in die Schranken weisen, doch dabei sah sie alles andere als genervt aus.

Als die anderen auf die Veranda kamen, hatte ich mir schon den besten Platz am Tisch ausgesucht: zwischen Kilian und Leni. Unglaublich, dass ich zwei Wochen gebraucht hatte, um meinen Platz zu finden. Was für eine Zeitverschwendung. Zum Glück lag noch eine ganze traumhafte Woche vor mir. An das Danach würde ich später denken …

Kilians Hand lag die meiste Zeit unter dem Tisch auf meinem Bein, und ein paarmal erschien es mir, als hätte Johanna etwas bemerkt. Sie saß Kilian gegenüber und sah uns hin und wieder aus schmalen Augen an. Allerdings wirkte sie insgesamt furchtbar schlecht gelaunt. Vermutlich lag es an der Standpauke wegen Titus, die immer noch unbenutzt in ihrem Kopf herumspukte. Alle anderen strahlten Titus an, der fröhlich in seinem Kinderstühlchen thronte und eine Zitrone auslutschte. (Ja, eine *Zitrone*. Ohne das Gesicht zu verziehen.)

Irgendwann erkundigte sich Kilian beiläufig: »Wer hat eigentlich letzte Nacht die Verandatür offen gelassen?«

Alle sahen ihn perplex an.

»Anna ist bis auf den Steg gerannt.«

»Was?« Johanna warf mir einen entsetzten Blick zu.

Ich zuckte mit den Achseln. »Ich glaube, wegen Titus waren wir alle ein bisschen durch den Wind und haben die Tür vergessen.«

Sie schüttelte verärgert den Kopf. »Gerade deshalb hätten wir daran denken müssen. Du sprintest doch immer, wenn dich tagsüber etwas aufgeregt hat.«

Da hatte sie mal wieder recht. Meine Anspannung, die sich im Laufe des Tages aufbaut, entlädt sich nachts wie ein Gewitter. Der Anlass ist in der Regel banal. Eine Klausur, ein Streit, ein verpasster Zug. Eine Einladung in die Hamptons, ein unerwarteter Kuss auf die Stirn von Kilian Brand. Nichtigkeiten im Vergleich zu Titus. Wir hätten es also wirklich ahnen und die Tür abschließen sollen.

»Müsste sie dann nicht jede Nacht sprinten?«, meinte Kilian trocken.

Ich rammte ihm meinen Ellenbogen in die Seite. »Haha.«

»Wie gut, dass Kilian auf der *porch* schläft«, warf Alex ein. »Oder hast du es etwa verpennt, *buddy?*«

Er grinste Kilian an. Irgendwie grinst Alex jetzt immer, wenn er mit Kilian spricht. Seinem fünften Maldini.

Kilian kratzte sich am Kopf. »Ehrlich gesagt, beinahe. Ich bin erst richtig aufgewacht, als sie die Treppe heruntergetrampelt ist, und dann habe ich eine halbe Ewigkeit gebraucht, bis ich aus der Hängematte hochkam.« Er sah mich verschmitzt von der Seite an. »Du bist schnell.«

Aber ich wollte nicht, dass er die Sache herunterspielte, und sagte zu Johanna: »Kilian hat verhindert, dass ich vom Steg ins Wasser gesprungen bin.«

»Wow, Kilian, zwei Rettungsaktionen an einem Tag!«, rief Alex. »Dann bist du jetzt ein Maldini *und* ein Morgenstern.«

»*Richter*-Morgenstern«, korrigierte Oliver.

»Muss ich das auf meine Bücher schreiben?«, fragte Kilian

mit einem schiefen Lächeln. »Da bleibt ja kein Platz mehr für den Titel.«

Alle lachten – mit Ausnahme von Johanna. Sie musterte ihn kühl, und ich verstand die Welt nicht mehr. Man konnte meiner Schwester so einiges vorwerfen, aber Undankbarkeit gehörte eigentlich nicht dazu. Ich hatte erwartet, sie würde vom Tisch aufspringen und ihn umarmen. Stattdessen dieser abschätzige Blick. Warum musste sie sich ausgerechnet bei Kilian von ihrer schlechtesten Seite zeigen?

»Kannst du vielleicht mal aufhören, so ein fieses Gesicht zu ziehen?«, entfuhr es mir.

Johanna entgegnete: »*Wie* war das?«

Kilian strich sanft über mein Knie. Nein, nicht sanft, sondern besänftigend. Es half nichts. Ich war sauer. Doch bevor ich etwas erwidern konnte, kam von Maike ein lautes Räuspern. Sie hatte etwas zu sagen. Über Jack. Es hatte sich herausgestellt, dass er ein reicher Knopf mit Yacht war. Und er wollte Maike jeden Morgen Rührei und Champagner an Deck servieren, während er ihr die Welt zeigte. Oder zumindest Maine. Es sollte schon morgen früh losgehen.

Zu meinem Erstaunen strahlte Maike mich an und meinte: »Und alles nur dank dir, Anna.«

Verlegen murmelte ich irgendetwas davon, dass ich bloß Darts hatte spielen wollen, und mir blieb fast der Bagel im Hals stecken, als Maike mich mit den Worten abwürgte: *»My own personal Anna.«*

Wie gesagt, dieser Tag neigt zu Extremen. Maike und ich sind jetzt offiziell Freundinnen, und Simone passt seit dem Frühstück hochmotiviert auf die Kinder auf. Sie sitzt seit Stunden mit ihnen am Pool und lässt sie nicht aus den Augen. Einschließlich Leni. Zum ersten Mal kann ich völlig tatenlos auf meiner Liege herumgammeln und in die Wolken schauen oder die Nase in mein Buch stecken. Oder Kilian beobachten, der nebenan liegt und exakt dasselbe tut wie ich: auf die Nacht warten. Bei dem Gedanken, dass ich acht weitere Nächte mit ihm im Poolhaus verbringen darf, spüre ich wieder Mr. Hyde in mir. Ich weiß nicht, wohin mit meinem unbändigen Glück, und grinse hilflos vor mich hin, als hätte ich einen Sonnenstich. Kilian mustert mich belustigt von der Seite. Er weiß, was los ist. *Anna ist verliebt.*

Ich bin kurz davor, alle guten Vorsätze über Bord zu werfen und einfach die Hand nach ihm auszustrecken, als Johanna sich auf die Liege zu meiner Rechten fallen lässt und sich darüber beschwert, dass Alex die ganze Küche dreckig macht. Offenbar hat er die Wände mit Mascarpone und Kirschlikör und allerlei anderem Zeug vollgespritzt. (Alex kocht nur zu besonderen Anlässen, und das Abschiedsessen für Maike ist so ein Anlass. Er hat sich einiges vorgenommen und möchte uns heute Abend gleich drei Desserts servieren.)

Als Kilian meint, er würde danach die Küche aufräumen, macht Johanna nur einen verächtlichen Laut. Es klingt so, als hätte Kilian die Küche noch kein einziges Mal von innen gesehen. Was ich angesichts dessen, dass er seinen halben Urlaub mit Kochen und Spülen verbracht hat, ziemlich unfair finde.

»Sag mal, haben wir dir irgendwas getan?«, frage ich verärgert. *Wir.* Ein verräterisches Wort, aber es klingt einfach so gut …

»Ihr tut rein gar nichts, würde ich mal sagen«, erwidert Johanna bissig. »Wer passt eigentlich auf Leni auf?«

»Siehst du doch. Simone.«

»Klar. Für eine Minute.«

Ich verdrehe die Augen. Am liebsten würde ich sie wegschicken. *Geh. Mach einen Ausflug.*

»Sie passt seit gut drei Stunden perfekt auf die Kinder auf«, brumme ich.

»Dann ist sie immer noch gut dreihundert Stunden im Rückstand«, entgegnet Johanna und beginnt, sich die Beine einzucremen.

»Wenn du nicht endlich mit diesem Gestichel aufhörst, kriegen wir beide langsam ein echtes Problem.«

Johanna blickt mich unverwandt an. »Und ich dachte, das hätten wir schon.«

»Ach ja?« Genervt setze ich mich auf. »Dann schieß mal los.«

Sie zuckt – völlig untypisch für sie – nur wortlos mit den Achseln und drückt so viel Sonnencreme aus der Tube, dass ich murre: »Willst du einen Elefanten eincremen?«

Kilian entfährt ein Lachen, und ich glaube, Johanna hat ihn noch nie so feindselig angesehen wie in diesem Moment. Was ist nur los mit ihr? Hat sie mich etwa heute Morgen aus dem Poolhaus kommen sehen? Und wenn schon …

Bevor ich der Sache auf den Grund gehen kann, sagt Kilian: »Hey, Jane Doe.«

Im ersten Moment weiß ich nicht, wen er meint. Und dann erinnere ich mich an die wahnsinnig verliebten John und Jane Doe aus dem Buch, das er niemals schreiben wird. Unwillkürlich muss ich grinsen. »Was gibt's, John?«

Er grinst zurück. »Lust auf Volleyball?«

»Klar.«

Ich lasse Johanna links liegen und springe mit Kilian in den Pool, wo wir eine Zeit lang ziemlich einträchtig Volleyball spielen, bis Oliver und Alex aus dem Haus kommen und mitmachen wollen. Das Geschrei wird laut, der Wellengang hoch, und Simone bringt die Kinder vor uns in Sicherheit. Irgendwann vergisst Kilian – nur was mich betrifft – seine guten Manieren und fängt blindlings jeden Ball ab, der in meine Richtung fliegt. Jedes Mal hechtet er einfach dazwischen, gefolgt von einem unverschämten Grinsen.

Nach etwa fünf dreisten Hechtsprüngen ist das Maß voll. Ich lenke ihn mit einem nicht ganz jugendfreien Unterwassertrick ab, entwende ihm den Ball und werfe ihn Oliver zu. »Spielt weiter, ich muss hier was klären.«

Die darauffolgende Wasserschlacht ist verheerend, und ich frage mich zwischendurch, ob hier vielleicht doch noch jemand ertrinken wird. Vermutlich gleich zwei auf einmal. Sobald ich ihn untertauche, reißt er mich mit sich, und unter Wasser ist es viel schöner …

Als er mich gegen die Leiter im tiefen Wasser schiebt und mich dort festhält, schreit Alex aus dem flachen: *»Get a room!«*

Kilians Augen glänzen in seinem tropfnassen Gesicht, er ist so nah … Und da tue ich es einfach. Ich schlinge meine Arme um seinen Nacken, die Beine um seine Hüften und küsse ihn. Er ist völlig überrascht, und seine Reaktion fällt umso heftiger aus. Es ist nicht in Ordnung, sich auf diese Weise vor anderen Leuten zu küssen, schon gar nicht vor Kindern. *Wirklich nicht?* Ich muss anfangen, Johannas von meinen Gedanken zu entwirren …

Alex hat jedenfalls keine Einwände. Er johlt und ruft: »Gebt's zu, ihr habt geübt!«

Wir antworten nicht und bleiben noch lange dort im Tiefen, nur Kilian und ich, die wahnsinnig verliebten John und Jane Doe.

Auf das Hoch folgt ein Tief. Eigentlich bin ich nicht wetterfühlig, aber ich kann es schon spüren. Die ganze Bande sitzt auf der Veranda und isst Kilians Spezial-Sandwiches, von denen Maike schon am ersten Tag geschwärmt hat. Selbst Simone, die was gegen Kohlenhydrate hat, fährt auf diese Sandwiches ab. Aber sie rührt das Essen nicht an. Sie sitzt nur geistesabwesend da, und irgendwie ahne ich, was gleich kommt … Und jetzt bricht sie tatsächlich in Tränen aus.

»What's wrong, honey?«, fragt Alex entgeistert.

»Ich hab's wirklich versucht … Sofort wieder rauf aufs Pferd …« Sie schluchzt. »Aber ich halte das nicht aus …«

Alex streichelt über ihren Rücken. *»Which horse?«*

»Der *Pool,* Alex, ich meine den Pool.« Ihr Kinn bebt. *»Honey, I want to go home.«*

Da zieht Alex die Augenbrauen hoch und nimmt sie in die Arme. *»Sure, honey, no problem.* Gleich morgen früh, ja?«

Simone nickt erleichtert.

Ich muss schlucken, und schon verkündet Johanna das, was ich befürchtet habe: »Dann reisen wir auch morgen ab.«

Kilian und ich sehen uns an. Er runzelt die Stirn.

»Ich bleibe hier.«

Ich habe es zu ihm gesagt, aber die Reaktion kommt von Leni: »Ich auch! Und Rosalie auch.«

Oliver seufzt. Er schlägt Leni und mir vor, noch bis Sonntag oder Montag zu bleiben und dann gemeinsam nach Hause zu fahren. Kompromisse sind sein Spezialgebiet.

Aber Johanna will davon nichts wissen. »Nein, wir reisen morgen mit den anderen ab. Mit oder ohne Anna.«

Mein Herz beginnt zu rasen, und ich spüre, dass mir die Tränen in die Augen schießen. *Mit oder ohne Anna.* Wie weh das tut … Es ist das Motto meiner Eltern. *Anna kann tun und lassen, was sie will.* Es klingt schräg, aber meine Freiheit war für mich immer nur ein Zeichen ihrer Gleichgültigkeit. Nur Johanna hat sich die Mühe gemacht, mit mir zu streiten. Und dafür liebe ich sie.

Johanna sieht mich nicht an. Sie kann es nicht, denn sie weiß genau, dass sie meinen wunden Punkt getroffen hat. Dass ich ihretwegen gleich vor allen in Tränen ausbrechen werde. Warum ist sie plötzlich so furchtbar zu mir? Und was hat Kilian ihr getan – abgesehen davon, dass er zu besonders für mich ist?

Ohne Olivers Antwort abzuwarten, springt Johanna vom Tisch auf und läuft ins Haus. Leni heult und klettert auf Olivers Schoß, und Kilian murmelt: »Anna, vielleicht solltest du …«, aber ich lege meinen Zeigefinger auf seinen Mund und schüttle nur den Kopf.

Alle schweigen betreten, und ich spüre Mr. Hyde. Seine andere Seite. Ich greife nach Kilians Hand, doch es hilft nichts. Ich falle in das Loch. Es ist tief und schwarz, und es gibt nur eine Person, die mich hier herausholen kann. Aber die hat mich hineingeschubst und ist weggerannt.

Alex füllt mühelos das Machtvakuum aus, das Johanna hinterlassen hat, als sie sich unter dem Vorwand, Koffer zu packen, für den Rest des Tages im Schlafzimmer verbarrikadiert hat. Mein Chefermittler verteilt Aufgaben. Oliver und Simone sollen sich um die Kinder kümmern. (Alex hat sofort erkannt, dass mein Loch zu dunkel für Treppen-Memory ist.) Maike soll sich in ihr Cabrio schwingen und alles besorgen, was noch für das große Abschiedsessen fehlt. Vor allem Kerzen. Ich bin die Küchenschabe, die hinter Alex her putzen und den großen Tisch auf der Veranda decken soll, und Kilian soll das italienische Vier-Gänge-Menü retten.

Wäre ich nicht so deprimiert, könnte ich der Situation in der Küche etwas Lustiges abgewinnen. Alex ist unfassbar ungeschickt. Ihm misslingt einfach alles – trotz weißer Kochschürze und Jupiters Piratentuch, mit dem er seine schwarze Lockenpracht professionell zurückgebunden hat. Ständig fällt ihm irgendetwas auf den Boden, unter anderem eine Flasche Olivenöl (ein Fall für die Küchenschabe), und ich bin froh, dass es in diesem seltsamen Haus keinen elektrischen Mixer gibt. Zudem entpuppt Alex sich als wenig lernfähig. Nachdem Kilian ihn bereits daran gehindert hat, den Thunfisch für das Carpaccio in beinahe daumendicke Scheiben zu schneiden, will er dem Trüffel dasselbe antun. Und als er schließlich auch noch Anstalten macht, den grünen Spargel zu schälen, wird es Kilian zu bunt. Alex darf sich jetzt um das Essen für die Kinder kümmern. Nudeln mit Tomatensauce.

Trotz allem liebe ich es, mit Kilian in der Küche zu sein. Wir teilen uns ein Rotweinglas, das Alex immer wieder nachfüllt, und arbeiten still vor uns hin, während jeder seinen Gedanken nachhängt. Ich kann sehen, dass Kilian grübelt, aber ich will genauso wenig darüber reden wie er. Manchmal streicht er mir über den Arm oder schiebt mir irgendetwas Leckeres in den Mund, und dann lächelt er mich flüchtig an, bevor er wieder in seine Gedanken versinkt.

Einmal schlinge ich die Arme von hinten um ihn und schmiege mein Gesicht an seinen Rücken. Da lässt er sein Messer auf das Schneidbrett fallen, dreht sich um und nimmt mein Gesicht in seine Hände, so wie er es gestern Nacht auf dem Steg getan hat. Er sieht mich lange an und küsst mich auf eine Art, die mir Angst macht. Es fühlt sich an wie ein Abschiedskuss.

»Kilian, ich bleibe bei dir«, flüstere ich gegen seine Lippen. Er legt seine Stirn an meine und nickt. Dann schiebt er mich abrupt beiseite und fragt Alex, ob wir eine Servierplatte für die Antipasti haben.

Alex nimmt seinen Auftrag ernst. Er sucht und sucht mit großem Getöse, aber ohne Erfolg. Fluchend verschwindet er im Wohnzimmer und kehrt kurz darauf mit einem triumphierenden Lächeln und einer überdimensionalen, blau-weiß geblümten Servierplatte aus Porzellan in die Küche zurück.

Ich mache große Augen. »Du hast doch nicht …«

»Reicht die?«, fragt Alex eifrig. »Sonst hole ich noch eine, nebenan gibt es mindestens zehn davon!«

Kilian und ich schauen uns an und prusten los, und ein kleiner Lichtstrahl fällt in mein Loch.

Die Kulisse für unser Abendessen auf der Veranda besteht im Wesentlichen aus der verträumten Bucht. Was will man mehr? Dennoch gebe ich mir Mühe, alles ein bisschen hübsch zu machen. Ich werfe eine weiße Tischdecke, die ich in einem Schrank im Wohnzimmer gefunden habe, über den Verandatisch, decke den Tisch mit den schönsten Tellern und Weingläsern und pflücke im Garten frische Blumen für die blau-weiß gestreiften Vasen. Im orangefarbenen Abendlicht sieht mein Werk ziemlich gelungen aus.

Alex verfügt, dass das Candle-Light-Dinner ohne die Kinder stattfinden soll. Im ersten Moment will ich protestieren, weil ich getrennte Mahlzeiten und Katzentische und dergleichen doof finde, aber dann meint Kilian, das Menü wird ohnehin nicht vor halb neun fertig sein. Bis dahin werden die Kinder verhungert und eingeschlafen sein. Also gibt's um halb sieben Nudeln mit Tomatensauce, und danach bugsiert Simone die Bande ins Bett, um sich zum Abschied für uns »so richtig schön zu machen«, wie sie meint. Da verfügt Maike, dass wir alle uns so richtig schön machen sollen, und zieht mich mit sofortiger Wirkung vom Küchendienst ab. Ich will lieber Kilians Küchenschabe als Maikes Anziehpuppe sein, aber ich beuge mich ihrem Willen. Als sie mich jedoch die Treppe hinauf zu den Schlafzimmern ziehen will, wo Johanna und Simone schon Verkleiden spielen, winke ich ab und verschwinde in der Bibliothek. Ich bin noch nicht bereit für Johanna.

Hätte ich doch bloß an der Mädels-Party da oben teilgenommen … Dann hätte ich zwar trotzdem nicht die passende Garderobe für diesen Abend gehabt, aber ich würde mich jetzt nicht so ausgeschlossen fühlen. Als ich die Veranda betrete, ist die Sonne gerade untergegangen, und die exklusive Mini-Party ist schon voll im Gange. Die drei Engel für Charlie, die kichernd am Geländer stehen und sich anscheinend schon beim Verkleiden ein paar Gläschen von irgendetwas genehmigt haben, sehen in ihren schimmernden Satinkleidern aus wie Stars auf einer Oscar-Verleihung. Warum haben die solche Kleider in den Strandurlaub mitgenommen? Warum haben die *überhaupt* solche Kleider? Ich fühle mich fehl am Platz in meinem gepunkteten Baumwollkleid mit Spaghettiträgern, aber Alex ruft: »Bella!«, und meint mich, und dann drückt er mir meinen Aperitif in die Hand.

Alex hat mein dezentes Arrangement auf der Veranda ein bisschen à la *Great Gatsby* aufgemotzt. Auf dem Tisch, dem Geländer und den Treppen zum Garten brennen Kerzen und Windlichter, und am Pool leuchten tatsächlich Fackeln, die ich vorher noch nie gesehen habe. An der Decke über dem Verandageländer hängen bunte Lampions. Es ist alles irgendwie zu viel, aber zugleich bezaubernd. Das Beste ist der Plattenspieler, den Alex aus dem Wohnzimmer nach draußen geschleppt hat, zusammen mit einem Stapel Schallplatten aus der Vitrine. Während Nat King Cole *Unforgettable* singt, umarme ich Alex völlig freiwillig.

»Thank you, Alex.«

»My pleasure, Agent Morgenstern.«

Ich blinzle. Hat er das wirklich gesagt? Bevor ich nachfragen kann, schwebt er mit seiner Flasche *Aperol* zu den Ladies und ruft: *»Free refill!«*

Ich geselle mich zu Oliver, der ein wenig abseits steht und in seiner Bluejeans und kariertem Hemd auch ein bisschen gegen die anderen abstinkt. Ich wundere mich, warum Alex im Urlaub einen dunkelblauen Anzug dabeihat, aber dann fällt mir ein, dass er gestern direkt von der Arbeit ins Krankenhaus gerast ist. War das tatsächlich erst gestern? Gestern ist Titus beinahe ertrunken, und heute spielen wir Hollywood (die Technicolor-Version). Die Zeit im Porzellanhaus läuft einfach anders.

Ich schaue verstohlen zu Johanna hinüber, die in ihrem enganliegenden grünen Kleid umwerfend aussieht und mich keines Blickes würdigt. Dafür lacht sie Simone an. Was vermutlich daran liegt, dass Simone jetzt auch Angst vor dem Pool hat. Sie ist bekehrt. Ich dagegen bin abtrünnig. Da hilft nur die kalte Schulter, und es funktioniert. Johanna gewinnt gegen Nat King Cole und das Kerzenlicht. Ich fühle mich elend. Am liebsten würde ich mich mit einem Buch ins Bett verziehen. Aber gleichzeitig will ich unbedingt hierblieben, in der Gegenwart. Morgen sind sie alle weg. Keine Kinderstimmen im Garten, kein Yoga am Pool, kein Gezanke und Trubel ... Doch Kilian wird da sein. Das ist alles, was zählt – oder?

Gerade als das Heimweh nach meiner Familie, das schwarze Loch, mich zu verschlucken droht, kommt Kilian mit zwei Antipasti-Platten auf die Veranda. Genau wie Oliver trägt er Jeans und Hemd, aber seine Jeans ist schwarz, die Ärmel seines grauen Hemdes sind locker hochgekrempelt, und aus irgendeinem Grund sieht er noch besser aus als sonst. Vielleicht liegt es an seinen Haaren. Man sieht ihnen an, dass er für uns in der Küche geschuftet hat. Die drei Engel – selbst Johanna – gaffen ihn genauso an wie ich, aber Kilian stellt selbstvergessen das Essen auf den Tisch und scheint nicht zu bemerken, dass er viel zu sexy für uns ist.

Als er endlich aufschaut, fällt ihm anscheinend doch auf, dass er im Mittelpunkt des Interesses steht. »Na, ihr seht ja hungrig aus.« Er lächelt und schiebt sich befangen eine Haarsträhne hinters Ohr.

Ich frage mich, ob die anderen eine Ahnung haben, wie schüchtern er ist. Er sieht mich an, als wäre ich sein Anker, und zieht den Stuhl für mich zurück. Anstatt mich hinzusetzen, stelle ich mein Glas weg, küsse ihn sanft auf den Mund und murmle: »Danke fürs Kochen.«

»Nichts zu danken«, murmelt er zurück, und mir fällt ein, dass er letzte Nacht dasselbe gesagt hat. Nachdem er mir erzählt hat, dass er das Buch nicht schreiben wird …

Beim Essen ist Kilian noch schweigsamer als sonst, doch außer mir fällt das niemandem auf. Die anderen – selbst Johanna – lärmen und lachen, und alle – abgesehen von Johanna – loben überschwänglich Kilians Antipasti. Obwohl die erste der beiden Servierplatten nach kurzer Zeit leergegessen ist und die Blumenmotive sichtbar werden, die normalerweise unsere Wände zieren, dauert es ziemlich lange, bis Johanna uns auf die Schliche kommt. Letztlich passiert es dann aber doch.

Sie richtet ihren hellblauen Laserstrahl auf Kilian. »Wo kommen eigentlich diese Servierplatten her?«

»Von der Wand im Wohnzimmer.«

Maike und Simone kichern los, aber meine Schwester sagt kühl: »Ich weiß ja, dass du keinen Respekt vor dem Eigentum anderer Leute hast, aber das übertrifft alles.«

Eigentum? Meint sie damit etwa *mich?*

Kilian liest meine Gedanken. Bevor ich explodieren kann, legt er die Hand auf mein Bein und beschwichtigt mich leise: »Sie meint die Hüte.«

»Die Hüte, die Tomaten, die giftigen Zucchini und wer weiß was noch.« Johanna sieht ihn an, als wäre er der Teufel.

»Aber das mit dem Gemüse war ich«, wirft Alex gutmütig ein. »Und diese großen Teller habe ich auch gepflückt.«

Johanna mustert Alex mit gerunzelter Stirn. Dann zuckt sie mit den Achseln, sagt: »Ach so«, und isst friedlich weiter.

Ich glaube nicht, dass ich meine Schwester jemals so wenig gemocht habe wie in diesem Moment. Ich will meinem Ärger Luft machen, aber da drückt Kilian mein Knie und sagt leise: »Nicht.« Er sieht mich so eindringlich an, dass ich es bleiben lasse.

Ich esse meine Antipasti, die Tagliatelle mit weißen Trüffeln, den Loup de Mer mit grünem Spargel und fast alle von Alex' Nachspeisen, aber ich schmecke nichts. Ich trinke Weißwein, Rosé und Rotwein, aber ich fühle mich nüchtern. (Was ich definitiv nicht bin.) Je später es wird, je lauter die anderen lachen, desto mehr sehne ich mich nach … Streit. Kilian spürt es und streicht immer wieder unter dem Tisch über mein Bein oder lächelt mich besänftigend an, aber es hilft nichts. Ich will meiner Schwester eins reinwürgen und warte nur auf den geeigneten Anlass. Oder zumindest irgendeinen Anlass …

Als Johanna ihre Zabaione aufgegessen hat, sich zurücklehnt und befindet, dass der Nachtisch (sie betont das Wort) gut gewesen sei, sage ich sarkastisch: »Ja, Alex ist ein richtiger Zauberer in der Küche.«

»*Thank you, Anna!*«, ruft Alex quer über den Tisch.

Und da stellt sich heraus, dass Johanna auch auf Streit aus ist. Sie funkelt mich an und sagt: »Sei nicht so respektlos zu Alex.«

»Respekt«, schnaube ich. »Das ist dein Lieblingswort, oder? Wie wär's denn, wenn du selbst mal ein bisschen Respekt zeigen würdest?«

»Vor *dir?*«, fragt sie spöttisch.

Ich stutze. Das ist nicht Johanna. So ist sie nicht. *Wieso ist sie so?* Nur weil ich gegen ihren guten Rat in Kilian verliebt bin? Es weiß doch jeder, dass man sich so etwas nicht aussuchen kann …

»Vor Kilian«, entgegne ich.

»Anna, nicht …«, beginnt er, aber diesmal lasse ich mich nicht besänftigen. Ich fahre zornig fort: »Zum Beispiel davor, dass er Titus das Leben gerettet hat. Und mir womöglich auch. Oder davor, dass er seit zwei Wochen in der Hängematte schläft, um auf mich aufzupassen, und dass er permanent für dich den Küchensklaven macht und tagelang Skat spielt, wenn du es willst. Oder zumindest davor, dass er heute stundenlang in der Küche gestanden hat, damit ihr ein schönes Abschiedsessen hattet. Für dich hat er sogar eine vegetarische Extrawurst gemacht.«

Ein lautes Klingen vom anderen Ende des Tisches bringt mich aus dem Konzept. Alex schlägt mit dem Dessertlöffel gegen sein Weinglas, und nun hebt er es hoch und ruft: »Auf Kilian!«

Oliver, Simone und Maike heben ebenfalls ihre Gläser, aber Kilian stöhnt: »Hört auf mit dem Scheiß.«

Da sagt Johanna zu ihm: »Das ist dir unangenehm? Das sollte es auch sein.«

Oliver legt die Hand auf ihren Arm. »Was ist heute eigentlich los mit dir?«

»Was mit *mir* los ist? Annas Notizbuch ist mit mir los.« Sie sieht Oliver an. Nur ihn. Während mein Puls sich überschlägt, erklärt sie mit kühler Stimme: »Es lag heute Morgen auf der Wiese neben dem Pool, und wenn du jetzt auch nur ein Wort über Annas Privatsphäre verlierst, sind wir geschiedene Leute. Es handelt von unserem Urlaub mit einem Schriftsteller, der uns alle nur hierher eingeladen hat, um uns als Vorlage für einen Roman zu benutzen.«

Sie macht eine Pause und blickt in die Runde. Nur Kilian und mich lässt sie aus. Ich blicke ebenfalls in die Runde. Überall verwirrte Gesichter.

Alex, der ab einem gewissen Alkoholpegel kaum noch Deutsch spricht, erkundigt sich: *»And this is a very mean thing of him to do because …?«* Er sieht Johanna ein bisschen ratlos an.

»Alex, es ist nicht in Ordnung, Leute in ihrem Urlaub zu beobachten und ein Buch darüber zu schreiben, ohne sie vorher um Erlaubnis zu bitten.« Johanna spricht mit ihm wie mit Leni. Zum Glück bemerkt er so etwas nicht.

»Oh, right.« Alex nickt höflich. *»But wouldn't it be kind of cool to be in an international bestseller?«*

Johannas ungeduldiger Blick lässt ihn verstummen, aber Oliver traut sich, Kilian zu fragen: »Wie kamst du dazu?«

»Ich hatte eine Schreibblockade«, antwortet er schlicht.

Johanna ergänzt: »Und zwar, weil er beschlossen hat, seine Familie und Freunde nicht weiter zu quälen, nachdem er sich deshalb mit seiner Schwester überworfen hat. Und da hatte er die fabelhafte Idee, lieber ein paar Leute zu verletzen, die nicht wichtig für ihn sind.«

»Ah, die *Idee*«, murmelt Alex und zwinkert mir zu.

»Warum sollte er uns denn damit verletzen?«, will Maike verwundert wissen, und ich bin heilfroh darüber, dass ich in meinem roten Notizbuch kein Wort über Poolsex oder den Plot im Allgemeinen verloren habe.

»Kleini, jetzt sei doch nicht so naiv.« Johanna verdreht die Augen. »Er könnte einfach *alles* über uns schreiben. Selbst Anna geht davon aus, dass er uns wehtun wird.«

»Aber …« Maike sieht mich perplex an. »Seid ihr nicht irgendwie zusammen? Stört dich das denn nicht?«

»Offenbar nicht«, meint Johanna und schaut mich zum ersten Mal an. Da begreife ich endlich, weshalb sie den ganzen Tag so abweisend zu mir war. Kilian plant ein Attentat auf meine Familie, und ich weiß es und flirte trotzdem mit ihm. Ich bin eine Verräterin. Und sie hat recht. Als ich gestern

Nacht mit ihm ins Poolhaus gegangen bin, wusste ich noch nicht einmal, dass *Urlaub mit Freunden* abgesagt ist.

»Er wird das Buch nicht schreiben«, murmle ich kleinlaut und sehe Kilian unsicher von der Seite an, doch er bestätigt unumwunden: »Das war die dümmste Idee, die ich jemals hatte.«

»Oh Mann, schade«, fängt Alex an, aber Simone zischt: *»Shut up, Alessandro.«* Sie ahnt wahrscheinlich, was ihr geblüht hätte.

»Ich glaube dir kein Wort«, sagt Johanna an Kilian gewandt. »Du hast mich von Anfang an belogen. Warum sollte ich dir auf einmal vertrauen? Woher weiß ich, dass du nicht doch noch über diesen Urlaub, über uns schreiben wirst, wenn du mit Anna fertig bist?«

Wenn du mit Anna fertig bist? Das klingt, als wäre ich ein Wegwerfartikel. Und schon flammt meine Wut, die sich seit dem Frühstück aufgebaut hat, wieder auf.

»Jetzt reicht's!«, bricht es aus mir heraus. »Ich weiß, dass du denkst, ich sei nicht besonders genug für Kilian und dass er mir das Herz brechen wird, und wahrscheinlich hast du wie immer mit allem recht, aber lass mich doch wenigstens mal für fünf Minuten glücklich sein! FÜR FÜNF MINUTEN!«

Oh Gott. Ich habe geschrien. Hoffentlich habe ich die Kinder nicht geweckt. Alle schauen mich entgeistert an. Ich schreie nie, es sei denn, Titus fällt in den Pool …

Der Blick, den Johanna mir zuwirft, sieht haargenau so aus wie der, mit dem Kilian mich so oft ansieht. Sie bedauert mich. Und nun sagt sie pathetisch in die Stille hinein: »Er wird dein Leben ruinieren.«

Wieder Stille. Gerade als ich ein weiteres Mal ausflippen will, höre ich Kilians ruhige Stimme neben mir sagen: »Anna, sie hat recht.«

Ich starre in seine klaren grünen Augen. *»Was?«*

»Ich bin nicht gut für dich, und das weißt du.«

Jetzt passiert das, was sonst nur in romantischen Filmen passiert. Die anderen verschwinden. Es gibt nur noch ihn und mich. Aber in Filmen geschieht so etwas, wenn zwei sich finden, und ich habe das schreckliche Gefühl, dass hier gerade genau das Gegenteil passiert …

»Du schreibst das Buch doch gar nicht«, wende ich verzweifelt ein.

Kilian seufzt. »Aber ich werde andere Bücher schreiben, und dabei werde ich mich und irgendwelche Leute aus meinem Leben ausweiden. So schreibe ich nun mal. Und du … Dein Mitgefühl, für das ich dich so …« Er räuspert sich. »Du würdest dir meinen Kopf zerbrechen. Und du wärst enttäuscht von mir. Jedes einzelne Mal.«

»Das ist nicht wahr«, entgegne ich heiser. »So bin ich nicht. Ich bin doch die Frau fürs Grobe.«

Kilians Mundwinkel zucken. »Die Frau fürs Grobe?«

»Oder die Katze. Wie du willst.«

Jetzt lächelt er. »Ich nehme die Katze.«

»Die Katze ist ins Poolhaus eingedrungen, und sie hat dich beim Telefonieren belauscht, und dann hat sie dir sogar dein Notizbuch geklaut. Kilian, ich bin die Letzte, die mit dem Finger auf dich zeigt.«

Er hört auf zu lächeln. »Darum geht es nicht.«

»Worum denn dann?«

»Du hast es selbst gesagt. Ich werfe in meinen Büchern Leute in kochendes Wasser. Und du … du weinst ja sogar um die Hummer.«

»Aber ich *liebe* deine Bücher.« Meine Stimme bebt.

»Ja, aus der Ferne. Irgendwann wirst du mich ihretwegen unerträglich finden.«

»So ein Blödsinn.« Ich recke mein Kinn in die Höhe. »Und

außerdem bin ich durchaus in der Lage, zwischen Kunst und Künstler zu unterscheiden.«

Seine Mundwinkel zucken wieder. Er verkneift sich ein Lächeln. Ich kenne diesen Gesichtsausdruck so gut. Damals, am Anfang unseres Urlaubs, wollte er niemals lächeln. Ich muss schlucken. Kilian will zurück auf Start.

Mein Magen zieht sich zusammen, und ich rede blindlings weiter: »Es ist gar kein Problem für mich, deine Bücher blöd zu finden und dich zu … zu mögen. Das ist wie mit Campino und den Toten Hosen. Also, wenn die im Radio laufen, schalte ich sofort weg, aber Campino finde ich trotzdem total nett und …« Kilian schaut mich wieder mit diesem bedauernden Blick an, der mich jedes Mal verwirrt, aber ich kann nicht aufhören zu reden. »Und ich bekomme das sogar umgekehrt hin, also wenn zum Beispiel *Thriller* im Radio läuft, fange ich an zu tanzen, obwohl ich *Leaving Neverland* gesehen habe.« Ich hole Luft. »Ich kann das trennen. Wirklich.«

Er streicht sanft über meine Wange, und für einen Augenblick schöpfe ich Hoffnung. Doch dann lässt er die Hand sinken und sagt leise: »Aber ich nicht. Ich möchte, dass du morgen mit den anderen abreist.«

Nein, tust du nicht. Ich bin beim FBI. Ich weiß, wenn mir jemand ins Gesicht lügt.

»Tust du nicht.«

»Tut er doch«, höre ich Johanna sagen, die gar nicht hier sein dürfte. *Das ist unsere Szene, nicht deine.* Doch so etwas hat Johanna noch nie gekümmert. »Anna, du störst ihn beim Schreiben. Er braucht keine Freundin, die wissen will, wo seine Ideen herkommen.«

»Halt dich da raus«, gifte ich sie an und sage hastig zu Kilian: »Ignorier sie.«

»Aber sie hat recht.« Kilian sieht mich mit dem ausdruckslosen Blick an, den ich aus Poppys Buchladen kenne. Er ist in seinem Tunnel, und ich erkenne den Roboter wieder, als er tonlos sagt: »Du bist nicht gut für mich.«

Ich blinzle, und er schlägt die Augen nieder. Und da begreife ich es endlich. Was auch immer das zwischen uns war, es ist vorbei. Johanna hatte mal wieder mit allem recht. Ich bin zu gewöhnlich, um seine Yoko Ono zu sein. Außerdem hätte die sich niemals zwischen John und seine Musik gedrängelt. Ich bin einfach das verdammte Gegenteil von einer Muse. Nicht gut für ihn. Das wusste ich doch längst …

Gibt es eigentlich Neon-Schwarz? Das Loch, in das ich jetzt falle, ist jedenfalls tausendmal schwärzer als das von vorhin. Und ich glaube nicht, dass es mich jemals wieder hergibt.

21

Ich sitze unter einer grünen Markise in einem Café am Irving Place, nur durch zwei Blumenkästen von den Passanten auf dem Bürgersteig getrennt, trinke einen Milchkaffee und warte auf Johanna. Anders als der Name vermuten lässt, handelt es sich beim Irving Place nicht um einen Platz, sondern um eine Straße. Sie erstreckt sich nur über wenige Blocks, und an einigen Ecken blitzt zwischen den Hochhäusern noch das New York aus vergangenen Zeiten hindurch. Wahrscheinlich hätte ich mich auf dem Weg hierher über die efeubewachsenen Backsteinbauten aus dem 19. Jahrhundert gefreut, wenn ich nicht so tief in meinem Loch steckte.

Johannas Büro liegt an dieser Straße. Ich habe keine Ahnung, warum sie mich herbestellt hat. Eigentlich sage ich seit einer Woche wie eine Dreijährige zu allem Nein, aber sie klang am Telefon konfus und irgendwie erschüttert, und daher bin ich hergekommen. Ich warte schon seit einer halben Stunde. Wenn sie in zehn Minuten nicht hier ist, fahre ich wieder.

Ich war froh, als Johanna bei unserer Heimkehr letzten Samstag sofort meinte, sie werde ihren Urlaub verkürzen und am Montag wieder arbeiten gehen. Oliver und Leni hatten auch nichts dagegen. Je weniger Zeit Johanna und ich miteinander verbringen, desto besser. Wenn sie nicht da ist, verhalte ich mich einigermaßen normal. Obwohl ich ihr gesagt habe, dass ich meinen restlichen Urlaub im Bett verbringen werde, gehe ich fast täglich mit Leni in den Central Park zum Inlineskaten und Hot-Dog-Essen.

Wir essen die Hot Dogs an unserem geheimen Picknickplatz auf der kleinen Wiese unter den Bäumen in Strawberry Fields, gerade außer Sichtweite des schwarz-weißen *Imagine*-Mosaiks, auf dem John-Lennon-Fans immer noch Blumen ablegen. Leni und ich legen auch manchmal Blumen hin. Auf dem Weg in den Central Park laufen wir immer am Dakota Building an der 72nd Street vorbei, wo John Lennon gewohnt hat. Leni weiß nicht, dass er vor dem Eingang erschossen wurde, und dennoch gruselt sie sich vor dem Dakota. Sie nennt es Spukschloss. Vielleicht liegt es an dem Eingang mit den immerzu flackernden Gaslaternen, dem hohen schmiedeeisernen Tor und dem verzierten Torbogen. Und dem Indianerkopf über dem Eingang.

Neuerdings bekomme ich auch eine Gänsehaut, wenn wir daran vorbeilaufen. Angeblich wohnt Yoko Ono immer noch dort. Direkt am Tatort. Es ist ungefähr vierzig Jahre her, und ich frage mich, wie oft sie noch daran denkt. Wahrscheinlich nie und immer. Vermutlich ist das, was passiert ist, ein Teil von ihr, der einfach immer da ist. Im Vergleich dazu kommt mir mein schwarzes Loch albern vor. Aber der Gedanke tröstet mich nicht, im Gegenteil. Ich fühle mich wie eine Drama Queen. Ich bin nur ein Mädchen, das sich in seinen Lieblingsautor verliebt hat. Und mit ihm geschlafen hat und aus allen Wolken fiel, als er danach das Interesse verlor. Kein Grund zur Trauer. Er ist nicht tot. Er will bloß ohne mich leben. Was er mir einfach so beim Abendessen vor den anderen gesagt hat. Weil er ein Soziopath ist. Also Kopf hoch und weitermachen.

Die Sache ist die … Ich habe einen ziemlich furchtbaren Verdacht, was das schwarze Loch betrifft. Und nur wegen Yoko und dem Dakota bin ich darauf gekommen. Wie sage ich das nur, ohne diesen schrecklichen Mord kleinzureden … Ich sage es jetzt einfach: Der Mord passierte draußen vor der Tür. Der Mörder hat's getan. Niemand anderes. Sie konnte nichts dafür. Er hat ihr ihren Mann weggenommen, aber sie hatte immer noch sich selbst. Sie war Künstlerin und Mutter, und sie war so stark, dass sie sogar am Tatort wohnen blieb. Sie war schon jemand, und das konnte ihr keiner wegnehmen. Ich dagegen … bin niemand. Nur das Anhängsel meiner großen Schwester. Die letzten vier Buchstaben ihres Namens. Und keiner hat mich je geliebt. Warum auch? Ich habe noch nichts mit meinem Leben angefangen. Alles, was ich kann, ist lesen. Die Gedanken anderer denken, die Gefühle anderer fühlen. Ich bin völlig überflüssig. Was ich damit sagen will: Mein schwarzes Loch befindet sich nicht draußen vor der Tür. Es steckt in mir. Nein, es ist noch viel schlimmer. Ich *bin* das Loch. Und wie soll ich aus mir selbst herausklettern?

Es wurmt mich, dass Johanna all das vorhergesehen hat. Ich erinnere mich an unseren Strandspaziergang, als sie mein Glück zum ersten Mal platzen ließ. *Flirtest du mit Kilian? Was soll nach ihm noch kommen?* Ich weiß noch, dass ich tief im Sand versunken bin. *Du meinst also, von einem Urlaubsflirt mit Kilian Brand würde ich mich nie wieder erholen?* Sie hat mich angesehen, als wäre ich krank. *Genau das meine ich.*

Allein deshalb kämpfe ich dagegen an. Wenn Johanna mich für immer in diesem Loch sieht, muss ich hier raus. Ich lasse nicht zu, dass sie recht behält. Ich weiß nur noch nicht, wie mir das gelingen soll. Ich versuche, mich auf das zu besinnen, was ich liebe (Kilian ausgenommen). Leni, Bücher und Hunde. Doch die Snoopy-Methode funktioniert nicht. Inzwischen habe ich so gut wie jeden Hund in der Upper West Side gestreichelt, aber das Glücksgefühl blieb aus. Mit den Büchern ist es dasselbe. Auf sie war bisher immer Verlass, aber hier unten in meinem Loch verderbe ich mir die Augen. Selbst wenn ich die Buchstaben erkenne, kann ich nicht mehr an ihnen vorbeisehen. Die Bilder dahinter liegen im Dunkeln.

Mein einziger Lichtblick ist Leni. Wenn sie mir etwas erzählt, höre ich es tatsächlich. Manchmal bringt sie mich sogar zum Lachen. Wir sind unzertrennlich. Ich bemühe mich, das schwarze Loch vor ihr geheim zu halten, aber sie spürt, wie sehr ich sie brauche. Ich bezweifle, dass ihr das guttut, und bin froh, übermorgen nach Deutschland zurückzufliegen. Allein in meiner Wohnung kann ich mich endlich gehen lassen. Die Rollos herunterlassen und die Wand anstarren. Leider habe ich keine Urlaubsfotos, die ich anstarren könnte. Zumindest nicht von ihm. *Du kleine Stalkerin.* Ich weiß noch, wie er das gesagt hat. Mit Eis in der Hand und breitem Grinsen im Gesicht. Ich hätte mir eher einen Finger abgehackt, als ihn zu fotografieren.

Natürlich gibt es trotzdem jede Menge Fotos aus unserem Urlaub. Simone hat so gut wie jede Minute dokumentiert, in der sie nicht schlief. Vermutlich hätte sie mir längst eine Bilderflut geschickt, wenn sie meine Telefonnummer hätte. Mir ist erst nach unserer Rückkehr nach Manhattan aufgefallen, dass ich weder von den Maldinis noch von Maike – und schon gar nicht von Kilian – Kontaktdaten habe. Als hätte das Haus uns irgendwie angesteckt mit seiner Unlust für moderne Geräte. Oder es lag schlicht an der Nähe. Es war einfach nicht nötig, ein Foto von dem Eichhörnchen in Alex' Kirschenschüssel herumzuschicken. Wir haben es ja alle gesehen. Am selben Ort zur selben Zeit. Was für ein Luxus. Dafür stehe ich jetzt mit leeren Händen da. Ich würde mir lieber die Zunge abbeißen, als Johanna um die Nummern der anderen zu bitten.

Was Kilian angeht, ist das egal. Er ist ohnehin tabu. Ich denke nicht einmal an ihn. Jede Minute verbringe ich damit, nicht an ihn zu denken. Oder an unsere Abreise. Er stand in der Einfahrt, und alle haben ihn zum Abschied umarmt. Selbst Johanna. Ich habe es durchs Autofenster gesehen. Bevor er nach draußen kam, habe ich mich auf dem Rücksitz verkrochen. (Bestimmt hätte ich jetzt die Telefonnummern von Maike und den Maldinis, wenn ich mich in der Einfahrt nicht so hastig von ihnen verabschiedet hätte.) Meine Sorge und Hoffnung, dass er an die Scheibe klopfen würde, um mir Lebewohl zu sagen, war unbegründet. Er hat nicht einmal in meine Richtung gesehen.

Als das Maldini-Mobil und Maikes Cabrio die Einfahrt verließen und Oliver den Wagen wendete, stand Kilian immer noch dort, wo die anderen ihn umarmt hatten. Das Licht war gleißend, und er trug seine Sonnenbrille. Leni winkte wie verrückt, aber er reagierte nicht. Ich glaube, für ihn waren wir schon weg. Anders als ich klammerte er sich nicht an das letzte Stückchen Gegenwart. Wir befanden uns zwar noch am selben Ort, aber bereits nicht mehr in derselben Zeit. Er war längst in der Zukunft angekommen. Sein Urlaub mit Fremden war vorbei.

Ich habe in diesem Urlaub zu viel *Montauk* gelesen. Ich bin wirklich zu jung, um mich wie Max Frisch zu fühlen. Eigentlich müsste ich Lynn sein. Die junge Frau, mit der er das Wochenende auf Long Island verbracht hat und die ihm zum Abschied einen Tabakbeutel schenkt und ihn vermissen wird. Am Ende steht sie in Manhattan an einer Ampel und dreht sich nicht nach ihm um. Sie blickt nach vorne. Aber ich bin der alte Mann, der ihr hinterherschaut und nicht nur sie vermisst, sondern sein ganzes Leben. Ab einem gewissen Alter schaut man nur noch zurück. Schon klar, nicht mit vierundzwanzig. Doch hier unten in meinem Loch ist es zu dunkel, um nach vorne zu blicken. Das einzige Stück Zukunft, das ich sehe, ist mein Rückflug. Und das auch nur, weil Max Frisch ihn bereits beschrieben hat, den Blick auf eine grau-grünlich-braune

Landzunge mit Leuchtturm. Die Vergangenheit von oben. Als könnte ich sie mit einem gezielten Sprung aus dem Flugzeug zurückhaben. Nur noch einmal im Porzellanhaus aufwachen, in der Morgendämmerung auf die Veranda treten und sein genervtes Brummeln aus der Hängematte hören. *I've had the time of my life.* Wie sonderbar, dass mir die Melancholie dieser Worte zuvor entgangen ist.

Meine letzte Nacht im Haus war genau wie die erste. Ich habe kein Auge zugetan. Um keinen Preis wollte ich ihm in die Arme sprinten. Doch die Nacht war ohnehin kurz. Im Nachhinein wundere ich mich darüber, wie kontrolliert diese letzten Stunden abliefen. Es fing schon auf der Veranda an. Nachdem Kilian mir vor allen mitgeteilt hatte, dass er mich nicht wollte, habe ich den Tisch abgeräumt. Ganz ohne Tränen oder theatralisches Tischtuch-Wegziehen. Die anderen wollten mich vom Aufräumen abhalten, aber ich habe abgewinkt. Ich war die Küchenschabe und würde jetzt Klarschiff machen. Vielleicht gibt es deshalb im Porzellanhaus keine Spülmaschine. Damit man Zuflucht beim Geschirr suchen kann. Ich habe bis halb drei an der Spüle gestanden. Komplett tränenfrei.

Anfangs kamen Oliver, Maike und Alex im Wechsel herein, um ihre Hilfe anzubieten. Und Trost. Doch ich habe nur die Augen verdreht. »Es war nur ein Urlaubsflirt, und jetzt lasst mich in Ruhe.« Ich muss ziemlich glaubhaft geklungen haben. Jedenfalls gaben sie auf und gingen wieder nach draußen, wo sie noch lange saßen. Als ich in der Küche fertig war, habe ich mich für eine Weile im dunklen Wohnzimmer ans Fenster gesetzt und sie beobachtet. Sechs Freunde, die mit ihrem Wein im Kerzenlicht beisammensaßen und den Urlaub ausklingen ließen. Vertrautes Gemurmel und immer wieder gedämpftes Gelächter, im Hintergrund die Trompete von Miles Davis.

Es tat weh, nicht dabei zu sein. Obwohl ich es nicht verstand. Warum wollte ich immer noch dazugehören? Wo zum Teufel war die Wut, wenn man sie brauchte? Mir war gerade das Herz gebrochen worden, und sie saßen dort in der lauen Sommernacht unter bunten Lampions und lachten. Zugegeben, irgendwie hatte ich sie darum gebeten, genau das zu tun … Aber nicht mit Johanna. Oder Kilian. Anders als die anderen lachte er nicht, doch er war bei ihnen geblieben. Gehörte er nicht ins Poolhaus? Sollte er nicht in diesem Moment allein im Dunkeln am Fenster stehen und vergeblich nach dem grünen Licht Ausschau halten? Müsste ich mir das nicht für ihn wünschen? Stattdessen war ich seltsam froh, dass er dortgeblieben war. Und dass Johanna ihn nicht mehr zornig ansah. Niemand war zornig auf ihn. Selbst ich nicht.

Mein Zorn richtete sich allein gegen Johanna. Viel später, als die Kerzen und die Trompete ausgeblasen waren, kam sie in die Bibliothek, um nach mir zu sehen. Ich habe mich schlafend gestellt, aber sie wusste es besser.

»Anna, schau mich mal an.«

Ich ließ die Augen fest geschlossen.

»Dann eben nicht«, seufzte sie und setzte sich auf die Bettkante. »Den anderen kannst du was vormachen, aber mir nicht. Bitte fang endlich mal an zu weinen.«

Da riss ich erbost die Augen auf. »Das hättest du wohl gern. Warum bist du so furchtbar zu mir?«

»Das Gleiche könnte ich dich fragen.«

»Ich bin furchtbar zu *dir*, weil ich in den falschen Mann verliebt bin? Johanna, nicht alles dreht sich um dich.«

»Das ist doch gar nicht der Punkt. Du hast die ganze Zeit gewusst, was Kilian vorhatte, und mir kein Sterbenswörtchen gesagt. Ich dachte, wir vertrauen einander.«

Ich setzte mich auf und wickelte die Bettdecke um mich. »Wenn du mir vertrauen würdest, wäre dir klar gewesen, dass ich Plan A, B und C in der Tasche hatte, um ihn davon abzuhalten.«

Johanna zog die Augenbrauen hoch. »Plan A, B und C?«

»Vergiss es«, murmelte ich. »Jedenfalls lief alles perfekt, bis du kamst.«

»Anna …«

»Was?«

»Du wusstest, dass das nicht für die Ewigkeit war.«

Warum nur konnte ich nicht weinen? Ich hatte doch schon wegen viel banalerer Dinge regelrechte Tränenstürme geheult. Es gab nur eine Erklärung: Ich stand unter Schock. Denn in Wahrheit hatte ich sehr wohl geglaubt, dass es für die Ewigkeit sein würde. Spätestens seit dem Kuss unterm Sternenhimmel. *Er sieht nur mich.* Es hatte sich so real angefühlt. Schlafwandler wie ich sind einfach nicht dazu in der Lage, zwischen Traum und Realität zu unterscheiden.

»Wusste ich nicht«, gab ich mit heiserer Stimme zu.

Sie warf mir wieder diesen Blick zu, den ich von Kilian kannte, und streckte die Hand aus, um mir über den Kopf zu streichen. Doch ich hatte keine Lust, bedauert zu werden. Und schon gar nicht getätschelt. Ich wich ihrer Hand aus.

»Du hast doch meine Notizen gelesen. *Er sieht nur mich.*«

»Ich weiß«, meinte sie ungewohnt leise.

»Ja, klar«, brummte ich sarkastisch.

»Anna, jeder hier weiß das. Dazu muss man nicht deine Notizen gelesen haben. Ein paar Minuten mit euch beiden im selben Raum reichen aus, um das zu sehen.«

»Was soll das? Du hast es gerade in Rekordzeit geschafft, uns auseinanderzubringen, und jetzt willst du mir einreden, dass er mich wirklich mag?«

Sie seufzte. »Ich will dir klarmachen, dass es nicht an dir liegt. Er mag dich. Aber das ändert nichts daran, wer er ist.«

»Schon klar. Jemand Besonderes.«

Sie schüttelte den Kopf. »Jemand, der für seine Arbeit lebt und keine Kompromisse macht. Ich bin froh, dass er so ehrlich war und endlich die Reißleine gezogen hat.«

Die Reißleine gezogen hat. Wenn du mit Anna fertig bist. Sie konnte sich mit Kilian zusammentun. Zwei Soziopathen unter sich.

»Danke, dass du mich vor ihm gerettet hast. Weißt du, was ich dir nie verzeihen werde?«

Ich bemerkte, dass sie schluckte.

»Die verlorene Woche«, sagte ich.

Sie sah mich nur perplex an.

»Ewigkeit hin oder her, ich hätte noch eine ganze Woche mit ihm gehabt. Sieben Tage und acht Nächte. Jede Menge Erinnerungen, die ich deinetwegen nicht haben werde. Stattdessen werde ich jetzt in Manhattan meine Zeit absitzen, bis ich nach Hause fliegen kann.«

Nach Hause. Ich wusste, wie sehr sie das verletzte. Mein Zuhause war immer bei ihr gewesen.

Johanna verknotete die Hände im Schoß und senkte den Blick. »Das tut mir leid.«

Alle sind es von mir gewohnt, dass ich sofort verzeihe. *Anna ist nicht nachtragend.* Und tatsächlich sehnte ich mich augenblicklich danach, sie in die Arme zu nehmen und alles zu vergessen. Aber es ging nicht. Wenn ich meine Wut aufgab, würde sie einem anderen Gefühl weichen. Kummer. Und der kam mir (noch) nicht ins Haus.

»Hauptsache, du hast mit allem recht gehabt. Und jetzt geh zu deiner Familie, ich will schlafen.«

Ich rutschte zurück auf mein Kopfkissen, drehte ihr den Rücken zu und schloss die Augen. Sie saß noch eine Weile stumm auf meiner Bettkante, aber schließlich hörte ich, wie sich die Tür hinter ihr schloss. Ich öffnete die Augen und blinzelte die Tränen zurück. *Heulen verboten.*

Das Verbot gilt immer noch. Die Schleusen bleiben zu. Bis Leni am Flughafen zu Ende gewinkt hat.

Johannas zehn Minuten sind um. Ich gebe dem Kellner ein Zeichen, dass ich zahlen will. Was auch immer Johanna mir zu sagen hat, sie kann es heute Abend tun. Es ist mein vorletzter Tag in New York, und wer weiß, wann ich wiederkomme. *Ob* ich wiederkomme. Irgendwie glaube ich nicht, dass ich Weihnachten bei Johanna feiern werde. Ich habe also keine Zeit zu verschenken. Ich muss mich von jeder Feuerleiter, jeder Ampel, jedem grün-weißen Straßenschild, jedem Deli und einfach allem verabschieden, was ich vermissen werde. Anders als Kilian empfinde ich die Straßen nicht als bunte Kulisse ohne Inhalt. Wer braucht schon Nähe? Es lebe die Anonymität …

»Anna!«

Johanna kommt zwischen den Tischen auf mich zugehastet. Als sie bei mir angekommen ist, beugt sie sich herunter, um meine Wange zu küssen. Aber dann fällt ihr ein, dass wir so etwas nicht mehr tun, und sie zieht verlegen den Kopf zurück. Sie lässt sich mir gegenüber auf den Korbstuhl fallen.

»Es tut mir leid, ich bin im Büro aufgehalten worden.«

»Ich wollte gerade gehen«, sage ich und wünschte, ich hätte es getan. Irgendetwas sagt mir, dass es mir nach dieser Unterredung nicht mehr möglich sein wird, mich von New York zu verabschieden.

Ich mustere Johanna. Sie sieht irgendwie zerrupft aus. Als wäre sie ohne Kopfbedeckung bei Maike mitgefahren. (Was nicht sein kann. Maike isst gerade Lobster in Maine.) Und irgendetwas stimmt nicht mit ihren Augen. Im ersten Moment vermute ich, dass sie geweint hat, aber das ist es nicht. Ihr Blick ist einfach nur … anders. Irgendwie fahrig. So guckt Johanna sonst nicht aus der Wäsche. Nie. Jetzt mache ich mir Sorgen.

»Was ist los?«

»Gleich – ich muss mich erst mal sortieren.«

Johanna muss sich nie sortieren. *Was ist los?*

Sie stellt ihre Handtasche neben sich auf den Boden und bestellt bei dem Kellner, der mir die Rechnung bringen wollte, einen Eistee. Dann lehnt sie sich in ihrem Stuhl zurück und hält sich dabei mit beiden Händen an der Tischkante fest. Ihre Finger krallen sich regelrecht an den Tisch. Johanna hängt über irgendeinem Abgrund, so viel ist klar.

»Sag mir, was los ist.«

Sie sieht an mir vorbei, als sie antwortet: »Es geht um Kilian.«

Mein Blick fällt wieder auf ihre weißen Fingerknöchel, und dann sehe ich nichts mehr. Nur das Dakota. Und den Indianerkopf. Dann Truman Capote. Ich sehe Gespenster.

»Was ist los?« Mein Vokabular ist auf diese drei Worte zusammengeschrumpft.

»Gestern Nachmittag hat Kilians Schwester bei mir im Büro angerufen. Er hat ihr ein paar Dinge über mich erzählt, da hat sie mich auf der Website gefunden.«

Johanna macht eine Pause. Lang genug, dass mein Gehirn den Indianerkopf und ihre Worte zusammenfügt. *Er ist tot.* Aus welchem anderen Grund sollte Katja bei Johanna anrufen? Kilian hat in New York alle Menschen auf Abstand gehalten, wir waren hier seine einzigen Freunde …

»Sie hat mich um deine E-Mail-Adresse gebeten.«

Meine Hände werden feucht. Oh Gott. *Natürlich.* Ich soll ihn nach Deutschland mitnehmen. Ihn nach Hause bringen. Im Bauch meines Flugzeugs. In einer Kiste zwischen den Koffern und Hundekäfigen. *Oh Gott.* Was wird jetzt aus Gustav? Was wird aus *mir?*

»Aber ich habe sie ihr nicht gegeben.«

Ich höre Johanna kaum. Mein Gehirn dimmt alle Geräusche. Ich kenne das schon. Es ist ein ähnliches Gefühl wie letzte Woche, als ich den Rochen im Pool sah. Mit dem Unterschied, dass ich nichts mehr tun kann. Nicht einmal schreien. Und dabei hatte ich jede Menge Zeit dazu. Spätestens als ich Kilians Notizbuch gelesen habe, hätten die Alarmglocken schrillen müssen. Long Island, eine Villa mit Pool, streitende Freunde und mittendrin ein einsamer Schriftsteller, der mitschreibt. Truman Capote in Grün. Trumans Freunde haben ihm nie verziehen. Sie haben ihn allein gelassen, und das hat ihn vergiftet (neben ein paar anderen Substanzen). Ich sehe Kilian, wie er allein und geistesabwesend dort in der sonnigen Einfahrt steht. Er hat fast ein Jahr lang völlig isoliert gelebt. Zuhause gab es nur Vorwürfe und die Orks. Er hatte nur uns. Und wir haben ihn überstürzt verlassen und ihn mit leeren Händen zurückgelassen. Ohne Geschichte. Nur mit den Resten von Alex' Desserts. Ich wette, er hat sie gegessen. *Oh Gott.* Die waren voller roher Eier. Ich hätte sie entsorgen müssen. Ich bin an allem schuld. Und jetzt ist er tot, und ich werde ihn nie mehr …

»Anna, hörst du mir zu?«

»Du hast Katja meine Mail-Adresse nicht gegeben«, sage ich tonlos. Dann höre ich, was ich gesagt habe. Ich schaue sie verzweifelt an. »Wie soll er denn jetzt nach Hause kommen?«

Johanna sieht schuldbewusst aus, aber sie entgegnet: »Ich konnte doch deine Daten nicht einfach an irgendeine Stimme am Telefon herausgeben. Ich habe sie gefragt, warum Kilian mich nicht selbst darum bittet.«

Weil er tot ist.

»Sie war seltsam ausweichend und meinte nur, sie müsste dir dringend eine E-Mail von ihm weiterleiten.«

Ich starre Johanna mit weit aufgerissenen Augen an. Es gibt einen *Abschiedsbrief?* War das *geplant?* Das kann nicht sein. Das würde er Julius und Katja und Gustav und mir niemals antun. Aber er war tief in seinem Tunnel, ich habe es gesehen …

Johanna reißt mich aus meinen Gedanken. »Sie hat gesagt, Kilian habe noch nie für jemanden eine Geschichte aufgegeben. Nicht einmal für sie. Doch ich wollte davon nichts hören. Ich wollte dir einfach nur ersparen, dass alles wieder von vorne losgeht, und habe sie abgewimmelt.« Wieder dieser schuldbewusste Gesichtsausdruck. »Aber Katja hat nicht lockergelassen. Heute Morgen hatte ich Kilians E-Mail in meinen Büromails. Ich sollte sie lesen und selbst entscheiden, ob ich sie dir geben möchte. Ich war ziemlich irritiert, zumal die Mail für seine Schwester bestimmt war und nicht für uns.«

Ich höre ihr zu und verstehe kein Wort. Ich denke nur an seine grünen Augen und seine warmen Lippen und starre wie gebannt auf das gefaltete Papierbündel, das Johanna jetzt aus ihrer Handtasche zieht. *Abschiedsbrief.* Eine alltägliche E-Mail hätte Johanna niemals ausgedruckt. Klick und weiter. Das Papierbündel, das sie mir nun entgegenstreckt, ist der Beweis. *Er ist tot.*

Ich kann mich nicht bewegen. Ich spüre meinen Puls im Hals, und mein Atem geht schwer wie nach einem Sprint. Da legt Johanna das Bündel beiseite und greift nach meiner Hand, die tot auf dem Tisch liegt.

»Anna, was ist los?«

Was ist los? Wir spielen Ping-Pong mit dieser Frage. In diesem Albtraum. Vielleicht sollte ich aufspringen und wegsprinten, damit ich endlich aufwache.

Aber Johanna hält mich fest. »Du musst das lesen. Bitte.«

»Warum?«, bringe ich mühsam hervor.

»Ich lag mit allem falsch.« Sie klingt so kleinlaut. Das ist nicht meine Schwester. Gleich wache ich auf. »Ich muss das wieder geraderücken.«

Geraderücken? Wie soll das gehen?

Sie schiebt mir das Papierbündel über den Tisch.

»Ich kann das nicht lesen«, flüstere ich.

»Warum denn nicht? Bei seinem Notizbuch hattest du doch auch keine Bedenken.«

»Doch, hatte ich.« Ich räuspere mich. »Und das hier ist was anderes. Wenn ich das lese, dann …« Ich kann's nicht aussprechen. »Dann habe ich es schwarz auf weiß.«

»Anna, wenn du das nicht liest, lese ich es dir laut vor. Und glaub mir, das willst du nicht.«

Sie klingt genervt. Johanna ist wieder Johanna. Also doch kein Traum. Ich schlucke. Ich muss den Tatsachen ins Auge sehen. Zögernd berühren meine Finger das Papier. *Jetzt stell dich nicht so an!* Das ist kein Leichentuch, sondern Druckerpapier aus dem Goethe-Institut. Und in Wahrheit wünschte ich, es wäre Kilians Papier. Dann könnte ich mich daran festklammern, daran riechen, es heute Nacht neben mich aufs Kopfkissen legen … Es lebe die Anonymität? Wem will ich eigentlich was vormachen?

»Ich lese es«, sage ich leise. »Aber nicht hier.«

22

Meine Gespenster und ich sind in bester Gesellschaft, als ich den Irving Place in südlicher Richtung entlanglaufe. Die Straße ist nach dem Schriftsteller Washington Irving benannt, der eine meiner liebsten Gruselgeschichten geschrieben hat: *The Legend of Sleepy Hollow.* Sie handelt von dem Schulmeister und Außenseiter Ichabod Crane, der von einer sagenumwobenen Schauergestalt, dem Reiter ohne Kopf, durch die schläfrige Schlucht gejagt und danach nie mehr gesehen wurde. Ich habe gelesen, das sei eine der ersten amerikanischen Kurzgeschichten gewesen. Oliver hat mir das Hörspiel mit Glenn Close schon vor einigen Jahren zum Geburtstag geschenkt, aber ich höre es immer noch gern, vor allem vor dem Einschlafen. Vielleicht ist Oliver ja schuld an meinen Albträumen. Dank ihm bin ich seit gut zehn Jahren bestens versorgt mit allerlei Schauergeschichten von Edgar Allan Poe über E.T.A. Hoffmann bis hin zu Stephen King. Oliver findet das witzig, obwohl es nicht sehr originell ist. Ich habe an Halloween Geburtstag.

Und jetzt liebe ich einen Toten. *Nein, noch nicht.* Noch ist alles in Ordnung. Zumindest so in Ordnung wie vor meinem Treffen mit Johanna. (Also eigentlich kein bisschen.) Ich habe Johanna im Café sitzen gelassen, bevor sie es laut aussprechen konnte. Und ich habe den Brief noch nicht gelesen. Er liegt in meinem Rucksack, begraben unter einem Buch von Jodi Picoult, das von einem alten Indianerfriedhof handelt. Was bestimmt kein Zufall ist. Doch solange niemand das Gegenteil behauptet, ist Kilian quicklebendig. Er könnte um die nächste Straßenecke gebogen kommen oder wie damals – vor nicht einmal drei Wochen – im Buchladen auftauchen und in irgendeinem verfrorenen Winterbuch herumblättern.

Mein Lieblingsbuchladen auf diesem Planeten, der riesige *Strand Bookstore* mit seinen leuchtend roten Markisen und Flaggen an der Ecke Broadway und East 12th Street, ist schon in Sicht. Und ich werde hineingehen. *18 Miles of Books.* Das ist der Slogan des *Strand*, und ich werde jetzt einfach in dem uferlosen Labyrinth aus Büchern verschwinden. Vielleicht sollte ich Kilians Brief ebenfalls verschwinden lassen. Auf einer der vier Etagen in einem der Holzregale zwischen den Seiten eines der unzähligen Bücher. Eine Stecknadel im Heuhaufen. Und irgendwann in vielen Jahren wird ein Bücherwurm ihn dort finden, den Abschiedsbrief des berühmten Schriftstellers Kilian Brand.

Ich stehe draußen vor dem Eingang, zwischen den Rollregalen mit Zwei-Dollar-Büchern, als ich ein Brummen an meinem Bein spüre. Ich ziehe mein Telefon aus der Hosentasche. Es ist eine Textnachricht von Johanna. Ich will sie nicht lesen, aber die ersten Worte, die auf dem Display aufleuchten, haben mich schon erreicht:

Er ist seit gestern zurück in Manhattan. Seine Adresse lautet …

Hastig entsperre ich den Bildschirm und lese den Rest. Dort stehen Kilians Adresse und Telefonnummer. Und:

Du warst vorhin so schnell weg. Ich konnte Dich gar nicht um Verzeihung bitten. Bitte verzeih mir, Anna.
Ich vermisse Dich so. Du bist mein stilles Zentrum.

Stilles Zentrum? Was zum Teufel steht in diesem Brief? Was … Oh. Kilian ist zurück in Manhattan.

Er ist nicht tot.

Ich lasse beinahe das Telefon fallen, und dann tue ich etwas, das die Einwanderungsbehörde niemals erfahren darf. Es ist fast noch schlimmer als mein Nachtsprint in den Central Park. Ich sinke neben den Zwei-Dollar-Büchern auf den Bürgersteig, lehne den Kopf gegen eines der Regale und fange an zu heulen. Wie eine Irre. Oder eine Drogenabhängige. Jede einzelne Träne, die ich seit einer Woche zurückgehalten habe, will raus. Zum Glück ist New York die anonymste Stadt der Welt. Ich kann bestimmt zwei Minuten ungestört heulen, bis eine Frau neben mir in die Hocke geht und mich freundlich fragt, ob sie helfen kann.

Ich weiß nicht, ob sie mich versteht, als ich schluchze: *»No, thank you, I'm fine … I'm … happy …«*

Sie sieht mich zweifelnd an und sagt, dass sie in diesem Buchladen arbeitet und mir ein Glas Wasser geben kann, und ich denke in meinem Glücksgedankenchaos, wie sie so etwas nur sagen kann. *»This bookstore.«* Als wäre es irgendein Buchladen und nicht dieser unglaubliche Ort, wo man gebrauchte Bücher für so gut wie nichts oder aber eine handsignierte Ausgabe von *Ulysses* für ein halbes Vermögen haben kann. Letzten Sommer bin ich hier fröhlich mit Leni hineinspaziert und habe aus Spaß einen Mitarbeiter gefragt, ob ich mal einen Blick auf den *Ulysses* werfen dürfte. Er ist ohne Umschweife mit uns in den *Rare Book Room* im dritten Stock gefahren und hat uns voller Stolz das kostbare Buch gezeigt – einer Studentin mit Kaffeebecher und einer Vierjährigen, die sich vor den Illustrationen von Henri Matisse gruselte, der seine schwungvolle Signatur über die von James Joyce gesetzt hat. Zum Glück hatte Leni kein Eis dabei.

Aus weiter Ferne höre ich, wie ich zu der Frau sage, dass ich einen ruhigen Ort zum Lesen brauche. Sie lacht und meint, da könne sie mir definitiv weiterhelfen. (Man mag über dieses Land denken, was man will, aber es ist und bleibt eine Service-Oase.) Und so lande ich wie damals im dritten Stock in einem Ohrensessel aus schwarzem Leder, umgeben von seltenen Büchern. An den hohen Decken über mir hängen Lichterketten, aber sie leuchten nicht. Sie kommen bestimmt nur bei Lesungen zum Einsatz.

Mein Rucksack sieht furchtbar gelb aus inmitten der antiken goldbraunen, dunkelgrünen und -roten Buchrücken. Die freundliche Frau steht an einem der Holztische und beobachtet verstohlen, wie ich Kilians Brief aus dem Rucksack ziehe. Sie wird mich nicht aus den Augen lassen, was ich gut verstehen kann. Sie sieht, dass meine Hände zittern, als ich die Blätter auseinanderfalte, und ich schäme mich ein bisschen. Aber dann lasse ich mein gelbes Monster auf den Boden gleiten, sinke im Sessel zurück und beginne zu lesen:

Liebe Katja,

New York sucks – egal, was Anna sagt. Wir sind selten einer Meinung. Tut mir leid, ich falle mit der Tür ins Haus. Wie viele E-Mails habe ich Dir in den letzten Tagen geschrieben? Fünf? Und kein Wort über Anna. Es fühlt sich verboten an, den Namen zu schreiben: Anna. Ich habe es mir verboten, und nun tue ich es doch. Das sieht mir ähnlich.

Die Ausrede folgt – wie üblich – auf dem Fuß: Es kommt mir falsch vor, dass Du die anderen kennst und sie nicht. Schließlich war Anna der Grund, weshalb ich Dich letzte Woche angerufen habe. Sie war sofort auf Deiner Seite. Sie findet mich unmöglich. Du hättest Deine Freude gehabt an unserem Streit, zumal ich wie immer den Kürzeren gezogen habe.

So viel zur Ausrede. In Wahrheit schreibe ich jetzt doch über sie, weil ich ... Nein, von vorne. Erinnerst Du Dich an die Neunziger? Ich weiß, was Du jetzt denkst. »Erinnerst DU dich denn an die Neunziger, du Baby?« Ja, Katie, ich erinnere mich. Wir waren die meiste Zeit bei Dad im Regen, während Mama in Deutschland in der Klinik war. Weißt Du, wann ich mich mit England abgefunden habe? Als Du meintest, in Seattle würde es auch andauernd regnen. Ihr großen Geschwister habt wirklich nicht die geringste Ahnung, wie sehr wir Kleinen an Eurer Nadel hängen. Deinetwegen habe ich damals aufgehört, mir die Haare zu waschen. Ist Dir überhaupt aufgefallen, dass ich ausschließlich in verwaschenen T-Shirts mit Holzfällerhemd herumgelaufen bin? Ich wollte aussehen wie Deine Helden. Wie *unsere* Helden. Ich habe die gleiche Musik gehört wie Du, und zwar nicht nur durch die Wand. Ich habe davon geträumt, in Seattle in einer *Grunge*-Band zu spielen. (Schlagzeug. Man sollte mich hören, nicht sehen.) Ich war genauso am Boden zerstört wie Du, als es mit Nirvana vorbei war. Und ich habe Dir geholfen, über Kurt hinwegzukommen. Das weißt Du nicht mehr? Also, wirklich. Ethan Hawke hast Du allein mir zu verdanken. Deine Freundinnen fanden, dass er gelbe Zähne hatte, aber ich bin in jeden einzelnen Film mitgegangen. Manchmal mehrfach. Ich glaube, ich habe keinen Film so oft gesehen wie *Reality Bites* (außer vielleicht *Out ouf Africa* auf Video).

Nach *Reality Bites* kam *Before Sunrise*. Erinnerst Du Dich überhaupt noch daran? Vermutlich nicht. Ich wundere mich immer über Dein eigenartiges Gedächtnis. Bei Dir bleiben genau die Dinge hängen, die ich sofort vergesse. Bestimmt weißt Du noch, wann Ethan und Uma sich getrennt haben. In der sogenannten Realität. Alles Fiktionale vergisst Du sofort wieder. Wahrscheinlich mussten wir deshalb dreimal in alle Filme gehen – für Dich war es immer wie das erste Mal. Nicht aufregen. Du weißt, dass es stimmt.

Before Sunrise. Ethan Hawke und Julie Delpy lernen sich im Zug von Budapest nach Paris kennen. Ethan überredet Julie, mit ihm in Wien auszusteigen und erst am nächsten Tag nach Paris weiterzufahren. Und dann passiert nichts mehr. Sie laufen durch die Stadt, reden pausenlos und verbringen die Nacht miteinander. Sie finden es unromantisch, Telefonnummern auszutauschen, aber als Julie am nächsten Tag in ihren Zug steigt, vereinbaren sie im letzten Moment, sich in genau sechs Monaten auf demselben Bahnsteig wiederzutreffen. Ende.

Doch, Du musst Dich einfach daran erinnern. Du wolltest damals unbedingt wissen, was ich dachte: Treffen sie sich wieder oder nicht? Ich habe gesagt, sie sehen sich nie wieder. Schließlich wohnte Ethan in Amerika. Außerdem war die Zeitangabe vage, das Gleis konnte man schon mal verwechseln, und der Aufwand war insgesamt doch recht groß. Ich glaube nicht, dass ich das damals so auf den Punkt bringen konnte, aber ich hatte ein ungutes Gefühl bei der Sache. Du warst stinksauer auf mich. Dein nerviger kleiner Bruder hatte Dir das Happy End vermasselt.

Und nun habe ich es mir selbst vermasselt. Seit Tagen frage ich mich, ob ich sie jemals wiedersehen werde. Die Antwort ist die Gleiche wie damals: Vermutlich nicht. Genau wie Ethan war ich zu dumm, sie um ihre Telefonnummer zu bitten. Ich war schon ein paarmal kurz davor, Johanna anzurufen und sie danach zu fragen. Aber das würde nichts bringen. Johanna will mich um jeden Preis von ihr fernhalten. Außerdem war ich derjenige, der Anna weggeschickt hat. Ich habe also nicht das geringste Recht, sie anzurufen.

Warum ich ausgerechnet an *Before Sunrise* denke? Am Ende des Films werden nochmal die Orte in Wien gezeigt, an denen die beiden Verliebten am Tag zuvor vorbeispaziert sind. Ohne sie wirkten die Orte verlassen. Als wäre alles bloß ein Traum gewesen. Ich erinnere mich noch sehr genau an die Leere. Du hast mich viel zu früh in diese Filme geschleppt, Katie. Melancholie ist nichts für Kinder. Du bist an allem schuld. Ohne Deine Scheißfilme hätte ich jetzt vielleicht kein Problem mit diesem leeren Haus. Dem leeren Pool. Mit der beschissenen Küche, in der Anna mir zum ersten Mal ins Gesicht gesehen und all meine schönen Pläne über den Haufen geworfen hat. Jetzt willst Du die ganze Geschichte hören, nicht wahr? Und wie ich Dich kenne, wirst Du Dir jedes unbedeutende Adjektiv merken – nur weil sie den Stempel »Realität« trägt. Wie Du willst:

Die ersten Stunden im Haus verliefen unerwartet gut. Wenn ich über diese Leute schreiben wollte (kein Wort mehr darüber, ich tu's ja nicht), musste ich die richtige Distanz finden. Nicht zu weit weg, doch erst recht nicht zu nah dran. Johannas Kollegin aus dem Goethe-Institut war die Erste, die eintraf, und es war ein Kinderspiel, sie auf Abstand zu halten. Ich frage mich gerade, ob ich sie überhaupt schon mal erwähnt habe. Sie heißt Maike und mag Leoparden. Maike

ist hübsch und wahnsinnig nett, aber irgendwie fällt es mir jetzt schon schwer, mich an ihr Gesicht zu erinnern.
Wie gut, dass ich nicht über sie schreiben muss.

Die Morgensterns (Johanna mit Familie) erschienen mir ebenfalls leicht zu handhaben. Bei Familien bleibt man ohnehin immer außen vor. Doch mit Johannas kleiner Schwester habe ich nicht gerechnet. Anna. Wie sie mich angesehen hat, dort in der biederen Küche zwischen all dem blau-weißen Porzellan. Skeptisch. Am liebsten hätte ich ihr noch vor dem ersten Hallo erklärt, dass dies das einzige Haus war, das ich so kurzfristig auftreiben konnte.

Kaum war Anna da, wurde es schwierig. Sie trug dieses blau-weiß gestreifte Kleid, in dem sie aussah wie das Inventar. Ich wollte lächeln, wenn ich sie ansah. Ich wollte sie ständig ansehen. Mit ihr reden. Es war ein Albtraum. *Albtraum.* Dieses Wort wird für mich wohl immer mit ihr verbunden bleiben. Anna hat Albträume. Sie läuft nachts vor irgendetwas davon. Ich vermute mal, das tun wir alle, doch sie tut es tatsächlich, und zwar verdammt schnell. Bei Anna ist die Grenze zwischen Traum und Wirklichkeit durchlässig. In jeder Hinsicht. Die meiste Zeit verbringt sie in Büchern. Sie kannte auch jedes einzelne von meinen, sogar die Essays. Was sie allerdings nur sehr widerwillig zugab. Du hättest schon wieder Deinen Spaß gehabt. Wie sie meine Bücher als »Schrott« bezeichnet und mit David Foster Wallace vor meiner Nase herumgewedelt hat. Ich war geschockt über meine kindische Freude, als sie mir schließlich doch gestand, wie sehr sie meine Essays mochte. Sie hat es so formuliert: »Ich war mir sicher, du würdest mit siebenundzwanzig sterben.« Ich habe sie angegrinst wie ein Trottel. Süchtig nach ihrer Anerkennung. »Total armselig«, wie sie sagen würde.

Tut mir leid, Katie, ich schreibe chaotisch. *Total.* Es fällt mir neuerdings schwer, mich zu konzentrieren. Keine Ahnung, wie ich jemals Bücher schreiben konnte. Am besten erzähle ich Dir die Geschichte streng chronologisch, so wie der Staatsanwalt es tun würde. (Alex erzählt seine Kriminalfälle in Echtzeit. Du wärst ausgerastet.)

Anna wollte direkt nach ihrer Ankunft wieder abreisen. Ihre Schwester hat sie auf ziemlich demütigende Weise als Schlafwandlerin geoutet, und Anna wollte nur noch weg. Meine kostbare Distanz, die für das Buchprojekt so unerlässlich war, wäre also im Handumdrehen wiederhergestellt gewesen. Stattdessen habe ich selbst dafür gesorgt, dass Anna blieb. Sie schlief in der Bibliothek, und ich mochte den Gedanken. Anna und ihre Bücher. Seit sie weg ist, schlafe ich dort, aber es ist nur ein weiterer leerer Raum. Ich liege auf ihrem Kopfkissen, unter ihrer Decke, und fühle ihre Abwesenheit. Auf der Fensterbank steht eine Leuchte mit grünem Glasschirm, die in unserer ersten Nacht im Haus bis zum Morgengrauen brannte. Anna hatte solche Angst vor ihren Träumen, dass sie wach blieb. Genau wie ich. Ich konnte nicht schlafen, während sie wach war. Wie besessen habe ich das grüne Licht angestarrt. Ich wollte wissen, was sie tat. Was sie las. Ich weiß. *Stalker.*

Aber wenn sie schlief, konnte ich auch nicht wirklich schlafen. Ich hatte Sorge, sie würde in den Pool rennen. Es endete damit, dass ich jede Nacht in der Hängematte auf der Veranda verbrachte, zwischen Anna und Pool. Ich höre Dich lachen, aber ich habe jetzt ein echtes Rückenproblem. Und eine Schlafstörung. Seit ich Anna kenne, hatte ich nur eine einzige ruhige Nacht: als sie neben mir lag. Was rede ich da? In jener Nacht ist sie in einem Affentempo auf den Steg gerannt und wäre beinahe ins Wasser gesprungen. Das war, bevor sie neben mir lag. Es sind noch einige andere Dinge passiert, bevor sie schließlich neben mir lag. Von einer ruhigen Nacht kann also keine Rede sein. Eher von der besten Nacht meines Lebens.

Und schon ist sie wieder dahin, die schöne Chronologie. Null Konzentration. Ich schiebe es auf den Schlafmangel. Jede Nacht liege ich wach und frage mich, ob sie sicher in ihrem Bett schläft oder (wieder) mitten in der Nacht halbnackt im Central Park aufwacht. Johanna konnte sich dieses unbedeutende Adjektiv nicht verkneifen: *halbnackt.* Es verzehnfacht meine Angst um sie, falls das bei unendlicher Angst möglich ist. Ich frage Dich lieber nicht, ob das irgendwann aufhören wird. Sag nichts.

Anna weiß nicht, dass ich sie liebe. Und sie hätte es mir auch nicht geglaubt. Sie glaubt generell nicht daran, dass sie geliebt wird. Ich habe sie mal gefragt, wovon sie träumt. Eigentlich wollte ich nur wissen, wovor sie nachts davonrennt, aber sie hat mir ihre Träume verraten. (Ich dämlicher Affe habe so etwas gestammelt wie: »Aber ich meinte doch deine Albträume.«) Anna träumt davon, für ihre Familie kein Anhängsel zu sein. Nein, sie wünscht sich mehr als das. Sie möchte »ein stilles Zentrum« sein. So hat sie es ausgedrückt. Alle sollen glücklich sein, dass sie da ist, und nicht weiter darüber nachdenken. Damals wusste ich noch nicht, dass genau das bereits der Fall ist.
Ihr Traum ist längst Wirklichkeit.

Leider ist ihr nicht im Geringsten bewusst, was sie für andere bedeutet. Hast Du schon mal eine Fünfjährige gesehen, die auf einen Urlaub am Meer in einem Haus mit eigenem Strand und Pool verzichten würde, um Zeit mit ihrer Tante zu verbringen? Ich schon. Leni. Sie wäre klaglos am ersten Tag mit Anna abgereist. Die Maldini-Kinder waren nach kurzer Zeit genauso fixiert auf sie. Sie wollten nur mit *Fireman Sam* essen – oder mit Anna. Wenn ihre Eltern mal wieder streiten mussten, gingen die Jungs auf direktem Weg zu ihr. Alle Maldinis gingen zu ihr, wenn sie Trost brauchten. Als gehörte sie zur Familie. Simone war in ihrer Gegenwart beinahe fürsorglich. Einmal dachte sie, Anna wäre ins Wasser gesprintet, und war ganz außer sich vor Sorge. Was ihr wirklich nicht ähnlich sah (siehe meine E-Mail von gestern). Von Alex will ich gar nicht erst anfangen. Er schwirrte ständig um sie herum, um mit ihr zu tuscheln oder sie zu knuddeln. *Knuddeln.* So hätte Anna das ausgedrückt. Sie wäre nie auf die Idee gekommen, dass sie etwas anderes für ihn sein könnte als ein Teddybär. Zum Glück hat er sich am Ende nur noch auf Simone gestürzt – sonst hätte ich ihn doch noch erwürgen müssen.

Beinahe hätte ich schon wieder Maike vergessen. Maike war die Einzige, mit der Anna sich nicht verstand. Nein, Katie, es lag nicht an mir. Anna neigt nicht zu Eifersucht – allenfalls, wenn es um Johanna geht. Schon möglich, dass ihr die Innigkeit zwischen Johanna und Maike auf die Nerven ging. Aber im Grunde hatte sie Angst um ihre Familie. Dank Maike waren Johanna und Oliver auf dem besten Weg, sich ähnlich gut zu verstehen wie die Maldinis. Und glaub mir, es ist fast unmöglich, Oliver auf die Palme zu bringen. Irgendwann wurde es Anna zu viel. Da hat sie Maike kurzerhand in die nächstbeste Bar geschleppt und ihr einen Mann besorgt.

Anscheinend sogar den richtigen. Jedenfalls hat Maike sie am Ende »my own personal Anna« genannt.

Ich verirre mich hier schon wieder in meinem Chaos. Denn eigentlich kommt es für Anna nur auf eine einzige Person an: Johanna. Es ist mir allerdings ein Rätsel, warum sie Johannas Liebe anzweifelt. Johanna kreist genauso über ihr wie über Leni. Sie hat sie kaum eine Minute aus den Augen gelassen. Ich weiß, was Du denkst. Kontrolle und Liebe sind zwei verschiedene Dinge. Nicht bei Johanna. Je heftiger der Wind ihrer Rotorblätter bläst, desto glücklicher kann man sich schätzen. Auch wenn's nervt.

Im Grunde genommen ist Anna genauso eine Glucke wie ihre Schwester. Die beiden haben den ganzen Urlaub nur damit zugebracht, sich gegenseitig vor mir zu beschützen. Irgendwie hat Anna geahnt, dass ich nichts Gutes im Schilde führte. Sie hat regelrecht gegen mich ermittelt, und eines Nachts hat sie mein Notizbuch gestohlen. Ja, so etwas tut Anna. Wenn ihre Familie gefährdet ist, zieht sie alle Register. Sie war so wütend auf mich. Sie hat sich sogar ein eigenes Notizbuch besorgt, um es mir heimzuzahlen. Ich glaube, es sollte so eine Art Geisel werden. Sie wollte »Urlaub mit Freunden« mit allen Mitteln verhindern. Einmal hat sie mich inständig darum gebeten, über sie zu schreiben. »Nimm *mich.*« Anstelle ihrer Schwester. Ich sollte sie beim Schlafen beobachten und über ihre nächtlichen Sprints schreiben. Sie war tatsächlich bereit, ihre Intimsphäre zu opfern. (Ich aber nicht.)

Johanna hätte zweifellos dasselbe für sie getan. Sie würde einfach alles tun, um Anna vor dem Bösen da draußen (mir) zu beschützen. Am liebsten hätte sie auf die Hamptons verzichtet, um ihre kleine Schwester vor dem elf Jahre älteren Scheißkerl zu bewahren, der sie ausweiden und sich dann wieder seinen Aufgaben als Frauenheld widmen würde. Aber offenbar war Johanna davon überzeugt, dass Frauenhelden nicht an Maike vorbeikommen. Ich vermute, sie hat Maike allein zu dem Zweck in den Urlaub mitgenommen, dass ich Anna übersehen würde. Obwohl der Gedanke absurd ist. Niemand übersieht Anna.

Darauf wartest Du schon die ganze Zeit, nicht wahr? Also gut: brauner Bob, jungenhafte Figur, kurze Beine. Enttäuscht? Das war auch nur die halbe Wahrheit. Anna ist alles andere als maskulin. Sie hüpft die Verandatreppe herunter wie eine Tänzerin. Ihre Bewegungen sind weich. Einfach alles an ihr ist weich. Ihre Grübchen. Ihre sanften braunen Augen, die einen ansehen, als wäre man wirklich vorhanden. Am Anfang musste ich an Momo denken. Das Mädchen, das andere wahrnimmt. Aber Anna ist kein Mädchen. Seit sie am ersten Morgen am Pool den herabschauenden Löwen gemacht hat, kenne ich ihre Kurven. Ich konnte nicht wegsehen. Ich bin in Gedanken ihre Waden, ihre Kniekehlen, die Rückseite ihrer Schenkel entlanggefahren. Sie hat die längsten Beine der Welt. Oh Mann, damit wirst Du mich nie wieder in Ruhe lassen. Noch kann ich alles löschen und mich stattdessen mit meinem Notizbuch unterhalten. Ich überlege es mir.

Hätte ich Fotos von ihr, müsste ich mich hier nicht zum Deppen machen. Genau genommen habe ich Fotos – aber mit denen wirst Du mich genauso aufziehen wie mit meinen Gedanken. Was soll's, David zeigt sie Dir sowieso. Anscheinend hat er nichts Besseres zu tun, als seinen kleinen Bruder zu googeln. Gib einfach meinen Namen und »Sag Harbor«

ein. Da sind sie. Lachst Du? Oder schaust Du mich mitleidig an? Ich weiß, ich bin erbärmlich, wie ich mich an sie klammere, dort vor Poppys Buchladen. Sie hat mich aus diesem Buchladen gezogen wie einen Hummer aus dem kochenden Wasser. Die Bilder sagen alles: *Ich kann nicht ohne dich.*

Muss ich aber. Johanna hat Annas Notizbuch im Garten gefunden und gelesen. Sie weiß jetzt alles über mein überflüssiges Buchprojekt. Und sie hat genauso reagiert, wie ich es an ihrer Stelle getan hätte. »Er wird dein Leben ruinieren.« Weißt Du noch, wie oft ich diesen Satz zu Dir gesagt habe? Geschieht mir recht. Und ich hätte es kommen sehen müssen. Je näher Anna und ich uns kamen, desto schlechter verstand sie sich mit ihrer Schwester. Zuletzt haben sie sich nur noch gestritten. Anna war unglücklich. Johanna ist der wichtigste Mensch in ihrem Leben, und dank mir musste sie permanent etwas vor ihr verbergen. Mein dämliches Buch. Mich.

Als Johanna schließlich dahinterkam, wollte sie am nächsten Morgen abreisen. Und wieder saß Anna zwischen allen Stühlen. Sie hat sich ohne Zögern für mich entschieden, und wenn ich sie nicht weggeschickt hätte, wäre sie jetzt hier bei mir und würde Trübsal blasen. Du hättest mal ihren Blick sehen müssen, als ihre Schwester meinte: »Mit oder ohne Anna.« Sie sah so verloren aus. Dennoch war sie entschlossen, bei mir zu bleiben. Für mich war die Versuchung groß, wie Du Dir vorstellen kannst. Eine ganze Woche allein mit ihr. Meinetwegen hätten die anderen sofort abhauen können. Aber ich konnte Annas Heimweh nach ihrer Familie schon spüren. Ihre Sehnsucht. Das bin ich wirklich nicht wert.

Du weißt ja, ich bin gut im Beenden. Am Ende denken sie alle, es sei ihre Idee gewesen. Bei Anna hingegen habe ich mich angestellt wie ein kompletter Idiot. Zuerst habe ich irgendeinen Schwachsinn erzählt. Dass sie meine Bücher hassen würde. Dass sie mich irgendwann nicht mehr ertragen würde. Sie hat mir kein Wort geglaubt. Sie weiß, was sie fühlt. Aber sie weiß nicht, was ich fühle. Also habe ich – beim Abschiedsessen vor versammelter Mannschaft – zu ihr gesagt: »Du bist nicht gut für mich.« Das hat sie sofort geschluckt. Sie glaubt tatsächlich, sie würde mich am Schreiben hindern. Sie hält sich für einen Inspirationskiller. Ausgerechnet sie. Und sie glaubt, meine Bücher seien wichtiger als sie. Ich war beinahe wütend auf sie. Wie sie es hinnahm. Ohne Tränen. Ohne Zorn. Sie ist einfach aufgestanden und hat den Tisch abgeräumt.

Ich dagegen konnte nicht aufstehen. Sobald ich den Tisch verlassen und im Poolhaus verschwinden würde, wäre alles vorbei. Ich musste so lange wie möglich dortbleiben. Bei ihrer Familie und ihren Freunden. Ihnen beim Lachen zuhören. Und plötzlich wollte ich sie hierbehalten, sie alle. Ich wollte die Zeit in diesem Porzellanhaus zurückhaben. Die Uhr zurückdrehen und alles anders machen. Wahrscheinlich bin ich deshalb noch hier, an diesem verlassenen Ort. Um die Uhr zurückzudrehen. Seit Tagen tue ich nichts anderes. Dabei verirre ich mich manchmal bis in die Neunziger. Zum ersten Mal seit Jahren habe ich wieder die Counting Crows gehört. Noch so ein Vermächtnis von Dir. Erinnerst Du Dich an den Song *Anna Begins*? Ich kenne den Text inzwischen wieder auswendig. Was täte ich ohne Deine Helden, Katie. Du hast bestimmt noch irgendwo das Album. *August and Everything After.* Was passiert nach August? Ich komme nach Hause. Wie gesagt, *New York sucks.*

Grüß Julius und Stefan von mir. Anna hat mir verboten, ihn Mr. Hyde zu nennen. Ich halte mich daran, versprochen.
X

Verstohlen wische ich meine Tränen weg. Ich habe kein einziges Mal von dem Brief aufgesehen, aber ich bin mir sicher, ich werde immer noch beobachtet. Alleinsein in New York. Wie hat Kilian das nur hingekriegt? Wenn mich jetzt jemand fragt, ob alles in Ordnung ist, breche ich wieder in Tränen aus. In Büchern passiert das andauernd. Dass Leute vor Glück heulen. Ich kann diesen Moment nicht leiden. Dann ist die Geschichte meistens zu Ende. Man soll aufhören, wenn's am schönsten ist. Das ist einer der dümmsten Sprüche, die ich kenne. Woher weiß ich denn, ob es nicht noch schöner wird? Und warum muss die Geschichte enden, wenn endlich alle glücklich sind? Warum darf man nicht noch ein Weilchen dabei sein, in guten wie in schlechten Zeiten? Es ist wie im wahren Leben. Da erzählen auch alle immer nur von ihren Problemen. Keiner traut sich, vom Glück zu berichten. Es könnte ja schüchtern sein und verschwinden. Deshalb klopft man schnell auf Holz, wenn einem doch mal ein Wort darüber herausrutscht. »Er liebt mich.« *Knock on wood.* Ich sollte einfach für immer hierbleiben, zwischen diesen wunderbaren, alten Holzregalen. Sicher ist sicher.

Quatsch. Ich muss los. Auf dem Stadtplan liegt die Lower East Side quasi um die Ecke, aber ich weiß es besser. In Manhattan liegt nichts um die Ecke. Schon gar nicht, wenn man es eilig hat. Ich haste aus dem Buchladen und tue etwas, was ich noch nie getan habe: Ich strecke den Arm in die Höhe, um ein Taxi zu rufen. (Eigentlich bin ich zu arm zum Taxifahren. Außerdem erlebt man in der U-Bahn mehr, wie Kilian sagen würde.) Oh. Das hat funktioniert. Das gelbe Taxi, das an der Bordsteinkante anhält, meint tatsächlich mich.

Kilians Wohnung befindet sich in einem roten Backsteinhaus mit abgeblätterten Feuerleitern. Das Gebäude wirkt ziemlich heruntergekommen, genauso wie die anderen Häuser in der Straße. Der nette Taxifahrer erkundigt sich in gebrochenem Englisch, ob ich wirklich hier aussteigen will. Ja, das will ich. Dringend. Unten im Haus ist eine Bar, die noch nicht geöffnet hat. Das mit Graffiti besprühte Rollo ist heruntergelassen, und vor der Haustür riecht es nach Toilette. Die Klingelschilder sind nicht beschriftet, aber die verrostete Gegensprechanlage sieht ohnehin nicht vielversprechend aus.

Da hilft nur eins … Ich ziehe mein Telefon hervor. Aber ich zögere. Wir haben noch nie miteinander telefoniert. Wo gibt es eigentlich so was? Im Porzellanhaus. Es ist höchste Zeit, dass wir in der Zukunft ankommen. Dennoch zittern meine Finger ein bisschen, als ich ihn anrufe. Nervös lausche ich dem Freizeichen und warte, doch es meldet sich nur eine anonyme Mailbox. Ich lege auf und versuche es drei weitere Male. Nichts. Frustriert schiebe ich mein Telefon zurück in den Rucksack und klingle bei den Nachbarn. Bei allen. Zuerst nacheinander, dann gleichzeitig. Kreuz und quer. Keine Reaktion. Jetzt fällt mir nur noch ein, Kieselsteine gegen die Fensterscheiben zu werfen. Doch hier gibt es keine Kieselsteine. Es ist zum Verzweifeln.

Ratlos bleibe ich vor der Tür stehen. Es ist ungefähr vier Uhr am Nachmittag, die stickigste Zeit am Tag, und diese Straße ist eine Wüste. Kein Schatten weit und breit. Aber ich muss hierbleiben. Ich muss in dieses Haus. Ich stehe eine gefühlte Ewigkeit vor der Tür und bin kurz vorm Sonnenstich, als sie endlich von innen geöffnet wird. Ein breitschultriger Typ in schwarzem Muskelhemd mit einem Mops auf dem Arm tritt ins Freie. Er wirft mir einen misstrauischen Blick zu, als ich mich schnell an ihm vorbei ins Haus schiebe, doch er sagt nichts.

Im Hausflur wird der Gestank nach Toilette schlimmer, also laufe ich schnell die Treppe ins erste Stockwerk hinauf. Ich weiß nicht, auf welcher Etage Kilian wohnt, und es gibt keine Türschilder. Ich muss wohl oder übel an jeder Tür klingeln. Die meisten Leute sind entweder nicht zuhause oder reagieren nicht. Die paar komischen Vögel, die in Unterwäsche oder Morgenmantel an die Tür gehen, sind gar nicht mal so unfreundlich, aber keiner von ihnen kann mit dem Namen Kilian Brand etwas anfangen. Langsam beginne ich zu zweifeln, ob Johanna mir die richtige Adresse gegeben hat. Oder ich habe bereits an der richtigen Tür geklingelt, und er ist schlicht nicht zuhause. Im schlimmsten Fall werde ich mich in dieses stinkende Treppenhaus setzen und auf ihn warten. Aber vorher habe ich noch zwei letzte Chancen im vierten Stock.

Als sich hinter der vorletzten Tür nichts tut, macht sich ein beklommenes Gefühl in mir breit. »Was passiert nach August? Ich komme nach Hause. *New York sucks.*« Vielleicht hat Kilian es keinen Tag länger hier ausgehalten – was wirklich kein Wunder wäre. Bestimmt fliegt er in dieser Minute über die Insel mit dem Leuchtturm und beschließt, alles hinter sich zu lassen. Während ich immer noch in diesem Geisterhaus herumirre …

Gerade als ich mutlos an der letzten Tür klingeln will, höre ich hinter mir sein ungläubiges: »Anna?«

Ich drehe mich um, und da steht er. Er könnte als Junkie durchgehen mit den tiefen Augenhöhlen in seinem blassen Gesicht, das letzte Woche noch nach Sommer aussah. Er sieht aus, als gehörte er hierher. Wenigstens trägt er keinen Morgenmantel, sondern ein weißes T-Shirt und Jeans.

»Was machst du hier?«

»Was machst *du* hier?«, bricht es aus mir heraus. »Ich dachte, die Lower East Side wäre gentrifiziert!«

Kilian blinzelt, als stünde ich im Gegenlicht.

»Nicht diese Straße«, sagt er tonlos. »Wie … wie hast du mich gefunden?«

Ich bin noch voller Adrenalin von meinem Marsch durch dieses Haus, durch diesen unwirklichen Tag, und rede wie eine Irre drauflos: »Johanna hat mir deinen Brief und die Adresse gegeben, aber das Stockwerk stand nicht dabei, und die Gegensprechanlage war kaputt, und du bist nicht ans Telefon gegangen, aber der Mann mit dem Mops hat mich hereingelassen, und dann habe ich an jeder Tür geklingelt, aber irgendwie war kaum einer zuhause oder nur in Unterwäsche, und das Licht im Flur ging immer wieder so schnell aus, und dann wohnst du auch noch ganz oben und keiner von denen kannte dich, ich dachte, du wärst nicht mehr hier …«

Kilian unterbricht mich: »Du hast an *jeder Tür* geklingelt?«

»Zum Glück wohnst du nicht in einem Wolkenkratzer«, sage ich ein wenig atemlos und muss grinsen, aber er sieht mich nur verärgert an.

»Anna, hier wohnen Zuhälter und Drogendealer.« Er tritt zur Seite. »Jetzt komm endlich rein.«

Ich folge ihm in einen unbeleuchteten, fensterlosen Flur. Das einzige Licht dringt durch eine geöffnete Tür zu Kilians Linken, aber er macht keine Anstalten hindurchzugehen. Stattdessen bleibt er mit verschränkten Armen an diesem dunklen Ort stehen und sieht mich unverwandt an. Das habe ich mir anders vorgestellt. Habe ich seinen Brief etwa doch nur geträumt? Ich sehe mich unbehaglich um, aber es gibt nichts zu sehen. Nur nackte Wände, nicht einmal eine Lampe. Flur.

»Und hier wohnst du seit letztem Herbst?«

Kilian nickt wortlos.

»Bist du irgendwie … geizig?« Ich ahne, dass diese Absteige etwas mit *Mr. Hyde* und Selbstbestrafung und so zu tun hat, und will nur ein bisschen die Stimmung auflockern, aber er ignoriert meine Bemerkung.

»Man marschiert nicht einfach in ein Haus wie dieses und klingelt an allen Türen.« Er klingt zornig. »Hast du denn überhaupt kein Gefühl für gefährliche Situationen? Das sieht dir so ähnlich. Genau wie die Sache mit dem Central Park.«

»*Die Sache mit dem Central Park?* Kilian, als das passiert ist, habe ich geschlafen!« Langsam werde ich ebenfalls sauer.

Er hat immer noch seine Arme vor der Brust verschränkt. »Aber als du aufgewacht bist, hast du nur an dein blödes Touristenvisum gedacht, anstatt Angst zu haben, dass …«

Da platzt es aus mir heraus: »Ja, und das ist auch verdammt gut so, denn bei der Polizei nehmen die keine Angsthasen.«

Kilian stutzt und lässt die Arme sinken. »Was?«

»Nichts«, brumme ich.

»Also, als wir uns das letzte Mal gesehen haben, hast du noch Literatur studiert.«

»Als wir uns das letzte Mal gesehen haben, war ich nicht gut für dich«, entgegne ich und weiche seinem Blick aus.

Ich habe keine Lust mehr, in diesem dunklen Flur zu stehen. Ohne Kilian anzusehen, gehe ich an ihm vorbei durch die nächste Tür in einen hellen Raum, der – abgesehen von Küche und Bad – offenbar der einzige in dieser Wohnung ist. An der Durchreiche zur Küche steht ein weißer Tisch mit zwei Plastikstühlen, die nach Sperrmüll aussehen, und in einer Ecke befindet sich ein plüschiges Sofa, das mit Bettzeug bedeckt ist. So viel zu Kilians Rückenproblemen … Auf dem niedrigen Sofatisch liegen ziemlich viele Bücher und Kilians geöffneter Laptop. Der Laptop ist der einzige Gegenstand in dem Raum, der nicht abgenutzt wirkt – mit Ausnahme von Kilians Koffer, der unter einem der drei hohen Fenster steht und irgendwie teuer aussieht. In einer Ecke entdecke ich seinen Fußball. Er sieht ein bisschen verloren aus. Der ganze Raum wirkt verloren. Ein paar Bilder an den nackten Wänden könnten helfen. Sie würden auch die Risse und Wasserflecken kaschieren. Ich erinnere mich an die Wohnzimmerwand im Porzellanhaus. *Shabby Chic.* Aber hier ist alles echt. Ich muss schlucken. Fast ein Jahr lang hat Kilian allein in diesem trostlosen Appartement zugebracht, weit weg von Familie und Freunden. Und alles nur, um sich wegen so eines blöden Buches zu martern. *New York sucks?* Selbst schuld.

Er ist hinter mir in den Raum getreten. Bevor ich ihm die Meinung sagen kann, fragt er: »Welcher Brief?«

Ich drehe mich zu ihm um. Er steht dicht vor mir und hat die Hände in die Hosentaschen geschoben. Sein Gesicht sieht schrecklich müde aus, doch seine Augen mustern mich aufmerksam.

»Hm?«

»Du meintest, Johanna hätte dir meinen Brief gegeben. Aber ich habe keinen geschrieben.«

Ich druckse verlegen herum. *Mist. Katja.* Das gibt Ärger. Aber Lügen steht nicht zur Debatte. Das kann ich uns nicht antun. Ich nehme allen Mut zusammen und umfasse seine Handgelenke. Dabei verbrenne ich mich ein bisschen, als berührte ich ihn zum ersten Mal. Ich ignoriere es und ziehe seine Hände aus den Taschen seiner Jeans. Entschlossen lege ich sie auf meine Hüften und schlinge meine Arme um ihn. Er sieht mich fragend an, aber er lässt es geschehen.

Bevor mich der Mut verlassen kann, sage ich: »Katja hat mir deine E-Mail geschickt. Die mit den Neunzigern und *Anna Begins* und so.« Ich habe mir den Song im Taxi auf YouTube angehört und bekomme nicht genug davon, aber dafür ist jetzt keine Zeit. Kilian sieht mich mit einer Mischung aus Unglauben und Entsetzen an, und ich fahre ein wenig atemlos fort:

»Es wird noch schlimmer. Eigentlich hat sie die Mail nicht mir geschickt, sondern Johanna. Und die hat sie gelesen und weiß jetzt …« *Alles.*

Ich erröte. Kilian sieht mich immer noch entgeistert an. Ich halte seinem Blick stand und zwinge mich weiterzureden: »Johanna weiß jetzt, dass du … gut für mich bist. Aber ich muss hier mal was klarstellen. Das war das letzte Mal, dass wir sie wegen irgendwas um Erlaubnis gefragt haben. Und du und Katja, ihr seid jetzt quitt. Fang also gar nicht erst an, dich über sie aufzuregen. Und … und wieso rede ich jetzt über unsere Schwestern, anstatt …«

»Was?« Er klingt ungeduldig. Als wollte er es auf der Stelle hören. Mein finales Ermittlungsergebnis.

Agent Morgenstern, don't be such a chicken!

Ich senke den Blick. Nein, so geht das nicht. Ich muss ihm dabei in die Augen sehen. Scheiße, sind die grün …

»Kilian, du liebst mich.«

Ich halte den Atem an. Für einen endlosen Moment mustert er mich mit gerunzelter Stirn, und ich spüre schon die Panik in mir hochblubbern. Schon wieder ein Missverständnis? Habe ich irgendwelche ironischen Untertöne in dem Brief überlesen? Aber dann umfasst Kilian unvermittelt meine Taille, um mich näher zu sich heranzuziehen.

»Mehr als alles andere«, flüstert er gegen meine Stirn. Er presst seine Nase in meine Haare und atmet tief ein. Ich bin so erleichtert, dass ich es kaum höre, als er fragt: »Und du?«

»Hm?« Ich bin schon ganz woanders. Genauer gesagt bei meinen Fingern, die ungeduldig unter sein Shirt gewandert sind. Ich spüre seine Gänsehaut …

»Anna, warte mal.« Er greift hinter seinen Rücken und hält meine Hände fest.

Ich bringe wieder nur ein verwirrtes »Hm?« hervor, und

meine Hände blamieren mich. Sie versuchen verzweifelt, sich zu befreien, um sich zurück unter sein T-Shirt zu schieben. Doch Kilian lässt sie nicht. Er legt seine Stirn gegen meine und murmelt: »Ich muss es hören.«

Ich ziehe meinen Kopf ein wenig zurück und werfe ihm einen ratlosen Blick zu. Ich habe keine Ahnung, wovon er spricht. Der Tag war einfach zu viel. Kilians Tod, meine Heulattacke auf dem Bürgersteig vor dem *Strand*, sein Abschiedsbrief, das Warten in der Hitze, der Hindernislauf über Drogendealer und Zuhälter zu ihm … Mein Pensum an Gedanken ist für heute voll. Ich will ihn nur noch berühren.

»Dass du mich liebst«, fügt er kaum hörbar hinzu.

Ich schaue ihn überrascht an. Das weiß er doch längst … Oder? Ich will es ihm sagen, aber ich bringe kein Wort heraus. Es scheint, als wäre mein Pensum an Worten ebenfalls voll.

Er sieht mich so schüchtern an, dass es mir den Atem verschlägt. Schließlich fragt er leise: »Oder ist das hier vielleicht doch ein Fall von ›*Love the one you're with*‹? Du hast es so oft erwähnt, da habe ich mich gefragt …«

Ich sehe, dass er schluckt. *Oh nein.* Wenn er mein blödes Gerede auch nur für eine Sekunde ernst genommen hat …

Hastig befreie ich meine Hände aus seinem Griff und ziehe sein Gesicht zu mir heran. Und dann küsse ich ihn wie verrückt, bis er völlig hilflos in meinen Mund stöhnt und seine Hände unter mein Shirt schiebt. Und ich weiß, was er fühlt und denkt: *Seize the fucking day.* Aber gleichzeitig: *Warum hat sie es nicht gesagt? Weil du austauschbar bist. Nur einer ihrer hundert Lieblingsautoren. Wenn der junge Hemingway jetzt hier wäre …*

Ich ziehe meinen Kopf zurück. »*Der junge Hemingway?* Im Ernst?«

»Was?«, fragt er perplex.

»Du bist ja fast so schlimm wie ich.« Ich verpasse ihm einen leichten Schubs. »Ich war *auf mich selbst* eifersüchtig, wusstest du das? Und wenn das hier ein Fall von irgendwas ist, dann ja wohl von …« Ich zögere, aber dann sage ich es: »Von ›*Be with the one you love*‹.«

Kilian blinzelt. Dann streicht er mir sanft eine Haarsträhne hinters Ohr. Dabei sieht er mich mit diesem zärtlichen Ausdruck an, den ich Esel immer für Bedauern gehalten habe. Ich lag so was von falsch …

23

Draußen ist es bereits dunkel, und der *Rare Book Room* wird nur noch durch die Lichterketten beleuchtet. Es sind bloß altmodische Glühbirnen an langen Kabeln, aber in ihrem Licht sieht alles anders aus. Irgendwie besonders. Natürlich sieht der ganze Raum anders aus. Das Einzige, was unverändert ist, sind die hohen Bücherregale, die uns umgeben. Die wuchtigen Ledersessel und die Holztische wurden entfernt. Stattdessen stehen dort ungefähr fünfzig Klappstühle, und jeder einzelne ist besetzt. Ich sitze in der letzten Reihe. Ich muss mich zur Seite neigen, um Kilian da vorne zu sehen, aber das ist gut so. Er soll mich nicht sehen.

Kilian liest aus seinem neuen Buch vor, das kurz vor Weihnachten in den USA erschienen ist. *Friends on Vacation*. Angeblich ist es ein Kriminalroman. Der Schriftsteller geht hops. Alle Bewohner des Ferienhauses haben dasselbe Motiv: Er hat sie in seinen Büchern verwurstet. Doch im Grunde ist es egal, wer es gewesen ist. Es geht um Freundschaft und Familie, wie in allen von Kilians Büchern. Nichts für echte Krimileser. Zum Glück hat Kilian Brand eine eingeschworene Fangemeinde, die sich nichts aus Genres macht.

Der Staatsanwalt sitzt neben mir in der letzten Reihe. Er will auch nicht gesehen werden, doch er versteckt sich nicht vor Kilian, sondern vor der Presse. Alex hat ein paar Figuren zum Buch beigesteuert. Er hat sie zwar selbst nicht wiedererkannt, aber er hat diese fixe Idee, seine Verbrecher könnten ihm den Input übelnehmen. Auch das unwahrscheinliche Tatwerkzeug (ein Morgenstern) beruht auf einer wahren Begebenheit aus Alex' gruseligem Alltag. Trotz seiner Befürchtungen wollte er sich die Lesung um keinen Preis entgehen lassen. Schließlich ist Kilian ein Maldini. Alex hat ihm nie vergessen, dass er Titus aus dem Pool gezogen hat. Wir werden die Maldinis wohl nicht mehr los – aber eigentlich will das auch keiner.

Sie waren ein bisschen beleidigt, dass wir nicht bei ihnen schlafen wollten. Wir sind zum ersten Mal in New York, seit meine Schwester nicht mehr hier ist. Johanna, Oliver und Leni sind im Sommer nach Berlin zurückgekehrt. Es war ein komisches Gefühl, am JFK anzukommen und nicht von ihnen abgeholt zu werden. Leni war immer auf den ersten Blick zu sehen mit ihren bunten *Welcome-Home*-Luftballons, und Kilian hat ihr jedes Mal eine extragroße *Toblerone* in die Arme gedrückt, was Johanna nicht witzig fand. Alles war sofort wie immer. Zuhause. Doch vorgestern wartete anstelle von Olivers Kombi nur eine lange Taxischlange auf uns. Ich hatte einen dicken Kloß im Hals, und Kilian hat im Taxi den Arm um mich gelegt und gefragt, ob alles in Ordnung sei. Ich habe heftig den Kopf geschüttelt, und da hat er mich geküsst.

»Besser?«

»Kein bisschen.«

Aber ich musste lächeln, und dann habe ich mich irgendwie doch auf Manhattan gefreut. Es hat Vorteile, ein stinknormaler Tourist zu sein. Im Hotel fragt niemand, wann wir nach Hause kommen. Und wir können den ganzen Tag im Bett bleiben, ohne dass es jemand merkt. Zu zweit duschen, ohne dass es jemand kommentiert. Wir müssen uns unser Frühstück nicht selbst machen und können sorglos essen gehen, ohne dass jemand seine Gemüselasagne an den Mann bringen will. Und abends werden wir nicht gefragt, wo wir so lange gewesen sind.

Kilian findet New York jetzt doch ziemlich gut und kennt

die meisten meiner geheimen Lieblingsorte. Er weiß, dass der *Strand Bookstore* dazugehört. Und er weiß auch, dass ich genau in diesem Raum im dritten Stock den Brief gelesen habe, der mich zu ihm zurückgebracht hat. Ich hätte es ihm nicht erzählen sollen. Als wir uns vorhin von unserem Hotel im Meatpacking District auf den Weg hierher gemacht haben, wirkte er ungewöhnlich zerstreut. Ich habe ihm angeboten, draußen zu bleiben, aber davon wollte er nichts wissen. Immerhin durfte ich mich in die letzte Reihe verkrümeln. Außer Sicht.

Simone, Maike und Jack sind auch da. Sie sitzen in der ersten Reihe. Alex hat Simone einen Platz bei uns frei gehalten, aber sie wollte unbedingt nach vorne. Daher bin ich jetzt diejenige, der Alex beim Lachen auf die Schenkel klopft. Für einen Krimi wird ziemlich viel gelacht. Irgendwie kommen Kilians britische Wurzeln durch. Doch es wird auch geweint. Den traurigen Teil über die Hummer, die in vergessenen Fallen auf dem Meeresgrund treiben, hat er schon damals auf Long Island geschrieben. Es traf mich völlig unvorbereitet, als ich das Buch zum ersten Mal aufschlug und die Widmung las:

Anna, du liest ja keine Krimis,
aber die Hummer sind für dich

In Deutschland ist das Buch schon im Sommer erschienen, nur ein knappes Jahr nach unserem Urlaub mit Freunden. Kilian war schnell. Er hatte nicht viel anderes zu tun, während ich über meiner Masterarbeit schwitzte. Wir haben fast zeitgleich abgegeben, und danach begann das süße Leben. Zumindest für Gustav und mich. Kilian tut sich ein bisschen schwer damit, faul zu sein. Aber ich arbeite daran. Er hat Glück, dass ich sein Gegenteil bin. (Leni darf nichts davon erfahren.) Er schreibt, ich lese, er schweigt, ich rede, er schreibt, ich schlafe …

Ich sprinte kaum noch. Wie Tante Jutta es mir prophezeit hat. Vielleicht liegt es auch einfach an Gustav. Er beruhigt mich genauso wie der Regen. Aber hin und wieder passiert es doch noch. Kilian musste auf die harte Tour lernen, mich nicht festzuhalten. Ich habe ihm ein paarmal eine geklebt, weil ich ihn mit einer Python verwechselt habe. Inzwischen schaltet er einfach das Licht an und wartet, dass ich aufwache und zurück ins Bett komme. Spätestens an der Wohnungstür ist Endstation. Was das angeht, hat Kilian einen leichten Kontrollzwang entwickelt. Die Tür wird abends zweimal abgeschlossen und der Schlüssel abgezogen, wie bei Johanna. (Ich glaube, Johanna schläft ruhiger, seit Kilian und ich zusammengezogen sind.)

Alex wundert sich, dass Kilian es nachts neben mir aushält. Ich weiß noch, wie er während unseres schrägen Kurzurlaubs in der Pfalz mal zu ihm gesagt hat: *»Sleeping next to Anna … Man, I'd be scared to death!«* Kilian hat gelacht und meinte, ihm ginge es genau umgekehrt. Er schläft nur gut, wenn er neben mir liegt. Und ich glaube ihm.

»Anna, stop dreaming.« Alex knufft mich in die Seite. Die Lesung ist vorbei. Es hat sich bereits eine lange Schlange vor dem Tisch gebildet, an dem Kilian sitzt und Bücher signiert. Alex und ich gehen nach vorne zu den anderen. Wir wollen gleich noch alle zusammen in ein Restaurant, und ich schlage vor, dass sie schon mal gehen. Das hier kann noch dauern. Maike meint, ich soll mitkommen. Schließlich braucht Kilian mich hier nicht.

Ich sehe zu ihm hinüber. Ein vertrauter Anblick. Kilian beim Signieren. Es ist nicht derselbe Kilian wie damals in Poppys Buchladen. Er sieht den Leuten in die Augen und lächelt. Wechselt hier und da ein Wort. Ganz entspannt. Aber heute ist irgendetwas anders. Ich weiß zuerst nicht, was es ist. Er signiert. Er lächelt. Er spricht mit den Leuten. Entspannt. Nein, nicht entspannt. Überhaupt nicht. Er schiebt sich immer wieder eine Haarsträhne hinters Ohr und schaut suchend durch den Raum.

Manchmal nervt es wirklich, dass ich so kurze Beine habe. Kilian kann mich nicht sehen. Simone, Maike und Jack sind wie eine Mauer, und ich linse zwischen ihnen hindurch. Als er das nächste Mal den Kopf hebt, trete ich zur Seite und winke ihm zu. Endlich. Er sieht mich. Und da ist er wieder, dieser Gesichtsausdruck, der nichts mit Bedauern zu tun hat und mir immer noch diesen sanften Stich in der Magengrube versetzt. Aber da ist noch etwas in seinem Blick. Es sieht aus wie … Erleichterung? Warum? Alles läuft prima. Er braucht mich hier nicht. Ich schaue ihn fragend an, aber er ist schon wieder beschäftigt.

Die anderen fragen, ob ich Kilian kurz sage, dass wir schon mal vorgehen. Doch ich schüttle den Kopf. Ich bleibe hier. Alex grinst und meint: »Hast du Angst, dass Kilian sich abschleppen lässt?« Er wirft einen vielsagenden Blick auf vier ziemlich hübsche Frauen, die in der Schlange stehen und aufgeregt miteinander tuscheln.

Simone verdreht die Augen. *»Alessandro, shut up.«*

Aber mir kommt diese Ausrede ganz gelegen. Ich kann ihnen nicht erklären, warum Kilian mich hierbehalten will. Ich weiß es ja selbst nicht. Ich weiß nur, dass es so ist.

»Sicher ist sicher«, sage ich achselzuckend.

»Er wird diese Frauen noch nicht einmal bemerken«, erwidert Maike kopfschüttelnd, und aus irgendeinem Grund werden meine Wangen heiß. Es ist ein seltsames Gefühl, wenn andere sehen, wie Kilian mit mir ist. Aber dann fällt mir ein, dass Maike einfach nur aus Erfahrung spricht.

Als die anderen weg sind, gehe ich an der Schlange vorbei zu Kilians Tisch, und er zwinkert mir zu, als ich mir ein Buch von seinem Stapel mopse. Ich setze mich in die erste Reihe und beginne zu lesen. Es ist eine Weile her, dass ich das Buch gelesen habe, und auf Englisch kenne ich es noch nicht. Ich bin sofort drin und schaue ein bisschen verdattert auf, als Kilian sich neben mich setzt. Der Raum ist jetzt fast leer.

»Ich dachte, du magst keine Krimis.«

»Na ja, als künftiger Cop …«

Ich grinse ihn an, und er gibt meiner Schulter einen verspielten Schubs. Meine Faszination mit der Polizeiakademie ist inzwischen ein Running Gag zwischen uns. Pah. Der wird sich noch wundern.

»Die anderen warten im Restaurant auf uns«, sage ich. »Können wir gehen?«

Er zögert und schiebt sich wieder eine Haarsträhne hinters Ohr. Was ist nur los mit ihm? Bevor ich ihn fragen kann, zieht er das Buch aus meinen Händen.

»Das hast du noch gar nicht auf Englisch, oder?«

Ich sehe ihn erstaunt von der Seite an. »Nein, aber du hast doch zuhause genug Freiexemplare davon herumstehen.«

»Aber das hier ist aus New York«, erwidert er mit einem schiefen Lächeln. »Und wurde im *Strand* signiert.«

Er springt auf und geht zum Tisch, um das Buch für mich zu signieren. Ich folge ihm, aber der Heini vom Verlag, der sich noch mit den Mitarbeitern des Buchladens unterhalten hat, kommt auf mich zu und will wissen, wie ich New York finde. *Gähn …*

Ich bin froh, als Kilian sich dazugesellt. Er gibt mir das Buch, aber es kommt mir unhöflich vor, mitten in einer Unterhaltung ein Buch aufzuschlagen. Ich lasse es in meinem Rucksack verschwinden. Und fühle mich prompt wie eine Ladendiebin. Ich warte den richtigen Moment ab, und dann lasse ich Kilian mit dem Heini stehen, um die Mitarbeiter des *Strand* zu fragen, ob ich das Buch bei ihnen bezahlen kann. Doch die winken nur lachend ab.

Als Kilian und ich endlich am Aufzug stehen, greift er nach meiner Hand und fragt: »Hast du das Buch?«

»Im Rucksack.«

»Und …« Er räuspert sich. »Hast du schon reingesehen?«

»Nein, ich wollte es bezahlen und …«

Die Türen des Aufzugs öffnen sich, aber Kilian bleibt stehen. Er wirft mir einen eigenartigen Blick zu. »Okay, aber vergiss es nicht, ja?«

Ich nicke ein bisschen verwundert und will ihm einen flüchtigen Kuss auf den Mund geben, aber er zieht mich zu sich heran und küsst mich, als würde dieser Moment nicht mehr wiederkehren. Wird er ja auch nicht … Gerade als mich die Wehmut erfasst, die mich in perfekten Augenblicken immer überkommt, lässt er mich los und sieht mir in die Augen.

»Guck nicht so traurig, wir haben doch noch …«

»Sieben Tage und acht Nächte«, ergänze ich leise.

Kilian lächelt. »Eigentlich wollte ich sagen, unser ganzes Leben.«

Oh Mann. Was ist heute bloß mit ihm los? *Moment mal …*

Ich werfe ihm einen misstrauischen Blick zu und hole meinen Rucksack hervor, um das Buch herauszukramen. Aus dem Augenwinkel sehe ich, wie Kilian sich am Kopf kratzt. Er wirkt nervös, und jetzt bin ich es auch.

Ich schlage das Buch auf, aber vor Aufregung sehe ich nichts. Wie damals, vor hundert Jahren, als ich sein Notizbuch gestohlen habe. Ich starre auf seine Handschrift, die ein Tornado über das Papier gepustet hat. Er hat keine Sekunde gezögert.

Endlich lese ich seine Worte. *Ich träume.*

Ich schaue von dem Buch auf, direkt in seine Augen, die mich schüchtern ansehen.

»Ja.« Das war ich.

»Ja?« Das war er. Glückliche grüne Augen.

Ich nicke. Strahle. Nicke. Bis Kilian auf den Knopf neben dem Aufzug drückt, weil er mich küssen will. So richtig. Im Aufzug. Sonst kommt der Heini vom Verlag uns noch auf die Schliche und will mit uns anstoßen. *Bloß nicht.*

Wir treten über die Schwelle, und bevor sich die Aufzugtüren hinter uns schließen, werfe ich einen letzten Blick auf den Raum, in dem unsere Zukunft begann. Damals und heute.

Ich komme wieder. Gleich morgen oder so.

DANKE!

Kilians »Idee« war ziemlich gemein, aber in einem Punkt muss ich ihm recht geben: Fantasie existiert nicht im luftleeren Raum. Die Bilder in meinem Kopf, aus denen Geschichten entstehen, entspringen der Realität – obwohl sie letztlich nichts mehr mit ihr zu tun haben. Daher habe ich dieses Buch meinen Eltern gewidmet, denen ich neben einer ausgesprochen glücklichen Kindheit viele unvergessliche Sommer in New York zu verdanken habe. Allerdings wären meine Erinnerungen nur halb so bunt ohne meinen Bruder, der immer einen Häuserblock weiterlaufen wollte als ich.

Fürs Schreiben benötige ich außerdem ein einigermaßen reines Gewissen. Aus tiefstem Herzen danke ich daher meiner Tochter Milla und ihrer Freundin Louisa, die Tag für Tag zusammen in ihre eigene Fantasiewelt abtauchen und mich dabei so gar nicht brauchen (oder dabeihaben wollen). Mit dem reinen Gewissen wäre es jedoch nicht weit her ohne meinen Mann, der unsere Welt im Innersten zusammenhält. Dank dir konnte uns selbst Homeschooling nichts anhaben!

Wie immer habe ich viel Zuspruch von meinen Freunden erhalten. Ganz besonders angespornt haben mich Kathrin, Denise, Valeska, Tanja, Ilka und Klaus, der immer im richtigen Moment anruft. Ich danke euch fürs Warten und Lesen und Warten!

Hoffentlich nicht zu lange gewartet haben auch meine beiden Lektorinnen bei Bastei Lübbe, Martina Wielenberg und Laura von Altrock. Vielen lieben Dank für die sehr konstruktive Arbeit am Text und den konstanten Zuspruch! Zudem danke ich meinen Literaturagentinnen Gesa Weiß und Kristina Langenbuch Gerez, die Annas und Kilians Geschichte von Anfang an für eine gute Idee hielten.

Manchmal hat das Glück deinen Wohnungsschlüssel

Nina Resinek
DICH HAB ICH NICHT
KOMMEN SEHEN
Roman

400 Seiten
ISBN 978-3-404-18395-1

Der erste Tag in der neuen Berliner Wohnung fängt für Mari Thaler nicht gut an: Der unrasierte Typ, dem sie aus Versehen ihre Wohnungstür in den Rücken gerammt hat, ist ausgerechnet der Bruder ihrer Vermieterin. Und Mari hat ein paar ziemlich peinliche Dinge zu ihm gesagt. Zu allem Überfluss zittern ihr bei Leos Anblick auch noch die Knie. In seiner Gegenwart ist ihre kostbare Selbstdisziplin futsch. Hoffentlich hat er's nicht bemerkt! Zum Glück wird sie ihn ja eh nie wiedersehen, denkt sie. Doch ihre herzliche Vermieterin Alexandra schließt Mari in ihr Herz - und so läuft sie Leo ständig über den Weg. Aber der ist auf einmal seltsam abweisend …

Lübbe

„Man muss auch an sich selbst denken, um anderen etwas geben zu können.“

Sylvia Deloy
GEMEINSAM IST MAN
BESSER DRAN
Roman

352 Seiten
ISBN 978-3-404-18545-0

Tilda kümmert sich stets um alles und alle. Seit die Mutter die Familie verließ, waren sie und ihre Schwester Mia auf sich gestellt. Der gemeinnützige Flohmarkt, den sie gemeinsam mit einer bunten Gemeinschaft von Helfern betreibt, ist ihr zweites Zuhause. Als die kleine Oase einem noblen Neubaugebiet weichen soll, schnappt ihr ihr Noah Berger, ehemaliger Soap-Darsteller, die neuen Räumlichkeiten vor der Nase weg, um dort ein Theater zu eröffnen. Doch so schnell gibt Tilda sich nicht geschlagen, erst recht nicht von einem schnöseligen Schauspieler! Bald jedoch zeigt sich, dass sie nur gemeinsam gewinnen können. Aber wie finden zwei Menschen zusammen, die rein gar nichts verbindet?

Lübbe

Endlose Strände, einsame Dünen und eine große, leidenschaftliche Liebe

Marie Merburg
OSTSEEFUNKELN
Roman

400 Seiten
ISBN 978-3-404-18365-4

Laura gilt als pflichtbewusst und karriereorientiert. Doch als sie in einem Hotel auf Rügen ihren Verlobten im Bett mit ihrer Freundin erwischt, knallen bei ihr die Sicherungen durch. Nach einer Nacht auf dem Polizeirevier flüchtet sie sich zu ihrer Tante Gerti, um dort zur Ruhe zu kommen. Diese wird jedoch gründlich durch die Hunde des Nachbarn gestört. Für Anwältin Laura juristisch ein klarer Fall – doch dummerweise gibt es etwas, das sie unbedingt von dem nervigen Nachbarn haben möchte ...

Lübbe